遇卿

爱干饭的团子

著

广东旅游出版社
GUANGDONG TRAVEL & TOURISM PRESS
悦读书·悦旅行·悦享人生

中国·广州

副本（二）天使精神疗养院

副本介绍:
这里曾经发生过一件非常恐怖的事，自那以后，疗养院大门紧闭，一切都开始变得不一样……没有人可以找到开启大门的钥匙，从这里走出去……

副本等级:
一级，满级十。本副本适合新人？也许适合……

副本任务:
找到出去的钥匙，拥抱你们的新生。

通关时间:
七天。

怪物名称:
黑雾、食堂婆婆。

副本（三）啼婴山村

Yu Qing

副本介绍：
你不相信警方开出的"意外死亡证明"，于是带着几个朋友一起来到了女朋友的老家寻找真相。这座山村与世隔绝，每晚都会传出恐怖的啼哭声，你们逃不出去……

副本等级：
六级。

副本任务：
请找出这里唯一善良的人，并护送他（她）出村。

通关时间：
不限，不过我想，你也不想永远留在这里……嘻嘻……

怪物名称：
黑蛇。

副本（三）
惊才艺术学院

Yu Qing

副本介绍：
这里曾是一所极负盛名的
艺术学校，成立三年，共
产生二百九十九位顶级艺
术家。这里是艺术的天堂，
每一位艺术家都能在这里
实现自己的梦想。

副本等级：
六级。

副本任务：
找到自己的梦想，拼尽全
力去实现它。

通关时间：
十天。

怪物名称：
胡描、亨利。

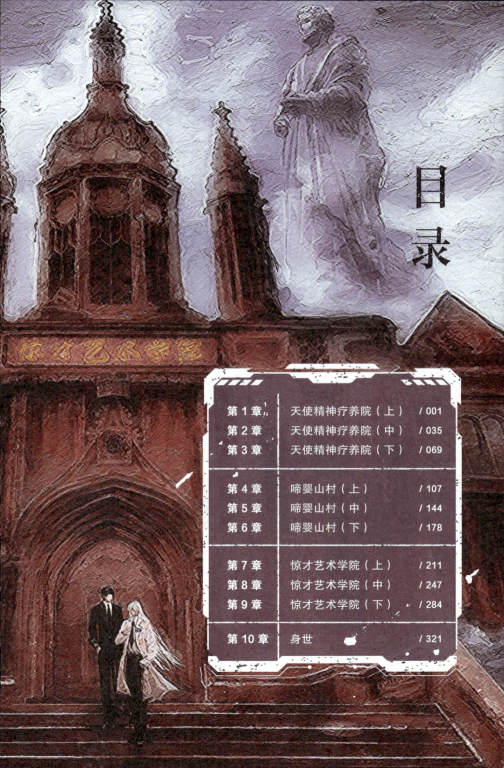

目 录

忽然，咚——

沉闷的声响入耳，似乎有什么东西砸在了玻璃上，半夜三更，扰人清梦。

虞卿胡乱地揉揉眼睛，赤着脚下床，去摸索窗边灯的开关。

外面下了雨，深夜的白噪声给人一种莫名的安宁感。

虞卿摸到了一点凸起，正准备按下，却见一道闪电骤然划破夜空，轰鸣的雷声入耳。

闪电亮起的那一瞬间，虞卿后背生寒，他的指尖颤了颤，眼瞳睁大，视线也随着消失的闪电，再次陷入黑暗。

紧接着，他听到了什么东西滑下玻璃的声音。

咔嗒——

虞卿抬眼向外看，暗夜里，小丑们又出动了。

身后，客厅里的电视嗞嗞啦啦响起来，像是忽然连接上了什么奇怪的信号，有声音断断续续传出："……嗞嗞……市长……最新通告……规则……

"小丑……可以随意攻击人……嗞嗞嗞……闪躲……嗞嗞……请务必对你的父母坦诚，他们……啪！"

虞卿的手跟着紧了一下，正听得入神，忽然，播报的声音停止，电流带来的嗞嗞声也跟着消散。

他连忙转身，看向门口。

客厅的暖光透过卧室门底的缝隙照进来，妈妈的唠叨和爸爸的反驳窸窸窣窣传来，温馨无比，给人以最纯粹的安全感。

虞卿垂眸，手却握得越来越紧……

靠近门口，他听见爸爸妈妈在说话："都中午了，卿卿还没起呢？你叫一下他。"

"孩子嘛，让他多睡会儿。"

"那也不能不吃午饭呀！"虞父似乎有些生气，"你看看，这都几点了！"

虞卿低头，看了眼自己的手表——凌晨零点。

他的爸爸妈妈，以为是中午。

喉结滚动，虞卿深呼吸两下，终于抬手推开了门。

刚一露头，父母的目光便齐齐落到他身上，嘴角勾起，垂涎欲滴。

虞卿简单扫过一眼，制住颤抖的双手，视线落在那台最新的壁挂式电视上："爸……"

他喃喃着："为什么……把电视关了？"

话音落，虞父先是顿了一瞬，随即，弯着眼睛对着他笑，那目光阴毒贪婪，不像是父亲看孩子。

而与此同时，那早已被关的电视再次嗞嗞啦啦地闪烁起来，像是要拼了命地提醒什么："警报……危……"

然而，或许是信号太弱，重启根本没成功。

电视黑屏，房间里再次陷入压抑的死寂。

虞父盯着他，温和的声音灌入耳膜："你也看见了，信号错乱，串台，没什么好看的。收拾收拾，出来吃饭。"

虞卿扣着门的手紧了紧，没有立刻回答。

他紧盯着自己的父亲，纤长的眼睫盖住了眸中晦暗不明的情绪，过了好半晌，才点头笑道："好。"

说罢，他便后退两步，紧紧关上了门。

大门紧闭，虞卿靠在墙上，大脑飞速运转，捕捉着电视机里发出的零零散散的信息。

——爸爸关了电视，他不想让自己知道，那些信息，估计对父母不利！

那……

虞卿快走两步，从衣柜里翻出了什么东西，藏进宽大的外套里。

重新打开门的时候，他像是有些害怕，一时没控制住自己的情绪，脱口的声音都在抖："爸……"

暖光下，虞父已经恢复正常。

看到虞卿的表情越来越委屈，虞父那张脸上竟慢慢出现了僵硬的不忍。

虞卿继续道："我……我有事要跟你说……"

话音落下，他一言不发地走到父亲面前，开始啜泣。

爱孩子的妈妈受不了这种声音，干脆饭也不做了，几步走到虞卿身边，和父亲一样面上露出不忍的微表情，僵硬而诡异。

"宝贝，怎么了？别哭。"虞母用温柔的女声细心安抚，"有什么事说出来，我们全家一起面对。"

虞卿能感受到，他的父母很爱他，眼睛几乎要贴在他身上，完全以他为中心。

他紧扣的手心却出了一层接一层的冷汗。

他是个孤儿，没有父母。

可前几天，他公司的电脑忽然宕机，漆黑的屏幕上弹出一张调查问卷。

——请问，你渴望亲情吗？渴望拥有一个温馨的家吗？

虞卿停顿片刻，点击"是"。

然后，下班回去的时候，地铁站毫无征兆地被封禁了。

虞卿等了近一个小时，打不到出租车，只能迷迷糊糊地坐上了一辆破旧的公交车。

公交车吱吱呀呀，摇摇晃晃，明明就五站的距离，却一直行驶到了天亮。

渐渐地，他有些困了，倒头一歪，再睁眼，就到了家。

这里和他买的房子一模一样，只是多出了他不认识的爸爸和妈妈。

到处乱窜的小丑。

乱套了！这里……不是正常的世界！

"我……我……"虞卿抠着手，眼角熟练地酝出泪。

他的脸型偏圆，天生偏大的杏眼让那表情看起来越发真诚："我……我昨天给爸妈带了甜点，路上不小心被人撞掉了。"

他记得刚才听到的零散规则信息，是要向父母坦诚。

不坦诚，也许会出事。

于是，他一口气也不松地说："我知道爸爸妈妈每天很辛苦，你们都饿了，我是个不合格的孩子，我不该弄掉甜点，都是我的错，请你们罚我，我一定……"

"好……呃……好了。"虞母打断他的话，"我当多大点事呢，没关系。"

说完，虞母还愣了愣，冰凉的手抚过他的肩膀："快吃饭了，你爸一会儿还要上班，陪他聊会儿天吧。"

说着，她又嘟囔着往厨房走，语气里满是失落："家里的肉又不够了，今天不能再吃那么多了……"

虞母走远了。

虞卿面上的委屈却是丝毫没散，他试探着挪动脚步，慢慢靠近爸爸："可，我……我还是会愧疚。您……工作太辛苦了，不如……趁着开饭前的这段时间，我帮您刮刮胡子？"

一个奇怪的请求。

虞父警觉地看向他。

奈何，虞卿眼里噙着泪，清瘦的腰身弯下，低声下气，小心翼翼地讨好着："我只是看您胡子长了，没……没别的……"

他说话开始不利索，哽咽声起，似乎生怕做错一步，就会发生不好的事。

虞父盯着他，眼珠转了转，神情慢慢变得高傲，似乎很满意他的恐惧，于是往沙发后一仰，夸一句："有心了。"

随后，他便靠在沙发上，慢慢闭上眼睛。

这已经不是虞卿第一天来这里，他在这地方，整整待了十一天！

十一天！他依稀记得下公交车时，有一道机械女音突兀地出现在了他的脑海里。

这个声音告诉他，在这里成功活过十天，就可以得到奖励。

可是，没有！

他努力活了下来，战战兢兢地避开这里所有的怪物。

十一天了，没有奖励，也无法逃离，铺天盖地的绝望压得虞卿心情烦躁。

"叩叩叩——"

"谁？"

"叩叩叩——"

虞卿的手越攥越紧，刚想再问一声，忽然听到奇怪的声音。

虞卿一颗心悬起来，他提上一口气，轻手轻脚地迈到一侧，拉开窗帘，自小窗悄悄看去……

门外，来人手持尖刀，脸上戴着小丑面具，正带着笑意，拼命划他家的门！

"刺啦——"

纯白色的木门摇摇欲坠，木屑撕裂的声音一道比一道粗暴，眼看不堪重负，就要被破开。

"砰！"终于，面前的小丑破门而入，面具下的眼睛在客厅巡视了一圈，很快，对准厨房门口清清瘦瘦的虞卿。

少年在一瞬间与他对视，怕得浑身发抖，右手紧攥着门把手，表情空洞，站都站不稳。

小丑嘴角不自觉弯起——

他最喜欢欣赏恐惧。在这种被吸入游戏中，处于试炼阶段的小新人最好玩。

不知道这时候忽然靠近，对他笑一笑，小新人的表情会惊恐成什么样呢？

越是思考，小丑的表情就越兴奋。于是，他调整到一个好看的笑脸，脚一蹬地，疾速靠近虞卿。

几乎是同时，虞卿"咔嗒"一声打开了厨房大门，自己向左一步。

然后，小丑诡异的笑就对上了厨房里，妈妈一张变异的脸。

两个怪物分别一顿，同时将头转向一边："哟！"

但小丑还是击败了身为怪物的虞父、虞母。

他半蹲着，满屋寻找虞卿的身影，奈何……他视力不大好。

刚才，虞卿趁着空当把灯全关了。

黑漆漆的，他什么也看不见！

小丑的牙齿咬在一起，发出"咯吱咯吱"的声响，心中不满，满脸扫兴。

他想走，可虞卿似乎打乱了这里的家具陈设，每走一步，他都要被绊一下。

"砰——砰——砰——"

小丑走了五步，摔在地上四次。

小丑摔得牙疼，索性连牙也不敢咬了。

诡异的"咯吱"声消失，小丑摸索着站起来，手有些抖，往前迈步，腿也有些抖。

这么些年，他第一次在一个人类的家里，走得小心翼翼。

怒火逐渐焚过胸膛，小丑又摔倒三次，好不容易摸索着走到门口，准备守着捕获猎物，却听"吱呀"一声。

屋子里有门打开了，卫生间的灯亮着，足够他看清陈设，金属鞋跟踩过光滑的地面，发出瘆人又悠远的声响。

小丑一步一步地走近虞卿，在距离他有五步时，忽然出现在卫生间门口，面上的笑容越放越大："Surprise（惊喜）……啊！"

然而小丑那标志性的变态微笑和一句打招呼的话还没说完，就踩到了门口的机关，不甘地倒地。

虞卿缓着气，慢慢捂住心口，不多时呕出了声。

怪物们的"美貌冲击"犹在眼前，精神一松，逼仄的空气混着难闻的味道便争先恐后，一股脑冲进鼻息。他实在受不住，在盥洗台边吐了好一会儿，用冷水洗了把脸，神思清醒，才慢慢起身，费力把小丑拖到门口。

他给小丑缝了缝衣服，遮盖伤口，又给他摆了个站着的姿势，远远看起来，就像有一个小丑为他站岗守门。

即便开着门，无论是怪物还是人，都不敢靠近。

做完这些，虞卿才活动了一下筋骨，回屋找了身新衣服，走去浴室洗澡。

这些天过得惊险，净出冷汗了，得好好洗洗。

热水哗哗地冲下来，让虞卿一颗悬着的心也获得了短暂的停歇。

他开始有力气思考，这是哪儿？

他有限的记忆停留在近期新闻里频发的失踪事故上。

比如某监狱里的死刑犯在行刑路上仿佛撞了邪，和警察一起坐上了一辆不属于警局的黑色公交车，自此人间蒸发。

比如一辆破旧的公交车毫无征兆地停在了菜市场门口，没有司机。

外出买菜的妈妈们一个接一个地上去，却在摄像头下离奇消失。

再比如一个身价千亿的总裁下班非得坐公交车，一朝消散，再也没回来过。

越来越多的离奇事件堆积，都与公交车有关。

他也被迫上了辆公交车，难道……

热水冲掉了头上的泡沫，热气消失，视线重新变得明晰，虞卿看见，地面上，一道蓝光自一个方向缓慢投来。

他立刻抬头，看见自己面前浴室的门变了！

原本的白门变成了黑色，门上飘着一块幽蓝色的光屏，上面的字由毫无感情的机械女音读出来："恭喜您通过新手试炼，成功激活游戏《天堂的阶梯》。"

虞卿顿了一下，穿好衣服，擦了擦自己及腰的长发，慢慢靠近黑色的门。

随着他的逼近，大门一点点打开，里面不再是家里的客厅，而是发着光的台阶。

四周的墙壁是虚无的，其上闪烁着不同的光屏，大大小小有几万个，显示着不同的人在不同的绝境里挣扎求生。

虞卿迈上台阶，身后的大门跟着"砰"的一声，完全锁紧，阶梯上霎时红光大涨，灼得人莫名心慌。

"新人主播，恭喜你，成为游戏的一员！

"去赚积分吧，去赚无所不能的积分，兑换无穷无尽的愿望！"

声音落，虞卿眼睫轻动，看到自己视线的右下角多出了一块光屏。

上面显示着他的脸。

资料载入中——

姓名：虞卿。

性别：男。

身高：一米七六，正常男性偏矮范畴。

虞卿："呃……"

生命值：百分之百，您的生命血条完整，健康状况良好……仅目前。

体力值：百分之十五。嗯，生存机会渺茫。

精神值：百分之一百零一，发生未知错误。

系统："啊？"

危险系数、智力值和身份都是一行乱码。

测算有误，资料数据正在修整……

危险系数……嘀……嘀……

"警报，系统超载！系统数据严重超载！请求立即切换……"

"砰！"一声剧烈的爆炸在耳边响起，虞卿被震得耳膜生疼，他不得不捂住耳朵，看着光屏上显示的两行字。

——系统已爆炸，正在为您重新分配系统……

——请主播率先前往阶梯顶端，进入副本。

"啧。"虞卿偷偷感慨，"有点垃圾。"

与此同时，银白色全实景直播大厅新人区，伴随着微弱的"砰砰"声，成千上万块屏幕星罗棋布，次第闪光，点亮了整个现代化观赏大厅。

下一秒，围圈而坐、等待已久的观众们立刻抬眼。

他们戴着同样的白色笑脸面具，目光向前，掠过一张张惊恐不安的脸。

不多时，传来"叮咚"一声！

"快看！这个新人没哭没闹，好镇定，爱了！"提示响起，有观众率先发现了他，弹幕紧跟着飘出。

虞卿微微一怔，带着几分懵懂找到了弹幕区——

"哈哈！他好呆！"

"我眼花了？智商超群，精神值超标，体力值就十五？玩逃生游戏跑得动吗？"

"他的身份后面是个问号？主播的身份都是人类，他是个红色问号？咝……他是个什么东西？"

观众渐渐多了起来，弹幕一条接一条地飘过，似乎在替主播观察着周围的情况。

虞卿没有管，敛回目光，脚步踏上最后一级台阶的瞬间，仿佛触到了什么感应器，面前突然白光大涨，恶意钻心，身体不自觉颤了一下，虞卿伸手挡住眼睛，有些……看不清。

弹幕也安静了几秒，随后沸腾起来！

虞卿低着头，余光瞥过弹幕，敏锐地挑出重点。

——这群观众对他闯关没多大用，但应该对他们好点，可以留着赚积分。

还有，印象里直播是不是都要营造形象？

该怎么做呢？

乖一点的话，应该可以吧？

虞卿这么想着，视线恢复，入目便是一张倒挂着的脸——面容苍白，嘴角却依然挂着笑，对上他的一瞬间，笑容渐渐变化，越扯越大。

那个笑看起来和哭没什么区别。

虞卿指尖一缩，立刻往后退了一步，随后，他看见面前浮现几行字。

系统播报应声而起："恭喜主播成功进入副本。

"副本名称：天使精神疗养院。

"副本介绍：这里曾经发生过一件非常恐怖的事，自那以后，疗养院大门紧闭，一切都开始变得不一样……没有人可以找到开启大门的钥匙，从这里走出去……

"副本等级：一级，满级十。本副本适合新人？也许适合……

"副本任务：找到出去的钥匙，拥抱你们的新生。

"通关时间：七天。

"通关奖励：两万积分。

"特别注意：本副本为第二次开启，危险等级无法确定，尚处于测试阶段，结果如何，概不负责，祝你好运。"

播报的声音消失，虞卿已经将四周打量了一圈。

房间的装修简约，布局合理，墙面上的挂钟不时发出走秒的"嗒嗒"声，上面显示：十一点五十七分。周围灯光昏暗，空气阴冷，给人一种迫在眉睫的心慌感。

虞卿想在周围探索一下，但总觉得呼吸不畅，像是有什么东西紧盯着他，让他后背生寒，无论如何也迈不开步子。

直播间的观看人数在两百上下不断变化着，大多是被他数值奇怪的属性面板吸引而来，一小部分是因为他长得好看。

此时，不痛不痒的弹幕正零星飘过，不断催促着他的动作。

"主播，动啊，动啊！这就吓傻了？"

挂钟的秒针不停转动，不多时，周围响起了奇怪的沙沙声，穿入耳膜，直击心脏，惊得人一阵战栗。

直播间人数渐渐降到了一百五十。

良久，虞卿后退两步，动了动，目光盯紧了最上面吊着的绳子，薄唇轻抿，眼神逐渐变得凌厉。

时间推移，白墙上的挂钟继续走着，绳子的断裂也越来越明显，麻绳崩开的"沙沙"声逐渐加快，忽然，绳子断裂了。

虞卿上前一步，用了些力气，一把抱住了那具急速下坠的尸体。

直播间的人数停止减少，全体一脸疑惑。

虞卿长得瘦，紧实的腰身上没有肌肉，是两条过于分明的人鱼线，抱着一具身高一米八的尸体，显得有些吃力。

为了防止尸体下滑，他咬住牙，拿膝盖顶着，随后，快速看了眼尸体身上的胸牌，找到名字后，两步将尸体放到了那张属于他的病床上，细心地拍了拍尸体的肩膀，清润温和的嗓音慢慢响起，颇具安慰效果："这样睡觉就舒服多了吧。"

话落，他又掖了掖被子……

很礼貌的做法，细致又温柔，但处在恐怖副本里，莫名有些诡异。

那隐在墙体里，准备随时下手的怪物痴痴地望着礼貌的少年，硬是……没好意思动手。

好久没人对他的尸体这么好了，呜呜……

好人一生平安啊！

虞卿若无其事地站起来，继续往前，看不出任何异常。

但……路过那半透明的怪物时，虞卿暗暗咬牙，握紧的手心当即出了一阵冷汗。

弹幕区——

"啊……天哪！那怪物藏得那么隐蔽，他是怎么发现的？"

"所以，这小子刚才那么礼貌是因为发现了怪物？站着不动是想抱住怪物的尸体？"

"对的，这个副本第一次开的时候我就看了，尸体掉下来之后，新人都会跑，或嫌弃，或恐惧，或咒骂，最后都被怪物攻击了！"

那只怪物很爱惜自己的尸体，天天盯着。

虞卿刚才一动不动，应该是察觉到被怪物盯上了，在思考离开的方法。

"主播心理素质挺好啊！第一次闯关，面不改色心不跳，打赏积分加一千！"

不，他不是！他的心脏在跳！

终于，虞卿两只脚都迈出了房间，睫毛扇了两下，不动声色地按住了自己怦怦起伏的心口。

幸好他天生有些面瘫，不然刚才一定让那群观众看笑话。

他好不容易才进到这里，必达目的！

平复好呼吸，虞卿一步步在走廊上探索。

幽蓝色的系统屏幕上显示着直播规则，获得积分的途径有两种：一是观众打赏，二是通关奖励。

依此来看，多探索不但有助于通关，还有助于获得积分，一举两得。

很快，虞卿就确定了自己在顶层，脚步轻缓，大脑不停地思考着。

阴冷的走廊，头顶电流嗞嗞地响，闪烁的黄光将脱落的墙皮照亮，忽明忽暗地突破着人类脆弱的心理防线。

五分钟后，虞卿终于找到了一块即将脱落的旧告示牌，上面写着——天使精神疗养院平面图，层数：九。

字迹有些模糊，虞卿擦去上面的土，刚看了两眼，忽然，轰——

所有房间的窗户都从外面吹开，一阵浓郁的黑雾渐渐淌进屋内，向走廊蔓延。

与此同时，系统忽然变红，警报在耳边催命似的炸响！

"警报，警报！黑雾来袭，请主播迅速抵达小三层！只有小三层的食堂是安全的！"

与此同时，虞卿就看到系统面板上，自己的一百点生命值在不断下降。

系统提示——

怪物名称：黑雾（Boss〔性能非常突出且罕见的强敌〕型NPC〔非玩家角色〕）。

怪物等级：七级（满级十）。

特别注意：五级以上怪物，皆为高危存在，能避则避。

直播系统智能预算：黑雾有毒，疾速侵蚀生命值（您的生命血条），若继续停留雾中，您的预计存活时间将不超过三分钟。

紧接着，所有数据消失，发了红的倒计时"嘀嘀嘀"地绕在耳侧，响得人心焦意乱。

观众人数骤然增多。

"啊！这只是个一级副本，竟然藏了七级怪物？事情开始变得有趣了。"

"特别提醒，一千积分就可以加满生命值哦。"

黑雾迅速蔓延，虞卿后退两步，慢慢放缓呼吸，片刻后，竟是直接转身，往电梯口跑去。

弹幕里的讨论越发热烈了。

"我记得这部电梯有玄机啊。"

虞卿快步跑到电梯里，第一时间检查了一下按键，六个按键！

平面图上说疗养院一共九层，再加上负一层的地下停车场，应该对应十个按键。

但电梯上只有六个，数目不对！

没时间犹豫了！虞卿站进去，黑雾也跟着蔓延了进来。虞卿尽量放平心态，咬牙，屏息。

果然，不吸入黑雾，生命值就掉得没那么快了。

他稍稍安下心，仔细观察着电梯上的按钮。

有第三层，应该可以按，坐电梯到第三层明显是最快的方法。

直播间甚至也有人不断重复："按呀！有三层还不按？"

可……小三层，不是第三层的意思吧？

虞卿没按按钮的指节良久地停顿着，不一会儿，竟是直接按下了负一层的按钮。

直播间——

"主播要干什么？系统上都写了，黑雾最先从顶层和负一层开始蔓延，等他到负一层，那里早被黑雾吞噬了！"

电梯急速下降，吱吱呀呀晃得虞卿有些想吐。

他努力忍着，不一会儿，叮！电梯降到了负一层。

门一打开，浓重的黑雾扑面袭来，微弱的灯光被尽数吞没，伸手不见五指。

虞卿没办法判断这是什么位置，而他的生命值也在触及黑雾的一瞬间，急速降到了八十八点！

虞卿简单瞥了一眼，觉得这数字还挺吉利，心情都好了些。

这里的黑雾已经逐渐成形，像是无数冰碴子自四面八方裹挟而来，刺激着他脆弱的脖颈。

虞卿狠狠咬着牙，没控制住在黑雾里狠狠咳嗽了两声。

紧接着，生命值告急，直播系统智能预算：如继续停留雾中，您的预计存活时间将不超过六十秒！

原本的三分钟，一下降到了六十秒！

这时候，弹幕竟然也跟着严肃起来。

"啊！主播快进电梯，随便去个中间没被侵占的楼层都比这里好！"

可虞卿竟然屏住呼吸，又一次向前迈出了步子，决然走入黑暗，眼睛看不见，他就试探着摸索附近的建筑。

有大柱子，凉凉的，紧接着，他摸到了一辆接一辆的汽车，是停车场，真的是停车场！

虞卿像是确定了什么惊喜，飞速寻找着安全出口。

他迅速爬上楼梯，从楼梯往上跑，步子飞快。

小三层！要到小三层！

电梯的按键只有六层，就证明有古怪，按下第三层，不一定会把你带到第三层。

他运气不好，一向会遇见最坏的结果。

但……他刚才在顶层的时候观察了一下窗外，有汽车在路上跑。

证明即便在这个副本里，汽车也不可能飞起来，所以负一层是地下停车场，这永远是固定的！

他确定了负一层，走楼梯，就可以到达最准确的小三层！

虞卿一路跑着，果然发现，这地方还有很多电梯无法到达的小夹层。

如果把小夹层也算上，那所谓的小三层就该是……食堂！

虞卿看见了光明，漆黑的眼前终于也亮起来。

与此同时，直播间再次沸腾，从原来的三百七十八人观看，一下子突破到了一千人。

弹幕区几乎被惊呼占满。

"他怎么知道楼梯间有夹层？啊？告诉我，他为什么什么都知道？"

"你没看吗？他刚开始就找到了疗养院的平面图，很多新人都是经历几次逃生才能明白地图的重要性！"

"这主播刷新了我对新人的一贯印象，再看看！打赏积分加一千。"

生命值骤降，虞卿拼命往楼上跑，眼神几经变化，在生命值迫近十时，立刻抬手，点击加生命值的按钮！

于是，踏上最后一级台阶时，虞卿的积分消耗一千点，生命值恰好满格。

因为急速奔跑，他浑身出了一层汗，胸膛起伏，呼吸分外急促。

生命值下降时，虞卿分明感觉自己行动迟缓，所有感官的敏锐度都在下降，所以以后生命值绝不能——

"啊！"忽然，虞卿叫了一声。

整个直播间也跟着惊诧沸腾！

"什么情况？！主播被七级怪物缠上了！"

可是……为什么？

虞卿不明白，明明到了小三层，那团追着他一路跑的黑雾却依然突破安全区，缠住了他的脚，而且，这次是有形的！

缠着他脚踝的黑雾凝聚成人手的形状，狠狠将他捏住，又慢慢地将他往黑暗里拉。

虞卿皱眉，堪堪忍住骂怪物的冲动，一只手扣住墙面，拼命向前迈步。

虞卿和怪物的手拉扯着，同时向两个方向使力。

不一会儿，少年那原本白皙的脚踝就被拽出了红痕。

但……那团黑雾凝聚的手依然在不停拽着他。雪白的衬衫随着挣扎的动作微微撩起，不一会儿，竟是又有手凝聚成形，从黑雾里伸出来，一把掐住了他的腰。

"啊！"

——好疼！虞卿扣着墙的手一紧，被迫仰起头，左耳上鲜红的心形耳坠不停晃动。

他的额头出了一层冷汗，不受控地闷哼出声。

紧接着，一只黑手掐住了他的脖颈，虞卿一怔，眼圈霎时变得通红。

窒息感袭来，少年眼角含着泪，拼命挣扎。但不多时，竟是又多出一只黑手，捂住了他的嘴，喊救命的机会也没了……

慢慢地，有更多的手去拽虞卿。

四只，八只，十二只……黑雾凝结的手将他完全控制住。

"嗯……"虞卿只有眼睛还露在外面，微红的眼尾淌过泪，摇晃两下，又缓缓滴落，没入浓重的黑雾中。

终于，手累积到第八十五只的时候，虞卿被完全吞没，拉入了黑雾里。

"唔！"短促的一声过后，一切归于沉寂。

人消失了，只剩系统光屏浮在半空，幽幽闪烁着，连周围的气氛都显得安静落寞。

直播间人数骤降，降到五十八人的时候，忽然，那团黑雾动了动！

其中有金光不时闪过，像是要刺破黑雾？

观看人数下降的趋势再次停止。

"啊！我看见虞卿的手了，他手里握着一根好长的金针？他在跟黑雾打，他敢跟七级 Boss 打？我鸡皮疙瘩起来了！"

台阶边缘，那团黑雾抖动得更厉害了，不一会儿，虞卿一只满是红痕的脚露了出来。

紧接着，两只骨节分明的手慢慢伸出，生生将黑雾撕扯开。

虞卿逃了出来！他在地上滚了一圈，再跪起来的时候，捂着自己的脖颈不停地咳嗽。

或许是他这次落的位置有些远，那黑雾没了再上前的可能，反而有些兴奋地在楼梯口不停地变换、扭曲，最后慢慢安静下来，似乎在偷偷观察着虞卿的反应。

"咯！"咳完最后一声，虞卿慢慢站直，抬手擦了下嘴角的血，目光微暗。

不知道灭掉 Boss 能不能涨积分？

"嘀嘀——检测到主播想法危险，再次提醒规则！"

悬空的系统面板及时飘到眼前，虞卿看见最中央有两条醒目的规则。

绝对守则一：时刻注意直播间在线人数，直播效益不好，直接失败。

绝对守则二：主播不可以使用任何道具击杀任何副本 NPC。（观众要求除外）

虞卿危险地眯起眼睛。

他懂了。

原本束发的皮套被扯掉了，此时，少年纤长的白发遮住了大半张脸，和鲜红的眼尾叠在一起，不一会儿——

"什么呀？主播手里根本就没有金针，刚才的朋友看错了吧？"

"不可能，没有金针那金光是什么？他是靠什么逃出来的？"

"靠什么啊？"望着不停入账的积分，虞卿慢慢抬眸，笑意温顺，"当然是靠大家一路帮我了，谢谢你们的积分。"

几秒后，积分打赏不停入账，同时，直播间人数稳定在了五百左右，虞卿像是完成了什么大事，慢慢起身，手心的感觉冰凉，像是忽然被塞了一件什么东西。

少年移开目光，正看见一张方方正正的胸牌。

系统提示："胸牌是副本提供的道具，应妥善保管。"

只是视线所及，上面没有名字，只在最左侧贴了一张他的照片，彩色蓝底大头照。

虞卿摩挲着胸牌，冰凉的，没有温度，像是暗示自己的结局，于是眼睫轻扇，手心也渐渐变凉……

忽然，侧面传来几道违和的"咚咚"声，像是脚踩地面，每一步都走得十分吃力，可虞卿仔细听了两耳朵，没有喘息声。

是怪物！

那声音从灯光晦暗的三层楼道里传来，带得地面微微震颤。

虞卿收下胸牌，目光在楼道扫了一圈，头顶的灯光越来越暗，但始终看不到任何人……或物。

为了防止自己一会儿喊出来，他慢慢后退，一只手扣紧身后的墙壁。

"咚——咚咚——"

那声音越来越急，越来越近，偏偏，虞卿不知道它来自哪个方向，更不知道要往哪儿跑，催命似的"咚咚"声回荡在空旷的楼道里，声声敲心。

不一会儿，"啪"的一声，灯灭了！

整个楼道霎时漆黑一片，诡异和安静随着氛围弥漫。虞卿听到附近有开门的声音，紧接着，楼道里的灯又闪了一下。距离虞卿面前一厘米，直接出现了一张老太太的脸，脸色黝黑，面部皱纹堆积，像是被殴打过。

她的眼珠和嘴巴都是黑漆漆的，看到虞卿的那一刻，"咯咯"的尖厉笑声立刻响起，刺得人耳膜生疼。

她慢慢张口，用发黑的舌头艰难吐息着："找、到、你、了。"

一瞬间，虞卿扣着墙的指节收紧，后背"唰"地出了一层冷汗，头皮一阵接一阵地发麻。但他的表情依旧没有多少变化，眼睛眨了两下，平静地问："您……您是……"

"来食堂就是要吃饭的呀，孩子。"

老太太重新站定，走廊里昏黄的灯再次亮起，虞卿终于看清了面前的人，面部苍老，身体却像少女，走起来很笨重，发出沉重的咚咚声。

同时，她不停喃喃着："奶奶好久没见过你这么好看的娃了，来，奶奶给你单独做道菜，来吧……"

她的声音在空旷的楼道里不断回荡。

系统显示——

怪物名称：食堂婆婆（诱捕型 NPC）。

危险系数：零点五级（满级十）。

直播间——

"才零点五，主播别上当，直接走就好了，要是我，我就不搭理。"

弹幕一条接一条地飘过，竟是真的开始给虞卿支起了着儿。

可偏偏虞卿顿了片刻，伸脚迈了出去，像是真的被蛊惑了一般，亦步亦趋跟在食堂婆婆身后。

"奶……奶？"虞卿开口，温和的声音别样乖巧，"您这么年轻，看起来也就二十多岁，还妄想我叫您奶奶？怎么总想占我便宜？"

直播间观众："啊？"

听到这句话，面前的怪物婆婆也跟着愣住，不一会儿，那"咯咯"的笑声便再次响起。

她的手慢慢交握在一起，从背后看像是有些……羞赧？

虞卿继续说："不过您身材很好，像是被天使吻过。我很久没见过您这么好看的人了，不知道能不能邀请您共进晚餐？"

直播间观众："啊？"

"咯咯——"笑声再次传出，虞卿捂了下耳朵，看见那老太太被夸完，有些无措。

片刻后，她开始拿自己的手抚摸那近乎干裂的嘴唇，娇羞地回头："你这孩子，真会说话。

"那不叫奶奶了，叫姐姐。

"姐姐今天啊，给你做肉吃。"

话落，她继续往前，继续重复着那句："来吧，你这脸蛋真不错呀……"

虞卿跟着她，一路走到食堂，看见案板上堆积的东西，大概能猜到一些。

一个爱美成性的怪物婆婆，在打斗过程中脸被划伤了，却把别人好看的东西都安在了自己身上。

食堂里充斥着难闻的味道，虞卿坐下，尽量放轻呼吸，眼看着婆婆把一盘肉放到自己眼前，眸色渐渐变得幽深。

而直播间里，眼看着虞卿拿起筷子，随意夹了一块肉，观众们彻底坐不住了。

"不是，主播想干什么？只有精神值在三十以下的人才会被怪物婆婆蛊惑，我看了一眼，他在一百零一啊！"

"我怀疑一百零一是假的，吃下去他就完了。"

餐桌边，虞卿瞥了一眼弹幕，终于又将肉放下，漫不经心地开口："老太太，你说，抢别人的东西安到自己身上，不会觉得亏心吗？"

怪物婆婆一怔，亲和的笑脸霎时消失，对着虞卿露出了纤长的獠牙，却见那少年依旧淡淡地说着："还是说，你本来就很丑，所以，看不得好看的人啊？"

虞卿终于看向她，白色发丝微动，眼波流转："我帅吗？"

简单的三句话，直戳怪物婆婆的心窝。

她的牙齿"咯吱咯吱"响起来，像是迫不及待要抓住什么。

终于，怪物婆婆冲着虞卿扑过来！

几乎是一瞬间，虞卿站起身，一把按住怪物婆婆的肩膀，将人强行固定到椅子上！

怪物婆婆挣扎了好几下，没办法继续动，只能不停在椅子上嘶吼，挣扎。

直播间里原本安静的众人看到虞卿顶着那张单纯的脸，双手按着一只怪物，竟然莫名……兴奋起来！

"啊！这副本就开了两次，以前的主播都是主动避开怪物婆婆，我第一次看到正面对峙的！"

打赏积分加一百。

虞卿按着怪物婆婆，发现这"诱捕型NPC"果真如他所料，只是长得吓人，实际上，力气远不如他。

因为真正有能力的NPC，不会诱捕。现在，既然自己能完全控场，那么……

虞卿低下头，脸上的笑意越发好看："老太太，您饿了吧？看看，都流口水了。这肉里好像加了不少好东西，想吃吗？我喂你啊。"

轻描淡写的两句，怪物婆婆听得浑身一僵。

这肉里有大量的致幻剂，她是用来毒别人的，自己怎么会吃？！

不对！

很快，怪物婆婆就镇定下来，她像是反应过来什么，余光瞥向虞卿，带着几分得意地回："你没资格伤害我，在这个游戏里，任何人不得使用任何道具，伤害任何NPC！咯咯——"

她的声音很大，直播间观众静静听着，片刻后，一股莫名的不爽攀上心头。

紧接着，弹幕涌起——

"主播，让她吃！（打赏积分加五千）"

这个观众打赏的积分是副本通关奖励的四分之一，可谓大手笔。

在线人数急速增加，虞卿耳边，系统的播报声一句比一句勤快。

"恭喜主播达成四千人在线成就，积分加四百。"

"恭喜主播达成五千人在线成就，已添加'奇葩主播奇葩事'标签。你有更多的机会被观众看到，吸引更多的观众，去赚更多的积分吧！"

不少观众觉得好奇，慕名涌进直播间，眼看着虞卿温柔地把肉抵到怪物婆婆的嘴唇边，发出了满屏的震惊感叹号。

直播在线人数以惊人的速度突破两万。

大屏上，怪物婆婆极力反抗，虞卿用了十分钟，硬是一口也没喂进去。

当然，比他急的观众更多。

画面里，虞卿和怪物婆婆推搡间，她一头栽进了恶心的餐盘里。

过量的致幻剂落在脸上，灼得老太太不停地尖叫挣扎，而这些，是她给虞卿准备的，现在，竟全用在了自己身上。

"啊——"

致幻剂在脸上化开，少量融进了嘴里，怪物婆婆变得越发不安。她不停地扭动着，屈辱和仇恨充斥着她的脑海，纤长的指甲挣扎片刻，忽然——

指甲"唰"地一下划破了虞卿的手臂，鲜血缓慢渗出，虞卿拧眉，轻轻抽了口气，却不料转眼间，怪物婆婆就挣脱了他的手，翻身朝他扑过去。

那张被伤了的老脸越发狰狞。

虞卿忍着恶心躲了几次。

面前，怪物婆婆早已被气昏了头，几次打不中虞卿，便不顾一切地冲上前去，嘶吼大叫："都死，你们都该死！"

眼看着直播间的打赏越堆越多，观众越来越愤怒。终于，虞卿停在了一处墙角，站立不动。

四周灯光昏暗，或许是电压不稳，忽明忽暗的灯棍冒出火花，无尽阴森里，怪物婆婆死死地盯着不远处那一动不动的少年。

灯光变得更暗，诡异的"咚咚"声再次靠近，回荡在空旷的餐厅，听得直播间的观众都不自觉打起了冷战。

忽然，餐厅的灯再次熄灭，外面的一切又被黑雾包围，整个环境，伸手不见五指。

"咚——咚咚——"

冰凉的恐怖感压迫全身的每一处毛孔，虞卿隐约察觉到，怪物婆婆似乎可以控制这层楼的灯。

因为人类的想象力天生丰富，无尽的黑夜，最适合她制造恐惧，消磨玩家的理智值。

所以，这才是怪物婆婆真正的能力！

虞卿眨了两下眼睛，努力让视线聚焦，刚能适应黑暗，就看见有东西在急速逼近，怪物婆婆变得越发狰狞，白发披散，尖利的指甲直接向他袭来。

下一刻，虞卿抬手，一把制住她。

没有人注意到，黑暗里，少年的眼瞳有一瞬间变成了鲜艳的赤红色，有什么声音隐匿响起，窸窸窣窣。

紧接着，虞卿手里多出了一根约莫四十厘米长的金针，针身笔直，握在手里，朝着怪物婆婆攻去。

怪物婆婆的挣扎越来越弱，少年的笑却是越发明媚惑人："你很爱美吧？可惜，同样是白发，你的丑死了。"

怪物婆婆瞪向虞卿，连挣扎都开始变得幽怨。

"呵，别误会。"少年笑了一下，"我只是看不惯你，替那些被你伤害的人骂一骂你。"

话音落，食堂的灯重新亮起，周围又恢复了独有的静谧。

虞卿看着地上的怪物，连忙颤抖着手捂住心口，瞳孔放大，连领口的薄汗都冒了出来，他靠在身后的柱子上，双腿发软。

"嘀嘀嘀……"忽然，面前悬空的系统屏幕骤然变红，上面一切关于主播的信息紧跟着消失。

直播间的观众正在疑惑，就听机械的系统女音播报声起："检测到主播虞卿恶意击杀 NPC，一切数值清零，系统将就地抹杀。"

抹杀？

虞卿指节一颤，他这下真的紧张起来了。

"不，不是的……"他的神色依然是镇定的，"我是按照守则在做事……"

系统提示——

"即便按照守则，主播也得在达到一级之后再击杀。副本过关后，主播方可进行评级。零级主播，无权击杀怪物。"

话音落，虞卿顿感呼吸不畅，他有些艰难地跪在地上，苍白的手背上青筋分明，根根暴起："你……没说……"

系统作弊，信息不全，但无奈，游戏官方拥有所有解释权，他们会随机在系统上钻漏洞。

因为，他们不会让运气不好的主播过关。

无理的要求，却无法反抗……

"嗯……"虞卿闷哼一声，狠狠咬住牙，果断转头，最后的余光瞥向直播间。

窒息的压迫感逼得他脸颊通红，直播间观众情绪被带起来，也有几分紧张，几分想救，但依然犹犹豫豫，下不定决心。

一个新人主播而已。

因为积分累积到一定程度，就能拥有复活卡。

所以，他们想看主播直播，主播也需要他们的打赏，本身就是相互利用的关系，没有真情，也不用把时间浪费在……

一条弹幕忽然飘过："看啊！虞卿在跟我们告别，他没力气说话了，说的是唇语！"

"我能读懂，他说的是：'对不起，不能给大家带来欢乐了，我……'"

"啊——不好，生命值要清零了，我舍不得这么好的主播，我赏了！打赏积分加一万。"

可是，不够，一张复活卡起码要一百万积分。

没时间了……

虞卿被迫跪在了地上，面色开始变青，眼瞳颤动，眼底的神色也渐渐变得黯淡。但就是那一条打赏弹幕，仅仅一条，就完全将打赏带了起来，打赏越来越多。

"积分到账，一千万，复活卡自动兑换中，请稍候……"

稍……候？

虞卿瞥向系统，眼角通红，上面的复活卡还在慢悠悠地转圈加载，丝毫不在意他的感受。

可他呼吸被夺，大脑严重缺氧，很难感受到身体的其他知觉，一秒……

再拖一秒他真的会死！

然而……

"系统卡顿，复活卡加载稍慢，请主播耐心等待哦——"

耐心？

虞卿的指尖开始打战，他艰难地蜷缩着身子，已经无法分辨系统在说什么，混乱的大脑一片空白，只剩下一个最醒目的想法——

别闭眼，闭上就醒不来了！

所以，他再次聚起一点力量，颤抖的右手缓缓抬起，狠狠掐在了自己的左胳膊上，原本白皙的手臂霎时绯红一片。

很疼，疼得虞卿不自觉抖了一下，却发不出任何声音。

瘦削的身体蜷缩得越发厉害，颤抖疼挛，从直播间看过去，像是在演一场荒诞的哑剧。

时间一分一秒地流逝，终于……

"叮——复活卡已发放，祝您游戏愉快。"

随着一句发放，虞卿狠狠咳了两声，脸颊绯红，终于获得了久违的喘息。他的左臂已经被掐出好几道幽深的伤口。

大脑彻底清醒后，虞卿慢慢坐起，揪了揪衣服，随意撑起一条腿，有些倦怠地靠在身后的柱子上，对系统屏幕招了招手。

屏幕很听话地来到了他手下，正好是他能看见的位置。

虞卿垂下眼眸，平复了几下呼吸，不紧不慢地打开了系统商城。

随着他的脱险，直播间紧张的气氛消失，弹幕再次炸开了锅。

他们似乎觉得自己做了件很伟大的事，一同关心起了虞卿。

"等等？主播是在开系统商城吧？他是想买工具防身？"

一条弹幕引起了众人的注意，他们将更多的注意力放在虞卿身上，眼看他点开商场，在一众贵得要死的工具中，锁定了一张"爆破卡"，仔细研究。

道具名称：爆破卡。

道具功能：可炸毁一切你想摧毁的东西，只要输入名字，被爆破卡锁定的东西，不死不休。

售价：九百万。

虞卿的手臂还在渗血，但他似乎根本就没想着给自己包扎，那点小伤口要不了命，但是……

虞卿落指点下去，爆破卡被移出商城，一瞬间，整个直播间又跟着热闹起来。

"什么，主播疯了？那可是九百万！副本结束后，这些积分够他评级成三级主播，他就这么花出去了？他知不知道别的主播攒积分多难啊！"

拿到卡后，虞卿终于收回目光，看了一眼热闹的直播间，随即出声："系统，你的编号是多少？"

冰冷的系统女音像是有些倦怠，幽幽答："TTS1888。"

虞卿礼貌点头："谢谢。"

随即，他毫不犹豫地在爆破卡上，输入了系统的编号。

直播间的观众一脸震惊！

系统："啊！"

然后，他们看见虞卿毫不犹豫地点了确定键，笑容如常："系统，如果你被炸成灰，我还能正常直播吗？"

那原本不紧不慢，连加载个"复活卡"都要磨叽半天的系统终于着急了。

机械的女音语速开始变快，说到后面，甚至有些发抖："炸毁系统后，直播间将暂时失联，主播身份消失，很可能会被其他主播误认成NPC，请主播三思……"

"砰——"爆炸声起，虞卿笑容淡淡的，和直播间挥手告别，又扯了块还算干净的衣裳布料，简单包扎了一下。

他站起来，心情舒畅地活动了一下筋骨，头顶上，表示主播身份的蓝色小光点消失，耳根都清净了不少。

他再次走回怪物婆婆身边，伸出手，在她身上摸索片刻，拿出一枚戒指。

虞卿仔细观察着，那是一枚男式婚戒，用钻虽少，款式却很考究，内圈刻着两个英文字母——XH。

是……爱人的名字吗？

他直觉这和副本的故事有关，所以才毅然决然去招惹怪物婆婆，但……现在系统废了，没有东西会为他解答。

放好戒指，虞卿轻舒一口气，正准备去走廊继续探索，忽听"叮"的一声。

刚才系统爆炸消失的地方落下了一把刀，约莫四十厘米，是一把短刀，却有双面刀锋，映着头顶昏黄的灯，也亮得有些晃眼。

看上去……好锋利。

虞卿半蹲下身子，刚要触碰那把刀，就见上面显示出几行字。

爆破系统奖励。

每个进入副本的系统内部，都藏有一把少有的秘密武器，主播在副本内完全消灭系统，便可获得。

"哦？"虞卿眼眸上挑——为自己报个仇而已，竟然……还有意外收获，他开始怀念那个被炸碎的系统了。

于是他垂手握住刀柄，拿起的一瞬间，刀一旁的文字注释再次发生变化。

道具名称：老子刀了你。

道具功能……

虞卿瞳孔微微放大，看清这把刀的功能之后，他的神色恢复正常，出门时，眼睛里含着隐约笑意。

他有条不紊地迈向楼梯口，迈向那一团折磨他的黑雾。

沉稳的脚步声幽幽回荡在楼道，而那团黑雾似乎感受到了虞卿的靠近，原本安静的姿态立刻消失，兴奋地扭曲起来。

回想起之前黑雾的行为，虞卿脚步稍慢，果断停在了距离它半米的地方。

虞卿伸出手，指节慢慢弯曲，葱白的指尖钩起一缕浅薄的雾气，像是要引诱什么，可……那黑雾没有反应，更没有像以前一样凝聚出黑手。

虞卿拧眉，反复几次，之前的黑手都没有再伸出来。

他有些急，于是试探着又往前走了半步，整只手探进浓重的雾气里，随便搅了一下，然后雾气里慢慢立起一只黑色的小手。

初时，只有婴儿的手一般大，但慢慢地，指尖抬起，手掌变化，最后，竟是变成成人大小，一把抓住了虞卿的手臂！

终于来了！

虞卿眼眸稍凛，手腕动了动，慢慢挣脱那只手的桎梏。

下一刻，另一只手举起刀，直接就要攻击那黑手！

这刀有分析事物本体的功能，只要攻击了黑雾的手，他就能知道这团黑雾的本体和形成原因！

知己知彼，百战不殆！

然而黑雾似乎很紧张，不等刀落下，另一只手便再次探出，毫不犹豫地拍远了虞卿手里的刀。

"当啷"一声，明刀落地，虞卿手腕被震得生疼。他轻"哒"了一声，握刀的手被震得发麻，连带着少年整个手腕都泛了红。

刀子没了，他刚准备去捡，就发现雾气里又探出两只手，困住了他。

虞卿的行动变得困难起来，紧接着，又一只黑手慢慢靠近。

虞卿试图反抗，但那黑手以更快的速度反客为主。

不一会儿，"咚"的一声，虞卿后退两步，整个人被迫靠在墙上。

怪物婆婆消失后的小三层寂静无声，没有其他主播靠近，没有东西可以帮他……

虞卿的呼吸不停起伏，纤长的白发逐渐变乱，他试探着放低身子，慢慢弯曲膝盖蹲下，转换位置，去摸刚才那被打在地上的刀。

奈何，指尖刚碰到刀柄。

又有两只手伸过来，一把按住了他的肩膀，将他困在地上，让那些反抗的心思悉数泯灭。

虞卿眼尾颤抖，于是狠狠咬牙，将手上抬，再次握住刀柄，奋力一挥！

"喀，喀喀喀！"那只手逃得极快，没给他攻击的机会，虞卿终于获得了短暂的喘息。

虞卿额角的湿汗将白发浸得淋漓，他想坐起来，但身体无力，只能先躺在地上，随着胸膛的起伏，慢慢喘息。

"咚咚咚——"沉重的脚步声自身后响起，虞卿眸色微凛，仔细听了一下，和刚才怪物婆婆那缓慢的"咚咚"声有很大区别。

这个人跑得很快，伴随着粗重的喘息声，大概是——逃命的玩家！

果然，虞卿的想法刚结束，一个刀疤脸的大汉就从楼梯上跑了下来，扶着墙不停缓气。

他的头发很短，是监狱里统一的发型，身上穿的也是有些掉色的囚服。或许是逃命逃得快，整个人呼吸粗重，虚浮而暴躁，仅凭感受，就能觉察出危险。

虞卿指尖动了动，试图偏过头去看一眼，但……他的力气天生小，不想将体力浪费在无谓的地方，便继续保持着刚才的动作，仰头缓气。

一轻一重两道呼吸很快交叠在一起，在空荡的楼道里此起彼伏。

大汉逐渐意识到了不对，缓缓抬起头，带有几分贪婪地盯紧了不远处的少年，目光颤动。

大汉几步上前，停在虞卿身边，居高临下地打量着那具微瘦的身体。

少年身形单薄，看起来真的没什么反抗的力气。

"哈哈。"大汉弯唇，露出满口不整齐的大黄牙，眸中恶意点滴凝聚，"来，跟爷好好较量一场吧！"

说着，大汉垂手拔刀，眼看就要俯身，却听虞卿道："尊敬的主播，您好，我是您的引路NPC。"

忽然，那大汉停下了一切动作，刚壮起来的胆子吓得萎靡不振。

但虞卿的话还在继续："刚才跟我朋友玩了一会儿，现在没有力气，有失远迎，还请恕罪。"

N······PC？

主播无权伤害 NPC，更何况还是黑雾 Boss 的好友！

那大汉像是受惊不小，又不自觉退了好几步，眼看那一重黑雾里还有没缩回去的手，当即瞳孔一缩，整个人都险些提不上气，尤其是在那团黑雾再次将他笼罩的时候······

黑雾里，几十双手倏然靠近，最快的手直接按上了他的左肩。

"啊——"凄厉的叫声响彻楼道，那大汉疼得满身是汗，下了狠劲挣扎才终于往前跑了两步，脚下踉跄，跌在地上。

然后，虞卿听见，他毫不犹豫地骂了一句直播间。

剧烈的痛让男人的脸变得扭曲，冷汗几乎浸透了囚服。

虞卿这才攒够了力气站起身，随意拍了拍身上的土，转头，立在浓重的黑雾前，居高临下地盯上了瑟瑟发抖的男人，眼睛逐渐弯起："太糟了，你怎么这么不小心，惹了我的怪物朋友生气？本来，我是可以款待你的，但现在······"

虞卿抬手，慢悠悠地把玩着那一把双刃刀，一步步逼近大汉。

那大汉的呼吸持续紊乱，身体不停后退，被虞卿逼到墙角的时候，竟是开始忍着肩膀的痛，"砰砰"磕头。

"我错了，我不是故意想杀你的，我说错话了！我该死，呜呜······"

转眼间，虞卿的刀尖抵在了他的额头上。

虞卿看见刀柄上显示出两行字。

本体：人类（死刑犯）。

形成原因：三年奸杀多名少女。

"哦。"还是个"人渣"。

不过，这刀倒是挺好使——还真能分析任何东西的本体和形成原因。

那壮汉盯着虞卿身后，持续颤抖着，绝望着，却在无尽绝望处忽然看见一处闪光。

像是发现了什么······不得了的事。

他看见，自己那竖起的系统屏幕上，直播间人数激增。

大汉不敢反抗虞卿，但他看见直播弹幕都在发什么"卿卿"，就有些怀疑起了面前人的身份。

直到看见一条："啊！我在别人的直播间找到虞卿了，不愧是我保下来的主播，绝！"

主······主播？！

终于，壮汉的脸色黑下来，他抬手，刚准备夺下虞卿的刀，就见少年右腿抬起，一下踩上他的肩膀！

"啊——"壮汉大叫了一声，手臂还未抬起，就被虞卿桎梏住："嘘——"

冷汗淋漓里，他看见虞卿对自己做了个噤声的手势。

疼痛是最折磨人的东西，男人的肩膀肿起一大块，带得他全身发热，一点力气也提不起。但他眼底恨意深重，嘴上功夫依旧不减："你是主播？"

虞卿摇头："不是啊。"

然后，下一秒，壮汉就看见自己的直播间又一次炸了锅。

"啊！新系统来了，卿卿的直播间恢复了，我要第一个过去。"

紧接着，少年头上出现了一个标志主播身份的小蓝点，异常明显！

壮汉："……"

但虞卿似乎没在意这件事。

疼痛刺激着壮汉全身的神经，他不停地抖着，正想着用什么方法给虞卿个教训，视线却逐渐被阴影笼罩。

然后，他全身一震，瞳孔逐渐放大到不可思议的程度，因为身后有一大团黑雾正突破禁制，朝着走廊弥漫而来，又逐渐在虞卿身后抬高，凝聚，裹着浓重的阴影，慢慢将两只手搭上了少年的肩膀。

那壮汉指尖颤抖，最开始还在怕，可转念一想——虞卿也是主播！

主播绝不会是 Boss 的朋友。

他死定了！

这么想着，壮汉眼睛渐弯，连疼痛都跟着减轻了不少。他试探着移开目光，计划逃跑路线。

他计划了整整三分钟，眼看一只黑手就要掐住虞卿的脖子，眼底的兴奋越来越浓，越来越浓，然后……

他看见虞卿偏头，看着那只黑手，薄唇轻启："别闹，我在替你出气。"

那黑雾顿了一下，扭动着，迷茫着，显然不明白虞卿的意思，片刻后，竟是凝聚出更多的手，伸过来。

但……他丝毫不畏惧那些手，反而后退两步，惬意地打开了新收到的系统，面带笑意，俯视壮汉："本来，你惹了我朋友生气，又想害我，是活不成的……但……你有积分……"

说话间，那扣在他肩膀上的黑手忽然一用力。

虞卿皱起眉头，不但没表现出害怕，反而责怪地看了黑手一眼。

这模样，可不像是主播。

所以，他被骗了吗？

壮汉有些蒙——或许，这个所谓的虞卿，真的是个引路 NPC，那个代表主播身份的小蓝点是他的幻觉？直播间观众发弹幕，就是要故意误导他，看他的笑话？

他的脑子飞速运转，实在想不出个所以然，半晌，竟是选择了相信，连滚带爬地，把自己获得的三百积分全交了出去。

然后，就看见了直播间无数嘲笑他的弹幕。

"啊，我就离开一会儿，卿卿已经把 Boss 收服了？"

"还骗了积分，好厉害！卿卿。"

然后，壮汉就看见，他的直播间人数急速下降，连原来的五百人都不到……

积分没了，观众没了，肩膀废了，还……打不过……

明明以前都是他虐待别人，这天怎么……反了？

剧烈的落差感急速上涌，壮汉面色涨红，一颗心怦怦加速，不一会儿竟是白眼一翻，气急攻心地晕了过去。

虞卿却没空关心他，在获得积分的一瞬间，他就听到了更多脚步声，很乱，像是有好几个人结伴靠近。

没时间了！

于是他眼神一变，举起手里的双刃刀，不依不饶，再次划向黑雾。

但这次，那黑雾倒像是真的生气了，突破禁制的后果就是它的力量会削弱，它开始痉挛，变换，扭曲。

和虞卿较量了一会儿，最后，又有些不甘地撤回了楼梯口。

不过这次，虞卿终于斩断了一小缕雾气，那刀子持续颤抖，似乎被那雾气影响，很难分析成分。

虞卿找了一个位置靠着，等了又等，终于见刀柄上显示出三行字。

本体：超级无敌厉害的顶级大 Boss。

名字：司遇。

形成原因却只有一道横杠。

这是什么意思，分析不出来？

虞卿正想着，不远处的楼梯口再次传来异响！

他立刻收起刀，警觉抬眸，正看见八个人结伴，一起跑到了小三层。

那八个人劫后余生，气喘吁吁，被一个穿着唐装小褂、身上挂着铜钱的青年带着。

他们好像结盟过，确定安全后数了下人数，才放心地找了块地方，靠下休息。因为紧张，他们全程没有一句交流。

深沉的夜很静，谁也不知道，无尽的黑暗里隐藏着什么，这晚，大约……

不会再有事了吧……

"嘀，嘀，嘀——"

虞卿是被警报声吵醒的。

睁眼的时候，一道刺目的光直直射过来，让他有些难以适应。

虞卿伸手挡了一下，尖锐的播报声刺入耳膜，强制命令："早上八点，一切危险消失，疗养院开始正式工作，请各位拿到胸牌的病人去一楼大厅，登记住院。"

虞卿揉了揉被震疼的耳朵，有些蒙。

早上……了？

他是被那唐装青年拉起来的，为了活命，那浑身是伤的壮汉也一瘸一拐地跟了下去。

只是……路过楼梯口的时候，黑雾已经完全散尽。

各处阳光明媚，花草鲜艳，就连墙壁都变得洁白平整，一眼看上去，和正常的疗养院没有丝毫分别，昨夜里那个 Boss 也没了，楼道空荡荡的。

虞卿指尖颤了颤，把刀收入了系统空间，下楼的时候，不知为什么，就在楼梯上多停了一会儿，眼睫垂落，眼神晦暗不明。

簌簌的脚步声一起到达楼下，前台的护士小姐姐穿着白外套，人美声甜，给每一个路过的主播发放着铃铛，嘴里念叨着："这是院长找来的铃铛，是证明大家身份的关键。晚上的疗养院有怪物，怪物不攻击系着铃铛的人，大家拿到后一定要好好系在手腕上。

"另外，在这里，大家不可以与医生发生冲突，请牢记这一点。"

她的声音很温柔，伸出的手指纤细，葱白泛红，看得那强奸犯不自觉吞了吞口水，眼睛都发了直。

但……迫于身处副本，男人只领了铃铛，就咬了咬牙，不甘地远离。

护士的话也不知听进去多少。

虞卿落在队伍最后，往前走时，就一直盯着系统屏幕。

直播间认真地看着他，疑惑未起，就见他伸手买了一瓶"疗伤药水"。

道具名称：疗伤药水。

道具功能：连喝三口，可修复身上一切伤痕。

售价：三万。

疗伤类的药物在系统商城里卖得最好，价格一直居高不下，更何况是这种三口下去，内伤外伤都能治的爆款。

"虞卿的积分没剩多少了。"直播间的观众担忧地发问，"他胳膊上就一点伤是自己掐出来的，不用吃这么好吧？"

"拜托，人家自己赚的积分，花来给自己治伤有问题吗？"

直播间人数稳定在一万左右，零星的弹幕互相吵着，正争执虞卿什么时候喝药，就发现，他在众人走远后，伸手把那瓶三万积分买来的药，递给了小护士。

护士一怔，用水汪汪的眼睛看向他，听他说："喝三口或许可以治你的伤，不管用的话，就全喝了吧。"

说罢，便自己领了铃铛，单只手系在手腕上，跟着前面的人一路走远。

那小护士怔怔的，低下头，良久，眼中竟泛着泪光。

她颤抖着手去拿那一瓶药水，衣袖随动作微微落下，露出手腕的一片青紫。

在一楼领完铃铛后，要去二楼的医生那里接受检查，登记姓名和病症。

从刚才开始，虞卿的直播间就乱成一团。

"不是，主播，那可是三万积分啊！谁能这么大方天天给他打赏，他倒好，拿去安慰 NPC？"

"你别说，那护士身上伤痕可真多，脖子上有，头上也有，多注意一下就能看见，卿卿肯定也看见了，才给她送药的。"

"呜，卿卿好善良。"

弹幕发了没一会儿，二楼的精神科大门打开，医生就开始逐个问名字。

那大汉走在最前面，眼看着面前的男医生戴着眼镜，斯斯文文，当即一拍桌子开口："胡子彪。"

男医生微笑点头，在电脑上打起了字。

也许是觉得白天不可怕，也许是这天的 NPC 都十分乖，胡子彪那无端的自信又涌上心头。

他继续用那只完好的手拍着桌子，问道："我的肩膀伤了，咱们这儿能治吗？"

男医生笑回："不行的，我们这里是疗养院，只有精神科。"

胡子彪有些不耐烦，他原本也可以自己买药，但积分被虞卿骗光了，只能求助 NPC。

于是他破釜沉舟，一把揪住了男医生的领口："你当我是吃素的？这么大个疗养院连一点伤都……啊！"

然而一句话没吼完，他就发现，自己那只揪着男医生衣领的手，发生了异变。

胡子彪疼得浑身打战，他想求救，想大叫，奈何，被一支催眠针直接刺进了脖颈，不一会儿就口吐白沫，抽搐着倒在地上。

身后的人惊得眼瞳睁大，嘴巴都合不拢，有胆子小的甚至已经偏过头去，难以忍受地呕吐起来。

男医生皱了皱眉，看上去有些不耐烦，刚准备开口训斥，就见外面穿着西装的院长路过，神色立马好起来，几步追了出去。

"咔嗒。"房门合紧，窸窸窣窣的声音从外面传来——

"院长，您怎么亲自来了？"

"就是提醒你，一定要把名字记好，咱们留着有用的。"

"是，是，是，我一定……"

那男医生走后，室内越发混乱，讨论声和啜泣声混作一团。

只有虞卿和他前面的唐装青年还算镇定。

青年张口，有条不紊地提示着："刚才那个护士说了，不可以和医生起冲突，所以只要不违反规则就没事，大家一会儿听话，好好报名字……"

然而话未说完，他就发现自己的衣袖被人拽了拽。

青年回头，正看见虞卿摇头，阻止了他。

随即，他看见虞卿迈着步子，主动走到了队伍最前面，男医生的桌边。

这时，男医生正好回来，一脚将胡子彪踢远，右手抬起，中指扶了下眼镜，悠悠道："下一个。"

声落，室内恢复了安静，压得人连喘息都不敢大声，时间越长，越难受。

虞卿上前，支支吾吾地打起了手势。

医生有些不耐烦："说名字。"

"阿……阿……阿巴……阿巴巴……"虞卿张口，眉头拧得深沉，他努力发着简单的声音，有些难过地指着自己的咽喉。

男医生看了一会儿，随即了然："哦，原来是个哑巴。"

虞卿听到后，面色一顿，像是真的伤了心，眼角垂下，泪意说来就来，紧扣的手来回动着，似乎也在为自己发不出声音而抱歉。

那模样，男医生看着都有几分不忍，于是拿了纸笔放在桌边："你写，写下来。"

却不想，面前，虞卿看到纸的一瞬间，后退半步，瞳孔忽然放大。他极力摆手阻止着，示意自己不会写字，而且那表现似乎……也有些害怕纸笔。

医生敏锐地发现了这一点，眼眸微闪，又试着把纸往前推了推，果然，虞卿又后退了一步，慌乱的眼睛霎时红了一圈。

"哦，你是经历过什么，对纸笔有阴影？"

虞卿点点头，半晌，像是终于找到了一个理解自己的人，满眼感激地对上医生的视线。

被一个病人全身心地依赖，这让医生的心情都跟着变好，思考了一会儿，竟是坐起来："来，你自己输入自己的名字。"

虞卿这才点头，多次鞠躬感谢之后，手指熟练地搁上键盘，趁着医生取水的工夫，噼里啪啦叠出一段代码，名字最后显示在栏里的，只有一个符号：π。

很简洁的名字，叫着也很顺口。

医生放下水杯，满意地看了一眼，让虞卿站到一旁后，又示意其他人上前。

那唐装青年静静地观察着，想：这名字既然院长都特别关照过，那一定跟什么奇怪的规则有关，可能涉及点名！

所以，不能被点到，不能说本名，也不能把名字说得太简单，要让人一看就懒得念，一眼就厌恶这个名字，那么……

青年上前一步，试探着低下头："你……你……你……你……你……你……你……你……你，咦……咦……咦……你好！"

医生握着水杯的手一颤。

青年："不……不……不好意思，我……我……我……有点……点……点口……口吃！说……说……说名字一般用……唱……唱的！"

医生慢慢敛眸，保持着良好的服务态度："可以。"

"谢……谢，谢谢！"

于是，说完最后一句，青年揪了下自己的衣领，清清嗓子："我叫……茕茕孑立，沉瀣一气，踽踽独行，醍醐灌顶……"

医生："啊？"

他的手速……有些跟不上。

于是他有些疑惑地看向青年，青年顿了顿："怎……怎……怎……怎……么着？没……没记完？我再……再……再……来一遍！"

虞卿攥紧手，指甲掐住掌心才不至于笑出声。然后，他看见那男医生记完，有些不耐烦地从抽屉里翻出胸牌戴上，继续道："下一个。"

那胸牌反着光，微微朝外时，虞卿看清了上面的名字：许寒。

"XH……"虞卿默默打开系统空间，观察着储藏格里那个从怪物婆婆身上摸出来的戒指，"许寒……"

"叮——恭喜主播获得关键线索'许寒的戒指'，故事探索度百分之五，注意看看医生许寒手上吧！"

许寒手上……虞卿顺着系统的提示看过去！

他的手完好，只是没了戒指，无名指上连戒指痕都没有！

不对！虞卿忽然想起一件事，一股深沉的凉意顺着后背直达脖颈，带出了一身鸡皮疙瘩。

楼上，他最开始抱住的那具尸体，胸牌上也写着两个字——许寒。

虞卿心跳陡然加速，冷汗细密润过掌心，思索的空当，发现一行人已经报好了名，按照医生的指示站成一排，听医生讲："咱们疗养院的规矩，晚上有怪物，所以每天都要派一位病人去楼上看守停尸间，下面我随机点名，被点到的去。"

果然是点名！

虞卿和那唐装青年同时顿了一下，看向彼此。

晚上的疗养院凶险异常，去楼上跟直接去送死有什么区别？

众人也很快意识到了这一点，纷纷低下头，心脏提起，自危又不安地抠着手。

电脑旁，打印机嗡嗡地转着，医生导出病人的花名册，然后发现——总共十个病人，这表却足足有二十多页，每个人的名字至少占了两页！

而且，有的人非说自己瞎了，要在纸上写名字，其实写得跟鬼画符没有一点区别，还硬说自己就叫这个！

医生："……"

这要点个名，不得累死？

哦，对了。

医生目光动了动，忽然想起虞卿的那个"π"，觉得这名字最为简单，于是松了口气，转手去翻虞卿的姓名栏，发现变成了——3.1415926……无尽延绵。

最后，或许是电脑程序也怕被撑爆，所以在耗费两张纸后，给他的名字打上了六个点，标注：无尽延绵。

"呃……胡……胡子彪。"

最终，医生的目光转向了昏迷不醒的强奸犯："胡子彪今晚守停尸间，大家去一楼，找护士领房卡入住。"

"疗养院病房两人一间，请大家遵守安排，下去吧。"

众人深觉逃过一劫，急速离开了诊室，虞卿走在最后。

压抑的诊室随着活人的消失逐渐变得安静，冰冷的寒意犹如湿润的触手，无色无形、无孔不入地蔓延，轻撩过他的耳坠，纠缠着他的步伐。前面的大门越来越近，虞卿的脚步越来越慢。

终于，他到了门口，额角出了一层冷汗，刚迈出半只脚，就听身后医生清冷的声音传来："站住。"

病人不能和医生发生冲突。

于是，虞卿慢慢转过身，一眼对上医生那张惨白的脸！

他不知道这东西什么时候靠得这么近，已经到了他的身后，鞋尖贴着鞋尖，眼神森寒冰冷，嘴角的笑容越扯越大，随即，冰凉的手一下狠拽起他的领子，差点将他整个人提离地面。

可……鉴于自己的"哑巴"人设，虞卿忍着没出声。然后，他看见那张诡异的脸离他越来越近，嘴巴贴近他的耳朵。

下一秒，微凉的警告响起："不许，给我妻子送药！"

话落。

"哗啦——"

虞卿被他甩至屋外，后背直直砸上了楼道的铁栅栏，震出"咚"的一声，浑身都带着疼。

妻子？那护士是他的妻子吗？还是……尸体许寒的妻子？

是他，击杀了真正的许寒，取而代之！

虞卿的手不停抖着，缓了一会儿，才试探着自己爬起来。

他忽视直播间或激动或心疼的弹幕，直面那医生诡异的脸，盯了一会儿，忽然轻描淡写地问了句："净胡说，那是你的妻子吗？"

那医生一咬牙，像是被戳到了痛处，面上仇恨更甚，甚至想出门再去揪虞卿。奈何刚走两步，他就发现，自己手腕上的铃铛……不响了，于是只好转头合上门，慌慌张张地去检查。

大门关上，一切画面消失，虞卿才盯住自己的手，微喘了几口气，忍着后背剧烈的痛起身，努力突破黏腻冷气的包围，往楼下走。

前台的小护士目光上抬，明显在关心他，可看见他后，又慌忙移开了视线，正正经经地拿出最后一张房卡："先……先生，一零四，您的房卡。"

也许是因为动作幅度有些大，虞卿听见"叮叮"两声，发现……那小护士的手腕上也有铃铛，也会响。

于是他接过房卡，搭话一般问："我还以为只有病人有铃铛呢，原来你也有。"

"有，有的。"小护士愣了愣，鉴于那瓶药水，对虞卿耐心地解释道，"工作人员都有，院长也有，铃铛能驱怪物，一旦不响了，在晚上就会很危险。"

"啊？"虞卿继续问，"那……还有别的存货吗？万一我铃铛坏了……"

"不行！"小护士有些激动，立马阻止，"没有多余的了，铃铛不能坏的，坏了……就惨了……"

说话间，她的眼神渐渐发直，像是想到了什么极可怕的事。

　　虞卿终于了然，于是他清清嗓子，慌忙安慰两句，这才往病房走，顺便对着一头雾水的直播间观众们展示了一下自己的右手手心。

　　那只漂亮的手掌上，赫然躺着一个铃铛的内芯。

　　这种最传统的金色铃铛，靠着中间的芯撞击外壁才能发出细微的声音，如今，他把芯拔掉，铃铛就不会响了。

　　直播间观众们迟钝地反应着，足足过了三十秒，才有观众率先明白过来。

　　"啊！我知道了，刚才那个男医生就是因为铃铛坏了才不得不关上门去找，他也怕死，所以，是卿卿把他的铃铛弄坏的，还把铃铛芯拆了下来！"

　　"卿卿刚才问护士也是为了套话吧？卿卿怎么做到的？"

　　"一定是被提领子的时候，卿卿用那根神秘金针挑断了那铃铛的芯，卿卿好帅，只是……那金针到底在哪里？"

　　虞卿很记仇，为了彻底断绝那男医生的后路，特意将铃铛芯收进系统空间，任谁也找不到。

　　他买了药，迈着步子往自己的病房走。此时，外面的天忽然阴下来。

　　闷雷滚滚，周围的光线暗下来，不知怎么，虞卿后背逐渐生出了几分阴森寒意，像是……有什么盯着自己，目不转睛。

　　虞卿的直觉一向很敏锐，呼吸加快，脚步放缓，心跳逐渐变得不安。

　　终于，在走入楼道一小半的时候，他的脚不动声色地停下，回过头，看到大厅里，除了那值班的前台小护士，就剩下了……一尊等身的石刻雕像。

　　那是一尊天使像，脚下踩着一方约莫三米的高台，周围围了一圈逼真的、带毛的动物塑像，模仿的是十二生肖，只是——

　　刚才，这些塑像是这样摆放的吗？

　　他怎么记得，第一次下来的时候，天使像和十二生肖的眼睛对准的都是门口，现在怎么……全看向了他？

　　想到这一点，虞卿顿感一阵眩晕。紧接着，他的耳边出现了噼里啪啦的声响，周遭的环境越来越暗，视线里，那尊等身的天使像次第破裂，露出了里面的怪物。

　　那怪物全黑的眼瞳锁定他，不停地靠近他！

　　很快，怪物停在了他眼前，手掐住他的脖子，发出明晰的"咔嗒"声。

　　虞卿仿佛被定在原地，来不及逃跑，整个人被提起，俊秀的脸渐渐发了青，窒息地盯着面前那张不断靠近的脸。

　　"嘀嗒——"

　　虞卿终于清醒过来，他摇了摇头，发现是幻觉！那声音是他的冷汗滴在地上发出的。

他的腿有些软。

虞卿往后退了一步，好半晌才放松呼吸，勉强站稳。

他攥住有些颤抖的手，深呼吸好几下，才又抬起头，看向那一座诡异的天使像。

天使精神疗养院，因天使像而得名，这座像……

不，不只这座像，这些围着天使像的动物都很奇怪。

虞卿向前迈步，试探着靠近那阴森诡谲的雕像，一点一点，认真扫过那体形各异的十二生肖，发现——没有兔子。

兔子……去哪里了？

"啊——"忽然，楼道的尽头传来变调的尖叫，紧接着响雷骤起，闪电划过，那原本坐在前台负责发铃铛的美女护士，竟变成了一具骷髅。

"以前的副本里，护士只会在晚上变成骷髅，今天怎么白天也……"

"上次闯关的时候没人盯着雕像看，主播这是盯久了，开启了什么隐藏玩法吗？"

果然，弹幕刚起，系统就紧跟着播报："恭喜主播虞卿发现重要线索'天使像的秘密'，故事探索度百分之十一。

"副本难度升级。

"当前难度：三级（满级十）。

"请主播再接再厉哦。"

第2章
天使精神疗养院（中）

副本……升级了？

直播间，喧闹的弹幕区安静了一瞬，随即热闹起来。

虞卿："……"

等级……这么不稳吗？

深吸一口气，少年没管鬼哭狼嚎的直播间，果断转身，朝着尖叫声传来的方向快步奔去。

他看见，楼道拐角处，无数根藤条从墙面凸起，根根分明，对准了唐装青年。

这些藤条好似鞭子，舞动着，痉挛着，不一会儿，抽在青年背上。

眼看就要抽第二次，忽然，虞卿踮起脚，抬手，果断捂住了唐装青年的嘴。

虞卿瞳孔放大，以极快的速度在周围寻找着，不一会儿就盯紧了不远处的告示牌，低声提醒："嘘——不要大声喧哗。"

唐装青年的嘴被捂得严实，但很快也看到了墙上写着"疗养院病人需要安静，禁止大声喧哗"的告示牌，慌忙点点头，拿开虞卿的手，连呼吸都跟着放轻放缓。

周围的藤条寻不到高分贝的声音，开始四处狂甩。

虞卿提了一口气，和唐装青年小心翼翼地倒退着。终于，他们倒回了就近的一零四号房间。

大门合上，环境获得了短暂的安宁。

青年的后背还在渗血，他一刻不放松地扣着门框，透过门上细小的玻璃，仔细观察着走廊，直到那些藤条不甘地退回墙壁，才终于松了一口气，惊诧地看向虞卿："你不是哑巴啊？"

虞卿："你也不是口吃。"

"啊？"青年顿住，痞里痞气地笑了下，"这不是学你吗？不然我就得去楼上，哦，对，我叫钱莱。"

眼看着青年对自己伸出手，虞卿思索了一会儿，与他相握："我叫……3.1415926。"

钱莱："……"

"这里不安全。"虞卿再次开口，"出去再说吧。"

话落，他示意对方坐下，分享起了自己查到的信息："这个副本的通关要求是，找到出去的钥匙，我看到大厅的门从里面上了锁，没有钥匙孔，大概需要的是门禁卡。"

——这个人他观察了一会儿，有担当，有脑子，一直遵循着"要活大家一起活"的原则，可能……是个可信的队友。

"这东西一般在保安手上。"钱莱分析着，"可咱们在大厅走了一圈，只看见了院长、男医生和女护士。

"男医生和女护士身上都没有，那可能……"

"在院长那里。"虞卿接过他的话，手心的冷汗已经消退，心跳逐渐恢复正常。

于是虞卿喝了药，思索片刻，又打开系统商城，买了稍微便宜的外敷药水，说道："我们可以先试着去找院长室……你先把衣裳脱下来吧。"

钱莱疑惑间，外面忽然发出一声巨响，像是有什么巨大的石块砸在了地面上。

剧烈的声响与可怖的幻觉重合，虞卿指尖一颤，心底升起深沉的不安。

钱莱也顿了顿，抬起头，正要同虞卿说话，就看到整个房间亮起猩红的光。

急促的"嘀嘀"声震耳欲聋，警报催命似的播放："天使锁定最新猎物，名字全是数字的白色长发男主播！身高一米七六那个。"

虞卿："啊？"

"请做好准备，今夜十二点，我们将准时造访。"

入夜了，病房内，秒针一格一格地转动着。

副本的夜晚没有月光，黑雾弥漫，伸手不见五指，安静到令人心慌。有踏过走廊的脚步声，清幽的楼道内忽然响起女孩的歌声。

声音隔着厚重的房门隐约传来，虞卿心底动了动，本想大着胆子出去看。

奈何身体像是被什么沉重的冷意压着，如何也挣不脱，指节沉重，呼吸困难，就连眼皮也难以睁开，只能独自面对无边无际的黑暗。

紧接着，他感觉自己身下的床在慢慢塌陷，触感逐渐变得绵软无力，最后，身处虚无，四肢找不到任何支点，完全没入……

周围的冷气越来越重，湿气越来越浓，像是有什么危险隐在黑暗里。忽然，虞卿狠狠一颤！

一根长条状的、冰冰凉的东西正漫过脚踝，蜿蜒向上，渐渐地……将他死死缠住！

冷……刺骨的冷……

没适应一会儿，虞卿呼出的气就变成了白色，散入虚无里，以肉眼可见的速度结成霜。

少年眉头微拧，唇色渐渐发了紫。

这东西，是想冻死他吗？

反正已经被标记成天使的猎物了，他原本准备休息一下，趁夜再出去探索，现在……

身上的触手忽然勒紧，虞卿闷哼一声，咬住牙，试探着将拳头攥紧，刚要用力挣脱，就发现，手腕和脚踝也被死死缠上。

他越动，勒得就越紧。

拳头被迫松开，那会动的触手蔓延四肢，惹得他呼吸渐急，好不容易提起的气悉数散落，而与此同时，他终于能睁开眼……

入目，是一双泛着赤红的异瞳！

那瞳孔幽深，妖异而危险，宛如地狱里盛开的彼岸花，但仔细看，最外层又包裹着一层独属于上位者俯瞰众生的优雅，让人不得不心底生出深沉的敬畏。

多看几眼，虞卿又很快发现，那是一个男人。

那双红瞳正注视着他，满是冷漠，仿如一望无际的荒原，寻不到一丝别的波澜。

虞卿"啊"了一声。

左耳的耳坠被拽，连带着他整个耳朵都被扯得生疼，有血慢慢渗出来。虞卿的疼逐渐变得无声，阴冷的虚无里，少年呼吸急促，额头布了一层冷汗。

他试探着转头，想去求助直播间，奈何直播系统失灵了！

这里完全与外界隔绝，没有人可以帮他，没有观众给他出主意，面前这个……是黑雾Boss的本体吗？

虞卿想不明白，但相比探究来说，活命更重要。

暂时找不到破绽，那他就创造破绽！

"所以，你昨天放那么多手抓我，也是为了这个耳坠？哟……"耳朵上疼痛不减，虞卿的音调忽然拔高，"那你应该知道！这东西和我的耳朵长在了一起，属于我身体的一部分，其中蕴藏的力量，早已与我融合……

"所以，你究竟想从我这里得到什么？"

Boss渐渐松了手，耳朵上的疼痛终于减轻，虞卿缓缓抬头。

他眼底的恐惧渐渐消失，不多时，竟是多了几分挑衅："我早就把耳坠的力量吞了，怎么？你要为了得到那股力量，吞噬掉我吗？"

话音落，四周恢复静谧。

男人看着他，久久不动，似乎在衡量吞噬掉他的利弊，又似乎在想别的事。

但可以确定的是——Boss走神了！

因为，周围的虚无好像不再那么冷，不多时，虞卿甚至听到了"叮咚"一声。

是系统连接的声音！

他慌忙侧目查看，幽蓝色的直播小屏亮起，弹幕霎时沸腾。

"啊！卿卿，我终于找到你了！"

"我的天哪！这是黑雾Boss的真身？"

喧闹的直播间拉回了Boss的思绪，他再次转头，却不料，虞卿已经趁乱挣脱了一只手，纤细的胳膊抬起，顺手揽过他的脖子，径直勒了上去！

一瞬间，万籁俱寂。

Boss似乎从未被这样对待过，动作顿住，猩红的瞳孔蓦然放大，连那些从他背后伸出的漆黑触手，都有短暂的颤抖。

现场的情况瞬息万变，很快，直播画面里，虞卿已经顺势挣脱了手脚上的束缚。

他一边控制着怪物，一边从系统空间取出那把锋利无比的双刃刀。

"主播'虞卿'取出武器'老子刀了你'。"

一秒后，刀尖下坠，眼看就要对准Boss攻过去。忽然，Boss像是反应过来了什么，虞卿又被触手缠上，发了狠地将他一把拉开。

而后，少年慌乱的眼神和手上锋利的刀，便一起映入了那双危险的赤红色瞳孔。

瞳孔中，光晕微微流转，虞卿的心渐渐提到了嗓子眼儿。他的瞳孔放大，呼吸渐急，只觉得那触手越收越紧，越收越紧……

仿佛下一秒他就要死了……

体内气血上涌，剧烈的心跳震动着胸腔，虞卿手上握刀的力道却丝毫不减，白皙的手背青筋凸起，他忽然开口："你想弄死我吗？"

Boss 不为所动，依旧看着他。

他没承认，也没否认。

"弄死我，你就永远得不到耳坠的力量，但你现在放开我……"虞卿提高音量，掷地有声地讲条件，"你放开我，我就把提取力量的方法告诉你。"

Boss 凝视着他，野性又深沉的目光将他悉数笼罩，犹如雄狮俯视野兔，他几乎没有逃走的可能。

于是身上的触手渐渐松了，虞卿抓紧时间狠狠喘了几口气，果断伸手，勒住男人的脖颈，忽然开口："你知不知道人类有句古话，叫……兵不厌诈啊？"

话音刚落，那把刀已经刺入虞卿身上的触手！

Boss 瞳孔放大，触手一瞬间开始收缩，虞卿就借着这个空当，迅速起身、逃跑、远离。

时间一分一秒地流逝，身后的虚无却像是甩不掉。

虞卿觉得冷，冷得汗毛倒竖，身上起了一层鸡皮疙瘩，但是他不敢停步，甚至不敢回头。

因为他预感一回头，那双猩红的眼睛就会与他对视。

那眼睛轻飘飘地跟着他，看着他逃命，看着他奔忙，仿佛猫玩老鼠，半晌，似乎是觉得有意思，忽然轻笑一声，两团雾气凝结而成的手搭上他的肩膀，狠狠一按。

"嗯……喀喀！"这股力道很大，强制阻止了他的奔忙。

虞卿的身上浮出一层细密的汗，而后，沉寂悦耳的声音在耳边响起，幽幽的，又似乎从远处传来。

虞卿听到他说："游戏，开始了。"

开始了……

下一秒，虞卿猛然惊醒，从病床上坐起来，身上的冷汗几乎要浸透单薄的衬衫。

他慌忙伸手去摸耳朵——没有伤！

他依稀记得自己的耳朵受伤了，是 Boss 给他治了伤，还是……刚刚的经历只是一场梦？

与此同时。

系统播报："恭喜主播解锁史诗级隐藏任务，陪 Boss 做游戏。"

虞卿一脸疑惑。

"一切游戏规则均由 Boss 制定，祝您玩得愉快。"

随着虞卿的动作，他手腕上的铃铛叮当作响，暗夜里，吵醒了隔壁床的钱莱，也让外面哼歌的小女孩停下了蹦蹦跳跳的脚步。

虞卿转头，和钱莱对视一眼，不约而同地噤声，盯紧门口。

楼道外，那小女孩的歌声不在了，脚步也跟着放轻放慢，且……离他们越来越近，越来越近……

"吱呀"一声，破旧的病房门被推开，有东西慢慢走了进来。

同一时间，九楼的房间早已被浓重的黑暗包围，洁白的墙壁开始变得破旧。

头顶的挂钟空灵地走着，不断提醒着人绷紧心里的最后一根弦。

胡子彪被迫接受了任务，拖着自己那伤痕累累的身体，瑟缩在一个自以为安全的角落，瞋目欲裂地盯着直播间里零星飘过的弹幕。

胡子彪头顶的灯骤然熄灭，周围难闻的味道越来越浓，视线能适应黑暗时，他看见一只怪物直挺挺地坐了起来，转头，诡异的微笑浮上脸颊："嘻嘻，我是兔子，不合格的兔子……"

"啊……"胡子彪立刻吓得软在地上，他有些崩溃。

勤快的秒针一刻不停地转动着，终于到了午夜。

十二点整，所有的怪物齐齐转头，目光聚在他身上。随即，大灯熄灭，诡异的声音接连响起，一片黑暗里，独属于胡子彪的直播小屏幕闪烁几下，彻底消失！

下一秒，嘹亮的系统播报传遍每个人的耳朵。

"叮咚——最新快报：'天使精神疗养院'副本，当前存活人数五。距游戏结束还有六天一晚，主播们再接再厉哦。"

五人？

明明上午一起报名时还有十个人。

虞卿看到自己直播间的人数在激增，弹幕数也在疯狂增长。

而此时，他那盯着门口的瞳孔，逐渐变得不可思议。

那进门的根本就不是一个小女孩，是……一只半米高的，身形微胖，手脚却很短的兔子！

那兔子顶着两只长长的耳朵，毛色、品相好到没话说，只是……眼睛有些奇怪。

那双漆黑的滴溜溜的眼睛在屋里扫视片刻，慢慢地盯紧了虞卿的方向。

虞卿微顿，顺着她的目光看过去，视线所及是自己手腕上的铃铛。

"丁零零——"虞卿抬手，又将那东西晃了晃，兔子果然被吸引过来。

两条粗粗的腿费力地踩在小皮鞋里，每走一步，都发出明显的"嗒嗒"

声。她的眼睛怯生生的，带着几分不确定的试探，立在虞卿身前，目光下垂，对着那铃铛盯了一会儿，忽然伸出两条毛茸茸的胳膊圈住他的手，无尽依恋："爸爸……"

虞卿暗忖：是天使像下那十二生肖里消失的兔子！

茸茸的兔子毛直戳手臂，隔着一米的距离，光是用眼睛看，钱莱就能明显感受到那令人毛骨悚然的触感。

可视线里，虞卿竟然抱着小女孩，主动聊起了天，还……一口一个"爸爸"地自称？

他没叫孩子的名字，也并没有怕，只是眼神慈爱，尽量让铃铛暴露在兔子眼前。

金色的小铃铛晃来晃去，映入兔子女孩的眼，像催眠，像蛊惑。

他问："宝贝，想不想爸爸？爸爸不在，有没有受委屈？"

然后，兔子女孩的眼睛逐渐被铃铛吸引，开始迷离、变化，尖利的獠牙逐渐变短，片刻后，竟是失去了所有攻击性，抱着他放声哭起来："呜呜，你是……真爸爸！糖糖想爸爸！想爸爸！呜呜……"

"哦。"她叫糖糖。信息套出来了，虞卿终于松了一口气。

这疗养院从一开始就给他们发身份牌，找医生登记时，医生也一五一十地记录着名字，证明"姓名"这一项在生存规则里尤为重要，千万不能弄错。

虞卿抬起手，为小兔子顺了顺头顶的毛，有些伤心地问："那……糖糖，你去哪里了？爸爸一直在找你，找得好辛苦。"

钱莱一脸震惊。

直播间——

"啊！这段看得我汗毛倒竖，不能剧透憋死我了！这小女孩会认铃铛响的人当爸爸，但如果叫错了名字，后果会很严重！"

"所以，虞卿没说两句话就把她的名字套出来了，还成功代入了角色，反向套信息？"

瞥了一眼直播间，虞卿大概了解了关于小女孩的设定，但坐在床边，抱着小女孩，他的神色却越来越凝重。

问出问题的一瞬间，他看见兔子女孩盯着他的眼睛不停变化，毛茸茸的半截胳膊颤抖着，不一会儿，两行泪竟是生生砸下来："你走后……家里……来了假爸爸。

"假爸爸打妈妈，喝醉了酒……打妈妈……一直一直……打妈妈……"

"妈妈保护我……把我赶出去，让我在医院前台等她，我……我不该贪嘴，不该吃院长叔叔的糖，不该……"

"哗啦——"忽然，房间的门被推开，虞卿和小女孩同时转头，看见了门口身穿白大褂的男医生，以及……几个骷髅护工。

男医生那张脸早已不似白日里温文尔雅，那张奇丑的大嘴再次出现，开门的一瞬间，就不耐烦地对着虞卿的方向挥了挥手。

"天使的最新猎物，我们来接你，一同沐浴神圣的仪式。"

"啊！"或许是小女孩下意识叫出了声，男医生顿了顿，目光逐渐向下，随即慢慢弯起，嘴角耸动着发出微尖的声音："兔子……找到了。"

说着，他竟缓缓低下身子，和蔼地招手："糖糖，来爸爸这儿。"

"不！你是假爸爸，假爸爸！"女孩受惊更甚，短短的两条断臂抱着虞卿不松，呼喊的声音都变了调："爸爸救我，救我！"

这一声叫得过分尖厉。

病床边，眼看着那些骷髅护工越靠越近，小女孩越退越远，虞卿微微咬牙，竟是一抬手，猛然将女孩扔给了钱莱，吼道："照顾好我女儿！"

奇怪的触感一瞬间传遍钱莱全身，青年当即起了一身鸡皮疙瘩，偏偏那小兔子还对他露出了个极为诡异的笑，像是在卖萌："叔叔。"

不是，虞卿管这种东西，叫女儿？

钱莱欲哭无泪，抱着小女孩，丝毫不敢用力。

他逼着自己适应后，目光立刻马不停蹄地追上虞卿。

视线里，少年慢慢站起，张开右臂，紧接着，叽叽咕咕的声音响起，像是有什么硬物在体内游走。

紧接着，他看见虞卿的右手手腕处，一根纯金的针渐渐冒头，被他完全握在手里。

这家伙……在自己胳膊里藏了根那么粗的针？不疼吗？

钱莱的眼睛慢慢睁大，可多看两眼，他很快又发现，自己的担忧十分多余——

虞卿的手臂依然完好无损，寻不见一点伤痕。

此时，他正一把抓住第一个骷髅的手，死死固定在身前。紧接着，那根诡异的金针慢慢抬起，正思考着攻击骷髅的哪个部位。

突然，虞卿眸色一暗，透过系统的反光，看见自己身后，有只骷髅重重抬起了手！

那瘦骨嶙峋的手"咯吱咯吱"地颤抖着，费力握起一把偌大的斧头，对准他狠狠往下落！

"咔！"几乎在瞬间，斧头劈开地砖，地面紧跟着颤了颤，随之而来的是噼里啪啦的骨架碎裂声。

房间内呼吸逐渐变得急促，因为虞卿躲到了一旁，近距离看着那骷髅劈到了另一个骷髅。

一点……只差一点被劈的就是他！

趁着那具骷髅发蒙时，虞卿果断起身，一把按住骷髅的骨架，踢开斧头，金针直对骷髅攻击而去。

骷髅应声倒地。

虞卿慢慢起身，捡起了那把巨斧，看向剩余的两个骷髅，眼尾轻弯："你们……谁先来？"

虞卿随意钩着斧柄，眼瞳越来越红，冷意十足的模样看得骷髅们连连后退，"咯吱咯吱"地抖出了声，不一会儿，竟是为了自保，毫不犹豫地跑远，跑得太急，还差点绊倒医生。

漫长的静谧。不仅仅是骷髅，就连直播间进来的新粉，都有些反应不过来。

此时虞卿的积分已经有一千万！

而且虞卿做得这么出格，系统竟然……什么警告的话语都没敢说，甚至还小声说了句："温馨提示：危险解除，请主播注意防范医生，尤其是他向你疾速靠近的时候。"

直播间观众："……"

"该说不说，第一次见这么尿的系统。"

病房里，静谧还在继续，挂钟"嗒嗒"地响着，如同爆炸来临前的倒计时，听得人心慌。

虞卿接收了系统的提示，呼吸微促，握着斧柄的手越收越紧。

他不知道当医生疾速靠近时会发生什么，索性一咬牙，疾速靠近医生！

可……他的力气太小，手臂实在无法承受斧头的重量。

"咔——"斧头直直地落下来，卡在了门框里！

木屑翻飞，斧锋砍断了半个门框，无法再拔出来。

那医生躲闪及时，身体没出事，只是……白大褂的衣角被斧头卡在了门框里，巨大的惯性力逼得他向前踉跄了两步，松垮的大褂便被站立不动的虞卿握在了手里。

下一秒，医生回头，发现衣服消失，眼神当即慌乱起来。

激烈的打斗声吸引了护士的注意，"嗒嗒"的脚步声快速靠近，然后，虞卿看见那白天还坐在前台，笑着发铃铛的小护士，已经变成了一具骷髅。

她的视力似乎不大好，快步奔到门口，看也不看，竟是对着拿白大褂的虞卿，叫起了……"老公"？

虞卿微顿，那男医生却更慌了。他连忙上前两步，狠狠从虞卿手里夺过衣服，急急忙忙穿上，才开始训斥妻子："你那对眼睛是留着干什么的，出气吗？看清点，我才是许寒！"

白大褂重新穿在身上，护士打了个寒战，小心翼翼走到医生身边，低声道歉。

这一幕，看得那兔子女孩哇哇大哭，立刻从钱莱身上跳下去，扭动着笨重的四肢扑进护士怀里，不停地喊着："妈妈、妈妈……"

所以，事情的大概轮廓出来了。

——是这个医生攻击了许寒，又假扮他回家，家暴他的妻子，折磨他的女儿。

"叮——"虞卿微动，听系统提示，"恭喜主播虞卿发现关键线索'被冒充的许寒'，故事探索度百分之二十。"

随着播报结束，虞卿看见，那假冒许寒的医生已经抱了抱护士，温声哄着："我工作呢，别让孩子哭闹，快带她走。"

护士仰起头，眼神空洞，牙齿咯咯作响，却压不住她强烈的不甘和愤怒。

但为了孩子，她还是忍了下来，抱着女儿快步离开。

然后，虞卿又注意到了假许寒的动作。

他先是理了理白大褂，随即又推了下眼镜，检查了一下自己身前那写着"许寒"两个字的胸牌。

确定一切都没问题，他才慢慢抬起头，眼睛盯紧前方，敌意逐渐充盈……

钱莱不知什么时候跑了，碍事的一切都消失了。

病房恢复安静，空气死寂，无形的压迫感渗入其中，张牙舞爪，扭曲涌动。

病人不能跟医生起冲突是这个副本的铁律，无可更改。

所以，注意到医生的眼神，连直播间的观众都跟着提了一口气——主播要完了。

门口的虞卿却不动声色地弯了弯眼睛——

他好像知道要如何反击了。

"噔，噔，噔……"房间内一片剑拔弩张的静谧，虞卿耳朵微动，听到了微弱的东西击打地面的声音，如果不是周围安静了下来，他根本就没法察觉。

渐渐地，这声音多了起来，越靠越近，像是在从四面八方聚集，裹着浓重的寒气。

这声音……是什么时候有的？

虞卿怀疑起来。

是刚才有的，还是过了十二点就有了？难道因为之前打斗得太激烈，他一直……没注意到？

而且，不是要取他的命吗？那医生被他整得很惨，为什么还不动手？他甚至还在狂笑！

一瞬间，虞卿像是意识到了什么，金针抬起，警惕的目光一点点扫过周围。

那声音已经来到了他身边，半步的距离！

在门口！

虞卿的心开始狂跳，一天没有进食，空虚的胃部竟然因为紧张，开始不停地痉挛，收缩，带着全身血管紧绷，呼吸都开始不畅。

额角不动声色地渗出一层汗，他的直觉告诉他不要转头，看着医生就好。

这个疗养院靠胸牌和衣服认人，夺下医生的白大褂和胸牌，一切败局必将逆转。

可……门口就像是有什么神秘的力量吸引着他，让他不得不顶着深沉的不安，慢慢地转过头。入目，是一双灰白的不停点着地面的脚："嘻嘻。"

紧接着，一道尖锐的女声传来，虞卿直觉那东西要露头，于是立刻别过头，再次喘息着盯紧了医生。

只是，呼吸比刚才快了很多，虞卿知道，他没有时间了，于是上前两步，以最快的速度靠近医生，伸手去拽他的衣服。

然而指尖刚碰到衣角，安静许久的系统忽然疯狂炸响，整个直播屏幕都变成了令人惊骇的红色。

"警报！Boss 临时想做游戏，请主播陪他玩耍五分钟。

"玩耍内容：未知，随 Boss 喜欢。"

"噔！"

忽然的惊吓骇得虞卿心跳一滞，险些一口气没上得来。

但几乎在播报结束的一瞬间，身后墙体里忽然伸出四只漆黑的触手，将他死死困在了墙上。

虞卿的情绪激烈变动着，一时间，竟是连叫喊都没来得及，就被完完全全束缚，紧张的气息尚未缓匀，就看见一缕长发落在了肩头。

等终于缓过神的时候，虞卿两只眼睛早已被逼红，剧烈的情绪波动害得他忍不住干呕，四肢都在发麻。

看着这一缕头发……不用想，他就知道头顶是怎样的光景。

索性，他连头都没抬，便果断用金针去刺触手。

虞卿忍不住骂出声："你就非要在这时候来坏事吗？捉弄我好玩吗？"

下一刻，第五根触手伸出，连他那金针一并夺了去。

绝望的无力感席卷全身，一时间逼得虞卿呼吸纷乱，眼睛都有片刻的失神。

但就在这失神的一秒，他看见了这一辈子都令他头皮发麻的场景——在这个不足五十平方米的病房顶层，倒悬着许多怪物。她们穿着同样的病号服，整齐排列，不时踏过，发出规律的"噔噔"声。

原来，门外的那只，只是个开胃菜！

虞卿的呼吸越发急促，鸡皮疙瘩已经冒了出来，心底却逐渐平静。

不能慌，安静下来，仔细想想，Boss为什么留他一命？为什么要在这时候忽然抓住他？

无非就是一点——觉得好玩。

所以，在Boss丧失兴趣之前，他都有一块隐形的免死金牌！

思索间，所有的怪物都慢慢飘了下来，有序地聚集向了医生。

她们足尖点地，飘浮向前，很快将医生团团围住，那股阴冷的怨气越聚越多，像是要将医生吞噬。

但很快。

"啪——"

一道凌厉的声音响起，虞卿看到，那医生不知什么时候抽了自己的皮带，对着一只怪物的后背狠狠抽了下去。

怪物哀号着落地，剩下的怪物瞬间变得乖巧无比，排列整齐地立在了他身后，看医生抬手，漫不经心地指了下虞卿的方向："击败他。"

话音落，一只怪物毫不犹豫地上前，泼墨似的头发下慢慢现出一张满是獠牙的嘴，眼看就要攻击到虞卿，却听少年张口："姐姐！"

那声音温柔，不像其他主播一样鬼哭狼嚎，反而……带了几分阳光和善的味道。

怪物愣怔，攻击的动作瞬间停住，不一会儿，竟是慢慢在虞卿面前站直，落地。

那只灰白冰凉的手抬起，带着几分怜爱地滑过他的脸——有些……像她弟弟。

弟弟五岁就不在了……好久……没有听到有人喊她"姐姐"了……好久……没有人把她当成一个人一样尊敬了……

"哒……"

虞卿身上的鸡皮疙瘩起得更多了，他看着怪物腰间的半个奥特曼小玩具，知道自己赌对了。于是呼吸放缓，任由自己的手疯狂颤抖，才能保证说话的声音持续稳健悦耳："姐姐，漂亮姐姐，我是来救你们的，我知道，你们受苦了。"

蓦地，那怪物抚摸他脸的动作顿住，指尖竟不受控制地颤了一下。

有作用！

虞卿继续说："我……我有办法帮姐姐们报仇，让你们不再受人驱使，让你们……"

话音戛然而止，因为面前那怪物倏然靠近他，浓密的头发终于撩开一条缝，露出一只布满血丝的眼睛，诘问的目光直击虞卿灵魂。

"放心，姐姐。"虞卿依然在笑。

他那张脸长得单纯，笑起来总显得很诚实，让人莫名安心："我会成功的，我一定可以救你们，你看。"

他甚至动了动自己那被触手缠住的右手，势在必得地保证："我朋友跟我玩呢，他才是这里最厉害的存在……嗯！"

说话间，他的手腕再次被勒紧，很明显，Boss 不满他的谎言。

但在这种低级小怪物面前，又不会出面澄清。

好机会！

虞卿看着怪物，声音越发笃定："姐姐，我可以帮你们，但人也要自救，是不是？"

明明自己被 Boss 束缚着，被医生仇恨着，几乎被整个副本的 NPC 围攻，但这时候，虞卿的脸上早已没了当初的慌乱。

他的眼波流转，盯紧自己对面手持皮带的医生，幽幽开口："姐姐们，扒了他的衣服和胸牌，给我拿过来！"

一秒后，怪物竟然真的动了。

不只虞卿身前的那只，就连医生身后的也都纷纷跟着转头，灰白的足尖对准了手拿皮带的医生。

局势逆转，滔天的怨气重新聚拢，医生怔住，紧握着皮带的手竟出现了短暂的颤抖，灰白的眼珠不停眨着："你……你们疯了吗？不怕被打？"

女怪物们又一次向前踏步，怨气更浓，他的威胁丝毫不起作用。

终于，医生慌了，他开始反击："你们……你们真的信那东西能救你们？别做梦了！那触手分明就是缠着他，想要他的命！"

"他连自己都救不了！"医生不停吼着，指着虞卿的方向，拼命暗示这些怪物不要逾矩。

因为在医生的视线里，那些触手已经越收越紧，虞卿的表情也越来越痛苦，然后，他不知从哪里拿了一瓶什么东西，费力地单手拧开瓶盖，滴了一滴在那漆黑的触手上，下一刻，那触手就像受了什么强烈的刺激，猛然收紧！

被黑雾笼罩的墙壁里，第六只触手伸出，朝他靠近！

"他要死了！要死了，哈哈！"医生瞬间狂喜，拼命叫喊着，"看，你们快看啊！那小子要被触手攻击了！"

或许……是他的情绪太过激动，怪物们齐齐转过身。

要命的副本世界里，几十只怪物在暗夜里整齐列队，一起看向自己，这情景实在诡异。

但 Boss 刚才勒得太紧，虞卿一时没忍住，果断花三百万买了一瓶"听话药水"，只要一滴，就可以让任何东西都乖乖听话，对他俯首称臣。

时效一分钟。

所以，现在……

怪物们的视线里，那些束着虞卿的触手已经慢慢放了下来，像是对待珍视的王，将好几条触手并拢缠绕在一起，编织出一张诡异妖冶的椅子，虞卿端坐在正中。

随即，他拿起那只靠近他的触手，随意在指尖盘弄，笑言："姐姐们，还愣着做什么？动手啊。"

一分钟！

听话药水的时效只有一分钟，且一天只能使用一次，所以，虞卿不必亲自动手。

他力气小，自己去夺医生的东西反而费时费力，倒不如……

"啊——"惨烈的尖叫突袭鼓膜。虞卿拧眉，正想抬手捂一下，却见墙壁之后，两只黑雾凝成的手迅速伸出，帮他挡住了不合时宜的噪声。

虞卿一顿，有些……受宠若惊，逐渐生出几分幽怨的可惜："要是你一直这么好，那该多好？"

话音落，医生的大褂已经被扒了下来，虞卿接过，顺手套上，想了想，一会儿如果要打斗，或许会弄脏手。

于是，少年眉心微拧，又花十积分买了一副白手套，慢条斯理地套在手上，才垂眸，看向那狼狈不堪的医生："现在，该我反击了。"

这时，钱莱淌血的指尖等不及愈合，就慌忙跑回屋提醒："虞卿，我在外面设好了机关，怪物们会被吸引自己进那边，你先跟我……"

来不及说完，钱莱就被屋子里的场景震得头皮发麻，立刻猛吸一口凉气，快步退了出去。

天哪，这些怪物怎么都听他的话？

刚才……不是这样的。

不只是钱莱，话音落下，就连直播间都开始惊诧沸腾。

直播热度持续飙升，大量新观众涌入，系统濒临卡壳。

"啊！卿卿，我就喜欢他绝地反击的样子，太酷啦！"

"哦，我知道这副本为什么给每个人发胸牌了，副本靠着胸牌辨认身份！虞卿现在戴上了'许寒'的胸牌，他就是医生！"

"厉害啊，利用副本规则，反击NPC。"

"叮——"系统提示，"直播在线人数首次突破五万，恭喜主播虞卿获得'新人王'称号，奖励一次抽奖机会，副本结束后即可兑换。"

可病房里，虞卿没看直播间，也没分神在意那一次抽奖，他大步向前，一把提起医生的领子，对着他狠狠攻击下去！

"听话药水时效倒计时，五，四，三……

"Boss游戏结束倒计时，十，九，八……"

虞卿眸色一凛——糟了！Boss游戏结束的时间比听话药水晚！

于是他速战速决，一脚将毫无还手之力的医生踢进钱莱的机关，冲怪物们道："姐姐们，在机关里你们的能力会增强吧？报仇的机会来了！"

声音刚落。

"听话药水时效消失！"

紧接着，"砰——"的一声。

虞卿身体后仰，被两只强有力的触手狠狠压在地上，磕得头晕眼花。

浓重的黑雾瞬间弥漫，猝不及防间，少年猛吸了两口气，生命值立刻迫近零点。

还好……他的积分很多，可以点击系统，自动续命。

可，这次的黑雾攻击性太强，仅仅是一秒！他的生命值就六次归了零！

虞卿整个人被罩在黑雾里，肺部受压，呼吸变得极其困难——Boss想跟他玩游戏嘛，玩得不开心，自然要发火。

"只是个……七级废物！"

害怕没有用，虞卿索性彻底放开，任由积分消耗和生命值归零的声音在耳边交错狂响。

纤长的银发散落在地，他慢慢放弃了抵抗，放开手，有些惬意地看向那人人谈之色变的七级Boss，目光逐渐染满挑衅，像只预备吞噬猛虎的兽，张口，势在必得地宣告："我一定会，亲手击败你！"

"嘀，游戏结束，亲爱的主播，我们下次再见！"

游戏结束，可怖的压力骤然撤去，虞卿身上出了一层冷汗。他不停地缓着气，努力攥紧发麻的手，正准备爬起来，"叮咚"声响起。

虞卿一顿，瞬间打了个冷战，险些又跪回地上。

"直播任务刷新，探索疗养院顶层，时限一小时。

"特别注意：一小时内任务失败，生命值将自动归零。

"探索吧，探索整座疗养院的秘密，拥抱属于你们的新生！"

呼吸急促，虞卿不自觉搓了搓自己的胳膊，试图将那些骤起的鸡皮疙瘩抚平——他还以为 Boss 的游戏又开始了，险些心脏骤停！

于是，等拖着瘫软的腿重新坐回病床上，虞卿果断问系统："Boss 可以随时随地开启独属于他的游戏吗？"

幸好，得到的回答是："Boss 受主系统限制，一天之内仅有一次开启游戏的机会。"

虞卿狠狠松了一口气，"砰"的一下倒在床上，任由后起的疲惫侵蚀全身。

"哦，天哪，我觉得主播要累死了，他只有十五点体力值。"

"可是，他不是已经被标记成猎物了吗？怎么……没事？"

"咕噜噜……"

沉重的闷响和肚子的叫声一起入耳，那压抑的"咚咚"声，比怪物们一起出现时的"噔噔"更为明显，恶意甚至直冲脑门，但……虞卿懒得搭理。

为了填肚子，他从系统商城买了营养液，脑子一刻不停地捕捉到了系统提供的又一个关键信息。

——拥抱你们的新生。

他想起，副本通关条件也有这么一条。

——找到出去的钥匙，拥抱你们的新生。

所以，"钥匙"和"拥抱新生"有什么关系？许寒一家子的凄惨故事又和"钥匙"有什么关系？

虞卿暗暗琢磨着，他已经大致明白许寒一家的故事，可故事的探索度仅仅停留在百分之二十。

手腕上的铃铛，神秘的天使像……

剩下的那百分之八十隐在黑暗里，每一寸，都要拿生命去换。

那沉闷的咚咚声还在继续，钱莱不知什么时候从外面走了进来，立在虞卿床前，一动不动地盯紧窗外，声音传来的方向。

那声音依旧在继续，钱莱仿佛被什么东西定住一般，足足盯了一分钟，连眼睫都没有动一下。

"叮！"虞卿一顿，耳边，系统播报突兀响起，"天使的捕猎仪式即将开始，请主播虞卿做好准备！"

"三，二，一！"

"虞卿……"钱莱终于开口，"你快看，我看见了什么……"

看见了……什么？

钱莱盯了快三分钟了。

虞卿力气稍稍恢复，起身，单只手撑住窗台向外看！

他们的病房直连疗养院后院，虞卿看见，后院那巨大的许愿池里石墩垒起，也铸了一尊石刻天使像，一个身形佝偻的老太太正背着双手，围着石像，青蛙跳似的转圈。

因为距离隔得远，她的脸有些看不清，但她脖子探得很靠前，每跳一下都会从嘴里喷出一口水。

而且，她只是转圈，转得极其规律，一眼看过去几乎没有攻击性，只是……很吸引人眼球。

那规律的动作就像最简单的小游戏，疲惫的人一旦盯住，就很难移开目光。

看着看着，钱莱和虞卿的眼神渐渐发直……

"咚，咚，咚……"

老太太跳得越来越有规律，声音却越来越大，震得人心焦。

不一会儿，她忽然停了下来，虞卿心下一紧，像是意识到了什么，正见那老太太身体不动，却猛然对准了他们的方向。

"噗——"

一条水柱直直喷向了他们！

而此时，虞卿的身体仿佛被定住，连转头都做不到！

千钧一发，少年一狠心，死死咬住自己的舌头，强迫自己闭眼，一把将呆愣的钱莱扑倒在地。

下一刻，随着嗞嗞啦啦的声响，虞卿看见，自己身侧的墙壁被那口水喷化了。

石砖溶开一个大洞，整个病房的电路随之瘫痪。灯棍半死不活地闪烁几下，随即陷入孤寂深沉的黑暗。

紧接着，诡异的笑声回响，那刚才还毫无攻击性的老太太已经正面转向了他们，嘻嘻狂笑着以极快的速度疯狂逼近！

他们不知道被抓住会发生什么。

虞卿立刻拉起钱莱："跑啊！"

可……刚到门口，十几个骷髅护工次第赶来，石墙一般死死堵住了大门："天使的最新猎物，我们来接你，一起沐浴神圣的仪式。"

而与此同时，老太太已经突破了残破的墙体，眼看就要贴上自己的后背："姐姐！"

虞卿忽然叫了一声："姐姐，救命！"

话音未落，"噔噔噔"的声音再一次有规律地响起。

那些被机关加强过的怪物整齐靠近，毫无征兆地出现在护工身后，阻止了护工的行动。

一秒后，虞卿获得了新的生机，立刻冲上电梯直奔九层！

而硕大的副本直播总屏幕中，一条漆黑的走廊上很快变得群魔乱舞。

毫无防备的护工被怪物们一个接一个地放倒，落地时，眼神都是蒙的，似乎不明白，和平相处多年的同类，为什么会突然对自己下手。

与此同时，随着电梯的上升，虞卿的直播间早已被疯狂的笑声占据。

随着"滴"一声轻响，电梯停下。

虞卿出门，率先检查了一下楼层，确定是九楼才放心地松了一口气，劫后余生似的，顺了顺心口。

钱莱有些不理解："坐个电梯而已，有必要这么紧张吗？那晚黑雾包围的时候，我就是坐电梯到了三楼，往下走半层，就到了安全区。"

虞卿噎了一下，回想起自己艰难的逃生经历，不禁问："这电梯，这么安全吗？"

钱莱挑眉，听对方继续说："不是因为你的幸运值是一百零三吗？"

瞳孔放大，钱莱有些不敢置信，他的第一反应是——虞卿在开玩笑。

可语气也不像啊。

"你……你怎么知道？"

虞卿向前走，摸索着走廊灯的开关，回得稀松平常："我尝试在我的系统里输入代码，连接你的系统，就看见了。"

幸好，虞卿刚来的时候就把九楼的环境摸清了，找灯变得轻而易举，可……钱莱的脸色就没那么好看了。

身着唐装的青年靠近他，带动身上的铜钱挂叮当作响，不一会儿，伸手递给他一根——草莓棒棒糖？

虞卿满脸疑惑。

温和的嘱咐从耳侧传来："哥们儿，这糖一百积分呢，就当封口费，别把我那羞于启齿的爱好告诉其他主播。"

为了保证游戏公平性，主播之间的面板是不通的，除非自己开口，否则众人看到的只是各大排行榜上那些有名的主播。

虞卿思索了一会儿，试探着问："你是说你爱看美女走秀那件事……唔……唔……"

剩下的话都被棒棒糖堵了回去。

甜腻腻的滋味在唇齿间次第化开，虞卿心跳一顿，眼睛闪了好几下。

良久，鼻尖竟是不由自主地发了酸。

模糊的记忆在脑中成像："以前……也有人送我草莓糖。"

说话时，少年的声音特别小，清冷寡淡，像是回忆起了什么伤心事，又像是……想起了某个早已在记忆深处，销声匿迹的人。

"啊……"钱莱一时不知该怎么接话，"好……好吃吗？"

"嗯，我会保密。"虞卿笑了下，口中甜糖流转，连向前的脚步都轻了不少。

疗养院顶层有五十多个鳞次栉比的小房间，探索时间只有一小时，找不到与故事相关的线索就会死！

为了不耽误时间，虞卿和钱莱分开行动。

走廊最左侧第一间，是一间公主房，里面的墙壁全是灰白色，墙壁上每隔一段，都画着深沉的黑色竖线，像是监狱。

但大床松软，粉色的床头柜上整齐摆放着各式各样的娃娃，看起来……有些诡异。

总觉得……一个孩子的房间，不该整洁成这样……

房门从外面上了锁，虞卿拽了两下，没拽开，索性打开系统商城，翻一翻万能钥匙——三十万积分。

凡是重要的道具，这地方都贵得要命，这样下去，什么时候才能……

纤长的指节深沉地犹豫着，直播间的观众逐渐开始不耐烦："主播，买呀！守那么多积分不花等死吗？系统可在倒计时呢！"

眼睫轻闪，虞卿终于转手，买了一样东西。

不一会儿，铁锁落地，厚重的铁门砰地打开，传出一股难闻的味道。

催促的观众以为自己做了明智的决定，正在喝瑟，却听系统播报声清晰响起："主播虞卿探索开始，消耗积分，一。"

直播间——

"不是，我眼花了？他怎么做到的？一积分，买了铁丝吗？准备撬锁？"

"不，不，不，这个副本里的锁很复杂，上次有个干了二十多年的专业锁匠，拿铁丝弄了五十多分钟硬是没撬开，然后一点信息没搜到！"

"显示了！他买了……化铁水？"

看到虞卿手里的东西，直播间再次陷入震惊，震惊过后，又恍然明白过来。

"他这操作……我属实没想到！"

"主播有点东西啊……"

"嘁，这么简单的事我也能想到，你们把他捧得太高了吧？"

弹幕一条接一条地滚过，众人拌嘴的空当，虞卿已经将房间翻了大半。

可这里除了玩具和公主裙，根本没有别的东西！

"嘀，嘀，嘀——"

时间一分一秒地流逝，系统的催命倒计时在耳边一刻不停地回荡。

临走时，虞卿翻找了一下床头，终于，在味道最浓的枕头底下，找到了一本……画着小兔子图案的日记本。

上面安了锁，不过是塑料的，虞卿用力拽开，看见扉页上写着两个稚嫩无比的大字——许糖。

"叮——恭喜主播虞卿获得关键线索——许糖的日记，故事探索度百分之三十八。"

故事探索度一下前进了百分之十八？

虞卿眼眸顿凛，立刻坐下，翻开了那一本厚厚的日记。

　　某年某月某日，三岁了，我上幼儿园了！爸爸教我写字！

　　某年某月某日，好可怕，爸爸妈妈吵架了。爸爸说妈妈太瘦了，不让妈妈减肥，再减，就瘦成一把骨头了。

　　某年某月某日，我们家住在疗养院，爸爸妈妈都住在员工宿舍，同学们都嘲笑我。

　　爸爸说："没关系，爸爸会挣钱，等爸爸挣了钱，给你和妈妈买大房子。"

　　我问爸爸："等有钱了，能把整个疗养院买下来吗？"

　　爸爸说："好！"

　　我有世界上最厉害的爸爸！

　　某年某月某日，今天发现了一本书，缠着爸爸读。

　　爸爸说《liao斋》很可怕，我偏要听。

　　里面有一个老太太佝偻着背，围着院子一直青蛙跳，一边跳一边吐清水，我害怕，吓得好几天睡不着。

爸爸就把我带到疗养院后院，一边跳，一边拿着水枪学老太太喷水。

爸爸说，我要是一直怕，他就一直拿着水枪哄我玩。

一想到爸爸，我就不怕了，睡觉！

某年六月五日，不知道为什么，爸爸和院长大吵了一架，我们要搬出去了，我们，没有家了。

某年六月六日，我的爸爸不见了，家里……来了假爸爸。

某年七月六日，假爸爸打妈妈，妈妈怕我看见，让我去疗养院前台等她。院长叔叔给了我糖，说要带我去找爸爸。

真的……能找到吗？

某年某月某日，我错了，我会好好吃东西，求求你别杀我……

冰冷的"别杀我"带着血迹，歪歪扭扭写了一页纸，其上的冷寒恶意直击心灵，虞卿深吸一口气，继续往后翻。

没有日期了，只写着一行字——嘻嘻，我是兔子，院长叔叔夸我是最合格的兔子。

手上毛茸茸的，有什么东西蹭来蹭去。虞卿心底一震，发现自己面前正站着一只毛茸茸的兔子！

是许糖！

小姑娘不知什么时候回到了这里，神色明显不如在一楼的时候温和，张口就喊："你不是我爸爸！他从来不偷看我的日记！"

声音刺耳，眼看着就要对自己展开攻击。

虞卿心底一颤，当即合上那硬皮日记本，高高抬起。

他的力气小，但对付个小女孩还不成问题。

他趁着女孩摔倒，立刻快步奔出房间，"砰"的一声，狠狠关紧了房门，将那残破的锁再次插上。以小女孩的力气，暂时拉不开。

"呜哇，爸爸——我要找爸爸——"

孩子无助的哭声响彻整个楼道，清幽空灵，让其他分散在各个地方，想方设法找线索的主播都不自觉打了个冷战。

"啊——"紧接着，停尸间里有惨叫声传出。

灯光闪烁，屋内的陈设次第变得诡异，主播们心脏提起，翻找东西的手都不自觉开始颤抖。

呜咽的哭声愈演愈烈，细密的冷汗浸透衣衫，不一会儿，所有处在房间里的主播都受不住煎熬，被迫出来，集体看向了虞卿的方向。

"爸爸——爸爸，救我——爸爸——"

"咣咣"的砸门声响彻整个楼道，与此同时，虞卿已经跟没事人似的，溶开了第二个房间的锁。

这次的房间里……竟然有个人！

虞卿心下一顿，还没来得及看清，就发现头顶的灯棍嗞嗞啦啦，闪烁得更厉害了。

系统播报像是死神的刀，毫不客气地悬在每个人头顶。

"叮咚——最新快报：'天使精神疗养院副本'当前存活人数四。距游戏结束还有六天零一晚，主播们再接再厉哦。"

这才是副本开启的第一晚，就只剩下四个人了……

虞卿停住脚步，手心渐渐握紧，看见房间里，那身着黑外套的人慢慢起身，动作迟缓地转向他的方向……

心脏渐提，虞卿越发认真地盯住那人的脸，正要看清样貌，忽然，"砰"的一声，整个九层的所有大灯全部熄灭！

女孩的砸门声和哭喊声越发明显，脚下的地面发生了猛烈的震颤，墙皮脱落，屋顶塌陷，无形的力量拼命挤压，像是要将这里完全摧毁！

而更糟糕的是，系统播报在耳边一刻不停地响起。

"叮！触发条件达成，恭喜主播虞卿成功激活隐藏NPC——去世的许寒，许寒感受到女儿悲泣的召唤，即将重新觉醒……

"击杀目标：冒充者。

"请主播'虞卿'多作防范！"

虞卿："……"

九层的震颤越发强烈，这样下去整个楼层都得塌，他们都会被埋在这里！

虞卿努力站着，瞳孔骤然变红，在暗夜里仔细观察着，半晌，只发现了两个地方完好无损。

一个是身后的房间，里面锁着哇哇啼哭、想攻击他的兔子女孩。另一个是走廊中间的停尸间，里面躺着重新觉醒，把他当成击杀目标的许寒。

轰隆隆——漆黑的走廊持续震荡，往哪里跑都是死局！

虞卿咬牙起身，像是想到了什么，单手扣住墙体，刚要站稳，就又听巨大的"轰隆"声自耳边划过，手上倏然一空，自己扶着的那面墙……碎了。

虞卿身体前倾，眼底霎时变成一片深渊，他要掉下去了……

忽然，一只冰冷的手死死扣住他的肩膀，苍白的指尖收拢，轻而易举就将他拉了回来。

重新站定，虞卿瞳孔微张，心跳还没恢复正常，就映入一张布满褶皱的老人脸！

——是院长的脸！

盯住他的一瞬间，那漆黑的眼瞳立刻泛起疑惑，虞卿指尖一颤，慌忙将红色的眼睛收起，表情乖巧，仿佛刚才所见都是院长的错觉。

紧接着，周围的震荡陆续停止，昏黄的灯重新亮起，就连身后那刚才碎裂的墙壁都恢复了正常。

其余主播早已瘫坐在地，愣神之际，正对上院长一张阴恻恻的笑脸："大晚上的，大家……怎么不在病房呢？"

"嗞啦——"头顶灯光再闪，将院长的笑映得越发阴森："不听话的病人，可是要关入禁闭室的，你们想试试？"

这一晚，众人已经见识了太多诡异的NPC，听到后当即打了个冷战。

坐在楼道中间的薛子义是第三次进副本，系统规定，进过五次以下副本的都算新人，但相比于纯新人来说，他的经验丰富许多。

他知道，五级以下的副本只要遵守规则，NPC就不会随意攻击主播，于是连忙说自己只是一时梦游，随即带着自己的跟班一前一后离开了九层。

他脚步缓慢，背影充斥着深深的不甘。

空旷的楼道里，脚步声逐渐消散。

虞卿扫了一圈，没看见钱莱，下意识去看直播弹幕，看到"欧皇"二字，忧虑的眼睫才终于垂下。

面前，院长终于松开了他，走到那哭泣的小女孩的门前，狠狠敲了三下。

小女孩就立刻乖巧起来，一点声音都听不见了，就好像这里都受院长控制，他一出现，塌陷的楼层恢复正常，吵闹的怪物也都安静下来。

铁门余响渐散，冰冷的静谧很快入侵，又将这里无孔不入地包围。虞卿转身，目光追着院长看去，正见他伸手按燃一个打火机。

手中的本子被他尽数焚毁，跳动的火光映入少年漆黑的眼睛，忽明忽灭。

虞卿判断，那大概也是本日记。

——院长就是他在第二个房间看到的人！

"处理这些东西真麻烦。"视线里，院长拧着眉，像是有些不耐烦，烧毁的本子丢在地上，擦肩而过时，顺手拍了拍他的肩膀，"小许啊！"

认……错了？

虞卿看了一眼自己的衣服和胸牌，原来院长也靠这东西认人，心跳不动声色地加了速："是。"

"既然你来了，就在这里房间多找找，把病人这些日记全烧了。"说着，院长收回手，有些头疼地捏了捏眉心，"让他们写日记是为了记录他们变化的过程，既然已经训练成功，就不用再留了。烧干净点，省得被外人发现。"

院长低下头，翻了几下自己的公文包，把九层所有的备用钥匙都给了虞卿，嘱咐道："手脚麻利点！"

"是！"

下一刻，直播间的打赏再一次迭起，纷乱沸腾。

"院长亲自送钥匙，这是什么神奇的待遇？"

"第一次见到有主播这么大摇大摆、肆无忌惮地探索九层，好爽！打赏积分加一百。"

紧接着，就是各种恭喜的声音。

一连发现好几个线索，故事探索度直接到达百分之五十！

"您已刷新本副本故事最高探索纪录，奖励积分加五千！

"恭喜主播虞卿、钱莱，提前完成'探索九楼'任务，分别奖励积分加五百，请主播再接再厉！"

系统声音高亢，也像是第一次看到这样的成绩，一个奖励积分都读得声情并茂。

与此同时，阴暗的八楼楼道里，被迫退出九楼的主播章易正双手揪着薛子义的衣服，不停地发抖。

漆黑的夜伸手不见五指，奇怪的声音不时在附近响起，每一声都能摧毁男人脆弱的心理。

章易害怕，想闭眼，又怕有什么东西忽然贴上来，连逃命都来不及，心情复杂，起起落落，不一会儿，圆睁的眼睛里就布满了血丝。

忽然，系统提示再次响起！

"距离探索结束还有五分钟，请没有找到线索的主播抓紧时间！"

"啊！"章易被声音打搅，下意识叫出了声，不出三秒，通红的眼睛里蓄满了绝望的泪。

"嘀……嘀……嘀……"

系统的倒计时变得越发急促，章易狠狠抖了一下，顿感身下一股热流传来，慌忙拽住面前的薛子义，壮着胆子开口："一……一小时的时限要到了！薛哥，我们没找到线索！我们要死了！"

漆黑的暗夜本就容易唤起人的恐惧，更何况还是在这样的副本里。

薛子义被他揪得烦，又被难闻的尿骚味困扰，干脆一摆手，狠狠将人甩到地上。然而章易一路跟着他，就像只甩不掉的寄生虫！

"哭，哭，哭，别哭了。"薛子义大骂，"你忘了我老大是谁？我现在可是新人富豪榜排行第一的玩家，跟着我，怎么可能让你出事？"

或许是他的坚持终于起了作用，章易激动得涕泗横流。

"嘀……嘀……嘀……距离探索结束，还有三分钟！"

系统的播报再一次响起，章易刚要继续催面前的大佬，就发现薛子义停了下来。

他理了下头发，揪了揪身上花枝招展的西装，竟是在院长走后重新登上九楼，立在了探索结束的虞卿面前，笑容渐起。

而此时，虞卿脚步顿住，听见系统在耳边清晰地播报。

"NPC许寒觉醒成功，猎杀开始……"

虞卿呼吸轻顿，音落时，少年指尖一颤，喉结不动声色地滚了滚。

看着眼前的人，薛子义昂首挺胸，装模作样地清了清嗓子："你，认识我吗？"

少年垂眸，简单回忆了一下自己连接的系统，以及对应主播们的样貌和资料，张口道："薛子义。"

薛子义心想：自己果然有名，那事情就好办多了。

他默默松了口气，笑容渐起，立在身后的章易更是摩拳擦掌，激动得险些哭出来："认识就好，来，把你探索到的资料分享给我们，大家一起看！"

看了，他就能活了！

其实这并不是个单人通关本，进入游戏的各个主播之间不存在竞争关系，合作更好。而且，第一次进副本的新人大多会依赖老人，以获得更多的经验和通关技巧，但……

虞卿抬眸，笑得依旧礼貌温和："不好意思，不分享。"

少年神色渐敛，一贯地认真直白："本来可以，但你们说话的态度我很不喜欢，所以，不分享。"

说完，他若无其事地转身，刚迈一步，章易拼了命地拉住了他的衣角："你什么意思？我们薛老大还没说完话！要去哪儿？探索时间快结束了，线索拿出来，我们薛老大才能保你们过关！懂不懂？"

忽然被拽，虞卿猛然后退，微末的十五点体力值已经快被整个楼层的搜索消耗殆尽，他被钱莱扶住，才勉强站稳。

章易的双眼布满血丝，疯了一般地拽着，那模样大有虞卿不给他就要抢的架势。

"松手。"钱莱拍了两下，没拍开，干脆扣住手腕，与章易那只青筋暴起的手较量起来。

"距离探索结束，还有两分钟……"

系统的倒计时由分钟变成了秒，一百二十秒！

章易的脑袋嗡嗡作响，死亡的恐惧一刻不停地追着他，冷汗浸湿了衣衫，迫使他一把推开钱莱，不顾一切地吼起来："我告诉你们！我们薛老大可是新人富豪榜排行第一的玩家，他上面有大佬罩着，你们得罪了他……"

终于，他喋喋不休的嘶吼惹怒了直播间，厌恶的弹幕纷至沓来。

"想要线索自己去找呗，跟我们卿卿有什么关系？"

"话说，薛子义怎么说也是新人富豪榜排行第一的主播，所有玩副本不超过五次的新人里，他的积分最多，多少该给点尊重吧？"

…………

观众正讨论着，忽然，系统的播报再次响起："二十四小时时限已到，《天堂的阶梯》所有积分排行榜自动更新，请主播们注意查收哦。"

系统总播报结束，薛子义一顿，笑容扬得越发大。

他知道，每次积分排行榜刷新之后，上榜的主播都会被系统再播一次。

正好，探索倒计时还剩最后一分钟！

等系统播报完，他就上去劝架，并大度地让虞卿抱大腿，既给了虞卿人情，又让章易更信服他，还能免费套取信息，一石三鸟。

于是，薛子义又对着直播间整理了一下头发，看似无意地舔了舔嘴唇，映入那张天生魅惑的脸，不一会儿，就惹得直播间嗷呜尖叫。

"这新人也太狂了吧？敢跟我们子义叫板？看着吧，他这次还是新人富豪榜第一，狠狠打这新人的脸！"

激动的弹幕一条接着一条，果然，下一秒，系统的播报紧跟着响起："主播薛子义，恭喜你，成为新人富豪榜第二名，废物主播榜第三十一名，其余信息暂无。"

暂……暂无？！

一瞬间，薛子义如遭雷击，难以置信地盯着面前悬空的幽蓝色面板，一颗心开始怦怦狂跳。

不会的……上次刷新他还是新人富豪榜第一名，富豪总榜第一百名，是所有新人主播里唯一一个上总榜的！

怎么会？

紧接着，又是"嘀"的一声，耳边，系统播报声再次响起。

"主播虞卿，恭喜你，成为新人富豪榜第一名，富豪总榜第八十七名，新人热度榜第一名，奇葩主播榜第五十六名，一天之内打出本年度新人最好成绩，请再接再厉。"

一时间，薛子义愣住，章易愣住，连冲入虞卿直播间疯狂骂人的观众也跟着一起愣住。

漫长的静谧过后，虞卿的直播间笑声骤起，伴随着探索结束的倒计时，陷入了极致的狂欢。

直播间弹幕数持续飙升，系统的催促仍在继续。

"距离探索结束，还有三十秒。"

章易快疯了！

他顾不上吵作一团的直播间，扬起拳头就要对虞卿砸下去。下一刻，却见少年有些疲惫地交出了自己的胸牌，别到了他身上。

章易一怔，正不理解，就听虞卿温柔开口："这个副本靠胸牌和衣服认人，你戴上医生的胸牌就不会有怪物伤害你了，快进去随便找点什么吧。"

说着，他把白大褂也送了出去，眼神真诚，让人心生愧疚！

而与此同时，直播大厅"新人富豪榜"上第一名的小框位置，薛子义的名字被顶掉，赫然出现了白发少年乖巧干净的脸。

大厅远处，VIP（贵宾）座位上，有人缓缓抬眸，琥珀色的眸子透过银丝边框眼镜，幽幽地盯上了他……

副本里，虞卿毫无征兆地打了个寒战。

走入电梯时，虞卿又转头看了眼在最后二十秒重新冲入九层的两人，眸色渐黯。

许寒的猎杀目标，换人了。

接连的哈欠声自耳侧传来，虞卿知道，钱莱这个人懒，大约是哪家的有钱公子，平时走路会吊儿当地戴上墨镜，借着身高优势，半条胳膊搭在他肩膀上，图省事。

故而眼看青年嘟嘟囔囔的，手臂又要伸过来，虞卿也见怪不怪，简单说了一句，就开始连接钱莱的系统，一起整理刚才搜到的线索。

认认真真整理了一路，一回到病房，虞卿就拜托了女怪物们帮他守门，同时理顺了这些日记里总结出来的线索——

这是一家黑心疗养院。

这些病人都是被天使选中的，被选中之后，她们要先去食堂里坐着，被迫吃特制的食物。

没错，苍老的食堂婆婆会强迫她们一口一口地吃下去，再趁她们不备，关掉食堂的灯，在周围制造一些恐怖怪异的动静。

第二天，又经历同样的事。

这样反反复复折磨一个月之后，就会被院长带到九楼的小房间居住，每天承受各种洗脑。在这个过程中，院长会强迫她们写日记，通过日记，观察她们详细的心理变化过程。

其中包括许寒的女儿。

但无论如何，这个邪恶残忍的过程中，从未出现过一名男性！

那……许寒的尸体为什么会出现在停尸间？

线索陷入僵局，虞卿忽然有些懊悔——他不该把那身衣服送出去的，这样许寒就会追着他，报复他，他就能近距离接触许寒，探究更多的真相。

怎么去找许寒呢？

"丁零零——"

终于，手腕上的铃铛引起了注意，虞卿慢慢低头，思索了一会儿，拆下铃铛，又抬头看向一旁的钱莱，问："你有困住怪物的道具吗？"

钱莱："什么？"

他正思索着，忽听身后传来"啊，啊，啊"的声音。

章易从九楼尖叫着跑下来，他像是被什么东西吓到了，脸色惨白。但显然，他已经在九楼找到了一点微末的信息，所以没死成。

男人张着嘴，拼命狂奔，本以为一楼是安全区，谁知……入目，便是许多女怪物！

闻到血腥味后，女怪物们齐齐转身，对准了他。

"啊，啊，啊！"章易慌乱，叫得更加惨烈，但很快——

"啪——"墙壁里又伸出鞭子，狠狠抽在他身上。剧烈的疼痛和惊恐的心理疯狂交加，几乎要摧毁他为数不多的理智。

终于，男人像是意识到了什么，慌忙抬手脱下身上的白大褂，艰难起身，走到虞卿的病房前，直接将大褂和胸牌一起扔了进去，歇斯底里大骂："害人的东西，你等着被追击吧！"

喊罢，他就跑回自己的病房，合上门，哼哧哼哧地喘着粗气。

房间里灯光闪烁不定，外面的"噔噔"声加剧了男人心底的恐惧。空气阴冷，后背发凉，仿佛有什么东西跟着他走了进来，不断靠近，盯着他……

章易很快意识到了不对劲——他刚才在九楼时，为了找线索，抢过兔子女孩的日记本，然后，这股阴恻恻的感觉就笼罩上了他。

系统提示："NPC许寒已走出停尸间，请主播章易多做留意。"

这播报是什么意思？他实在理解不了，无奈之下，只能慢慢转头去看身后的窗户。

男人努力踮起脚，倾着身子向外看，楼道里除了女怪物，没有任何异常。

章易微微松了口气，正准备转过身，忽然一张诡异的笑脸倒着出现在他眼前……

"啊，啊，啊！"

"叮咚——最新快报：'天使精神疗养院'副本，当前存活人数三。"

章易……被击败了……

从弹幕上看到这一点，虞卿立刻起身，又拿起了门口被丢下的白大褂和胸牌。

衣服有点脏……算了，虞卿决定只戴胸牌好了。

钱莱原本不明白他要困住怪物的道具做什么，道具做好之后，见虞卿戴上胸牌又摘了铃铛，他立刻反应过来："你准备引许寒过来，和他正面交锋？"

可不就是吗？

发铃铛的时候护士说了，不戴铃铛的人会被怪物击杀，但现在整个疗养院的女怪物都听虞卿的话，骷髅护工和那奇怪的喷水老太太被女怪物击败了，所以，医院里唯一剩下的怪物，不就是许寒？

"我……觉得有些危险。"钱莱说着，又加强了一下道具的力量，担忧着，"我觉得许寒不会好好听你说话，你毕竟攻击了人家闺女，还抢了人家身份。"

虞卿抬头，接过道具简单地问了下用法，又对青年弯起眼睛："那就……麻烦你帮我看一下吧。"

整个过程只有许寒一个男人，而且他的觉醒就能让九楼震颤，证明许寒能力不低，跟这个副本的关系也不浅，一定还有别的线索……

握紧道具，虞卿劝钱莱一起躺下假寐。

凌晨三点，门外的怪物巡逻声忽然变得纷乱起来，虞卿微微拧眉，周围明明不热，却出了一身的汗。

他像是被什么东西困住了，在床上翻来覆去，不一会儿，就将床单搓得起了褶皱，被不断渗出的薄汗浸得微湿。

"嗯……"轻哼一声，少年眼尾偏红，呼吸变得有些困难，被迫分开上下唇，才能勉强缓气。

微弱的呼吸声散在静谧的病房里，扰了迷迷糊糊的钱莱。青年一睁眼，就看见虞卿面前倒悬着真正的许寒。

男人皮肤苍白，笑容诡异，青筋暴起，已经狠狠掐住了虞卿的脖子！

"丁零零——"钱莱立刻晃动自己身上的铃铛，又在周围设置机关，可……或许是怨念太深，机关起到的作用微乎其微。

视线里，虞卿被慢慢抬了起来，却依然像是被什么魔住，眉心皱着，死活睁不开眼。少年呼吸渐弱，脖子上多出了幽深的掐痕。

没时间了！

钱莱瞳孔一缩，刚想找外面的怪物帮忙，就发现，房间里的空气骤然变冷，冻得他不自觉打了个寒战，呼出的气冒着白烟。

但……随着冷气蔓延，许寒却像是被什么力量强行扯开，不一会儿，忽然开口大喊："不放过我，为什么做个梦你们都不放过我？"

"喀喀！"许寒消失了，虞卿落回床上，终于从刚才的梦魇中脱身。

喘息的空当，房间里的气温已经恢复了正常，紧接着，像是有冰凉的东西触碰自己，那感觉很像……Boss 的触手？

虞卿指尖微动，下意识防备起来，但很快，那冰凉的东西绕过他，就消失了……

适应不了冷热交替的钱莱忍不住坐回病床上，揪紧被子，深呼吸几下看着他道："你脖子上的掐痕没了，买道具了？"

没有啊，刚才只有类似触手的东西……虞卿眼波一动，难道……是Boss 为他赶走许寒，消除了痕迹？为什么呢？

虞卿想不通，他缓缓沉眸，看了眼自己薄汗未消的手，神色恍恍："我好像……梦到了一场大火，我好热，呼吸困难，逃不出去……"

薄唇轻抿，少年眼睫微闪，似乎在回忆那场无法脱离的梦，半晌，忽然道："许寒走了，失败了。"

从许寒身上套取信息失败了。

距离副本结束还有六天零一晚，而值得注意的是，这并不是一个限时生存副本。

如果六天之内没有找到钥匙，他们……不知道会面临什么。

太累了，虞卿和钱莱决定……先睡一觉！

第二天，同样被八点的铃声吵醒，周围的一切在白天又恢复正常。

虞卿懒懒地揉着眼睛，被迫按照广播的指示去食堂集合吃饭。路过大厅时，又忍不住看了眼紧紧闭合的大门，一只手忽然搭上他的肩膀。

"我说，不如我们先按最原始的方法走？我们不就是要出去吗？"

钱莱的声音沉在耳边，虞卿顺着他走，眼睫轻抬："你是说……去找院长骗门禁卡？"

"是，反正你有胸牌，他靠胸牌认人。"

"可那件衣服脏了。"虞卿喃喃，"沾了血，没法再穿。"

他们的话音很小，没让身后的薛子义听到。

三人两前一后路过前台，钱莱熟络地跟护士小姐姐打招呼，手臂扬起，腕上金铃叮当作响，与护士的铃铛交相呼应，打完招呼，才继续若无其事地说："这样，吃完饭我去找护士，问问还有没有别的衣服，你观察院长的行踪。"

"嗯。"虞卿点点头，继续往前迈步。

三人一路前行，迈上三楼夹层之前，虞卿一直在想一个问题——

如果负责做饭的是怪物婆婆，那他击败了怪物婆婆，这个食堂又是谁在做饭？

正想着，就听窗口苍老的声音传来，依旧是怪物婆婆的声音！

"来吧，漂亮的娃娃，奶奶给你打饭。"

熟悉的音色传入耳膜，虞卿瞬间起了一层鸡皮疙瘩，怪物婆婆……没死吗？

那刚入副本的时候，他击败的又是谁？

深沉的寒意锥心刺骨，虞卿发麻的指尖拿起餐盘往窗口走，看到的场景让他顿感一阵恶寒，险些把餐盘摔到地上！

——打饭的窗口后面，飘着顶着黑色长发的……红裙子，发丝披散，一直凌乱地垂到腰间。

那东西却用怪物婆婆的声音，衣袖卷起面前的勺子，伸手给他打饭？

虞卿仔细看了几眼，确认真的只是头发和衣服组合在了一起，衣服里面空荡荡的，没有人，甚至……半只怪物都没有！

"呼啦——"饭菜落在餐盘里，全是素菜。

虞卿仔细看了一眼餐盘，也是被换过的，触感温润，甚至经过很仔细的高温杀毒。

奇怪。

那些日记里不是说，食堂做的是特制的食物吗？

餐盘放下，虞卿继续环顾四周，发现靠窗的角落，面色苍白的老院长坐在那里，认真吃着饭。

所以……他这顿正常的饭，是沾了院长的光？

就像迎接检查一样，食堂里阳光明媚，花草鲜亮。

虞卿珍惜来之不易的正常食物，认真咬了一口青菜，目光悄无声息地盯紧了院长离开的方向。

下午，钱莱骗来了新的白大褂，虞卿便借着送文件的名义，一个人来到七层的院长室。

白天的疗养院怪事很少，行动方便很多。

"咚，咚，咚——"敲了三下房门，里面没有动静，虞卿干脆直接一推。

房门打开，入目竟是院长和那前台小护士在翻云覆雨……

突兀的开门声打断了他们，院长缓缓抬头，眼底堆积出深沉的褶子，阴沉的笑毫不犹豫地对上门口的虞卿……

直播间重新开始沸腾。

"啊！这护士是许寒的妻子吧？怎么这样呢？"

"主播现在这个身份很尴尬啊，戴着'许寒'的胸牌当场捉奸。"

被院长盯上的那一刻，虞卿的视线不着痕迹地发直，他的目光自然地上挑，不一会儿，双手就开始乱摸："那个……院长，院长您在吗？院长？"

房间内，院长的神色发生了明显的变化，他缓缓站直身子，合上衣衫，往门口走去："怎么了？"

老男人开口，阴冷的目光直直看向他的眼睛，看得直播间里的观众都跟着打战，虞卿的神色却没有丝毫变化。

少年垂着眸，不动声色地慌乱起来："我……我忽然瞎了，咱们这儿就我一个医生，我需要请假出去治眼睛，那个……门禁卡能给我一下吗？"

说话间，他甚至还礼貌地对院长伸出了手。

"哈哈！主播这应变能力太绝了！院长皱眉了……他不会真信了吧？"

视线里，院长不大的眼睛里狐疑闪烁，不一会儿，竟真的从办公桌里拿出了一张门禁卡，再一次幽幽地靠近虞卿。

他这次停在虞卿面前，却没有把卡递出去，而是忽然抬手，卡尖直戳少年的眼睛！

千钧一发之际，虞卿果断伸手，一拳砸晕了面前的人，把院长手里的门禁卡拿到兜里，又在他房间里翻找了片刻。

竟然……翻出了一箱门禁卡？

无法分辨哪张是真的。

虞卿索性收拾了一下，全部带走，打包好后，还不忘再狠砸院长几拳，以确保他能晕得更久，复又转头去看桌后的护士。

果然如他所料，这时候护士已经穿好衣服，即便穿好，也破破烂烂的，露出锁骨和肩膀上新旧叠加的伤痕。

于是他慢慢低下头，眼前护士却更警觉了。

她像是被打怕了，慌忙抬手挡住自己的脸，连声道歉："对不起，都是我不好，我没有让院长开心，你别打我，呜呜呜……"

绝望的哭声仿佛猫爪，抓得人心里难受。

但虞卿很快反应过来，护士不是在怕他，是在怕……假的许寒。

是之前的假许寒经常打她，还把她送给院长？

虞卿眼眸轻闪，于是摘下胸牌，顺便把那件新的白大褂丢给了护士，温声道："是我。"

护士怯怯地抬起眼，看见给她送药的少年，表情一动，眼泪再也控制不住落了下来。

她伸手接过白大褂，动作缓慢，带动手上铃铛叮叮作响："我……我和我老公许寒，我们……都是孤儿，以前求婚，他没有钱，所以送了我铃铛，这是……"

虞卿正听得认真，护士的声音戛然而止，动作停顿，表情凝滞，仿佛被暂停键定在原地！

刺耳的"嘀"声贯穿耳膜，震得人头晕眼花。

虞卿下意识皱眉，身前的系统随之变红，提示音近在耳边："检测到副本 NPC 大量脱轨，系统正在自动修正，请主播稍等十分钟！"

"……"虞卿眼眸顿暗。

明明线索就在眼前！

许是检测到他的情绪波动，随之而来的，还有系统一句怯怯的求生提醒："此乃系统自动修正功能，每一个系统都有，换谁都一样，请主播不要炸系统。"

然后，虞卿发现，直播并没有结束，满屏"哈哈"的弹幕打断了他的思绪。

停顿片刻，他干脆叹了一口气，搬起箱子主动下楼，同时观察着几乎狂欢的弹幕。

"主播太厉害了，把系统玩到自动修正，哈哈，爱了。我记得上次看到这情况，还是在谢以凉的直播间，现在他的积分都在总榜排第二了。"

简单看了几个弹幕，虞卿就到了门口，他无法保证这些门禁卡里有真的，但该试总得试。于是，他立刻把钱莱和薛子义都叫了过来，让试验变得更快。

积分排行拼不过，能力拼不过，现在薛子义听话得很，除了偶尔说几句嘴硬的话，几乎让做什么就做什么。

十分钟的时间转眼即逝。

"副本恢复倒计时，十，九，八……"

门禁卡试了大半，不能用的全部被三人折断扔在了地上，但门没有开！

薄汗浸透了他们的额角，"嘀嘀嘀"的声音在耳边狂响，一旦副本修正完毕，院长必然苏醒，知道自己办公室所有的卡都被拿走了，一定不会善罢甘休！

"快点……"虞卿垂着眸,不知为什么,心底忽然升起一股强烈的不安。他忍不住催促出声,一滴汗滑下脸颊,拿着卡的手微微发抖。

"五,四……"

"嗒嗒——"有脚步声自楼上传来,疾速靠近。

"三……"

"嘀,刷卡错误,请重试!"

"二……"

"一。"

"嘀,刷卡成功,大门正在开启。"

虞卿一顿,眼睛骤然一亮,与此同时——

"系统修正完成,副本恢复正常,请主播继续闯关!"机械女音沉在耳边,像是无情的刀,摧毁他生的希望。

话音落,虞卿顿感肩膀一凉,院长不知何时已经出现在了身后,笑容扬起,阴冷的声音钻心入耳。

"不听话的病人,是要被关禁闭室的。"

紧接着,虞卿的嘴被捂住,两个骷髅护工将他强行架起,黑袋子毫不犹豫地蒙在他脸上,罩住口鼻,毫不怜惜地往暗处拖去!

他好像……看到钱莱和薛子义也被抓了……

会……怎么样呢?门开了……能出去吗?

"哐当"一声,虞卿被扔下,大门合紧,铁器碰撞声幽幽回荡。

少年顶了顶舌,口中充盈着浓郁的血腥味,腿也很疼……刚才被拖拽得太厉害,膝盖摩擦石灰地面,估计满是伤口。血会弄脏衣服,得换一件了。

虞卿咬着牙,终于伸手拽开袋子,入目是一双妖冶赤红的异瞳。

是 Boss!

于是他心下一紧,顾不得伤痕,慌忙站起来,还没跑两步,忽然"砰"的一声,脖子被掐住,被迫仰起头,整个人被那只手狠狠抬起,后背贴在冰冷的铁墙上。

周围的声音嗡鸣,寒气迅速聚集。

少年的脸色渐渐变白,指节轻颤,试图连接系统,拿出"听话药水"救自己一命,奈何手根本使不上一点力气。

"嗯……"虞卿又动了两下,握住金针,还没来得及抬手,忽然"叮当"一声,他的手腕被对方握住,轻而易举打落金针,按到墙上。

紧接着,虞卿看见,面前那双悠悠安静的红瞳慢慢靠近,低沉的声音响起,浸着深沉的凉意:"虞卿,你伤害我,怎么还到处造谣我是你的朋友?"

虞卿费力地呼吸着。

不知道是不是错觉，话音落下，虞卿觉得那掐着自己脖子的手好像……松开了？

也对，Boss 觊觎他身体里的力量，想要提炼最纯粹的能力，就不能草率地击杀他。

这是他能逃生的最大筹码！

虞卿没了力气，整个人被对方控制在手里，看上去完全不占优势，但……他在笑。

少年抬起杏眼，挑衅地看着面前的怪物："我告诉他们，你是我的朋友，其实，我正在一边利用你的威慑力，一边想尽办法杀你，你不觉得这样很刺……嗯！"

不等他说完，Boss 的手又提了一下，苍白的手背上粗筋暴起，泛着漆黑的颜色。

脖子没被完全掐死，虞卿还能继续说话："别……这么暴躁……你……"

这一下，窒息的逼仄感瞬间侵袭，虞卿耳根渐红，唇色却以肉眼可见的速度发了白。

Boss 手上力道不减，却慢慢地松开了自己抓着虞卿手腕的手，后退两步，他莫名想看看这个人垂死挣扎的模样。

于是，Boss 又往后退了一步，果断松手，随意挑起一根触手，环住少年的脖颈，带动那瘦弱的身体上升，再狠狠勒紧！

"啊……"虞卿眼角氤出泪，果然挣扎得更卖力了。

Boss 眼波流转，正纠结着要不要直接动手，忽然"唰"的一声，一根细小的金针从虞卿的手腕射出，带着强势的力道，直刺他的心脏！

命脉被伤，男人瞳孔一震，下意识松了触手。

尖锐的疼痛急速蔓延，逼得他不受控制地往后退了两步，有漆黑的血自针孔缓慢涌出，不一会儿，"扑通"一声，Boss 单膝下压，结结实实地跪在了地上。

"喀，喀喀！"虞卿终于缓过一口气，疯狂咳了几声，看着面前的人，泛起了极浅极轻的笑意。

他慢慢爬起来，抽出金针收回体内，同时语气微压："你怎么就这么确定，我只有一根金针防身啊？"

话音落，虞卿就注意到了直播间里"啊，啊，啊！头皮发麻！"的弹幕。

可他现在没心情看，他抬手关闭直播弹幕，又咬牙花五千积分从系统商城买了一支"晕晕水注射剂"。

按照道具说明，这东西可以让任何副本怪物昏睡一天。

他记得，关禁闭的时间也是一天，所以在无法直接击杀 Boss 的情况下，用这个最能保命。可……Boss 终归与普通怪物不同，不知道会发生什么变化，总之，先下手为强吧！

于是，虞卿乘人不备，握紧注射器向下一刺！

Boss 目光一凛，似乎看透了他的恶意，冰冷的赤瞳挑衅地盯着他，仿如大象俯视蝼蚁。

心口的伤虽然未恢复，但地上的触手已经可以重新控制，渐渐开始蠕动，扬起……

虞卿的精神重新紧张起来，刚进入战斗状态，就听"砰"的一声，触手落地。

Boss 闭眼，身体前倾倒在了地上。

虞卿紧张过度的呼吸狠狠松下，终于获得了短暂的安心。他全身布满薄汗，体力值消耗殆尽，几乎瘫倒在地。他的脖颈上充斥着红痕，留下了印记。

所以，Boss 之前帮他把脖子上的掐痕消掉，是想自己再掐出来吗？

一如既往地变态！

直到此时，虞卿才终于看清 Boss 的模样——

好像……超过两米了，宽肩窄腰，安静闭眼时，莫名有一种矜贵。

他的本体一共包括三层，核心是一个男人的模样，第二层是漆黑的无数根触手，最外围又罩着一层独属于他控制的、可以无尽延绵的黑雾。

他还可以操控气温，甚至断掉系统的连接讯号："七级 Boss……"

虞卿站起身，"砰"的一声，狠狠踹了一脚，然后找了个舒服的位置靠下去，打开系统商城，想办法找能打开门的道具。

这一次的锁孔镶嵌在门里，是硬钢材质，化铁水作用不大，只能寻找别的突破口。

半晌，系统商城的铁丝好不容易卡进锁孔，细密的汗珠顺着虞卿白皙的额角流下来。

到了夜晚，身后被迷晕的 Boss 蠢蠢欲动，触手轻摇，马上就有苏醒的趋势。

虞卿握着铁丝的手不断收紧，周围的气温再次降下来，黑色雾气绵延上升，他无暇去看直播间，屏住呼吸，一点一点在锁孔里试探。终于，Boss 的触手弹起，直冲他后颈的瞬间，少年猛地拉门，快步奔了出去！

沉重的力量撞在铁门上，发出"铛"的一声巨响。虞卿慌忙锁好门看向系统，确定 Boss 的攻击范围已过，才扣着微抖的手狠狠松了一口气。

脖子有点疼，受伤了。虞卿不以为意，买了"疗伤药水"恢复，再抬头时，正好看到天使像下院长布满皱纹的脸。

已经入了夜，昏暗的灯光下，院长认真地擦着面前的天使像。

不一会儿，灯光闪烁，下一秒，原本还在远处的院长忽然毫无征兆地立在了虞卿身前！

直播间的众人倒吸一口凉气，觉得主播一定会跑。

可……虞卿只是往后退了一步，嫌恶地拍了拍自己的肩膀："院长，我关禁闭出来了而已，这么……震惊？"

或许是见过他这模样的人都会下意识地逃跑，院长早已把这样吓人当作漫长生命中唯一的乐趣。

但现在，面前这家伙把他唯一的乐趣变成了笑话！

他不是死了吗？怎么……

老院长将牙咬得咯咯作响。

少年无视院长的挑衅，有条不紊地走回自己的病房。

走廊里，怪物乱窜，不一会儿就齐齐聚向了他的方向。

院长回头，眼中渐渐浮出笑意，他已经迫不及待想看这家伙……

"姐姐好，姐姐今晚又漂亮了。"

奈何，视线里，虞卿亲昵地和女怪物们一一打过招呼，若无其事地关上了门。

老院长的牙磨得更快了。

直播间里——

"哈哈，我要笑死了，主播是懂怎么让 NPC 心梗的。"

直播间的弹幕很快聚集，紧接着"咔嗒"一声，虞卿合上房门，还没来得及缓气，腿就开始抑制不住地发软。

真险啊。

他单手扶墙，跟直播间观众确认过钱莱安全后，向前挪动着步子，后颈刚才被打伤的位置隐隐作痛，被长针扎过似的，一下一下连着神经，伤口……和普通的伤口有些不一样……

汗水黏得虞卿浑身不舒服，虞卿意识到可能是被 Boss 打伤的地方出了些问题，但也不能在这里深究。他走入病房浴室，打开淋浴，默默祈祷着流出来的不要是不明液体。

是热水！

虞卿狠狠松了口气，立刻丢下衣服，躺进水里，浴缸里满是泡沫。

滚烫的热气包裹全身，虞卿疲惫地靠着，湿漉漉的白发散在肩头，眼睫扇了几下，轻缓闭上眼，脱力的身体渐渐下沉……

解乏的热水漫过手掌，不多时，虞卿的右手指节蓦地动了一下，带动水流"哗啦"声起。

少年感觉到了一阵尖锐的刺痛，他猛地睁开眼，看向自己的右手手背上，黑色的彼岸花纹路晕着红光。

视线触及，虞卿有片刻的愣怔。

这不是他身上原来就有的东西，现在却突然出现，闪着红光，烙印似的疼。

他的思绪微微流转，手臂抬起，下意识地抚摸自己的后颈——从禁闭室逃出来的时候，Boss 的触手刮伤了他的后颈。

他不知道被打伤之后会有什么反应，但现在……

"哗啦！"

浴缸里，虞卿的右手忽然被一股无形的力量狠狠抬起，他试图与之抗衡，不一会儿，手腕就被勒出了痕迹。

这是……Boss 的控制能力？！

少年的瞳孔缩了缩，很快就了解了留下纹路之后的效果。留下纹路后，他就是 Boss 的傀儡，身上随时可能会被一条看不见的线牵着，任由 Boss 操纵。

虞卿手腕生疼，忍不住在心里怒骂：这 Boss，又发什么疯？

骂归骂，其实他知道，这东西是他翻盘的最大筹码，他绝不会在这里死去！

终于，虞卿攒了些力气，"哗啦"一声起身，又随意从系统商城买了套衣裳。

由于是胡乱点的，所以，这衣服偏欧洲中世纪风格，合身的衬衫袖口微敞，因为是白色的，被水一染，更衬得那身上的红痕若隐若现。

他执拗地擦拭着自己的手腕，轻笑着开口："怎么了？谁又惹您不开心了吗？"

细绳上抬，手腕被勒得更紧了，虞卿继续说："看我狼狈的样子你很开心吗？你是在生我的气吗？气我迷晕你？"

话落，那条无形的线终于松了些，说对了！

虞卿慢慢顺下一口气，嘴角带着笑意："其实，何必气呢？你来我往才是对弈的意义。有个出其不意的对手，可以让生命更加鲜活，也可以让明天充满期待。你很喜欢鲜活的生命，对吧？"

话音落地，一滴血从手腕处滴下，沉入新换的水中，波纹潋滟。

手腕发抖，虞卿呼吸轻颤，额角疼出了一层汗。无尽的寂静里，渐渐地，他手背上的彼岸花纹若隐若现，最后花纹随着那无形的丝线一起消失。

少年跌回水中，暂时摆脱了掌控，唇瓣开合，看似在喘息。

直播间里的众人却激动了。

"不是，他说什么了？"

"卿卿好聪明！被 Boss 缠上的人都会死，他刚才一定是说到了 Boss的痛点，所以没事，他怎么知道的？啊——"

钱莱还没有回来，周围安静下来，一切归于宁静，诡异的笑声便在浴室里响起，伴随着空幽的环境，幽幽回响。

"嘻嘻，嘻嘻，要死了，解脱了……"

是个女声！

浴室里的回声本就大，空间逼仄，冰冷感越发入心蚀骨，直播间弹幕减少，人数却比刚才更多了一些，仿佛都在认真地盯着什么……

买药擦拭手腕的空当，虞卿随意瞥了一眼直播间，刚才说他"戳中Boss 痛点"的弹幕还在上面挂着。

他找到了 Boss 的爱好，仅仅这一点，就够他无数次死里逃生了。

嗞嗞嗞！忽然，虞卿头顶的灯熄灭了，整个浴室漆黑一片。

在这个副本里，每一晚，Boss 的黑雾都会笼罩整个疗养院，将这里裹得密不透风，伸手不见五指，但这天……他怎么能看见丝丝亮光？

虞卿又确定了一下，自己的眼睛并没有变成红瞳，但现在他确实可以看清东西，可以看清自己身下的浴缸，还有……头顶的……一个身影。他心脏渐提，右手下意识地收紧。

天花板上好像多出了另一个空间，仿如三维投影，活灵活现地呈现在他面前，里面坐着一个女人。借着隐约的光，虞卿看到，女人似乎正处在手术室内。

她身形清瘦，穿着一身病号服，正坐在一张破旧的病床上，不停笑着，痴迷又认真地梳着头。

而最特别的是场面明明这么诡异，于女人而言，却仿佛在奔向新生！

过了一会儿，虞卿感觉额头一凉，似乎有什么东西从房顶滴落，落在他眉心，冰凉、黏腻。

紧接着，病床上的女人又笑了起来，以怪异的姿势，一点一点向他扭过身子。

虞卿不由自主地放轻了呼吸，瞳孔在暗夜里悄然放大，正想看清什么。

忽然，"啊"的一声，身下一只手透出浴缸，猛地扣紧了他的脖子，直接将他整个人狠狠勒了下去！

水花四溅，少年脚尖上抬，头部没入浴缸，滚烫的热水瞬间侵袭。

要死了……

虞卿挣扎着，很快，掐着他的手变成了两只，手背上黑筋暴起，不留任何喘息的余地。

可……力道似乎有些……轻？

虞卿转眸，赤瞳流转，迅速寻找着浴缸底的漏水阀——对，是很轻，他甚至觉得还不如 Boss 的触手掐得重。

被……掐习惯了吗？

"哗啦啦——"

水阀被打开，周围的水疾速退去，虞卿终于缓过了一口气。他咬牙，堪堪忍住再骂 Boss 的冲动，努力使手背上的花纹显现出来，挡在身前。

然后发现天花板上是变成猴子的女人！

紧接着，浴室里的光越来越亮。

一秒后，伴随着诡异的声响，他的四面围满了穿着病号服的女人。而此时，最开始转过头的那只猴子诡异一笑，狠狠举起了斧头！

"叮咚——"忽然，系统提示破空响起，震得人精神一颤，"恭喜主播虞卿再次催化许寒，NPC 暴虐程度空前加深，副本难度升级。

"当前难度：五级，满级十。

"请主播再接再厉哦。"

五……五级？众所周知，五级，正好是高危副本的警戒线！

"叮咚，叮咚……"系统的提示不停响起，骇人的直播画面让虞卿直播间人数持续增加，弹幕不停滚动。

眼看那猴子的斧头就要落下，观众们暗暗憋了一口气，紧接着："放肆！"

暗夜里，少年不慌不忙，丝毫没有被攻击的感觉，甚至自信开口，带着怒意地看向那即将落斧的猴子。仅仅这一句，单凭气势，就能碾压周围所有的怪物。

喧闹的直播间停住了，他们看见，虞卿慢慢抬起了手，手背上漆黑的彼岸花盛开，被掐住脖子，依然可以稳声说话。

"看，Boss 还没玩够呢，不会允许你们伤害我的。"

那朵彼岸花仿如纹身，开得妖艳夺目。

果然，话音刚落，那怪物扣着斧头的手竟开始微微颤抖。

Boss 是副本里不可违逆的存在，每一个 NPC 都很清楚这一点，对他的恐惧深入骨髓。

这一下，不仅是那只拿斧头的猴子，就连其他准备进攻的怪物也都停止了动作，愣在原地，像是被按下了暂停键。

有作用！

画面里，虞卿的笑容越发好看，脖子上掐着他的那只手却越收越紧。他的脸渐渐憋红，呼吸变得困难。

可系统面板清清楚楚地显示着体力值为百分之三。满格一百的体力值，他现在只剩下三格，连掰开那手的力气都没有。

目光渐散，虞卿双手死死护住自己的脖子，嘴角的笑意却丝毫不减："许寒……"

这双掐住他的手是男人的手，一定是许寒！

许寒的戾气更重了，之前没成功，现在是铁了心要弄死他！

虞卿继续开口，所有人都以为他猜对了名字，下一步肯定求饶，但少年开口，说的却是："你这个……无能的……废物！"

直播间满屏问号。

果然，虞卿呼吸不畅，被掐得更紧了，但他继续道："你很爱你的……老婆……和女儿吧？"

他诘问着："是我把她们变成这样的吗？"

那双手微微放松，虞卿脸上的笑意越来越浓："你想报复，去找院长啊！怎么，不敢吗？"

脖颈上的手越来越松，却依然不肯放开他。恍惚间，虞卿看到了一点暗紫色的亮光，眼眸顿时一凛。

那是……

虞卿的脑子飞速运转，眼睛越来越亮，他像是瞬间想通了所有事，连起所有的线索，近乎激动地开口问："许寒，这是你的梦吗？"

回复他的是漫长的寂静。

虞卿又问一句："这是你的……"

不等他说完，忽感脖子一松，那原本还扣着他脖颈的手瞬间消失，就连墙面上，那隐约透出的暗紫色亮光都跟着消散殆尽。

紧接着，怪物消失，一切归于安逸。

下一秒，灯重新亮起，室内陈设全部恢复正常，就好像……刚才的一切都不曾发生。

衣袖上的水滴落在地上，虞卿稍稍回神，越发肯定自己的判断——他需要出去，重新整理一下那些在九层发现的日记！

不过在那之前……

少年缓缓抬手，轻抚自己手背漆黑的彼岸花纹："谢过 Boss 救命之恩。"

语气虔诚，眼底却不见半分敬意，那模样淡漠凶狠，像是……已经想好了如何击败对方。

距离游戏结束还有五天，找钥匙的时间越来越少了，还有一些事，虞卿需要确定！

弹幕滚动的空当，他已经悄然出了门。

大厅里，天使像下，果然又没了几只动物，是刚才和许寒一起，想弄死他的那几只。

院长已经离开，黑夜里，诡异的天使像石膏破裂，遍体鳞伤。

似乎检测到了他要发现什么大秘密，副本环境的冰冷感越发明显，像是有什么东西盯住了他，随时准备行动。

虞卿向前迈步，呼吸渐缓，忍着强烈的心慌检查了一下那用门禁卡刷开的大门。

果然，大门有两层，门禁卡刷开的那一层只是里面的木门，想开外面的铁门，还是要钥匙！

钥匙……在哪儿呢？

虞卿转身，又检查了一遍天使像下的陈设，十二生肖的摆放很讲究，它们各有自己的位置，但……就在正对门口的方向，空出了一个位置。

这是留给谁的呢？许寒吗？

虞卿继续想——如果院长摆放十二生肖，是为了神秘的仪式。一个仪式一定要有……祭司。那猴子听许寒的话，所以，这场仪式里的祭司就是……

"嘀嗒……"

忽然，又有黏腻的凉液滴在脸上，于是他下意识抬头，那遍体鳞伤的天使像竟裂开了一道大口子。不一会儿，"砰"的一声，一块石膏碎裂而下，虞卿的视线里出现了一个女人。

"嗞，嗞，嗞——"灯光闪烁，环境中的恶意越来越明显。

石像再裂，副本的危险程度已经达到了五级，虞卿不敢多留，立刻加快速度跑回屋，合紧了房门。

他体力不济，艰难地缓着气，总觉得从刚才开始，就有什么东西在背后跟着他。他快，那东西也快；他慢，那东西也慢。

直到现在，那种感觉依然没有消失。

平复好心绪，少年坐回床上，忽听"咚咚"几声，敲门声自外面响起，一声比一声激烈。

直播间弹幕再次减少，观众们凝神屏息，比虞卿更加认真地盯紧了门外。

敲了几下门，门都不开，不一会儿，虞卿瞳孔放大，他看见那扣紧的门锁竟开始自己转动，像是有人从外面胡乱地转着钥匙。他呼吸一紧，右臂肌肤紧绷，咬牙，正准备召出金针，就听到锁开了的声音。

"哈哈，打开了，嗝！"

入目，是双手搭在怪物肩膀上的钱莱。

"姐妹们，真……嗝……不能再喝了，我划拳划不过，再喝……嗝，就真的要一命呜呼了。"钱莱像是喝多了，一只手钩着一只怪物，身后还有两只怪物跟着，为他贴心地顺着背，脸颊绯红，眼睛醉醺醺的，皮肤以肉眼可见的速度白得跟怪物成了一个颜色。

虞卿的手臂终于放下，刚舒出一口气，就见面前青年挣脱怪物们的控制，笑嘻嘻地靠在他肩上："卿卿，哈哈，别怕……我在禁闭室遇见了四位姐妹，陪她们玩一玩，喝喝酒，嗝！别……别看我脸色发白……没事，没事啊。"

钱莱笑着："我和她们的关系……可好了！喝了这里的酒就是这样，酒……醒了就好，嘿嘿嘿……"

刺鼻的酒味直冲鼻腔，虞卿微微皱起了眉，抬手将他推开一点后，又看着他笑："所以，院长把你关在禁闭室，你就拉着怪物一起喝酒？"

"有何不可？"

说话间，虞卿已经走到门边，他重新合上了门，顺便请四位怪物一起坐下，回道："院长看见你，估计又要磨牙了。"

"什么？"钱莱不理解，醉醺醺地爬到床头柜边，支起一条腿，随意靠着。

但这个问题虞卿并没有回答，他只是认真无比地看向钱莱，开口道："我知道通关的钥匙在哪里了。"

　　钱莱眨了两下眼睛，迷醉的目光中透出幽深的不解："不是，为什么大家都在禁闭室里待一天，你就知道……嗝！"

　　不合时宜的质疑被一道酒嗝打断，钱莱反应了一会儿，干脆问："在……在哪里？"

　　"在……疗养院外面。"

　　青年拧眉，眼中的不解越发深沉："找不到钥匙我们就出不去，你现在说在外面？"

　　视线迷离，钱莱打起精神摇了摇头，视野再清晰的时候，虞卿已经把自己的系统面板展示在了他面前。

　　少年弯腰，修长的指节上抬，对着上面一众罗列清晰的信息，开口解释："这个副本，本质是许寒的梦，我们现在在他的梦里，你看这里……"

　　虞卿指向许糖的日记："这上面写，爸爸和妈妈吵架了，爸爸说，妈妈再减肥就会瘦成'一把骨头'，前台那个小护士，在夜里就真的会变成骷髅，就是'一把骨头'。"

　　钱莱稍稍坐正，认真了几分。

　　虞卿："这里，许糖问，等爸爸有钱了可不可以买下整个疗养院？梦境中就包含了整个疗养院。"

　　"还有我们看到的那个奇怪的'喷水老太太'，其实就是许寒给许糖讲的故事，这个故事存在于他的记忆里，又用梦境的方式展现了出来。"

　　系统信息翻页，虞卿继续说："根据我们在九楼找到的日记，院长在进行神秘的仪式，这些人都经历了非人的折磨，他们不敢大声说话。"

　　"许寒也经历过这些，所以，"虞卿看向钱莱，"你最开始在走廊大声叫的时候，墙里会有鞭子甩出来打你。

　　"就证明在许寒心里，这种抽打人的鞭子无处不在，所以，在梦境里得到了这样的异化。"

　　钱莱了然，坐得更直了，为了让自己清醒，他甚至抬手狠捏了两下眉心："你是说，许寒也被这样对待过？"

　　"是。"

　　"可是……"钱莱质疑，"他并没有变成动物。"

　　"许寒是祭司。"虞卿道，"根据外面天使像下十二生肖的排列来看，许寒就是这场仪式的祭司，所以，他还保持着人形。"

　　钱莱沉眸，思考了一会儿，示意对方继续。

虞卿便又触上系统，往下翻了一页："他们最先被带到食堂吃特制的食物，吃完之后灯会熄灭，食堂婆婆就会换上衣服吓唬他们。如果我没猜错的话……"

虞卿转眸，看向一侧排排坐着的四只怪物，问："食堂婆婆吓你们时，戴着黑色长发，穿着一身红裙。"

似乎是他的话太过犀利，怪物们恐怖的记忆被唤起，身形一顿，下意识打了个寒战，不一会儿，就齐齐点头。

"那就没错了！"虞卿嘴角扬起，"许寒也被这样吓过。在许寒心里，真正吓人的是那套衣服，不是食堂婆婆本人，所以，在梦境里，那套衣服才会像是有生命一般，立在窗口后面，给我们打饭！"

钱莱垂着眼眸，思虑良久，又质疑道："那万一是他的记忆呢？被……异化过后的记忆？"

"不是记忆！"虞卿坚持道，"是梦境！"

"因为之前在九楼找信息时，我攻击许糖，她哭了，整个九楼都开始颤抖。我试图扶墙站起来，然后，我用手扶着的那面墙碎了。我看到无尽深渊里闪着暗紫色的光。"

钱莱眼眸抬起，神色骤敛，像是终于相信了他的推理。

虞卿："还有，我刚才回来洗澡，许寒就想在浴缸里击杀我。我在浴缸底部，就是他手伸出来的位置，也看到了同样暗紫色的光。"

钱莱出身于玄学世家，了解过这方面的知识，没有人比他更清楚，人的梦境是有颜色的——每个人的梦境之外都包裹着一层可以保护梦境的颜色。

美梦之外裹的是暖色调，极美的梦会呈现红色；噩梦之外则是冷色调，极恶的梦变得漆黑。这些或暖或冷的颜色包裹着梦境，反映着梦境的情况，其中，就藏有可以控制整个梦境的"梦核"。

"梦核"一般是乒乓球大小，散着白色的光，代表梦境主人的意识，是打开梦境的关键！

"所以……"钱莱说，"我们要打破现在所处的环境，去梦境之外找梦核。梦核是整个梦境的控制中心，钥匙很可能在里面！"

想通这一点，他的眼睛倏然一亮，激动地看向虞卿："这个梦境只包括疗养院，那我们就砸碎疗养院的墙，走到梦境之外。找到梦核，就可以找到钥匙，离开副本。"

虞卿迟疑着——他刚开始的确是这样想的，如果是梦，按理说，钥匙就该藏在梦核里，找到钥匙，就可以通关副本。

这种生存副本越往后，所经历的事情就越凶险，就好像从刚才开始，虞卿就一直觉得有东西忽快忽慢地跟着他，逼得他心尖颤抖，遍体生寒。

可……他总觉得哪里不对，但一下子又说不上来。

按照许糖的日记，许寒应该是个很好的人，他是个好丈夫、好父亲，他的噩梦即便再凶险，也不可能升到五级这种高危副本。

想不通……于是，少年轻呼一口气："暂时……就这些吧。"

"那……"钱莱起身，"我们先找个地方，砸碎墙壁再说！"

趁着夜色，钱少爷买了一把大锤子，被几个女怪物扶着，醉醺醺地找到了一处三楼夹层里墙壁还算薄弱的地方。

砸破墙壁，突破梦境，就可以看到梦核！

食堂婆婆早就死了，三楼的灯光却依旧忽明忽暗。

重锤破墙的声音接连响起，有些刺耳，掩去了身后的阴冷声响。暗夜里，那套红色的衣服顶着一头黑发飘来飘去，在众人前后不停游荡，继续吓唬人。

钱莱买了醒酒药，一锤又一锤地对着那墙体砸下去，裂开一点，再裂开一点，越来越接近逃生的希望。

但与此同时，虞卿却觉得身后的凉意越来越明显。阴冷的"叽叽咕咕"声离他不再遥远，这一次，竟是近到了耳边……就在他的后颈！

手掌握紧，虞卿不动声色地向前挪了一步，没有用，彻底甩不掉了……于是，他走到墙根下，试图召唤金针，慢慢地转过头，却不料——女怪物们惨烈的叫声刺破耳膜。

虞卿后背生寒，顿感一阵反胃，于是果断抬手，金针还没刺出去，就发现面前的东西长出了一张……人脸，不知道发生了什么，它竟痛苦地尖叫起来："啊——"

尖锐的声音刺得人耳膜生疼，很快，那东西就像是被什么东西灼烧，转眼间消失在了肩膀上。

虞卿慌忙捂住耳朵，因为现在，整个楼道都乱作了一团。

女怪物们不知感受到了什么，个个尖叫着，以迅雷不及掩耳的速度撤出夹层。有一个跑得慢了，直接"砰"的一声砸在地上，翻来覆去，痛苦地痉挛着。

虞卿便忍着快聋的耳朵，慌忙上前几步将怪物扶起来送走。

这一趟累得气喘吁吁，直到重新走回去，他才发现，那被钱莱砸开的墙里面，飘飘然落出两张纸。

他加快了步子，抵达的时候，钱莱已经捡起纸，喃喃开口："这是一个巨大的'诛杀阵'，还是最厉害的那种。所以……她们都很怕。"

虞卿接过话，目光逐渐落在那堵碎裂的墙上——虽然洞口不大，只够弯腰进入，但……外面确实是虚空的暗紫色。

这就是梦境之外包裹的那层颜色，里面有梦核！

怪物们全部撤离，原本热闹的小三层走廊变得越发静谧，静得……只剩下两道交错起伏的呼吸声。

进入暗紫色的虚空里，就能找到梦核，找到钥匙，看上去很简单，可……

虞卿抬头，看着对面的钱莱，良久，才开口问："你还有多少积分？"

钱莱："五万。"

虞卿沉眸，这才知道刚进副本时，他的观众是多么给面子，于是思虑片刻，干脆转过身，对滚动弹幕的直播间莞尔一笑。

湿漉漉的衣服已经晾干了，蓬松地落在少年身上，越发衬得他像是从画像里走出来的贵族，还是……有些落魄的那种，目光单纯，未经世事。

直播间果然给了他回应。

看着直播间的积分不断增长，虞卿目光轻抬，思索片刻，就带着钱莱一前一后踏入了那幽深的暗紫色之境。

两个人的脚步越来越快，他们并不知道，离开之后的小三层的左侧食堂里院长淡笑着走了出来。暖黄的灯光下，那张布满皱纹的脸依然可怕，不大的眼睛盯着洞口，嘴角的笑越扯越大："做得好。"

话音落，无人应答，那声音似乎散入了空气中。可不一会儿，被吓得哆哆嗦嗦的薛子义就从他身后站了出来，小心翼翼地试探着："院……院长，你说过，我帮你通风报信，你就告诉我出去的方法。"

"告诉了呀。"院长喃喃着，"门禁卡都给你了，还想怎么样？"

"可……"门禁卡没有用！

得到答案后，薛子义瞬间如遭雷击，手脚抖得更厉害了，脸上涕泗横流。但他不敢继续问，因为面前的院长已经几步走上前，不紧不慢地捡起纸，重新贴在了墙上。

然后，那被钱莱好不容易砸开的洞，竟然奇迹般地恢复了正常，一切……像是没发生过。

不一会儿，院长走了，薛子义哆哆嗦嗦地瘫在原地。

副本总直播间里，看到薛子义那损人不利己的操作，观众们早已骂作一团。

另一边，暗紫色的虚空里直播间人数不停下降，钱莱呼吸渐急，心底隐隐升起不好的预感。

他跟在虞卿身后，为了便于观察，原本隔了两步的距离，可渐渐地，心慌战胜了理智，他快走几步，开始亦步亦趋地跟着少年，过不久，又轻轻抬手握住了那雪白的衣角。

"嗒嗒。"

他们的脚步持续往前，直播间弹幕越来越少，钱莱觉得，他们好像走了很久。煎熬的心情将每一秒都拉得无比漫长，周围静得可怕，心脏几乎要跳出嗓子眼儿。

钱莱忽然问："虞卿。"

无人应答。

他再问："虞卿……我们走了多远？"

天知道他有多怕和少年分开，这种幽暗的环境里，四周不知道充斥着什么。

可面前的少年摇了摇头："不记得。"

声音依然认真。

他们继续往前，诡异的冰冷感让钱莱的心里越来越慌。他分明记得，梦核这种东西，离梦境不会很远，最多一百米就可以找到！

现在……都走多远了？

什么都没有。

可……面前的虞卿似乎并不打算停步，他依然凝眸，认真观察着四周。

微弱的声响在四周响起，紧接着，像是有什么东西在游移着靠近，不时发出"叽叽咕咕"的声响。

忽然，虞卿像是意识到了什么，停下脚步，眼眸顿凛："不对！"

"什么？"忽然的否定让钱莱整个人一激灵，瞳孔骤缩，不由自主地打了个寒战。

虽然说他不怕怪物，可……他怕黑！

抬头时，钱莱自己都没意识到，他的眼睛微微湿起来："什……什么？"

"我们应该一直在打圈，好几次路过了梦核。"

"啊？"钱莱立马停止了动脑，靠着本能接话，"怎么会？我们路过了为什么没看见？那东西会发光的！"

"就是错过了。"话音落，虞卿立刻加快了脚步，掉转方向，一刻不停地往前跑。

许是意识到身后的人实在害怕，不一会儿，少年放慢脚步，主动出声："你要是怕，可以找点话题跟我聊，我会回答。"

他回头搭话，原本是想照顾一下钱莱，但那一瞬，在无尽的黑暗里，钱莱正对上一双猩红的赤瞳，脸色一白，险些直接倒在地上，脑子里冒出的第一个问题就是——你是人吗？

可……现在这种环境，问出这句话只会增加他的恐惧，于是钱莱的脑子飞速运转，琢磨半天，开口问："你……进游戏之前是做什么的？"

"程序员。"

"啊？"钱莱欲哭无泪，"看着也不像啊。"

"怎么？"身前少年的笑声隐约传出，"程序员就必须秃顶、戴眼镜、穿格子衫吗？"

虞卿似乎真的很认真地在回答他："我觉得也不是所有搞机关的都像你一样，穿小褂戴墨镜啊，嗯……还是绿色的小褂，这个颜色的寓意是不是不大好？你被女朋友'绿'了吗？"

钱莱："……"

直播间观众虽然大量流失，但虞卿粉丝基础强大，即便再降，也还剩两万多。

虞卿加快步子向前走，一边走一边留神观察着和谐的直播间。

"你们没有注意吗？主播对有些NPC真的很温柔，第一次看见这样的。"

虽然直播间很和谐，但像之前一样的大额打赏都没有再出现过！

无尽的黑暗强行降临，不一会儿，直播间竟然有铁杆粉丝哭了起来。

"呜呜呜，我姐姐也被强行拉入副本了，永远留在那儿做NPC，所以我看不得对副本NPC好的主播，打赏积分加三十七万。"

这一下，约莫是把老底都掏空了，所以……看直播的观众到底是谁？

是人吗？还是那些创造游戏的……所谓高维生物？

无奈，不等虞卿想完，刚才的弹幕就一闪而过，完全被禁言。

不是说只有剧透的弹幕才会被禁吗？那条弹幕透露了什么？

难道这里的NPC也是人，或是其他生物变的吗？

"没关系。"终于，虞卿停下了脚步。

他立在一处幽暗的光缝前，瞳孔的红色越发鲜艳，抬起手，慢慢地对准了面前正在被黑暗不停吞噬的那一缕白光。

"我现在的积分有两百万，我不会死的。"他喃喃着，像是在安慰刚才那条弹幕，说，"我也用不着复活卡。"

"哈哈，不用复活卡？吹牛吹大了吧？"

直播间的弹幕继续飘着，零星闪过不可置信和怀疑。

周围的叽咕声不断靠近，这下不仅仅是钱莱，虞卿脚底微粘，也感受到了几乎致命的挤压感。有东西攀上了他的脚，柔软得像一摊泥，不断上涌，叫嚣着要将他吞噬，可……少年嘴角依然笑意浅浅："我找到梦核了。"

"啊？有钥匙吗？"终于，一直在他身后闭眼的钱莱睁开眼，看到的却是被污染到只剩下一点的梦核，他有些绝望，"梦核被污染了，所以这个梦境早就不受许寒控制了。"

虞卿的手在发黑的小球附近胡乱摸索着，半晌，确定道："有人污染并控制了许寒的梦，钥匙早就不在这里了。"

脚下的软泥不停蔓延，"叽叽咕咕"的声音越发频繁，听起来就像是……诡异得意的笑！

"钱莱。"依稀的叫声自一侧传来，钱莱转头，正好对上虞卿一张微带笑意的脸，"我没力气，挣脱不开，拉我走，快带我跑！"

终于要跑了！

钱莱喜极而泣，没有任何犹豫，拉着人就往虞卿指的方向冲。

暗夜里，软泥在背后狂追不舍，钱莱脚程极快，不一会儿，就嫌体力值低下的虞卿跟得慢，而后一把扛起他继续往前冲。

突如其来的变故让笑意瞬间灌满直播间。

"终于意识到自己什么事情也做不成，要跑了吗？"

"但是这么漫无目的地跑也不行啊。"

漫无目的？

钱莱气喘吁吁，他觉得不是漫无目的，起码直到现在，虞卿都没表现出任何害怕和紧张的情绪，他一直镇定，甚至……连逃跑都会指引具体的方向。

他们……或许真能逃生……

钱莱不停往前跑着，那穷追不舍的东西也不停缠着他的脚。

急促的脚步声和"叽叽咕咕"声接连入耳，在院长室忙碌的院长听得都不自觉分了神。他转眸，看向身后脚步声传来的方向，是墙。

墙外有声音？

哦，他想起来了，是那两个让人头疼的家伙在逃命呢。可惜啊，这里早就被他控制了，他们……永远都逃不出来了。

院长嘴角上扬，脸上笑意越来越浓，皱纹堆没了眼睛，不一会儿，却听脚步声越来越近，越来越快，像是直冲着他来的。紧接着"轰"的一声，毫无征兆地，面前一面墙被生生炸开！

沙石纷飞，余波震荡，不出三秒，院长的眼睛都被砸出了血，苍老的身体被爆炸余威震在地上，屁股往后一倒，直直坐在了那被震碎的木桌腿上，鲜血直流："啊……"

刺耳的尖叫伴随眼泪生生落下，他视线模糊，有些看不清眼前——

怎么了？墙为什么会忽然从外面爆炸？

他控制这个梦境许多年，从没出现过这种情况，是那两个人回来了吗？

不，不可能！

然而下一秒，瞳孔放大，男人天真的想法戛然而止。因为面前，虞卿直接抬手，将一个比他脸还大的炸弹，轻轻放在了他头顶，笑意温和。

"我知道了，是你污染了许寒的梦。"

"嘀，嘀，嘀……"

炸弹规律的倒计时中，系统声音高亢："恭喜主播虞卿、钱莱，发现特大隐藏线索'被污染的梦境'，故事探索度百分之七十八！"

这一下，不仅仅是系统，就连直播间的观众都跟着激动了。

"嘀，嘀，嘀……"炸弹的倒计时依然在继续。

室内，院长的脸因为疼痛以肉眼可见的速度变得狰狞，他听到虞卿说："你污染了许寒的'梦核'，控制了他的梦境。"

这就是目前浮于表面的全部真相！

院长的手在颤抖，两眼泪汪汪，他怎么也想不到虞卿迷失在黑暗里还能再回来！

可现在威胁在前，他只能忍痛站起身，拖着佝偻的身体艰难向前，拼了命地捡起地上一个早已破碎的相框，快步奔远，脚步踉跄，声音颤抖着呢喃："妈妈……妈妈……"

"哈哈。"眼看着老男人喊妈妈的样子，钱莱只觉得好笑，可他还是担忧地上前几步，扣住虞卿的手腕，催促着，"快走！"

少年眨了下眼睛，手心握着那"嘀嘀"乱响的炸弹，懵懂地转过头："没有危险了，快什么？"

"不是，你手里那个炸弹快要爆……"

"嘀——"

话未说完，虞卿随意按了一下，那"炸弹"就停止了响动，而后，随着少年的手慢慢抬起，钱莱看到了一个……闹钟。

良久的静默，青年几乎僵在原地，过了许久，久到额角冷汗几乎风干，他才喃喃着开口："你……你刚才就用这东西，把院长吓跑了？"

直播间持续爆笑。

"不过我真的好好奇，卿卿是怎么找到疗养院位置的？外面乌漆麻黑的，是做了什么标记吗？"

钱莱随意瞥了一眼，心说：虞卿还真这么干了。

他离开疗养院的时候，就划破手指，把自己的血涂在了外墙上。在黑夜里，他的红色眼睛可以看清自己的血，所以很准确地找到了回来的位置。

他们不需要复活卡，只要买几个烈性炸弹，就可以重返疗养院。

虽然……炸的方位有偏差，但莫名很解气！

钱莱和虞卿一起出门走在路上，身体都松快了不少，不过……他道："现在已经确定院长是这里的核心NPC了，那钥匙在哪里呢？被他藏起来了？"

"有可能。"虞卿一路下楼，一路思考，路过大厅时，脚步又不自觉停下，再次抬眸，盯住了面前那巍峨的天使像。

所以……天使像是谁？

院长这么做又是为了什么？

虞卿正思考着，那诡异的叽咕声再度靠近，他下意识地看向钱莱。

青年似乎发现了什么事情，几步上前，拎起薛子义的衣领，拎鸡崽似的挥拳就打！

最终薛子义只能被迫求饶。

周身的温度依旧在降低，虞卿知道，他接下来要面对一个……更加棘手的对手。

几秒后，视线变黑，直播间失联关闭的"嘀嘀"声在耳边清晰响起，周围的温度低到人手脚发颤。

触手靠近的声音十分明显，虞卿的喉结滚了滚，紧跟着警觉起来，浓重的黑雾让他分不清触手袭来的方向，他的呼吸逐渐变得急促。

没过一会儿，少年眉心骤然一蹙！

那触手不知何时已经围着他绕了一圈，等他反应过来后忽然狠狠收紧，像是要取他的命！

"嗯……"虞卿的呼吸骤然被夺。

与此同时，直播间重新连接的声音在耳边响起，惊得少年不自觉打了个激灵，身体不由自主地被抬起，怪物越来越近。

腹腔绞缩的疼痛逼得他经脉痉挛，近乎窒息，他整个人已经出了一身汗，水洗过一般，使不上一点力气。

现在的掌控权完全在Boss手里，虞卿就像他手中的破布娃娃，抵抗不能赢，放弃就会死！

可……虞卿若无其事地笑了笑，任由Boss将他随意抬起，神情懒倦："好朋友，分开这么久，又想跟我玩了？"

局势微变，直播间观众狂喊："这是个七级Boss吧？我第一次见这么勇的主播，点了！"

虞卿的气息纷乱，见 Boss 没有进一步的动作，虞卿知道，自己又抓住了时机，于是尽快偏头，攻击对方的耳朵，无声地呢喃着奇怪的话语。

无奈还没说完，Boss 又将他继续往上抬。

Boss 看向他，危险的赤瞳不停逼近，少年立刻屏息，听对方道："你很聪明，擅于抓住所有生物的心思。"

音色低沉，周身都透着冷冽的压迫感。

直播间大喊："换成其他新人早就被吓死了！"

可虞卿只是深呼吸两下，堪堪握住颤抖的手，笑道："是吗？可我不想猜别人的心思。"

精致的少年撒谎一流，接着道："我只想猜朋友的心思。"

"哦？"简单的一句话引起了 Boss 的兴趣，冰冷的压迫感稍减，"那你猜猜，我现在……在想什么？"

"您觉得我很有意思。"虞卿有条不紊地开口，"您在测试我。如果我通过测试，您就会把我留在这里解闷；如果我没有通过，您就会像刚才一样，直接捏死我。而通不通过的标准，完全看您开不开心。"

话音一落，四周一片静谧。

不一会儿，低沉的笑声入耳，虞卿死里逃生的紧张感逐渐散去，带动他手心冒汗，胃部都开始隐隐痉挛。

可……那张脸在笑，虞卿笑得镇定自若，问："我猜对了吧？这么戏耍我能让您愉悦吗？"

一侧的笑声依然瘆人，危险聚合，心理博弈，生死在这一刻奇迹般地拉出张力，终于，Boss 开了口："留下吧。"

他的话像是一道免死圣旨，带着直播间的观众都不由自主地松了口气。

零星的弹幕飘出，紧张的情绪还未得到释放，观众们忽然神色一凛，又听虞卿说："不行。"

直播间霎时一阵沸腾，第一次有主播带着观众的心一起提到嗓子眼儿。

可虞卿就是这样义正词严地拒绝了，他说："我不会留在这里。"随即，虞卿薄唇开合，嘴里继续无声地呢喃着什么。

Boss 抬眸，难得有耐心："为什么？"

"这该问您啊。您让我留下来，是想让我做什么呢？朋友？调节心情的工具？都不是。"虞卿很清醒地说，"我留在这里会是什么下场？好的话会变成众多怪物中的一个，和您一起迎接新的闯关者，坏的话……"

少年的声音越来越蛊惑，眼神却越来越轻蔑："我会被您击杀，尸骨无存。"

最后四个字，他加重了语气，而后眼底逐渐显露出复仇的快感。

"还有啊，"虞卿再次开口，眼看着一个红色小印记浮现在 Boss 耳朵上，那是他刚刚攻击的位置，少年嘴角带笑，忽然冷冷地宣布，"你再也不能，命令我了！"

话落，少年手指一动，不知怎的，Boss 的触手就像是被连了一根线，不受控制地抬起，直接"啪"的一声甩在自己身上，身体落出老远。

男人被迫抬眸，嘴角染血，他第一次在自己的地盘落得如此狼狈！

直播间激动的空当，虞卿已经随意拿皮套束了一下长发，操控那些触手，将 Boss 的四肢捆了起来。而后皮靴触地，少年低着头缓了几口气，准备离开，忽然他听到身后："你们人类，都这样对待朋友吗？"

Boss 在跟他说话！

虞卿顿了一下，没回头，那声音却让他感受到一阵凉意。

身后 Boss 的声音十分笃定，这一会儿，触手释放的声音以及周围的寒气再次包围。

很明显，他控制不了 Boss 多久！

可……Boss 还是放了他。

重新回到疗养院大厅，虞卿指尖颤抖，耳边依然回荡着男人的最后一句话，像是预言。

"但你走不了的。"

他……走不了吗？

真的没有人……能活着走出疗养院吗？

来来回回折腾了一夜，天都快亮了。

窗外泛起蒙蒙的光，院内的怪物开始沉睡，那尊天使像也逐渐恢复正常，裂纹也消失不见。

虞卿没有挪步，他继续抬头看着，盯得久了，总觉得这张脸有点……熟悉，像在哪里见过，长得很像……院长？！

神思一动，虞卿像是联系起了什么，立刻跑向楼上！

院长室内，那被他炸毁的墙早已恢复，墙上挂着一个巨大的相框，里面是年轻时的院长和他的母亲。

院长的母亲和那天使像一模一样！

所以……虞卿的指尖轻颤，后背生寒。

"叮——恭喜主播虞卿发现关键线索'被封锁的母亲'，故事探索度百分之九十一。"

播报一落，虞卿没多大反应，直播间却像打了鸡血，兴奋异常。因为整个游戏里，别说"疗养院"副本，就连其他副本里也很少打出百分之九十以上的探索度！

而无论是哪个副本，故事探索度只要达到百分之百，就可以拥有一次"顶级抽奖"机会。

据说，奖品箭无虚发，最好的甚至能抽中"愿望卡"，免去所有闯关攒积分的痛苦，直接向创造游戏的"高维人"许愿。

而这愿望，只有每年积分排名第一的主播才有资格许下。

奖励实在丰厚，虞卿望着激动的直播间，喉结轻滚，微微动心，可……Boss被他又打又捆，现在一定恨不得杀了他，多留一天就多一天危险。

而且，直播间弹幕也在一条接一条地安慰他。

"可是百分之百好难打，没关系啦，百分之九十已经很厉害了，你的通关视频会被做成'优秀案例'，放在直播大厅循环播放哦。"

虞卿渐渐垂下眼睑，眉心轻拧。他不在乎什么循环播放，现在只想知道钥匙在哪里，会在……天使像里面吗？

不对！虞卿眼眸骤凛——面前的那张画像好奇怪，画像里院长母亲的眼睛为什么会动？

他静静盯着那张画像，眼看她的眼睛轻轻眨着，不一会儿，嘴角扬起："嘻嘻。"

恐怖谷效应近在眼前，激得人直起鸡皮疙瘩。偏偏这时，虞卿的脚被什么东西死死缠住。

下一秒，画像里，那母亲尖叫着走了出来，直扑他的方向！

可眼下，虞卿根本没办法逃跑，他的脚完全被粘住了，犹如没入沼泽，一点也拔不出来。

怎么办？

虞卿确实有些面瘫，就比如现在，他手心出了一层接一层的冷汗，面部表情却依然没有丝毫变化，甚至有些真挚地盯着面前的人，目光单纯。

外面天快亮了，面前人的行动远不如在黑夜里快，但就这么耗下去，迟早会死！

半晌，虞卿缓缓将手收回，缩到了袖子里。

面前人越靠越近，嘴巴张大，舌头轻颤："不要伤害……儿……不要……害我……儿……"

恐怖的一幕，连带着直播间都开始害怕，甚至有心急的观众催促着虞卿快用道具。

系统商城排行靠前的几个热门道具都没有作用。

钱莱以为虞卿没什么事，正躺在病房里睡得很香。

眼看那人已经到了跟前，虞卿却依然镇定自若，连头都没抬，修长的指节不停滑过屏幕，点击着什么。下一秒，刺耳的尖叫声一声比一声凄厉，却不是来自院长母亲，也……不是来自虞卿。

是院长的声音！

千钧一发的情况，仅仅刚才那几秒的时间，虞卿已经在系统里输入代码，合成了记忆里院长的尖叫声，虽然不是百分之百相似，但……

"啊……妈妈……妈妈……"

几声无助的"妈妈"传出，面前人果然停止了进攻，开始在屋内胡乱游走，双手摸索着，磕磕绊绊，去寻找自己哭泣的儿子。

"别……别怕……"她沙哑的嗓子安慰着，"妈妈……在……"

随着院长母亲的远离，那缠着虞卿双脚的东西也跟着放松了不少。干净的少年重获自由，能动的瞬间却不是逃跑，而是将缩进袖子里的手重新探出来，把从系统商城买的录音笔随手一扔，丢到隐秘的角落里，吸引怪物去找，自己则在院长室继续搜索起来。

到底是个五级副本，那怪物不好糊弄，踩碎录音笔后，又立刻转头，一步步朝着虞卿靠近。

然后，"咔嗒"一声，第二支录音笔扔出去，怪物又继续去找。如此循环，不一会儿，整个院长室就堆满了录音笔，原本洋溢着恐慌氛围的直播间彻底变了。

"我怎么觉得，主播有点东西？"

"聪明人早就跑了，他留在那里翻箱倒柜的干什么呢？不会是……"

疑问刚起。

"叮——"系统播报声再次入耳，"恭喜主播虞卿发现关键线索'院长的日记'，故事探索度百分之九十九。距离完全探索只剩百分之一，请主播再接再厉！"

读到最后，系统的声音明显高亢起来。

虞卿握着日记，紧张得手都在颤抖，没来得及看一眼，就准备抱着本子快步远离。然而抬眸，却见门口的锁"咔嗒"动了两下，紧接着，像有人慌忙跑远的声音。

果然，走到门边的时候，那门已经打不开了，有人从外面锁住了门，故意想让他死！

虞卿再次打开系统商城，正准备买些什么，忽然，"咔嗒"一声，一摊浓稠的东西直接粘在了他的右手上……锐痛顿至，少年咬住牙，难以忍受地出了一层汗。

他没有回头！

不回头也知道身后是一副怎样的场景，阳光快照进来了，可……后背再次被黏上。

眼前的情况根本就不允许他等到阳光！

要被吃了……

身体在后坠，被吞噬的感觉越来越强烈，四肢都不受自己控制，眼看着半个身子都要被吞，虞卿忽然扬起讽刺的笑："你真蠢啊。"他喃喃着开口，"你想保护你儿子，你儿子却伤害你，你这母亲当得可真失败！"

忽然，猛烈的吞噬感停住，这么多年，似乎从没听过这样的话，她顿住，却不知在思考什么。

为了防止她反应过来继续吞噬，虞卿立刻往下说："不寒心吗？你死了都想保护他，他却不择手段地伤害你，想看看这里面写了什么吗？"少年举起日记，"这是你儿子的东西。"

"不……"那怪物在痉挛，脱口的声音沙哑得厉害，她抗拒着，"不会……不会……"

"不会？"虞卿轻笑着，"那我读给你听啊。"

"不……"

"某年某月某日，又梦到妈妈了，她那副模样真恶心……"

"不……不读……"只听了几句，那怪物就被激得后退了好几步，远远地与虞卿拉开了距离。

局势再次逆转，剧烈的吞噬感撤去，虞卿却没有立刻离开。往往越危险的时候能得到的信息就越多，他靠在门上，轻缓两口气，继续往下念。

"我真的很讨厌妈妈，我讨厌她的管束，讨厌她的唠叨，可世上只有她对我好，我离不开她，舍不得她，所以……我想了个办法让她永远陪在身边。我这么有孝心，她为什么还不知足呢？"

没读几篇，面前的怪物就像是受到了什么刺激，蹲在墙角，无用地捂住耳朵："别……不……不念……"

可虞卿根本就不会听她的话！

精致的少年天生有共情障碍，很难和正常人一样感受到丰沛的情绪，但仅仅读着这些充满恶意的文字，就让他指尖打战，后背生寒。

他继续往下翻："某年某月某日，许寒发现了我对妈妈做的事，义正词严地谴责我，我不明白，精神病人本来就很难在这个世界上正常生活，我这么做也是为了人类共同发展做贡献，他懂什么？

"许寒太不听话了，我处理了他。至于他的身份？找个人顶替掉就好了，一点也不麻烦。

"某年某月某日，我被诊断出胃癌，我活不了多久了，不过没关系。据说，把灵魂出卖给高维系统，系统就可以帮我实现愿望。我想……在一个有疗养院的地方，继续……和我的妈妈在一起……"

最后几个字写得歪歪扭扭，很明显是院长弥留之际写下的，再往后翻……

虞卿指尖一顿，瞳孔蓦然张大！

这之后的日记写得很厚，满满的都是"妈妈"二字……字迹潦草，似乎是从小写到大，厚厚一本，无数个"妈妈"组合在一起，看起来惊心动魄。

虞卿的脑子飞速运转，好一会儿才注意到耳边的声响。

"呜呜……"是怪物在哭，她将脸全埋进胳膊里，不停掉着泪，嗓音沙哑，像是在跟谁解释，"不是的……不是他……写的那样……他是个……好……好孩子，是我……不好！是我……不好！"

危险性好像降低了？

虞卿微微松了一口气，一边用化铁水开门锁，一边总结着怪物的描述——

大概在三岁的时候，院长就被诊断出精神有问题，经常言语疯癫，甚至伤害自己。

母亲为了救他，跋山涉水，跑遍国内所有的大医院，花光积蓄，卖掉房子，才暂时控制住病情。可房子一卖，薄情的父亲就承受不住生活的压力，果断跟母亲提出了离婚。

之后，母亲就一个人工作，一个人养家，一个人带着他求医、治病、上学。

可在学校的时候，只要他稍微表现出不正常，那些孩子就会围着他嘲笑。这种情况在初高中越发变本加厉，院长开始厌学，精神状况也越来越不好。

母亲没了办法，只好带着他四处搬家，各处求医。

可……厄运专找苦命人。

二十五岁，精神已经陷入极度癫狂的院长面部开始早衰，他开始生白发、长皱纹，走出去时，跟一个七八十岁的老人没有任何区别。

周边的嘲讽不断增加，男人那常年靠药物维持的脆弱精神也终于彻底溃塌。

直到有一天，他实在难以自抑，伤害了一个不停嘲笑他的女人，一切开始变得不一样。

他开始接触美容，疯了一般地出去寻找目标。母亲为了阻止，竟不惜牺牲自己困住儿子。

她曾无数次想过报警，可……她被儿子绑起来了，这些年来所有的辛苦、所有的努力都以失败告终。

久而久之，她就悄无声息地死在了破旧的出租屋里。

然后，院长就靠那一张整容出来的好脸，骗了一个开疗养院的女老板。他以结婚为由取而代之，做了精神疗养院的新任院长。

之后的事，怪物没说清楚，但虞卿大概能猜出来。

二十九岁的时候，院长得了胃癌，得知他自己要死了，弥留之际向系统许愿，说"还想继续待在疗养院""还想继续待在母亲身边"。

可是他都死了，哪里还有疗养院呢？

索性，"高维人"就看中了许寒的梦。

恶趣味的"高维人"污染了许寒的梦，让院长永远留在这里，然后，把这个梦做成了一个副本，供所有的闯关者摸索求生！

"呜呜呜……"隐匿的哭声还在继续，虞卿看着那怪物，眼波微动。

——明明自己辛苦了一辈子，为了给儿子治病，花光所有的精力和积蓄，却还是一点一点被儿子伤害。

即便这样，死了还想着要保护儿子。

而这个扭曲的故事里，许寒一家又何其无辜？

黑夜隐匿，太阳快升起来了，但那怪物只是望着他，不停地跟他哭诉着自己多么不容易，哭诉着自己的儿子小时候有多懂事，完全没有要躲避的意思。

可是……怪物遇见光会死吧？

可是……好像已经很久没有人听她说话，没有人听她的故事了。

天亮了，阳光照在怪物身上。

虞卿就这么怔怔看着，没有上去帮忙，也没有说什么，他只是了解了一下应该怎样为逝者送行，然后低下头，双手慢慢合十，对着那不断消散的怪物深深鞠了一躬。

可……站起来的时候他又立刻发觉了不对！

故事探索度百分之九十九，那剩下的百分之一呢？

钥匙呢？

虞卿迅速出了门，见钱莱立在大厅，慵懒地跟他打招呼，立刻叫人一起拆了那巍峨的天使像。

院长的母亲死了，天使像里面是空的，没有钥匙！

不在母亲这里，那一定……在院长手里，所以，必须找到院长！

"叮咚——系统每日温馨提示：距离副本结束还有五天，请主播再接再厉哦。"

随着副本的推移，留给他们通关的时间越来越少。故事探索度再刷新也终归是附属品，五天之后，找不到出去的钥匙会是什么下场，虞卿自己也预料不到！

"你走不了的。"Boss的威胁近在耳边，不停在脑海中回荡，以至于虞卿没空去管是谁锁了他的门，只带着钱莱，抓紧研究起了院长可能的藏身之地。

院长被他吓怕了，连自己的妈妈死了也不敢出来见一面。

日记上写院长自从得了提前衰老的病，就很怕看见自己的样子，但又忍不住想看，所以每天都坐在镜子边。

现在会不会……藏在镜子里？

于是虞卿带着钱莱一起在院长室内翻了一天，终于，"哗啦"一声，钱莱一锤砸坏了一面空心的白墙，砖石簌簌下落，里面还有一面隐藏的墙，其上正是一面横亘了整面墙的明晃晃的大镜子！

可……这个副本只有到晚上才会变得危险，白天根本就看不出什么，即便砸碎镜子，也找不到院长。

只能等晚上了。找到钥匙，就可以离开了。

绵长的等待，冰冷的夜幕悄然降临。

为了方便逃命，院长室的大门敞开，虞卿立在镜子前，钱莱立在稍后的位置，各自拿着道具。为了能更好地控制院长，虞卿甚至花光所有积分，为Boss买了"抑制绳"。

虽然有些小题大做，但总比扑空强。

夜半，镜子深处传出悠长的声响，像是脚步声，缓缓逼近。不一会儿，迫人的寒气迎面袭来，冰冷的压迫感自镜面渗出，侵袭四肢百骸。

手……不能动了？

牙齿紧咬，虞卿眸色顿凛，像是骤然反应过来了什么："跑……钱莱，快跑！"

然后下一刻，"哗啦"一声，镜面破碎，连带着他手里的"抑制绳"也跟着断成了数段！

虞卿的手腕生疼，脚底发软，他立刻转身，快要接近门口的时候，忽然，整个大门合紧，冰凉的触手按上他的肩膀。紧接着……虞卿被死死按在墙上。

他试图伸手，奈何……一点力气用不上。几次挣扎无果后，少年仰起头，被迫对上对方漠然的眼睛，不多时，忽感后颈一疼！

虞卿下意识一颤，眼角泪水滴落，直接生出了击杀对方的心思！

因为Boss的手指变尖，刺破了他的后颈，划破肌肤，雕刻出了半株彼岸花。

伤口难以愈合，亮着幽红的光，忽闪忽闪地落在颈后，渗入皮肉，疼得虞卿眼圈霎时变红，手脚失去了力气。

"咔嗒——"门口的锁不停被拽着，是……钱莱在拽锁吗？

虞卿的脑子有些晕，眼睫微沉，还没反应过来，就发现Boss在盯着他耳朵上的红坠。

"原来，这东西真的和你的耳朵长在一起。"

"是的。"虞卿知道，Boss刻花是想将自己永远留在游戏里。

刻完之后，每隔半个月，他就需要Boss的血，否则必然神思混沌，暴毙而亡。

这东西……是想毁了他……

周围的环境漆黑，无力的绝望感压迫着少年的心口，让他仿佛一个溺水的人，连挣扎都找不到着力点。

不一会儿，他忽然抬手攻击Boss的肩膀，温热的血流下来。

Boss觉得有趣，难得见虞卿如此崩溃。他那漆黑的小触手又慢慢上抬，捆住了自己的手。

"我这样捆住自己，你开心吗？好……"声音停止，他似乎思考了一会儿才想起这个称呼，"好朋友？"

温和的声音，落在虞卿耳朵里却有着透骨的凉。

虞卿很快调整好心态，伸手摸了摸后颈处那半朵未雕完的彼岸花，沉眸的时候，忽然"嗯"了一声。

算是对刚才那个问题的回答。

Boss心情稍好："我今天很开心，所以我决定，给你最后一次机会。"

虞卿神色稍顿，听Boss问："你想找院长是吗？"

手腕渐渐被放开，虞卿重新打起精神。

"我只刻了半朵花。"Boss冰凉的大手逐渐收回，道，"我答应你，在游戏结束之前，我不会再出现了。你要是找到钥匙，离开时叫我一声，我会帮你消除印记，要是没找到……"

声音停住，男人垂手，意思再明显不过。

虞卿没有回答，能再站起来的时候，他单手握住门把手，应了句："好。"

而后，大门打开，清瘦的少年一步步走出去，眼看着钱莱急得把副本里所有的女怪物都叫来帮忙，一时间鼻头酸涩，有些哭笑不得。

对视一眼，虞卿指节轻颤，嘴角下意识弯起，不一会儿，眼睛竟有些发红。他快走一步，一把搭上钱莱的肩膀，声音微哑："走。"

"虞卿……"身侧，青年注视着他的后颈，"你流了好多血……"

"没事。"虞卿的脚步往前迈，一次也没有回头，坚持道，"走！"

他要离开，要成为这里排名第一的主播，任何东西都不能成为阻碍，也不配成为阻碍！

他要找院长，可……Boss似乎把院长藏起来了。藏得实在隐秘，以至于虞卿问过这里所有的NPC，包括许寒，都得不到具体的线索。

很快，系统提示再次响了起来："距离副本结束还有三个小时，请主播再接再厉哦。"

此时虞卿正好炸开了大厅里天使像下的石柱。石柱之下是一口厚重的黑棺，是院长为母亲做的衣冠冢。

有些讽刺。

那个疯子把母亲筑进石像里，棺材里放的却是母亲生前的衣服！

"咯吱"一声，棺盖轻动，钱莱和虞卿一起费力拉起来。紧接着，厚重的棺材盖落在地上，激起尘土微扬。

找了好几天，他们终于看见蜷缩在棺材里瑟瑟发抖的院长。

他的精神病好像又犯了，整个人缩成一团，双手抱头，满眼的泪："别骂我，呜呜……别打我……我没有精神病……没有，呜呜……我妈妈说……我喝几次药就能好了……

"我……我捡瓶子只是想拿去卖废品，不想让妈妈过得那么辛苦，别打我，呜呜呜……"

他绝望地哭着，好像又回到了当初，所有人都围着他骂"有病"的时候。他的世界一片灰暗，只有妈妈是他灰暗生命里的色彩。

于是，他下意识咬破手指，想找自己的日记本。

以前每次害怕，他都会咬破手指，在日记本里写下"妈妈"两个字。这样能让他安心，可……事到如今，这里连日记本也没了。

院长只好颤抖着右手，在黑漆漆的棺材里写着"妈妈"……可是，黑色的棺材根本就看不出颜色。

看不出，他就执拗地一遍接一遍地写，他和妈妈相依为命，他就算是死了，也不想忘记她。

可……他被钱莱拎起后领，粗暴地一把揪了出来。

望着破碎的石像，望着空荡荡的棺材，他才终于意识到——妈妈，没有了……

"呜呜……啊……"院长崩溃的哭声响彻整个大厅。

钱莱压着院长，找遍了他的全身，甚至买道具探测他的体内，都没有看到钥匙。

副本结束的倒计时不停迫近，最后，他干脆一生气，又把哭哭啼啼的院长推回了棺材里，并重新封上棺盖。

"叮——系统每日温馨提示：距离副本结束还有两个小时，请主播再接再厉哦。"

要结束了……还没有找到钥匙。现在，连院长这个最后的希望也破灭了。

暗夜弥漫，这一夜似乎比副本里的任何一夜都要冷。

随着副本倒计时的声响，后颈的半株彼岸花开始隐隐作痛，像是也在催促他留下来。

"你走不了的。"Boss 的威胁再次不合时宜地涌入脑海，可现在虞卿连害怕的时间都没有，他的脑子飞速运转，寻找着系统里记录的所有线索。

到底还有哪里他没想到？！

他不会就此止步，也不会让钱莱跟着他一起丧命！

他的手掌收紧，手心出汗，忽然，他想到了什么，眼睛骤然一亮："我知道钥匙在哪里了！"

"嘀，嘀，嘀——"

催命的系统倒计时里，钱莱抬眸，有些不可置信地看向他的方向。

还剩最后两小时，没时间磨蹭了！

虞卿把钱莱支开，自己回了病房，随即，"砰"的一声合紧了房门，有些自暴自弃地坐在了椅子上，缓缓抬起手。

暗夜里，周围的温度渐渐降低，虞卿望着逐渐被黑雾包围的前方，虔诚地呢喃着："我想通了，我没有找到钥匙，我不想死，我想留下，做您的朋友。"

话音落下，良久，Boss 没有出现，周围一片鸦雀无声，却冷了几度。

而直播间里，面对少年的忽然示弱，看了一路的观众也开始不淡定。

"不是吧？都到最后了主播不去找钥匙要干什么？自己向 Boss 示弱，然后让队友等死？"

弹幕一条接一条地滚动，虞卿一点一点地屈服，最后消失了好几天的 Boss 终于出现。

男人居高临下地看着他，浅笑着问："你刚才说什么？"

虞卿抬眸看向他，又将刚才的话重复了一遍："我想永远留在这里，您随时可以对我下达任何命令。"

Boss 仔细听着，眸色微动，像是这场游戏的胜利者，毫不犹豫地摘取自己胜利的果实。

少年双手慢慢扣紧，深黑色的指甲刺破肌肤，咬着嘴唇，像是万分艰难痛苦，不一会儿，通红的眼睛里明显盈了泪。

直播间弹幕一阵唏嘘。

彼岸花接近完成，少年的眼睛眯起，主动抬起手去搭面前 Boss 的肩膀。忽然，直播间尖叫一片，而后观众个个屏息，不可置信地瞪大了双眼。

因为虞卿不知什么时候从系统商城买了一把小刀，他紧扣着 Boss，却趁着男人注意力在他后颈的空当，果断朝着对方攻击而去！

骤然间，猩红的眼眸睁开，周围气温降低，连同直播间的信号都变得断断续续，系统开始"嗞嗞啦啦"地响，很快，"砰"的一声，直播画面彻底黑屏。Boss 抬起手，眸色黯沉，危险的氛围在这一刻达到极致。

可……就这么点时间，虞卿已经忍着疼痛，找到 Boss 心脏处那个半圆形的缺口。不一会儿，他神色一顿，看到了一个硬物，是钥匙！

但下一刻，虞卿又被对方毫不犹豫地扣住。

Boss 握住了他持刀的手腕。

又一次的绝对较量，可……找到钥匙了！

他不能输，于是少年狠狠咬牙，发力挣脱 Boss 的桎梏，将钥匙狠狠钩了出来，却……没看见血。

眼眸沉落，虞卿呼吸急促，继续看下去——不是没有血，是 Boss 的胸腔里根本就没有心脏！是空的！

怪不得他刚才用道具偷偷探测 Boss 的身体，除了钥匙，什么都没有看到，原来……

不，没时间想那么多了！

虞卿收回思绪，紧紧咬牙，不一会儿就把那一把明黄色的钥匙紧紧握到了手里，大有"死也不松"的架势。

黑暗里，红眸流转，Boss 也生出了片刻的愣怔。片刻后，他回过神，嘴角竟很浅地向上翘了一下。

输了啊，但好像……并没有很难过。

他没有放开虞卿，也没有去抢钥匙，反而幽幽地问："你怎么知道钥匙在我这里？"

声音依旧薄凉，虞卿却听出了几分疲倦，他斟酌片刻，道："你跟我说，我走不了，那样自信，就好像……钥匙就在你身上。"

而且，Boss 跟他打赌时，说的一直是"找到院长"，可钥匙不在院长身上，Boss在误导他！

那剩下的可能就只有这个了。

"放心。"Boss的声线依旧冰凉危险，"我们……会再相见……"

话音落，周围的黑雾倏然消失，后颈上的新伤还没来得及处理，虞卿的精神有些恍惚，眼皮几次沉落，视线逐渐变得黑暗。

"嘀嘀嘀，警报！七级Boss强制脱离副本，副本即将崩塌，请主播在两百秒内迅速完成通关！"

系统的警报灌入耳膜，震得虞卿心脏直跳。紧接着，大门被踹开。

少年的头还有些晕，咬紧牙关，立刻招呼踹门的钱莱将他扶起来，将钥匙递了出去："走，快去开门！"

耽误到最后一刻，通关的钥匙就在眼前！

钱莱有些激动，呼吸偏急，脚步明显加快，却不想出门的时候疗养院因为Boss脱离已经在疯狂崩塌。

有石头自屋顶落下，直接砸破了棺材，砸在院长身上。

可他好像依然能动，沾血的手指不停在棺盖上写下"妈妈"二字……就好像多写几遍，妈妈就能再回来。

紧接着，脚边的地面不知什么时候又陷下去一大块，底下一片漆黑，跌进去不知会是什么下场。

"哗啦哗啦——"

门有些难开，但钥匙一定没错！

钱莱让虞卿靠在墙上，自己疯狂转动钥匙，长腿抵住早已生锈的大门，急得额角全是汗。

整个疗养院里尖叫不断，连怪物都在抱头逃命，却只有一个人安然无恙，嘴角洋溢着过分灿烂的笑。

"哈喽，宝宝们，看我厉不厉害？快看，虞卿和钱莱这两个人终于在我的帮助下找到了钥匙，我们马上要通关了！"

大门开启的空当，藏了好几天的薛子义不知从哪个角落冲了出来，整个人不慌不忙，完全将自己当成了网络主播。

看到直播间有人质疑，他甚至清清嗓子，理直气壮地反驳："没出力？什么叫我没出力？我告诉你们，我早就看透这个副本的本质了！我给院长打小报告，把他们两个困在外面，就是为了让他们发现那个什么核被污染了，要不是我，他们能发现吗？

"还有什么？哦，说我在虞卿最危险的时候给房门上锁？那我也是为了帮他呀！你们想想，我不锁门，那胆小鬼早就跑了，怎么可能完成百分之九十九的故事探索度呢？他们都得感谢我呀。"

紧接着，大门打开，薛子义眼神一亮，立刻趁着钱莱去扶虞卿的空当，第一个窜出了门！

直播间气氛持续热烈，少量无语的省略号都被支持者争相盖住，铺天盖地的恭维满足了薛子义卑劣的虚荣心。

男人站在疗养院门前的草坪上，贪婪地呼吸着久违的新鲜空气，就等着系统宣布"副本结束"，可是……

"嘀嘀嘀！距离副本结束还有一百五十秒，请主播迅速完成通关！"

薛子义心底猛然一颤。

副本……怎么还没结束？

副本结束的倒计时依然响在耳边，越来越急，催得人双腿发软。薛子义脸上的笑终于消失，之前的自信一扫而空，两条小短腿开始不停地打战。

一百秒了！他的生命只剩下最后一百秒……

与此同时，后出来的虞卿和钱莱也发现了不对。

手腕上铃铛轻响，虞卿垂眸，眼神再次黯下来。他一直想不明白一点，从最开始副本的通关要求就是"找到出去的钥匙，拥抱你们的新生"。

现在钥匙找到了，那后半句是什么意思？"你们的新生"是指……谁的新生？是玩家，还是……

"轰隆隆"一声，地面震颤，时间还剩八十秒。

副本的坍塌已经蔓延到了疗养院外的草坪。

Boss消失了，整个副本都会被毁掉，往哪里跑都无济于事。情况越来越紧急，薛子义的直播间也开始疯狂催促。

"子义，你不是对这副本了如指掌吗？快带这两个拖后腿的通关，让他们看看你的实力！情况再危急又能怎么样？有子义在根本不用怕的！"

可……直播间不怕，薛子义怕！他怕死了！

时间还剩七十秒的时候，男人就怕得浑身发抖，站也站不稳。然后，他就当着直播间所有观众的面，拖着自己那软如面条的腿，一步一步靠近虞卿，纠结着该怎么开口，求人救命。

颤巍巍的手伸出去，还没说话，他忽然见面前少年反应过来什么，当即打开系统商城，买了燃油和火机，分给三个人，让他们将整个疗养院点了。

薛子义不明白，他觉得荒唐，用最后的时间做这一切明显是无用功，可生死关头，他还是忍着恐惧照做。

点火期间，有几处明显的地面坍塌就在他脚下，薛子义吓得尿了裤子，直播间怔住，一时……鸦雀无声。

过不久，整个疗养院开始着火，连带着疗养院外的草坪一起燃烧，阴暗的副本笼罩在一片灼烈的火光里，熠熠生辉。

热浪冲天，少年发丝轻扬，衣摆飘荡，然后他就发现这个梦境开始变得干净。

他的猜测是对的！

"时间还剩三十秒。"

三十秒的时候，虞卿眼睫轻扇，看到了这个梦境本来的模样。

这是一家干干净净的疗养院，白云蓝天下，许寒学着故事里喷水老太太的模样，拿着水枪，逗自己的女儿玩。女孩儿人如其名，长得又甜又漂亮，围着他蹦蹦跳跳："爸爸好厉害！爸爸最好了！"

不多时，妻子做了点心，从不远处走过来，提醒他们别玩太久。

然后，许寒转头就拿出了钻戒，单膝下跪，向自己的妻子第二次求婚，他说："把手腕上的铃铛摘了吧，当时没钱才用那个求婚，现在有钱了，老公给你换戒指。"

"丁零零——"有风吹过，铃铛轻响。

妻子浅笑着拒绝："不要，我就喜欢你送我的铃铛，我要一直戴着。"

"时间还剩二十秒。"

看到这里，虞卿终于明白了，为什么副本刚开始要给每个人发铃铛。因为许寒是这里的怪物，可他再凶残，也不会伤害自己的妻子，不会伤害和妻子一样戴着铃铛的人。

但许寒死了，戒指被食堂婆婆吞进了肚子里。

至于副本为什么靠铃铛和胸牌认人，大概是因为许寒是个脸盲，副本设在他的梦里，也承袭了他的缺陷。

所以，副本的通关要求是"拥抱你们的新生"。

这个疗养院困住了太多东西，困住了许寒一家，困住了无数个被院长害死的怪物，烧掉这里，让大家一起走向新生，这才是通关的关键！

"叮——副本任务完成，脱离开始！"

随着一道机械女音落下，四周的环境逐渐变化，很快三人便处在了一个纯白的空间里，周围空无一物。

薛子义吓破了胆，整个人瘫坐在地上，不停地喘着气。哼哧哼哧的喘息里，机械女音继续播报："恭喜主播虞卿发现重要线索'许寒原本的梦境'，故事探索度百分之百。"

直播间的观众顿时疯狂起来。

然而这还不算完，系统的声音仍在继续："恭喜主播虞卿完成'天使精神疗养院'副本百分之百故事探索，获得一次'顶级抽奖'机会，可随时兑换。

"副本通关完成，现根据主播表现及积分开始评级。

"主播虞卿：三级，满级十。

"主播虞卿，恭喜你，由于你的出色表现，达成'连升三级'成就，奖励积分加一万。

"主播钱莱：一级，满级十。

"主播薛子义：零级，满级十。

"主播薛子义，恭喜你，由于你的废物表现，主播评级一降再降，你的操作极其不要脸，请再接再厉哦。"

泪痕未干的薛子义："……"

"评级完成，在进入下一个副本之前，主播可自行选择休息点暂时休整。"

听到这里，虞卿默默松了口气，还好可以休息，身上黏糊糊的，他想洗澡。

"传送即将开始，请主播自行选择传送地点。"

随着系统话音落下，虞卿面前出现了一张简易地图，上面标注了许多休息点，一眼望过去，有些眼花。

少年实在累得紧，捏了捏眉心，正准备让钱莱选一个。忽然，薛子义不知哪里来的力气，竟直接越过他们冲到了最前面，手指猛然按上红点！

紧接着，"嘀"的一声，系统提示："休息点选择成功，以凉庄园，传送开始……"

然后，周围的场景发生变化，刺目的白光闪得人不得不闭上眼。虞卿的力气稍稍恢复，闭眼之前，看到了薛子义……过分得意的笑脸。

刚一落地，直播间的弹幕就吵得他心焦，周围人声鼎沸，应该是到了玩家聚集的休息点。

虞卿长睫扇了两下，睁开眼，入目便是开阔明朗的欧式风情街。小洋楼交错排列，店铺星罗棋布，还不等他反应过来，眼前就忽然出现一个骷髅头！

那骷髅头看不见身体，只是脖子抻得老长，整个骨架几乎贴在他脸上。见他愣怔，嘴弯起诡异的弧度，开始"咯咯咯"地笑。

"尊贵的客人，欢迎您来到以……"

一句话未完，头就被虞卿从那无限延伸的脖子上拆了下来，随即被一脚踹出去，咕噜咕噜滚到垃圾堆里，被呛得咳嗽不止。

骷髅头没了脖子，想动也动不了，只能靠在垃圾里，眼睁睁地看着少年随手拍了拍他那孤苦无依的脖子："来到休息点还吓人，真没礼貌。"

骷髅头不甘地咬着牙，他被摆在以凉庄园门口，就是为了吓人！

这天……怎么还没开始吓就结束了？

"喀喀……哕！好臭！"

谁能把它捡回去啊？

脚步继续往前，没有人在意骷髅头的感受，只是敛眸时，虞卿发现，薛子义的表情明显失落了一瞬，却还是道："二位，第一次来休息点吧？我给你们介绍一下啊，游戏里的休息点东西齐全，不用闯关，和人类社会没什么区别，就是给主播们休息用的。

"进入休息点三分钟之后，直播间将会自动关闭，跟观众告个别吧，我带你去找我们老大。"

话音落，薛子义完全没了在副本时的局促，俨然一副主人的模样，在二人面前耀武扬威。

直播间更是有粉丝激动告别："呜呜呜，义，下次副本见。"

身后，钱莱拳头握紧，忍不住向前迈步："你是谁呀？凭什么我们要去见你老……"

奈何话还没说完，就被虞卿抬手制止。少年的目光落在自己的直播间，一堆告别的弹幕里，间杂着几条关键信息。

"卿卿，小心啊，薛子义带你来这里是有目的的，他在外面标榜自己老大是主播中最厉害的谢以凉。"

"对，对，对，游戏里所有的休息点都由官方指定的NPC控制，但谢以凉硬是占据了这个休息点，把名字修改为'以凉庄园'，总之，卿卿小心。"

"嘀——直播关闭，请主播好好修整，尽快进入下一个副本。"

信息没搜集几条，直播就黑屏了。

虞卿微微放松下来，拍了两下钱莱的肩膀，而后自己带头乖乖跟了上去："谢谢你，薛哥。"

虞卿叫他哥？

"哈哈。"忽然的尊重更增强了薛子义的信心，果然啊，还是老大的名头好使！

厉害又怎么样？这又不是在副本里，就算告诉他们自己就是故意害他们的人，他们也不敢动手。这么想着，薛子义一边走，一边把自己的想法悉数说了出来。

"其实啊，你们两个去找梦核，是我给院长打的小报告。我就是想你们死，结果你们没死成，真可惜，哈哈！"

"还有虞卿。"男人笑着，"我太烦你这副自以为是的样子了，你在院长室的时候就是我锁的门，想让怪物击杀你，结果你还活着。咱们也算不打不相识了，是不是？"

身侧，钱莱拳头攥得紧紧的，虞卿却像是丝毫没受影响，身上黏黏的，想洗热水澡……

他腰疼得厉害，走路慢，却还是笑着回："是，不打不相识，我还想见见你老大呢。"

"哈哈，走，我带你去，不过我老大那种级别可不是随便能见的，他要是不见你，可别哭鼻子，哈哈！"

男人的笑声越发猖狂，很快，三人就来到一栋精致的白色城堡前。城堡一共五层，不高，却建得繁复，布局温馨，各处种满了向日葵。

周边有不少保镖持枪把守，一到这里，薛子义的脊背明显就弯了起来，一副点头哈腰的模样。到了门口，他笑嘻嘻地凑上前，给了守门的保镖各自一千积分，保镖才进去找了个人出来。

来人皮肤黝黑，有些壮，左眼戴个眼罩，听薛子义叽叽咕咕地说了些什么，而后毫不客气地收下薛子义的所有积分，又上前两步，目光落在虞卿和钱莱身上。

独眼男站得高，频频打量的眼里满是轻蔑，不一会儿，张口问："就是你们两个人针对我小弟？"

阵仗有些大，钱莱喉结滚动，正想着该如何脱身，就听虞卿平静地回："是。"

"哈哈。"独眼男笑起来，"小新人口气不小啊，有胆识，这样吧，你们把闯关得来的所有积分都交给我，我就饶你们一命，怎么样？"

深沉的压迫感迎面袭来，虞卿依然平静，淡淡回："不好意思，不给。"

很礼貌，很气人。

独眼男的表情一僵，很显然第一次被这么明确地拒绝。他转头看向薛子义："你不是说他们自愿来投诚吗？"

薛子义为了立功，说瞎话不打草稿，他当初就是被吓投诚的！

这独眼男是谢以凉手下的神枪手，所有的保镖都听他指挥，他以为虞卿也会被吓得投诚，可……

"老大……那个……"薛子义的双腿开始颤抖，"新来的不懂事，您等我教训他一下。"

说着，他顶着独眼男审视的目光，几步走到虞卿身边，压低声音，刚想训斥什么，就听对方问："那位就是你老大？"

薛子义："……是。"

他试图张口，然而话没说出，就又听虞卿问向独眼男："这是你手下？"

独眼男没回，嘴角刚翘起，就猛然听到"刺"的一声。

虞卿不知从哪里取出一把刀，当着所有人的面刺入薛子义的心口！

"嗯……"闷哼顿起，手掌下，薛子义的肩膀颤抖起来。他望着虞卿，瞳孔不可思议地张大，就好像，他怎么也没想到虞卿有这么大的胆子，敢直接在城堡门前……

"扑通"一声，他倒在地上。

这一下，别说是薛子义，就连立在台阶顶端的独眼男都跟着呆住，久久回不过神。

"你的手下愚蠢又恶毒。"虞卿抬起眼眸，看向男人，"我当着你的面帮你处理了，希望你以后找手下不要这么……嗯……"

纤长的眼睫垂下，少年想了想措辞："来者不拒。"

"没别的事了。"说完，虞卿就果断转身，示意钱莱一起跟上，"我们走。"

皮靴踩过地面，少年脚步沉稳，却激得独眼男呼吸微颤，一双手都在抖："站住！"

他开口，充满怒气地喊了一声，震得周围的保镖都不自觉吸了口凉气，却……完全被虞卿无视了。

少年继续往前，连脚步的节奏都没乱，终于彻底激怒了男人，"咔嗒"一声，左轮手枪被独眼男从腰间掏出来，迅速上膛，对准了虞卿的后脑勺："我说，站住。你当这里是什么地方，想来就来，想走就走？"

脚步依然没停，男人咬牙，手指扣下扳机。

独眼龙童磊，以凉庄园第一神枪手，子弹离膛，弹无虚发。不一会儿，粗粝的尖叫响彻云霄，紧接着是枪支落地，大门打开的声音。听到这里，钱莱终于狠狠松了口气，张嘴喘息时，后背早已被冷汗浸透。

有脚步声自身后传来，虞卿回眸，看到城堡里一个身穿黑色风衣的中年男人走了出来，顺手收起了正在冒烟的枪。

很显然，刚才那一枪是他打的。

他比独眼男先开枪，抢在独眼男之前，精准无误地打了他那只握枪的手。

虞卿眸色微沉，看到男人几步上前，向下瞥了一眼独眼男："童磊，你做得太过火了。谢老大说你胡乱招收手下，强制要别人积分，一再挑战他定下的规则，让我……废掉你一只手。"

"啊……"被击中手掌的痛迅速蔓延，童磊抬头，满眼慌乱地看向中年男人，"秦哥我错了！咱们多少年兄弟，你替我跟谢老大求求情，秦哥——"

奈何喊得再大声，也改变不了被保镖拖远的命运，看来他们内部……
不太和。

得出这一点，虞卿转过身，刚准备继续走，就又听到一声："二位先生，
请留步。"

还没完了？

站得太久了，虞卿还未脱离副本内 Boss 的影响，腿已经发软，调整
了一下表情，才和钱莱同时回头。

正见男人指使保姆打扫门口，热心地介绍："你们好，我是这座城堡
的管家秦昱，让二位受惊了，是我们招待不周。"

"我们谢老大……哦。"秦昱顿了顿，补充道，"就是谢以凉先生，交
代我替他向二位道歉。相逢即是有缘，不知可否……请二位进去吃顿便饭？"

谢以凉……邀请他们吗？

虞卿的直觉一向很准，听到这个名字，几乎下意识抬头，正对上二楼
落地窗前戴着银丝边框眼镜的男人。

男人穿了一身高定白西装，靠在咖啡桌旁，散漫地看向楼下，整个人
透出四个字——斯文儒雅，但那眼神……总让虞卿觉得不舒服。

于是他低头婉拒："不了，我们还得找住的地方，先走了。"

说罢，他就继续带着钱莱远离。

他们没有去看身后，秦昱慢慢变深的眼眸。

"吱呀"一声，大门合上，秦昱随意理了下风衣，快步上楼，走到谢
以凉身边，低头问："老大，他是挺狠的，要不要……测试一下？"

谢以凉眼神轻闪，沉默良久，终于点了点头。

正如薛子义所说，这里各类设施齐全，跟人类社会没什么区别，只
是……消费要用积分。

一间商务双床房，一晚三百五十积分。为了省积分，虞卿和钱莱定了
一间。住下之后，虞卿果断走向浴室。

钱莱只是短暂坐了一下，浑身的紧张感退去，就饿得厉害，准备出去
买吃的。走到门口，他余光一瞥，恰好瞧见少年后颈上那一朵妖冶的黑色
彼岸花。

"虞卿？"他有些好奇，"你脖子后面的花本来不是半朵吗？现在怎
么……变成一整朵了？"

不但变成了一整朵，而且开得妖冶诡异，几乎到了让人望而生畏的地步。

第4章
啼婴山村（上）

虞卿心一沉，眼神顿时变得紧张起来，下意识伸手去探自己的后颈，露出一朵漆黑完整的彼岸花。

门口，钱莱猛吸一口凉气。

望见他的反应，虞卿慢慢转过身，侧对镜子看清自己颈后的花，眸色一点点暗下去。

他成为Boss锁定的猎物，显眼得像是暗夜地图里唯一的一抹红。

夜色沉寂，吃完晚饭后，虞卿再次望着镜中自己干净的后颈，心底像是存了一汪水，思绪跟着乱成了一团麻。

正出神，忽然"叮咚"一声，突如其来的系统提示打断思绪。虞卿心头一跳，转眸时头还有些晕，视线所及，是系统花里胡哨的抽奖页面。

系统播报："主系统漏洞已修复，检测到主播虞卿在新手村存活超过十一天，此为系统判断失误，自动补偿一次抽奖机会，目前三轮抽奖已开启。"

"第一轮，普通抽奖，新手村存活补偿，请抽奖。"

虞卿一只手扣住盥洗台，长睫轻动，很快就从零散的信息中挑出了重点——主系统漏洞已修复。

也就是说，在此之前主系统一直是故障的，所以才导致他在新手村被困十一天，也导致Boss强行脱离副本。现在漏洞修复了，一切重新回到正轨。

"天使精神疗养院"副本崩塌，不听话的Boss也该被抹杀，那么厉害的副本Boss也逃不过主系统的摆布。

虞卿觉得他对那个怪物没有感情，但现在怪物没了，他竟觉得有些落寞。

"嘀嘀嘀"，系统数值刷新。

虞卿侧目，看到页面上自己的资料卡里，精神值逐渐回升，很快就稳定在了一百零一，幸运值却是百分之一……比体力值还低。

自从进入游戏，虞卿就发现了这个问题——他的幸运值一直在波动。现在是一，很明显，这不是个抽奖的好时机，于是少年轻呼一口气，刚想拒绝，就忽感后背一疼！

总觉得像是有什么东西，可仔细摸摸，后背平整，什么都没摸到。他的幸运值却在这之后开始了剧烈的波动，很快就提到了八十八！

虞卿伸手，立刻点击抽奖。

花哨的页面上，奖品不停滚动，停下的一瞬间，系统提示："主播虞卿，恭喜你，获得锋利无比的小刀一把，价值二十积分。"

虞卿："……"

"第二轮，普通抽奖，获得'新人王'称号奖励，请抽奖。"

幸运值还在八十八上下波动，于是虞卿暗暗咬牙，继续点击。

抽奖屏幕再次滚动，不一会儿，系统提示："主播虞卿，恭喜你，获得一百八十八厘米的娃娃一只，智能感应，类人设计，他可以陪你谈心，满足你的一切要求哦。"

话落，虞卿就发现浴室外面他的床边多了一只娃娃。

虞卿："……"

"第三轮，顶级抽奖，故事探索度百分之百的奖励，请抽奖。"

顶级抽奖奖无虚发，就连抽奖的页面都变成了金灿灿的颜色。

虞卿点下，右手默默攥紧，聚精会神地盯着屏幕继续滚动。

不一会儿。

"叮——主播虞卿，恭喜你，获得稀有技能'魅惑之眼'，功能：可通过眼睛释放特殊光芒，影响目标的思维和行动，使用时间三秒钟，冷却时间三天。

"哇，这真是废物技能，任何副本里三秒都不够逃生，主播……嘀嘀嘀！"

忽然，系统的播报声强制落下，紧接着，虞卿就听到了微屃的道歉声："主……主播抱歉，刚才那条是系统的自动语音，我已关闭。

"游戏规定，休息点停留不可超过四十八小时，请主播尽快休整，进入副本。"

系统关闭，少年良久地静默着。

第一个副本走完，连带着新手村多待一天，所获得的所有补偿和奖励都在这里了。一把二十积分的小短刀，一个没用且冷却时间长的技能，以及一个……

轻舒一口气，虞卿缓步走回床头，他需要休息，不然等下次进入副本的时候连十五点体力值都不剩了……而且，按照游戏的一贯做法，副本的经历一定一次比一次凶险，他不能这么耗下去。

夜色渐深，虞卿的长睫轻轻动着，呼吸渐匀。但不知梦到了什么，不多时，少年葱白的指尖微动，手心朝上，像是要抓住什么，几次尝试，却什么也握不住。

时间长了，虞卿似乎有些急，眼尾泛红，鼻尖颤动，浓密的长睫沾上泪，像是经历了天大的难事。他的呼吸渐渐不稳，有些焦躁地拽开了被子。

床边，那抽奖得来的娃娃智能感应功能一流，这会儿已经慢慢蹲下，抬手刚想给少年盖好被子，忽然电流涌动，娃娃的动作顿住，下一秒，就不知被什么力量盯上，碎零件噼里啪啦落了一地，不消片刻，连电流都激不起来了。

第二天，虞卿一觉睡到日上三竿。

门口，钱莱买饭回来一进屋，就看见虞卿带着几分虚脱地靠在床头，满身是汗。

他又梦到那场大火了。

烈焰漫天，他被无尽的绝望包围，逃不出去，也等不到救援，所以……那场大火究竟是什么？为什么会经常梦到？

钱莱看不透他的想法，在屋里观察了一圈，把早饭放到他身边的时候才问："你为什么把抽奖的娃娃打碎？"

虞卿垂眸，不知道为什么，总觉得心里空空的，入目，又看见了自己那不知何时碎成渣的娃娃。

少年的眉头拧起：他没打碎啊？

时间很快来到第二天，虞卿的体力值恢复正常，虽然还是十五点，但好歹有底气去开副本了。

开启副本需要进入每个休息点中央，与主系统相连的直播大厅。在这里，主播们可以自由挑选副本，也可以观看处在副本里的其他主播。

进入直播大厅要刷个人信息，虞卿和钱莱走进时过了一下，迎面遇到本休息点直播大厅的负责人秦昱跟他们打招呼："虞先生、钱先生，早。"

虞卿微笑着回应，脚步持续向前，直到走出秦昱的视线范围，才缓步停下，有些不安地说："秦昱调查我，我从没跟他说过我姓虞。"

"啊？"钱莱一口气松下来，随意扶住一旁的柱子，"咱们进来不都要刷系统验证身份吗？也许是他看过你的信息呢？"

"不对。"虞卿说，"我是程序员，我用了假信息。"

他尽量让自己的头脑保持清醒，条分缕析："而且我……"

"嘀——"突如其来的系统声打断了谈话，"主播钱莱，恭喜你，成功选择副本‘啼婴山村’。副本传送中，请稍候……"

钱莱猛然回眸，这才发现自己刚才扶着的墙上正好有一个副本的宣传界面！

底色全黑，天上有一轮月笼罩着诡异静谧的村庄，左边的屏幕若隐若现。

虞卿神色一凛，趁着传送的空当，立刻将手按上去。紧接着，依旧是一道刺目的白光。

"主播虞卿，恭喜你，成功选择副本，啼婴山村。"

刺耳的"嘀嘀"声充斥着恶意，不停灌入耳膜："你的女朋友死了……"

虞卿艰难地捂住耳朵。

"你不相信警方开出的‘意外死亡证明’，于是带着几个朋友一起来到了女朋友的老家寻找真相。这座山村与世隔绝，每晚都会传出恐怖的啼哭声，你们逃不出去……

"如你所见，这个村子处处透着诡异，请找出这里唯一善良的人，并护送他（她）出村。"

好冷……

"通关时间不限。不过我想，你也不想永远留在这里……嘻嘻……"

诡异的笑声过后，耳根顿时清静。

等到白光消失，虞卿发现，自己已经坐上一辆破旧的公交车……正值夜晚，车窗大开，外面的冷风嗖嗖灌进来，吹得少年一口气还没缓，就狠狠打了个寒战。

寂静的车内死气沉沉，乘客零散，虞卿简单看了一眼，这是一辆约莫七米长的车，空间不窄，却只在中间亮一盏昏暗的小灯，照得各处阴森森的。

乘客们更是眼神各异，脸沉在灯光里，或惊恐，或崩溃，或已经放弃挣扎，安安静静地等待死亡。

就好像进了这个副本，连号啕大哭都是一种奢望。

有实在受不住掉眼泪的，也只是肩膀颤抖，捂嘴强忍。

诡异的气氛弥漫，整辆车旧得令人发指，身后的座椅却很柔软，舒服得瘆人……

虞卿控制着自己不去联想，视线扫过车内，迅速环顾一周，没有找到钱莱！

怎么回事？没上同一辆车吗？

又有风灌进来，实在太冷了。

虞卿转过身，刚关上窗户，就看到了面前座椅靠背上几条醒目的规则，眸色顿时一凛！

规则类副本？还是六级？！

望着系统界面上的副本等级介绍，虞卿心跳渐快，右手下意识攥紧。

系统资料显示，规则类副本讲究克制，熟练利用所有规则就可以完美脱身，一般都是三级以下的低危副本，四级都很少。"天使精神疗养院"危机重重，也不过是个后来才升到五级的新手副本，这次却直接开局六级。

"叮咚，叮咚——"

活跃的系统启动声不断入耳，沉寂许久的直播间重新打开，视线所及，虞卿看到了许多熟悉的昵称。

他一一笑着打过招呼，看上去也很想念观众们，瞬间赢得了不少积分，视线却一刻不停地越过直播间，落在车座上。

"这是通往副本唯一的公共汽车，如果你想活着到达目的地，最好遵守以下规则。

"守则一：除非下车，否则永远不要离开你的座位，无论出于什么原因。

"守则二：我们的司机有些贪睡，如果你着急出发，可以离开座位走向售票员，主动说出目的地。

"守则三：这里的人都很善良，他们做的所有事都是出于好心。俗话讲，不知者无罪，如果他们冒犯到你，请一定大度原谅。"

刚看到三，忽然，虞卿的身体狠狠一斜，来不及反应，就被旁边的什么东西压到车窗边，死命掐住了咽喉！

呼吸在这一刻变得极其困难，视线里，对方的皮肤黝黑，硬邦邦的手臂上充斥着刀疤，直抵他的脖颈，不一会儿就剥夺了他所有的活动空间，力道之大，像是要将他的骨头碾碎！

好大的……块头……是 NPC 吗？

虞卿不明白，他没有触犯规则，怎么忽然……

呼吸再次被挤压，刚有的思路被打乱，不消片刻，少年指尖轻抖，一张脸憋得通红。

紧接着，"哗"的一声，头一侧，被他关紧的车窗重新打开，冷气骤然灌入，罩上额头的一瞬，虞卿第一次有了半只脚踏入地狱的冰凉感。

可就是这一瞬，他分明感觉到那手臂是有温度的。

是人！

而且，窗户一打开，那黝黑的手臂就像是早有预谋一样，着急地将他的头向外推。

于是少年咬牙反抗，立刻抬手想要召出金针，可还不等他动手，右手手腕立刻被男人粗壮的手控住。紧接着，虞卿看到了独眼男的脸，瞳孔一缩，后背出了一层冷汗。

是童磊！是拿走薛子义所有积分又被伤了一只手的独眼男童磊！

清晰的切割感近在咫尺，白发断裂，飘飘然落出窗外，眼看虞卿就要被推出去，忽然："救……我！"

童磊按着他的头，脖子倏然被松开，能发声的一瞬间，虞卿立刻叫喊出声："你要杀我！你不善良！"

话音落下，童磊突然动不了了！

那原本坐在汽车最前面的猛男售票员不知什么时候已经来到他身后，打着领带，穿着西装，一抬手就狠狠拉下了他的手，力道很大。

一侧，纵然虞卿不停喘息，胸膛起伏，少年低着头，呼吸渐匀的那一刻，嘴角不动声色地扬起。

"守则四：如果你遇到麻烦，尽可以向售票员求助，他非常热心。"

果然，不一会儿，童磊的暴行就受到了售票员的严厉呵止。他的手疼极了，头上不自觉渗出一层冷汗。

"怎么回事？"售票员的质问声很大，惊得整车乘客齐齐一颤，都下意识打起了精神。

童磊却不慌不忙，笑着看向售票员："不好意思，这位乘客穿着长袖，我怕他会热，所以帮他开下窗。"

他的声音不紧不慢，被虞卿直指触犯第三条规则也丝毫没有危机感。

可……就在抬头的一瞬间，童磊眼神顿变，面上的淡然瞬间僵住，唇色以肉眼可见的速度变成灰白。

这个售票员的肤色惨白，白得吓人，可……这是他第二次进这个副本，记忆里售票员该是个面色黝黑的大汉，怎么……

心跳如擂鼓，不仅仅是童磊，万人在线的直播间也迅速发现了这个问题。

"叮咚"作响的弹幕不停入眼，虞卿扶稳脖颈，刚在座位上靠好，就发现细密的冷汗已经布满童磊粗黑的脖颈。

面前，男人身形微抖，却还是尽量扯出一个笑，抚着自己的手，继续解释："我……我也是个善良的人，我刚才那么做，是为了帮他啊，是他误会我了！"

"呜呜……"

隐匿的哭声不断从窗外传来，紧接着灯光一闪，那张惨白的脸忽然撑到眼前！

目光一缩，童磊的后背彻底被冷汗浸湿。

面前，售票员眼神流转，不一会儿，竟微弱地点了点头，不知是信了，还是没信，总之，他灰白的大手继续上抬，逐渐拂过童磊的脑门。

喉结滚动，男人的心脏快要提到嗓子眼儿，泪水迅速在眼角凝聚，右手颤抖——他不知道这副本已经变成六级了！

他之前通过一次关，对这里的规则了如指掌，所以才敢肆无忌惮地对付虞卿，可现在……

"你，给他道歉！"

蓦地，童磊心跳一顿，他以为自己真的触犯了规则，抬眸，却见售票员的手准确无误地指向气没喘匀的虞卿。

他的意思，是让虞卿道歉？

"哈哈。"不大的笑声紧跟着响起，童磊转过头，呼吸粗重，面上的欣喜难以掩饰。而与此同时，童磊直播间的观众也跟着松了一口气。

激动的观众少量退出，虞卿的直播间瞬间吵成一团。

从第一个副本跟过来的老粉自然坚持不道歉，可收到的回复无一例外，都是——犟吧，就犟吧。规则五是"售票员永远不可违背"，你们的主播不道歉就要死了。

果然，不一会儿，虞卿道："童大哥，刚才谢谢你，是我误会了，你是个善良且热心的大好人，对不起。"

然而下一秒，就听少年又道："不过……我刚才有一缕头发不小心落在外面了，能不能麻烦您……帮我捡回来？"

童磊一怔，开什么玩笑？出了车门他必死无疑！

这个副本现在已经升级了，目前，只有待在车上才是最安全的。

"你……"

"毕竟童大哥这么善良，"虞卿迅速打断他的话，可怜巴巴，"一定会帮我的吧？"

说罢，他甚至抬头，又跟售票员确定了一眼："这里大家都很善良，童大哥最善良，对吧？"

漫长的静默，不一会儿，售票员冰凉的手搭上童磊的肩膀："帮他，捡回来。"

"我……我……"童磊的脑子疾速运转，"我根本就没看到他掉头发！他在说谎！对，说谎！"

一片寂静中，童磊像是抓到了什么救命稻草，忽然开始大喊。

他是跟在谢以凉身边的神枪手，副本里不少人都认识他，于是他迅速起身，对着满车的乘客大喊："大家也都没看见吧？他没有掉头发，他在说谎！我不去捡！"

车里的人不敢反驳，童磊面上逐渐涌现出癫狂的笑。在副本里，从来都是他拿捏别人，这次也别想……

然而还不等他想完，虞卿便抬手，毫不犹豫地拽断了自己一根头发。纤长的白丝搭在少年细长的指节上，不一会儿，就被强烈的冷风带到车外。

阴暗的灯光里，少年眼眸轻弯：“好了，现在掉了。”

童磊：“……”

“善良的童大哥，帮我……捡回来吧。”

虞卿这个人面部表情很少，音色微哑，说话节奏不紧不慢，一眼看上去脆弱如瓷，可多看几眼……童磊心跳渐急，觉得恐惧。

直播大厅里，虞卿的闯关视频被当成史诗级教材，列入“天使精神疗养院”副本展示区——面对副本所有NPC的围攻，干净的少年靠在触手编织的椅子上，长腿轻抬，一只手随意把玩着缠在他脖颈上的漆黑触须，眼眸中杀意与戏谑并存。

童磊只看了一眼，画面就深深刻进了脑海里。

整个游戏中，除了谢以凉，从来没有人能让他真真正正从心底感到恐惧，但现在……

“我……我……”

童磊正犹豫着，忽然，售票员的目光沉下来，激得童磊心一惊。

“啊……”

这人竟然忍着疼，弄伤了自己的另一只手，然后颤抖着苍白的嘴唇，再次看向虞卿：“不好意思……我的手不大方便……能，等我好了再给你捡吗？”

少年不动。

童磊快哭了：“……能吗？”

男人神色凄凄，疼得满眼是泪，好一会儿才看到售票员点头，而后迅速找了个远离虞卿的座位。

趁着还没触犯规则，他一屁股坐下，气喘吁吁。

险死了，要是汽车开起来还好，可司机还没醒，现在下车，等于死路一条。要是真想对付虞卿，得……

“啪！”忽然，清脆的巴掌声响起，扰乱了童磊的思绪，震得整辆车上的乘客都跟着屏息，小心翼翼地转过了目光。

视线里，虞卿好好地靠在座位上，就被售票员狠狠甩了一巴掌，声音清脆，脸上没有红印，却是火辣辣地疼。

这一下，不仅是童磊，整辆车的乘客都惊诧地瞪大了眼睛——

虞卿刚才做错了什么？触犯规则了？

这声音听起来用了十成的力道，听着就觉得疼，更别说亲身感受了。

突如其来的巴掌打偏了少年的脸，虞卿的眼睛顿时泛红，连耳朵都不受控制地嗡鸣起来，还没搞清楚原委，就听粗犷的声音从售票员口中吼出："女人怎么能出来抛头露面，你家汉子就是这么教你的？"

压抑的氛围在车厢蔓延，震得人久久不能回神。

耳边的嗡鸣好不容易消失，虞卿这才发现，这辆车里只有男乘客。

他们的表情或同情或惊恐，但眼睛里好像都写满了统一的答案——说啊，解释一下你是男人，你只是喜欢留长发，说啊……

可少年慢悠悠地仰起头，在所有人紧张的注视中，随手理了下微乱的发，旋即主动低头："不好意思，我下次不敢了。"

听到这声，售票员仿佛觉得自己的教训起了成效，整个人更骄傲了，眼睛都往上抬高了几个度："可是……"

座位上，虞卿的声音弱弱响起，没有人知道他从系统里拿了什么，只听一声"叮"，他继续讨好："我身体不大舒服，你能不能……扶我一下？"

规则四讲，任何事情都可以找售票员求助。果然，尽管售票员不乐意，还是慢慢低下身子，去扶他的手。

眼看着那只惨白的大手就要搭上手腕，忽然，虞卿发起攻击，三两下就将怪物绑在座椅上。确认绳子打了死结后，少年竟不慌不忙地站起来，直接离开了座位。

与童磊立刻坐下不一样。

虞卿不但绑了售票员，甚至随意整理了一下衣衫，一步一步走向了那座位上熟睡的司机，直接推了他两下！

直播间大惊："他疯了吗？规则里不是说司机贪睡吗？既然贪睡，还是不要叫醒为好吧？"

各种声音充斥着直播间，随着司机的苏醒，乘客们明显感觉整辆车内隐匿的蠕动感更明显了。

紧接着，虞卿看到了司机的脸。

一张蛇脸！

赤色异瞳，吐芯鲜红。

司机……是一条约莫五米的黑鳞大蟒蛇！！

看到他的一瞬间，那双泛红的蛇瞳顿住，紧接着，长长的芯子吐出，舌尖轻滚过他的手腕，冰凉诡谲。

虞卿缩了下手，心底微动，不知为什么，看见这东西总觉得……有些熟悉。

可规则就是规则，不会因为熟不熟而改变。

他接连破坏了车里的规则，让车厢中央的黄灯变成了红色，一下一下闪着，配合窗外不停传来的哭声，将紧张的氛围拉到极致。

所有人都以为他会死。

车灯变色是处刑的前奏，可虞卿张口："这位蛇……呃……"

长睫轻扇，少年深沉地犹豫着，一时看不出公母，该叫"女士"还是"先生"。纠结片刻，虞卿眼睛一亮，终于得出了结论："蛇司机，你好！"

然而话音刚落，他的呼吸骤然一滞，指节蜷缩，不受控制地颤了一下。

因为刚才那条蛇的芯子已经从他手背上绕了过去，对准他的左颈，危险重重。

可希望在前，虞卿不敢退！

他兵行险招，已经把所有的规则都破坏完了，现在跑回座位，必死无疑！

少年喉结滚动，眸光流转，微微的慌乱在心底荡起，继续道："刚才的售票员受伤了，怕是没办法继续工作，我是他的替补，请问，我们现在出发吗？"

红灯持续闪烁，车内，惩罚开始的警报声不停催促，呼吸渐急，下一刻，粗壮的蛇尾骤然扫向他的脚踝！

虞卿瞳孔一震，迅速躲开，左耳的耳坠随动作不停摇曳。紧接着，少年大叫一声，瞳孔猝然张大。

那蛇竟是趁着耳坠晃动的空当，毫不犹豫上前，一口咬中了他！

一瞬间，虞卿感觉有什么东西注入了他的身体，带动他全身血液翻腾，连眼睛都有片刻的失神。

"咝——"

视线逐渐恢复，虞卿后知后觉地反应过来，堪堪对上一双猩红的兽瞳。

哦，他知道了。

这条蛇也对他的耳坠感兴趣，因为视力不好，只能看见动的东西，所以才用蛇尾假意攻击，迫使他挪动。

"咝——"蛇芯再吐。

看上去，蛇这天是一定要得到他的耳坠，可是——

"不行！"

车内的气氛越发压抑，张牙舞爪的猛兽辖制着虞卿，所有人当即提了一口气。本以为他已经想好了办法反击，谁知他只是尽量抬起手，理了理衣服。

他的动作从容，车内的气氛被他带得越发紧张。

他就这么跟黑蛇僵持着，面色镇定，不一会儿，趁着黑蛇注意力分散，手腕处金针立刻射出，毫不犹豫地刺向那蛇的七寸。可是，那之前可以刺穿触手的金针，在触及蛇鳞的瞬间，竟毫不费力被打落。

虞卿心底一震，下一刻，蛇尾触上脖颈，剧烈的痛霎时传来。蛇鳞刮过他的后颈，带出血，又立刻收回，紧接着，黑蛇放开了他。

虞卿的心怦怦直跳，狠狠松了一口气，指尖颤抖，压抑喘息。

不一会儿，那鲜红的芯子竟再次伸出，毫无征兆地掠过他的后颈。

少年一震，待反应过来的时候，伤口已经止住了血，纷乱的心跳还没平复，就见那蛇卷过一旁的售票箱子放到他面前。

黑蛇这么做，是同意他做售票员了？

胸膛难以平复地起伏着，虞卿感觉嘴唇发干，舔了舔，才低头拿起箱子，转过身的那一刻，银丝微动。

少年无波的目光落在每个乘客身上，成了这里唯一的胜利者。

触犯规则的警告消失了，因为售票员在这里代表着绝对权威，虞卿在这里，代表着绝对权威！

这一眼，不仅看得童磊心跳一顿，就连那被虞卿绑在座椅上的售票员都忍不住打起了寒战。

眼看着少年一步步逼近，他的身体开始剧烈抖动。他想逃，想叫，想喊，奈何怎么做都无济于事。

少年一步步向前，漆黑的皮靴踩过车厢，来到售票员面前时，已经忍痛花十积分买好了手套，下一秒，一巴掌甩在售票员脸上，虞卿居高临下地看他："说，我是谁？"

少年的力气很小，抽在脸上并不疼，这更加增强了售票员的信心："力气都这么小，跟挠痒痒似的。"

直播间义愤填膺，但视线里，虞卿依然淡漠如水，又甩出一巴掌。这一次，金针握在了掌心，可……售票员的脸没有流血，淅淅沥沥落出来的是有几分浑浊的污水。

污水落地，那一瞬，虞卿从售票员眼中看到了明显的恐惧。

少年的嘴角微勾，他好像……知道要怎么做了。

脸上的伤只有一小点，并不影响什么，不消片刻，售票员又恢复了镇定，大骂。

话没说完，巴掌第三次被甩出去。

男人不能说话了，身体颤抖，污水流得越发厉害。

不一会儿，五巴掌甩下去，售票员身上的污水仿佛决了堤。

果然，他没看错，这个售票员并不是生来就强壮，只是死后淋了雨，形成的巨人观！

眼看着自己的皮肤一点点瘪下去，售票员开始慌乱，想大骂，想提醒这群看热闹的人把头转过去。可他根本说不出话来，连发出声音都做不到，只能绝望地面对周围惊诧的目光。

偏偏虞卿还要张口说话，碾碎他最后一丝尊严："哦，原来你长这样啊。"

像是忽然被戳穿了什么，男人身体剧震，拼尽力气逃跑。还没跑两步，他就又被虞卿拽过来，狠狠摔回椅子上："怎么了？我说的不是事实吗？破防了？"

"那我继续猜一猜。"视线里，少年声音温润，微笑和善宛如恶魔，"你活着的时候大概没有女人喜欢你吧？就是因为你这副又矮又丑的鬼样子……"

"啊！"售票员挣扎着，很显然，他受不了这种屈辱，可虞卿偏偏要说："所以，你现在开始报复了，以这种方式寻找优越感，好，失，败，啊。"

最后四个字，被虞卿念得又轻又慢，不一会儿，那售票员的肤色转瞬变黑，像是要杀他，可……

"啧啧，你这状态还不错，气坏了吧？继续保持。"

不一会儿，虞卿就回到黑蛇身边，低着头开口："有人逃票。"

话音落，车厢里顿时安静，人人自危，只有那售票员想要将他千刀万剐，却不想少年下一句就是："原来的售票员没有支付车费，是否要扔出去？"

破旧的公交车开始往前开，黑蛇没有说话，只看了虞卿一眼，表示默认。

然后，少年转过身，继续一步一步地靠近售票员。

那干瘪的售票员害怕极了！

虞卿打开车窗，毫不犹豫地将他扔远。

汽车继续往前开。

漆黑的夜，少年目光向外，白丝翻跹，微带婴儿肥的脸被车内的暖光映出几分阴森，开口悠然。

"可惜啊，你这种人太恶心了，到死都学不会什么是尊重。"

随着风声，酥哑的话音簌簌散落。

关好车窗，虞卿找个位置坐好，车内又恢复了安静。目光落回车上，他一直在研究那几条规则，实在没明白，在这么危险的地方应该怎样下车。

直到……汽车到达一处荒坟，黑蛇强迫其中一个主播下车。

"啊！"那个主播尖叫着，满眼是泪，战战兢兢地下了车之后……没有事？

目光敛回，虞卿知道了——按照黑蛇规定的地点下车，就可以解锁下一个场景。于是，他立刻取消了自己的售票员身份，按照黑蛇规定的地点下车。

大风呼啸，周围依然是一处荒坟，而且和刚才那个主播下车的荒坟一样，景物没有丝毫区别。

汽车开走，唯一一点微弱的光也跟着消散。

四周坟丘林立，柏树婆娑，混着不停呼啸的风，发出类似于哭泣的"呜呜"声。

所以，刚才在车里听到的声音只是风声吗？

四周漆黑，只有当空的一轮血月诡异照明。虞卿不知道下一步该怎么走，只好拢了拢衣衫，继续试探着向前。

"呜呜呜……"隐匿的哭声不断自松柏深处传来，由远及近，不一会儿，竟近到耳边！

虞卿继续向前走，不一会儿，竟在道路左侧看到了一把红色长椅，长椅之上坐着一个梳着麻花辫的小女孩。

女孩一身白裙，放声痛哭，可通过脚尖的朝向和手的方向来看，那两根麻花辫分明长在脸的位置。

"呜呜……帮我……帮帮我……"

呜咽的哭声越发凄惨，虞卿顿住脚步，转头看了一眼，而后毫不犹豫地忽略，继续往前。

小女孩消失在视线里的时候，虞卿发现，整个直播间都跟着松了一口气。

"绝！太绝了，卿卿你的判断是对的！我刚才看见一个主播傻乎乎地去关心，然后不知怎么，直播间就黑屏了。"

…………

一条接一条的弹幕映入眼帘，虞卿继续往前走，不一会儿传来一阵声音："呜呜……帮我……帮帮我……"

指尖一颤，他立刻转头向左，发现那原本被他甩在身后的小女孩不知什么时候又出现在了身边，留着一样的麻花辫，说着一样的话，哭声却越发瘆人。

虞卿眼眸微动，又看了一眼，而后继续无视往前。

可第三次、第四次、第五次……

那女孩像是铁了心要引起他的注意，每一次都会精准无误地出现在他左边，坐在红色的长椅上，幽幽晃着腿。

大风呼啸，面前的柏林阴暗，一条发黄的山路弯弯曲曲，不知通向哪里。

　　冷风一过，虞卿被吹得起了一身鸡皮疙瘩，可他依旧无视小女孩，继续往前走，边走边说："好可怕，不知道其他主播怎么样了，麻烦大家也去关心一下他们吧。"

　　"呜呜，卿卿就是善良。"

　　与此同时，直播大厅"啼婴山村"副本，在线观众持续增加。

　　直播间虽然不可以剧透副本内容，但观众可以告诉自己心仪的主播，其他主播是怎么做的。巨大的副本墙上，大大小小总共二十个屏幕，不出十分钟就黑了三个，寂静的氛围不断弥漫。

　　终于，一条弹幕横空出世："主播，我看虞卿没理那小女孩，一直往前走呢，你也别理呗，跟着大佬走，准没错！"

　　果然，画面里，被提醒的主播余籽就开始照做。

　　当哭声再次传来的时候，余籽脚步一顿，果断壮着胆子略过了小女孩，真的没事！

　　"那小女孩不会主动攻击！"

　　突如其来的话点醒了观众，于是，越来越多的主播效仿虞卿。

　　副本里，小女孩一次一次地说"帮帮我"，一次一次地被无视，半个小时后，哭泣的嗓音竟变得……有点哑。

　　"哑了？哈哈！我笑死，主播们跟怪物打消耗战呢？"

　　弹幕响起，虞卿再次垂眸，看见弹幕的风向明显发生了变化："哦，我明白了，这是唯一一条通往村子的路，但因为副本是六级，所以主播们都被隔开了，相当于在做同样的单线任务，大家在路上遇到的小女孩都是同一个！"

　　"哈哈，被忽视了太多次，小女孩都哭累了。"

　　虞卿耳朵微动，脚步顿住，看向那第十六次出现的小女孩。

　　嗯，嗓子确实哑了，看上去再没攻击性了。

　　少年目光流转，嘴角微勾，弹幕依旧欢快。

　　"这副本以前都是一群主播面对一个小女孩，现在升成六级，改单线了。"

　　"我觉得让虞卿玩一下，这副本能到八级！哈哈！"

　　简单的一句话，引发了更多的笑声。虞卿捏了捏眉心，正从系统里点了什么，就忽然听到"叮咚"一声。

　　"直播任务刷新：请主播们送小女孩回村，注意保护好她，千万不要让她吹风淋雨；也注意保护好自己，千万……不要被她击败。

　　"任务时间：一小时。"

任务完成的倒计时持续播放，淌入每个主播的耳朵里，瞬间引起了更大范围的笑声。

"我觉得这次系统强行刷新任务是虞卿导致的，别问，问就是直觉！"

仅仅三秒，弹幕还没发几个的空当，观众们发现，虞卿已经绕到了那小女孩身后，果断从系统商城抄起一根铁棒，把小女孩给弄晕了过去。

而后他又从系统商城买了件最便宜的外套，盖在她身上，裹成一个团，再用绳子捆粽子似的捆好，才垂手抱起小女孩，声音温和，好听又带着安抚性："乖，叔叔送你回家。"

然后，其他主播立刻效仿。

小女孩："……"

可是，模仿者即便再快，也快不过原版。

漆黑的夜，狂风呼啸，诡异的小女孩持续拦路，更有甚者手都被吓软了，想弄晕小女孩，恰好遇到小女孩一百八十度转头："嘻嘻。"

紧接着，"啊"一声，直播黑屏。虞卿刚抱着小女孩走出五步，就又有三个直播间陷入了黑暗。

夜空中，血月高悬，手里的小女孩并不重，但不知为什么，没走几步，虞卿就出了一身汗，脚步很重，走路的速度也逐渐变慢。

系统屏幕上，那原本就只有十五点的体力值疾速下降，不一会儿就落到了八，可是视线所及，依旧是弯曲的山路，一眼望不到尽头……

虞卿的手有些抖，就好像有什么东西在疯狂入侵，蚕食他的体力。

体力值低到五的时候，他有些走不动，于是放下小女孩，问了一下直播间。

可别人的体力值都不会掉，怎么他才走几步，就掉得这么厉害？而且"嘀嗒"一声，一滴液体落上鼻尖，虞卿神色一凛，当即意识到了什么，立刻抱起小女孩躲在柏树之下。果然，下一秒，血雨瓢泼而下，不一会儿又泼进了柏树里。虞卿没有办法，只好买了雨衣，用衣服挡住小女孩，继续前行。

他的力气本就小，雨幕之下，消耗得更是快，几乎是边走边停。

没过一会儿，怀里的小女孩醒了……

她不停挣扎着，抖动着，不一会儿就挣脱了绳子，伸出一只手，抓伤了虞卿的脖颈。

鲜血流出，冰冷的感觉让他很难受。

可虞卿接到的任务是保护小女孩回家，不能吹风，不能淋雨。

少年牙齿轻合，忍着疼痛，咬牙又走了一段，好不容易看见类似村庄介绍的石碑时，体力值已经只剩下百分之三。

他的脚有些站不稳，好不容易靠在草棚下缓了口气，却听那小女孩狞笑一声，忽然转头，拼命往雨里钻。

眼看她的手指就要探出草棚，下一秒，虞卿倾身，主动压倒了她，右手狠狠握住她的小手，青筋暴起，任由雨落在自己手上，冰得直打战。

"体力值：百分之二。"

忽然，那被压的小女孩尖叫起来，声音刺耳，挣扎得越发厉害。

"啊——"

诡异的尖叫越发刺耳，虞卿压着她的手也感觉越发力不从心。不一会儿，体力值清零的警报沉在耳边，尖锐的金针迅速挑破皮肤。虞卿握紧，刚要刺下去。忽然，手掌浸血，他看见，女孩那双小手不知什么时候竟然……破了，露出的是一双成人大小的幽绿色的手！

其上指甲尖利，迅速推开虞卿，夺下金针，毫不犹豫地刺向少年。

虞卿没了挣脱的力气，正要偏头躲开，忽然，麻花辫落在脸上，女孩又一次晕倒在他面前。

有雨伞罩在头顶，紧接着，微带哭腔的声音入耳："哦，天哪，你没死，呜呜呜，吓死我了。"

虞卿胸膛不停起伏，抬眸，看到了钱莱一张被恐惧映白的脸。

一口气狠狠松下来，他被钱莱背起来，发现钱莱身边站的并不是小女孩，而是一个……衣着光鲜的小男孩。

钱莱解释："我看弹幕说都是小女孩，不知道为什么我遇见的是男孩，还算听话。现在……怎么办？"

他背起虞卿，那女孩就没人管了，外面大雨瓢泼，系统的任务又不能违背。

青年犹豫了一会儿，终于一咬牙，又花两千积分买了一把伞，塞到小男孩手里："你……你乖，你背起这玩意儿跟我们一起走。"

男孩嘟起嘴，显然不乐意。

钱莱又道："背好了，给你买三根草莓棒棒糖。"

男孩顿住，目光上抬，在虞卿的后颈停留片刻，便暗暗垂眸，答应了这个要求。

大雨倾盆，两人、两怪物重新出发。男孩背上那女孩并不安稳，指甲凸起，发出危险的"吱吱"声，眼看就要刺破男孩的脖颈，忽然，男孩九十度转过头，两只眼睛对上她的那一刻，散出猩红的光，其中瞳仁漆黑立起，分明是蛇瞳！

于是，那女孩立刻放下手，一声不敢吭。

他们继续前行，不一会儿就到了一处还算华丽的庙宇。

"叮——"脚步踏入，系统提示应声而起，"主播钱莱，恭喜你，第一个到达山村，奖励积分加一千。"

"啊！钱钱出息啦！"

直播弹幕疯狂刷屏，钱莱心里想的却是：还不够他买把伞的。

不过算了，闯关嘛，总有损失。

青年在庙里转了一圈，找了个还算干净的蒲团，抬脚踢到红柱边，将虞卿放下，正准备起身，却发现："欸？你后颈上的标记变了？"

"什么？"

"你原来不是朵花吗？现在怎么……变成一条蛇了？哟……耳朵上也有！"

钱莱比画了一下："就你这只戴耳坠的耳朵。"

虞卿神色一凛，当即抬手抚上耳垂，心脏渐提，事情的始末还没想明白，就听到清脆的"嗒嗒"声。

仔细听，甚至能听到几道无助的哭声。

是女声！

"嗒嗒"的声音更快了，那隐匿的哭声也越来越急，不一会儿，两道尖叫声陡然响起，不仅有女声的尖叫，旁边那一路跟着虞卿的女孩也在叫。

虞卿拧眉，刚顺势捂住耳朵，就听一阵纷乱的脚步声飞速靠近。

周围的蜡烛被点燃，火光摇曳，不一会儿，他们周围就站满了一群穿着白衣服的……老太太。

她们身形佝偻，脸上皱纹繁多，烛光映衬下，对着随意入殿的几人齐刷刷地露出无声的微笑。那笑容标准又诡异，甚至连嘴角上扬的弧度都一模一样。

外面的风吹进了庙宇，裹着冷气，吹得烛火摇晃。

冰冷的恶意席卷全身，收回目光时，虞卿看见钱莱不动声色地往他身边挪了几步。那小男孩也随着钱莱的动作亦步亦趋地移动，看上去是要寻求庇护，其实……他嘴角上扬的弧度和这群老太太一模一样！

虞卿指尖微顿，头皮当即一阵发麻，可还是尽量抬眼，对上最前面那看上去像是领头的老太太。她的身后有一尊石像，脚下盘踞着许多条大大小小、神态各异的蛇。

虞卿目光渐抬，正想继续探究，就发现那群老太太齐齐上前一步。

冰冷的压迫感更甚，于是虞卿迅速掠过石像，趁着老太太疾速靠近之际，一把扶住柱子站起来："你们好！我是来拜庙求子的！"

话音落下，果然，疾速靠近的老太太们顿住了。那领头的更是眉眼俱开，面上笑容越扯越大："嘻，孩子，你早说呀，咱们这里最灵验了。"

原本的恶意散了，连直播间都跟着松了口气。

面前那老太太继续说着，不一会儿，竟走上前亲昵地拍了拍虞卿的肩膀，又是关心他淋湿了衣服，又是叫人给他准备香火。

"外头危险，下了雨，就是'他'发怒了，你可千万要小心，给那雨淋着，能做好几天噩梦呢。"

"是吗？"这一会儿，虞卿已经跟着老太太上了炷香，还顺便跟庙里要了两件雨披。

"是啊。"老太太格外热情，"咱们村子的人啊都很善良，只是'他'脾气不大好，过一段时间就下一场雨。不过别怕，只要不被淋到就没事。"

"嗯，谢谢。"说着，虞卿又添了些香油钱。

这可把老太太乐坏了，干脆把入村的具体道路也一股脑说了出来。

直播间一片祥和的笑声，在外观赏的观众更是接连被吸引了过去。

"这个直播间这么爽吗？别的主播费劲躲雨，好几个被小女孩击败的，这位……把信息都套完了？"

副本内，虞卿和老太太寒暄了一阵儿，眼看雨停了，就借着要送小女孩回家为由再次出发。走时，他的眼睛不自觉瞟向庙宇的后堂——刚才那惨叫是从里面传出来的，那里面……

"欸！小伙子。"

不等他想完，眼前忽然横来一只手。

刚才的老太太打断了他的思路，眉心紧蹙，提醒得格外严肃："来这里拜庙，不能看内殿，把你的好奇心收一收。"

又有风吹来，烛光下，老太太那绿豆大的眼睛有几分可怖。

虞卿终于还是收回了眼眸，应一句"知道了"，就出了庙宇。

"哟……"刚走出来，钱莱狠狠抖落身上的鸡皮疙瘩，不自觉地问，"你怎么知道这是'求子庙'？"

进庙的时候他还刻意看了一眼，庙外并没有任何牌匾。

"因为那尊石像。"少年回，"庙里供奉的是九头蛇，蛇身之下围了成百上千条小蛇，一直蔓延过整个石坛，除了求子，一时看不出其他寓意，索性……瞎蒙一个。"

"啧。"说是瞎蒙，但钱莱总觉得虞卿这种人，没有百分之八十的概率不会蒙，于是他一边揉小男孩的头一边感叹，"要么说跟着你不用动脑子呢。"

他讨厌动脑子，话落，又忍不住问小男孩："你家在哪儿？"

一句话，男孩没反应，却震得男孩背上的女孩一阵打战，慌忙抬起手，颤颤巍巍地指了个方向。

钱莱又问了一遍，男孩依然不说话，只是仰头看着他。那微笑扬起的弧度，在月下异常恐怖，他忍不住吸了口凉气："还是……先送女孩吧。"

入村之后的道路通畅很多，雨停了，虞卿的体力逐渐恢复，不一会儿就到了小女孩指的地方。那是一处废弃的茅草屋，纸糊的窗户早已被风破开，蛛网盘踞，看上去长年没人居住。

虞卿打开门，在里面转了一圈，确定没有危险之后，才转身走向门外。

正准备拉女孩过来，他就发现那女孩自知打不过虞卿，竟直接抬手想拧断自己的脖子！

这个NPC死了，玩家也会死，她不会进屋，不会让他完成任务！

突如其来的行为近乎疯狂，几乎是一瞬间，虞卿立刻回身，一把拽过女孩的手将她拽进屋内，心脏剧烈颤动。同时，"任务完成"的提示音在耳边响起。

虞卿头上出了一层冷汗，眼看着那女孩准备再次反击，下一秒，金针脱手，直接攻击而来！

虞卿呼吸微促，眼看女孩放弃挣扎，终于收回金针，胸腔起伏的幅度越来越小，却不料刚抬眸，心脏骤然一顿！

那刚才还跟在钱莱身后的小男孩不知什么时候已经趴上窗台，幽幽地注视着他，面上的笑容戏谑又诡异。

起身的一瞬间，虞卿就听男孩开口："钱叔叔，我家就在这里，我住这里就好了，隔壁那间也是空的，不如……"他一步步逼近钱莱，微哑的声音里充满了威胁，"你住隔壁那间吧？"

说话间，男孩的眼睛也跟着变红。

立在一旁的虞卿刚想插话，就发现自己的身体发生了微妙的变化……

他的左耳忽然疼了一下，紧接着心脏微抖，全身血液都跟着加速，仅仅走到门口的那几步，耳尖已经发红。

屋外，随着小男孩的眼睛亮起，天边那一轮血月更红了，笼罩整个幽静诡异的山村。

钱莱心头狠狠一震，双腿就跟着发了软，正不知要怎么做，就见一旁的虞卿也红了眼睛。

少年扶着门框，那双幽红的异瞳在暗夜里探寻片刻，不一会儿道："隔壁那间没有怪物，暂时安全，应该可以撑到天明。"

"好！"钱莱相信虞卿，应过一声就拔腿跑远。

紧接着，"砰"的一声，清晰的关门声从隔壁传来，虞卿看见小男孩仰起笑脸，幽幽看向了他，嘴角微勾，肉嘟嘟的小手拽着他的衣角："漂亮哥哥，外面好冷，我也想进门。"

直播间的观众兴奋起来。

"这小子刚才管钱莱叫'叔叔'，现在就换'哥哥'了？"

"啊！你们没看那男孩是蛇瞳吗？开车的是蛇司机，这个村子里供奉的也是蛇，会不会是 Boss？"

弹幕一条接一条地刷过，不多时，虞卿的指尖就开始发麻，后颈的标记幽幽亮起，催命似的操控着他。

他需要 Boss 的血，否则活不过今晚！

可……之前的彼岸花印记消失了，现在是蛇形的，应该……找这个副本的 Boss 吗？

恍惚间，他的鬓角狠狠疼了一下。

虞卿神色顿凛，当即把金针握在手里。为了好受一点，他慢慢扶住门框蹲下，直视面前的男孩。

与此同时，男孩幽幽一笑，伸出肉乎乎的小手正想去扶他，然而手还没碰到，就感觉自己被一股什么无形的力量缠住！

那力量是虚浮的、冰凉的，像是与他同出一源，仔细感受有点像……触手？

可是不对！

男孩咬住牙：这个副本没有强于他的存在，所有的规则和设置都由他书写，怎么……

然而不等他想完，身体就被那无形的力量甩远，落在五米之外的土路上，烟尘四起。等他反应过来的时候，只能眼睁睁看着面前的木门自动关闭。

可是……眼看那耳坠就是他的了！

他的标记已经完成，只要趁着对方虚弱的时候攻击对方，耳坠的力量就自然而然归他了。

尘土微浮，男孩拍了下身上的土，不一会儿，就化作一条赤瞳黑鳞的巨蟒，慢慢起身，试探着再次靠近草屋。

可不知什么时候，草屋之外竟笼起一层浓重的黑雾。他的视力本就不好，即便眼睛亮起，血月照明，也依然什么都看不清。

房间内，痛苦的呼吸声幽幽弥漫，虞卿额角已经出了一层冷汗。

虞卿忍痛看着空气中的触手，带有几分难受地喃喃着："你来了……"面前人一颤。

冷气在周围肆意弥漫，虞卿难受极了，呼出的气在黑暗中迅速凝成霜。

"喀，喀喀！"标记的发作让呼吸越发困难，虞卿有些着急。

不知道是不是受那大火噩梦的影响，最能让虞卿害怕的不是各种光怪陆离的副本，而是窒息感，是被人操控无法反抗的窒息感。

微弱的呼吸艰难起伏，恍惚间，转眸时，他看到门外有一双幽幽的红色眼睛——是那个小男孩吗？现出本相了？

虞卿眼神一凛，再次对司遇道："他在外面，你帮我击败他……取血。"

痛苦的声音还在继续，终于，在黑蛇快要靠近窗户的时候，三只无形的触手同时探出去，直取蛇的七寸！

Boss之间的对决，近身战本就不利，况且触手Boss的核心在屋内，黑雾无限弥漫，可迫使周围大范围降温，信号崩塌，甚至夺走其他NPC的生命。

黑蛇Boss的七寸完全被对方缠上，动弹不得。

不消片刻，"砰"的一声，黑蛇再次被扔远，鳞片刮伤，起身都变得很困难。

他只是一个分身，无数个分身化作无数条黑蛇，散落在副本各处，维持着所有规则的正常运行。

一个分身，打不过触手本体。

可……即便将蛇打败了，触手也只是悻悻收回，没有任何恋战的意思，也……没有取血？

室内，虞卿的呼吸变得越来越困难，等Boss收回力量的时候，他的眼神已经变得迷离。

耳朵一动，他分明听到窗户响了一下，外面蛇鳞擦过地面的声音变小了，应该是赢了，可是……血呢？

虞卿的脑袋顿时一蒙，面前的空气连带着黑沉沉的雾色一起蜿蜒扭动，片刻后，一滴深黑色的血滴下来。

虞卿最开始有些蒙。

他的眼睛眨了两下，慢慢地，窒息感退去，好像……也没那么难受了。

血流速度减缓，身后不停闪烁的标记终于平息。

他有些冷，刚打了一个寒战，就发现一旁的被子被一股无形的力量掇起，紧接着那股力量在写字："我没死，但系统要抹杀我，我伤得有些重。

"我想起来一点点了，我叫司遇。

"那黑蛇和我的能力很像，我们好像出自同一个本体。"

虞卿眉心轻轻拧起，他敏锐地捕捉到了重点——同一个本体？

司遇小怪物为什么会和黑蛇来源相同呢？

如果相同，他们的本体又是什么？

夜里，虞卿睡着之后，外面忽然传来沉重的敲门声。天刚破晓，司遇其实不想理会，但那声音太大了，敲了好几次都不得平息。

为避免吵醒虞卿，力量微弱的怪物还是起身，一把拉开了门。

一瞬间，空气微抖，屋外的黑雾都跟着震了几下。门外，即将破晓的天幕下起了幽幽的雨，在地上堆成小洼，裹挟着腥味的狂风里，他看见了一张……和自己一模一样的脸。

门外那个男人穿了一身高定的黑色西装，赤瞳冰冷宛如毒蛇，比他更多了几分难以压制的兽性。

而且，司遇微顿：他已经是无形的状态了，那男人依然能看见他。

那男人立在门口，收起伞，眼睛弯起，对他微微地笑，然后搭上他的肩膀，掌心吸力强劲，不给他反抗的机会，就要与他强行融合。

不，不是！那股强势的力量是要将他吞噬，急速合二为一。

湿漉漉的伞柄朝下，不多时，一滴雨砸到地面慢慢浸润，消失，紧接着大门合上，室内恢复安静。男人丢了伞，强忍着融合带来的不适感，一步一步靠近床头的少年。

同时，沉寂了一夜的系统忽然开始狂响。

"警报！有重大危险正在靠近！怪物名称：黑蛇（Boss 型 NPC）。

"怪物等级：七级以上（满级十）。

"特别注意：五级以上怪物，皆为高危存在，请主播立即苏醒，请主播立即苏醒！"

刺耳的警报声在耳边不停炸响，可床上的少年只动了动眼睫，并没有苏醒的迹象。

这下，不仅是系统，就连直播间的观众也跟着着急起来。不一会儿，就看到清晰的画面里，男人锋利的指甲伸向少年的额头……

一瞬间，弹幕减少，观众屏息凝神，纷纷瞪大了眼睛。

"啼婴山村"藏着秘密，其中规则错综复杂，每个闯关成功的主播都能无限接近游戏的真相，在副本热度榜上位居前十。

观众们热衷于这个副本，看了又看，最知道黑蛇的击杀手段了。

眼看那锋利的指甲刺破额头，下一秒，黑蛇一怔，来不及反应，就被虞卿一针攻击了脖颈。紧接着，高大的男人被少年钳制在木桌上，金针深入，漆黑的血从伤口悠然滴落。

可……男人并没有多大反应，他赤瞳一闪，乖乖抬手，做了个投降的姿态，道："虞卿，你脾气好大。"

虞卿："………"

"他叫司遇，我也叫司遇，我们一体同源，你怎么能区别对待呢？"命脉分明被遏，那黑蛇却依旧看着他，语气越发悠然。

说着，就要伸手去拽虞卿——那金针的攻击性太强，刺入体内时有一股强烈的灼烧感，难受得厉害。

昨晚收回蛇分身的时候他就很好奇，虞卿身上到底有什么秘密，能让触手"司遇"那么帮他？

黑蛇思索着，眼看一只手就要搭上虞卿的手臂，忽然，一股强势的力量将他的手按了回去。然后，黑蛇发现，那股压制他的力量来自……自己体内。

那是触手怪物的意识？！

于是黑蛇一动，獠牙当即透出，手上黑鳞疯长，还没来得及反应，一股锐痛骤然传来。

"嗞……"他猛吸一口凉气，发现自己手背上凸起的鳞片不知什么时候已经被虞卿拔掉了两片。

紧接着，触手司遇仿佛占据了他的意识，幽幽地喊："朋友。"

司遇在操控他的身体说话："你说的，我们才是……好朋友。"

朋……友，那是什么意思？

然而不等黑蛇反应过来，虞卿便应了一声。

等黑蛇反应过来的时候，见虞卿已经收回了金针，合好衣服，将他的鳞片随意放进了什么地方。

黑蛇的兽瞳轻眨，好不容易从一片混沌中反应过来，有些茫然地盯着正在穿鞋的虞卿："你……你刚才……"

"嗯，我在和我朋友打招呼。"

外面天阴得很，雨继续下着，那股蚕食他体力的神秘力量在无形的湿润中再次袭来，虞卿的体力值涨不上去，连弯腰系鞋带都变得很累人。

忽然，他系鞋带的动作一顿。

"直播任务刷新：请赶往村东头文才剧社看戏，时限十分钟。"

而与此同时，虞卿看到地上被他带落了一件东西——一支……铜制的簪子。簪身简洁，没有任何华丽的装饰，只在顶端刻了半个字，仔细看的话，大约是"德"，可"德"字被粗暴地砍掉了一半，落在焦黑的土屋里，看起来莫名惊心。

虞卿低头，刚想捡起，就发觉有什么东西碰了他一下。

可……他的手腕上并没有东西，于是他垂下头，下意识地往手腕正对的床下看了一眼，瞳孔骤缩，后背霎时出了一层冷汗！

一个孩子正注视着他，他闭了闭眼睛，再看时，床底下什么都没有。

悬在嗓子眼儿的心脏几乎要跳出口腔，虞卿收好簪子，刚坐直，那黑蛇不知什么时候已经止住血，幽幽坐到他身边。

系统的催促声不停入耳，可现在别说是被 Boss 缠上，即便不被纠缠，以虞卿的体力也无法在十分钟内到达剧院。

缄默片刻，少年终于肯转头，看向那张和触手 Boss 一模一样的脸："你也叫……司遇？"

"是啊，可这不是重点，重点是，我想你也当我是朋友，跟我打招呼。"像是起了幼稚的攀比心理，黑蛇不停地重复着，语速越放越慢。

这么拖下去不是办法。

于是虞卿站起身，与他拉开距离："不可能，你只是用来养他的容器，他会回来的。"

"非要这么说吗？好伤人啊。"小黑蛇靠近，可怜兮兮的。

两人你一言我一语地拉扯着，钱莱来过一趟，被虞卿赶走了。

时间一分一秒地流逝，任务的倒计时越来越紧急。

直播间不停响着，外面的雨越下越大，虞卿的体力值再次下降，无限趋近于零。

不多时，"砰"的一声，大门关闭，屋内变得一片漆黑，床底下有什么东西隐隐在动，隐匿的哭声压抑传出。

而与此同时，系统提示："距离任务结束还有一分钟，请主播迅速赶往文才剧社！"

下一秒，虞卿指节一抖，清晰地听到黑蛇说："你好像……快没时间了……"

"嘀嘀嘀——"加急的系统提示里，黑蛇的声音依然幽幽飘着："还有五十秒。"

这个 Boss 可以看到他的系统！而这仅仅是个七级以上的 Boss，满级十级！

被看透的冰凉感随着血流迅速传遍百骸。少年的右手渐渐攥紧，拇指与食指撞在一起，轻盈摩挲。不一会儿，他重新抬头，将耳坠摘下，上前两步，幽幽晃到黑蛇面前。

目光触及，男人神色微怔，只听见他说：“送我过去，送你。”

随着耳坠的靠近，胸腔忽然收缩一下，黑蛇眼睛一眨，像是感应到了什么，周身的冷气轻震，早已不会变化的兽瞳竟微微打起了颤。

半晌，他缓缓伸手，接下虞卿的耳坠。下一秒，响指声起，少年被传送到了文才剧社。

屋子里很快空无一人。

黑蛇垂着眼眸，渐渐将耳坠握在掌心，收紧。不一会儿，微弱的声音响起，晶红色的心形耳坠在掌心里碎成了渣。

他能感受到耳坠的力量，他知道虞卿变了戏法骗他，这个耳坠是假的，可……喉结轻滚，“黑蛇司遇”起身，慢悠悠地拍了拍身上的土，阔步走向门外。

意识深处，“触手司遇”的声音传来，问他：“去哪儿？”

“去一个……可以救活你的地方。”

触手司遇：“……我本来也没死。”

黑蛇司遇：“主系统连接着我们，倘若发现我们有一丝不忠，就会立刻诛杀。它无孔不入地控制着我们，摧毁你的身体，同样，也可以摧毁你的灵魂。”

红底皮靴踩过地面发出“嗒嗒”声，“黑蛇司遇”撑开伞，几步迈入雨中：“你就没感觉你的力量越来越弱了？”

“触手司遇”不言，听“黑蛇司遇”继续道：“在主系统的评级里，我是七级以上的级别，如果我没看错的话，你原来是七级，我们的等级挨得近，按理说我无法吞噬你。可我成功了，你的力量已经在消散，用不了多久就会散完……算了，别傻愣着了，我会救你，路上再告诉你一些事。”

“什么？”

“黑蛇司遇”手腕上抬，随意紧了紧伞柄，继续问：“你知道那耳坠是什么吗？”

与此同时，文才剧社一片喧闹。

童磊坐在观众席正中，从直播间弹幕里得知虞卿被 Boss 拖住时，立即抬手，毫不吝啬地点了三壶茶，正想好好看场戏庆祝，就发现少年毫无征兆地出现在自己面前。

他喝茶的手一顿，茶杯险些摔到地上！

而出现的一瞬间，虞卿也有些蒙——他就这么被传送过来了？

那黑蛇是不是有些……过于好骗了？

虞卿捏捏眉心，有些发愁——他也不知道为什么，自从两个司遇融合之后，身上就总有一种他特别熟悉的感觉。

错觉吗？

"诸位！"忽然，台上的高喊打断了他的思路。虞卿找到钱莱，安抚他两句，随即坐下，一口茶还没满上，就听上面的主持人说："我们山村有'他'庇佑，这不，今年又出了一位'仙女'！"

话音落，一群村民开始交头接耳："谁家的，谁家这么幸运啊？"

议论声落入耳中，主播们被迫赶来，混入人群中仔细观察。不一会儿，大幕被拉开，主持人兴奋地邀请众人观赏神容，入目却是一个尸身僵硬，却依然盘腿坐得笔直的女人。

"咝……"一旁，钱莱忍不住吸了一口凉气，"死人不倒，这是有人在背后做了手脚。"

虞卿神色一凛，紧接着，清晰的系统提示音在耳边响起："恭喜主播虞卿、钱莱，发现重要线索'被迫成仙的女子'，故事探索度百分之十一。"

虞卿手指下意识攥紧了兜里的铜簪，还没摩擦两下，又听："咚——恭喜主播虞卿发现重要线索'折断的铜簪'，故事探索度百分之十八。临时支线任务已触发，任务目标——逃离喜堂。"

机械女音刚落，虞卿就发现，自己周围的环境发生了变化。可能……环境的转变没有那么剧烈，也可能是因为人最后消失的是听觉。

总之，进入支线任务之前，虞卿依然听到台上主持人在大喊："现在，让我们一起邀请仙女指定一位继承人，继承她今后收到的所有香火！"

紧接着，满堂的尖叫和掌声。

"叮——隐藏支线任务开启成功，主播虞卿，祝您游戏愉快！"

忽然，虞卿不知被谁推了一下，整个人踉跄两步，双手扶到了一口巨大的黑棺上。

他身上穿了一件昂贵的喜服，然后，他看到红绸满布的厅堂，看到高坐在前的婆婆，看到推杯换盏的宾客。

这里是……他的喜堂？！

指尖一颤，虞卿脑海里闪过机械的系统播报："支线任务——逃离喜堂，故事探索度百分之十八！"

也就是说，走完支线，可以探索这里百分之十八的秘密。

想到这里，虞卿重新站直，与此同时，眼睛飞快掠过直播间，看到了那雕刻在木柱上的满屋的规则——

规则一：丈夫是天，丈夫说什么就是什么，要永远听丈夫的话。

规则二：婆婆是个绝对善良的人，要永远听婆婆的话，要像对待亲生母亲一样对待婆婆，要把自己身上最贵重的东西都献给婆婆。

规则三：不孝有三，无后为大，女人应该一进门就怀上男孩，否则，每天都应去神庙忏悔。

规则四：宾客说的所有话都是为了你好，你要听。

规则五，规则六，规则七……规则一百五十三……规则七百八十一……

密密麻麻的规则，来不及看完，虞卿就忍不住抚了下心口，他觉得恶心，觉得沉重。

为什么所有的规则都要新嫁娘一个人遵守，简直荒谬！

正思索，忽然，虞卿的肩膀又被推了一下，是一旁的喜婆。

明明是喜事，她却穿了一身白衣服，这白衣服的款式极其眼熟，虞卿瞳孔微闪，问道："你是……神庙里的人？"

"哎哟，没错，咱们这里的婚事都是神庙主持的，这孩子好眼力！"说话间，喜婆眉眼俱开，又忍不住拍了拍少年的肩膀，"快，快把你的金项链送给婆婆啊，这个送出去，就算礼成了。"

话音落，整个喜堂的人都开始起哄。虞卿垂下眼眸，看了一眼脖子上的项链。纯金打造，硬度很高，被烛火映得幽幽闪闪，有种不属于这个山村的华贵。

"呜呜……"

隐匿的哭声再次入耳，紧接着，虞卿心口一顿，陡然升起一阵钝痛，像是有带着钩子的钝器狠狠沉入心口，忍不住掉眼泪的那种，难受，好难受……

喜堂里，那哭声更急切，好像也多了起来，听起来不是一个人在哭。

紧接着，各种疯狂的撕裂感蔓延周身。

虞卿知道，他大概又被哪路怪物盯上了，可规则二明确写了，"要把身上最贵重的东西献给婆婆"，不给，就会违反规则。

左右都是死！

隐藏支线任务难得，观众们图新鲜，疯了一样涌入直播间。

更有童磊的粉丝冲到最前面，哈哈大笑道："给啊，这主播是不是笨？按照流程走一般不会出事，换成我们童哥在这里，一定拽下项链就给了！"

弹幕零散，观众们似乎都听到隐匿的哭声，除了童磊的粉丝，基本上没有人继续说话。

终于，一片催促声里，少年摘下项链，慢慢迈出脚步。

他一步一步走到高堂之上，走到那干瘦的老太太身边。眼看老太太看金子的眼睛都在放光，少年嘴角一弯，刻意拿金子在她面前晃了几晃，勾起老人的欲望，才缓缓绕到她身后，目光微沉，异样乖巧："母亲，这条项链原本是我戴的，您戴上可能有点疼，戴好之前千万忍一忍。"

话音落，那老太太只顾点头，哪里还顾得上什么疼不疼。不多时，老太太脸上贪婪的笑容凝固，原本就灰白的面色逐渐变成惨白。

虞卿本就生得单纯，眼角因为难受而挤出的泪还没散干净，面容梨花带雨，整个人都透着一股弱不禁风的神圣感。

"母亲，项链还是戴不上，怎么办啊？"

"嗯嗯……"

"要不，您再坚持一会儿？"

老太太不停地挣扎，可她的力气很小，更是一点声音也发不出。然后，她看见虞卿低下头，一张脸幽幽地靠近她。

她想逃跑，想大骂，奈何只能徒劳地动动嘴唇。可不一会儿，她竟看见少年点了几下头，微微"嗯"了几声，像是……在听她说话。

她都成这样了，还能说什么？

下一刻，老太太就得到了答案。

无限惊恐的视线中，她看到虞卿再次抬眸，开口道："各位，我母亲说了，今天她高兴，项链就不要了，请求各位叔伯把她的骨灰撒在棺材上镇棺。"

"不……不……"老太太拼命拒绝。

规则七十八：新娘不能说谎。

虞卿违反了规则必死无疑，老太太只要熬着，熬到虞卿死她就解脱了，可是……

视线里，那围在喜宴最前面的男人们竟真的将她扛了起来，不一会儿就被带走，连带着喜宴都一起散了个干净。

大门口顿时清净了。

又过一阵儿，竟真的有人捧了一撮骨灰过来，窸窸窣窣铺满整个黑棺。

而高堂之上，端坐的少年笑容温和："谢谢大伯，辛苦了，我送您。"

说罢，便借着送人的名义，大摇大摆地往外走。

直播间——

"不是，主播说谎了呀，他触犯规则了，为什么没事？"

疯狂沸腾的评论区，不知是谁截取了一段之前无人关注的细节——画面里，虞卿低下头时，尽量与老太太四目相对，那一瞬间，他的眼睛亮起暗紫色的光。

"主播虞卿使用技能魅惑之眼，技能时效三秒倒计时，现在开始……"

然后，观众们看到，这短暂的时间里，虞卿采用了最强效的绝对控制，短暂地控制住老太太的意识，然后，一秒教她说一个字。

"我……想……死……"

"技能失效。"

老太太已经把话说完了，所以，虞卿后来说的所有话都不算违反规则，顶多是对既定事实做了细化。

而且规则二说，婆婆的话一定要听。

婆婆说想死，他就必须完成这件事。

所以，早在虞卿低头的那三秒，老太太就已经注定了死亡的结局。

现在婆婆没了，喜堂里所有的关键规则都对他没有了约束力，行动万分自由。

然后，直播间的观众彻底疯狂，打赏声接踵而至，弹幕滚动的空当，虞卿已经跟着那来送骨灰的大伯出了喜堂。

回归副本，观众们继续屏息，再次把目光聚集到少年身上——这么轻易就能出去吗？

说来送长辈出门也算个正当理由，可……虞卿都走出喜堂三步了，任务完成的提示音依然没有响起。

大伯走了，虞卿继续往前走着。然后没迈几步，他发现自己又回到了喜堂！

这一次，纷乱的哭声更明显了，往门口的位置看去，那口黑棺不知什么时候竟竖在了门口，骨灰簌簌抖落一地，毫不犹豫地阻挡了他的去路。

下一秒——

"叮！触发条件达成，恭喜主播虞卿成功激活隐藏NPC，棺材里的人的意志与婆婆急速融合中，即将重新觉醒……请主播虞卿多作防范！"

这话听起来莫名有些耳熟。

也许是第一个副本留下的阴影，听到这个，虞卿不自觉提了提精神，继续往前走。

那黑棺之上骨灰消散，不知什么时候，竟多出了一些类似于人类的肌肤。

随着虞卿的不断靠近，那肌肤缓缓下落，不一会儿，视线一黑，虞卿感觉有什么东西蒙在了自己脸上，锢得他快要窒息。

身体不受控制地后退几步，虞卿慌忙抬手拉下那蒙在脸上的东西，是红盖头！

紧接着，他看见了密密麻麻的女怪物，说是怪物，其实……也并不可怕。

她们穿着和自己同样的衣服，个个打扮鲜亮，只是眼神阴沉，均垂眸，幽怨的目光落在他身上，盯得虞卿呼吸微促，后背不自觉出了一层冷汗。

他试探着后退，然后撞到了一个凉凉的东西，抬起头，正见一个怪物新娘悬在他上方，对他讪讪地露出笑脸。

这张脸……有些眼熟。

紧接着，一道尖叫倏然而起，虞卿翻身躲过了那女人狠狠刺下来的指甲。

幸好他叫了一声，让怪物新娘放慢了动作，不然……以他现在的体力，真是躲不过去。

"喀，喀喀！"呼吸无法平复，虞卿狠狠咳了几声，脑子飞速运转，正从这些怪物新娘中间观察着。忽然，黑棺开启，其中瘦巴巴的怪物露了出来，青黑的眼睛抬起，目露凶光，似乎在责怪他抹杀了自己的母亲。

紧接着，"轰隆"一声，厚重的棺盖被怪物狠狠甩在地上，他张了张嘴，僵硬的嘴唇微动，似乎想说些什么。

但他沉寂太久了，好不容易捋直舌头，就忽然听到一句："相公！"

一声大喊在喜堂内响起，新郎顿了顿，有些不确定。

——杀他母亲的那个家伙，是在喊他？

僵硬的指节微动，新郎偏了偏头，还没想明白，就听虞卿一口气不换地继续喊："各位姐姐妹妹，我刚来，什么都不懂，有什么仇、什么怨，你们就找我相公报吧！"

怪物："……"

与此同时，虞卿的指尖忽然被一股看不见的力量挑起，是——触手？

虞卿不自觉颤抖了一下，指尖上抬，刚想摸一摸那忽然造访的小触须，下一秒，尖锐的疼痛刺穿指尖，一滴血霎时涌出，被那股无形的力量卷走，走时还不忘认认真真止血。

虞卿有些头疼——那两个司遇融合之后会变成什么样？为什么还有小触手？

如果按照那条黑蛇说的"一体同源"的说法，这两个应该都是某个本体的碎片，融合之后……会出现完整的本体吗？能问出一些有关游戏的幕后信息吗？

正想着，面前几百个怪物新娘已经将那骨瘦如柴的怪物团团围住。

各个新娘薄唇抿起，滔天的怨气不停升腾，包裹住整个破败的喜堂，可……她们不知在顾忌什么，僵持半响，也没有一个人先动手。

最终，不知是谁先喊了一句："愣着干什么，我们这么多人还怕他一个？"

话落，立在最前面的怪物新娘忽然被什么力量推了一下，战斗一触即发。

女怪物们列阵整齐，都以为是第一个动手的怪物新娘先喊的口号，将这么多年被压迫、被欺凌的怨气一下子发泄出来。不一会儿，瘦巴巴的怪物就落得个惨败下场。

但……只有直播间的观众看见了，最先喊话的是——躲在怪物之后的虞卿？！

趁着怪物们厮杀的空当，虞卿好歹攒了些力气，靠着柱子，果断看向门口。

怪物拦着路，他依然出不去，于是他转过身，观察起了满喜堂的规则。这才发现，这些规则的排列组合很奇怪。

大多是每四条排在一起，三条竖着写，剩下的那条放在三条规则之下，横着写，这就组成了很奇特的形状——上面是长方形，下面有梯形的底座。

像……忽然，虞卿像是想明白了什么，立刻跑向喜堂后面。果然，那高大的木制屏风后，藏着一个不小的杂物间。

大门没锁，任谁都可以推开看上两眼。其外冷气森寒，越是靠近，虞卿就越觉得沉重，连眼皮都变得沉重起来，像是那里面有什么东西在极力阻止他靠近。

少年气喘吁吁，体力消耗严重，不多时，终于在体力值逼近于一的时候推开了大门。

门内黑暗，虞卿猛然喘了几口气，脚步不稳，一个踉跄跌入坚硬的木块里，硌得手脚生疼。

反应过来后，他立刻借着系统微弱的光，看清了四周的木块——是无字牌位！

看形状，正好能与外面的规则排列吻合！

于是少年再次提起力气，抱了一堆牌位出去，拼图似的对上喜堂里那令人头疼恶心的规则。下一秒，牌位果然被按了下去，然后规则消失，上面隐隐显示出三个字……

虞卿眼眸顿时一凛，赌对了！

少年右拳握紧，正准备看清那上面的字，却发现女怪物们已经击败棺材里的怪物，里三层外三层地围到了他身边，尖利的指甲伸出。终于，那牌位上的字显示了出来。

"吴子馨！"看清名字的那一刻，虞卿立即喊出了声。

女怪物们将他团团包围，鲜红的指甲在他颈后刺出一道幽深的伤口，痛感席卷，少年指节收紧，额间霎时出了一层冷汗。可……话音落下，那深沉的刺入感终于停止。

虞卿继续往上安牌位。

"张淼！

"王雨凝！

"李盼盼！"

渐渐地，女怪物们安静下来，仅凭着最后一点体力值，少年的脚步试探向前，继续一个一个地帮这些怪物还原她们的名字。

他看明白了，整个喜堂的所有规则都是对女性的压迫。

偏远的山村与世隔绝，虽然穿着近似于现代的衣服，但依旧被旧思想把控，压抑到了极点。

这些可怜的新娘被七百余条规则束缚，条条框框困住了她们的一生，可即便是死，她们的牌位上也依然没有名字。

不……不该没有名字……她们不是谁的媳妇，不是谁的母亲，应该只属于自己。所以，当牌位放上去，当她们一个个找到自己的名字，这些规则也都跟着消失了。

后颈疼得越发厉害，虞卿咬牙，坚持一个一个地放着牌位，每放一个，就能听到身后有一个新娘在哭。

放到最后一个，虞卿眼眸一凛，看到了一个再熟悉不过的名字——林小静，他的女朋友！

不！是他所扮演的这个身份的女朋友；是那戏台之上被迫成仙的少女；是刚才想也不想，就要拿指甲刺他的那个怪物……

"咔！"

牌位刚显出，一只惨白的手再次刺来。

虞卿立刻躲开，恰好在迈步的那一瞬，体力值归零的警报猝然炸响，炸得人心怦怦直跳。紧接着，少年双腿一软，毫无征兆地摔到了地上。

抬起头，虞卿看到林小静笑了一下，随即慢慢逼近已经不能动的自己。她冰冷的手抚上脖颈，动作暧昧，尖利的指甲擦过肌肤，像是……随时都能结束他的生命。

"哈哈。"不多时，面前的新娘忽然笑起来，瞳孔几乎全被瘆人的黑色占据。

她的笑容近在眼前，虞卿压着呼吸，一只手探向系统商城，正在观察她的反应，忽然，尖利的指甲再次抬起："骗子，你救不了我，救不了我的孩子！"

"我可以！"眼看那指甲就要朝他攻击而来，虞卿忽然大喊，声音微颤，好在面前的怪物停止了报复。

虞卿立刻收回系统屏幕上的手，把身上开启支线任务的铜簪递了出去："这是你的吧？"

他大胆猜测："我去了你家，看到你的孩子，很聪明，很漂亮，还会跟我玩捉迷藏。"

直播间猛吸一口凉气。

不过，林小静好像信了。

那指甲尖利的手不再往下刺，女人嘴唇颤抖，直直盯着那半支铜簪，好半晌，两行泪竟是生生从眼眶落了下来。

太好了。

这些新娘里只有她怨气最重，穿着最新，大概是簪子的主人。猜对了！

松开手，虞卿喘了几口气，再抬眸时，就发现面前的林小静连态度都亲和了起来："你……你见过他们了？很可爱是不是？"

他……们？

可虞卿还是眨了眨眼睛，继续说："是，他们很像你，我来这里就是为了找你，就是为了救他们。"

"呜呜，呜呜……"话音落，下一秒，面前的怪物新娘竟掩面哭了起来。她哭得痛彻心扉，似乎在责怪自己无能，责怪自己无法保护孩子。

"对不起……对不起。"林小静哭着，"卿卿，我骗了你，我们村里结婚早，我已经是有孩子的人了。从一开始你追我的时候，我就不该同意。对不起，千错万错都是我的错，你可以不爱我，但求你救救我的孩子们，呜呜呜……"

她的话语无伦次，耳尖通红，甚至伴随着几分难以启齿，很难逼问，也……很难整理出信息。

没办法，虞卿只好扶起她，温声安抚。

牌位安完了，所有的怪物新娘都有了名字，无数条令人作呕的规则消失，所以……虞卿再次望向门口，现在可以出去了。

可在出去之前……虞卿垂手，拿出了刚刚从系统商城买的东西，递给林小静。

"欸？买了什么，他刚刚买了什么？"

直播间好奇起来。

"我找到了，他买的是……炸弹？"

"不是，我不是很明白，一颗小型炸弹起码也要二十万积分，对怪物造成的伤害也不是致命的，主播怎么买这个？"

直播间陷入僵局，可副本里虞卿说话了。

尽管只恢复了三点体力值，尽管后颈被怪物刺出的伤口还在渗血，他还是微微一笑，低头告诉林小静。

"这个是使用说明书，你上过大学应该能看懂，不喜欢待在这里就把这里炸了吧。"

话落，早已不会跳动的心脏一颤，林小静抬起眼，身后，成百上千的怪物新娘都跟着抬起了头，漆黑的眼珠里泪水未干，看向虞卿时都带着几分不可置信。

可虞卿已经迈步走了，走到门口，跨出喜堂之前，回头看了眼她们，尽量让自己笑得好看，他说："你们生而自由。"

下一秒，他脚步踏出。

"叮咚——恭喜主播虞卿完成支线任务，逃离喜堂，奖励积分加一千，奖励特殊道具好感值感应器。

"系统商城温馨提示：好感值感应器可以随时看到所有人对您的好感值哦。"

下一秒，白光一闪，少年又回到了人声鼎沸的剧社。

虞卿捂住心口，尽量平复着呼吸，看向戏台。

幕布之上，那主持人依然在对着林小静的尸体大喊："可能仙女想要的继承人还没进来，咱们大伙再等等。"

"唑……"后颈的血流得更厉害了，虞卿干脆拿了上个副本买的药，让钱莱帮忙包扎。

周围的喧闹声不断入耳，有些村民明显已经坐得不耐烦："有完没完？以前的仙女都是立刻就指了，这位怎么等这么长时间还不指？耍我们呢？"

"这女的……我没看错的话，是刘瘸子的媳妇吧？别人家媳妇成仙都指自己的丈夫，让丈夫继承自己成仙后的所有香火钱，他媳妇倒好，过了十分钟还不知道他在哪里呢！哈哈！"

话音没落，整个剧社都开始跟着笑。

目光转了几转，虞卿注意到了坐在第一排的一个跛脚老汉，看起来四十多岁，耳根通红，听着周围的笑声几乎要恼羞成怒。

可他依然揣着手，拼命压抑怒气，目不转睛地盯着台上的林小静，迫切地等待着什么。

这位……大概就是刘瘸子，林小静的丈夫。

"我跟你说，这个村子太奇怪了。"钱莱的声音很低，借着上药的空当张口，只有他们两个能听见。

虞卿稍微认真了一点，听他说："就刚才你消失那十分钟，我大概听明白了。

"这个村子与世隔绝，神庙是这里最灵验的存在，为了保证这里风调雨顺，每一年都会有几个男人把自己的妻子送到神庙，台上那个林小静就是其中一位。

"她去年被丈夫送到了神庙，今年就变成'仙女'了。其实就是神庙搞的噱头，以此来吸引更多的外地人拜庙。

"对于她们来说，'成仙'就意味着死，所以昨天我们在神庙歇脚，才会听到有女人在哭。"

解释完，伤口正好包好，钱莱悻悻坐下，又忍不住补充一句："真不是东西。要不是生前被虐待，死后怎么会变成怪物？"

说着，钱莱又忍不住抿了口茶降火。

此时，台上主持人再次高喊："请仙女挑选香火继承人。"

剧社安静下来，村民们本也不抱希望，可这一下，林小静终于开始动了。她的右手缓缓抬起，刘瘸子激动得身躯一震，差点喜极而泣。

幸好，幸好他平时没少揍这娘儿们，死了还算有良心，知道选他做继承人，有了这香火钱，他后半辈子的衣食住行都不愁了，看这个村子谁还敢看不起他！

这么想着，刘瘸子嘴角翘得老高，正准备迎接自己的万贯家财，就发现林小静的手直直掠过了他，指向了虞卿。

她……指了一个外来人？

手指落，虞卿瞳孔一震，清晰地听到耳边多出一句空灵的女声："谢谢，我选了你，不过……"

忽然出现的系统警报遮盖了林小静的威胁声。

系统提示："铜簪支线故事发生剧烈异变，副本NPC大量脱轨，主系统自我修复功能已开启，所有主线NPC怨念加强，即将进入二级异化模式。

"异化倒计时：两小时二十分。

"主播虞卿，恭喜你，成功触发任务：救赎林小静的孩子们。

'完成时间：一天。

"任务倒计时：二十四小时。"

系统的播报有点长，虞卿彻底错过了林小静的威胁。所以，完不成任务，找不到她的孩子们，虞卿无从得知，思绪还没理清楚。

"各位！"忽然，一道粗犷的嗓音打断了虞卿的思绪。他转过头，看到童磊一拍桌，在一众主播中大摇大摆地站了起来，像是要号召什么。

虞卿心一沉，隐隐升起不好的预感，于是当机立断，起身走向童磊。

果然，这家伙张口就是："副本异变后所有的规则都会变难，主播们无法合作，只能随机领到系统发布的单线任务，做不完就得死！你们知不知道这应该怪谁？要怪就怪……"

话未说完，童磊手上倏然一凉。

他发现，虞卿不知什么时候竟悄然靠近了他，往他手里塞了一支……铜簪子，并附带一句："童大哥，我送你一点粉丝。"

虞卿直播间内——

"哈哈！打断施法！"

副本里，童磊懵懂地眨了两下眼睛，还没想明白是怎么回事，就听"叮咚"一声。

"恭喜主播童磊发现重要线索'折断的铜簪'，故事探索度百分之十八，临时支线任务已触发，任务目标——逃离喜堂。"

男人的眼睛猝然睁大："你——"

可一句话没骂完，他就随着一道白光消失在了原地。

一阵凉风吹过，其他主播的目光依然聚集在此，带了几分不解地看向虞卿。那些眼神落在他身上，逐渐现出防备和惊恐。

可……少年转过身，笑得单纯："刚才进剧社的时候，童大哥说想要用我的铜簪去探索故事，反正也不是竞争类副本，大家互帮互助也是应该的嘛。嗯……你们以后有什么麻烦，也可以找我。"

听到这里，一众紧张兮兮的主播才终于松了一口气，重新坐回去。

直播间："哈哈，童磊：别信他——（声嘶力竭）。"

直播间人数微微降低，不过依然维持在四万以上。虞卿转身，刚准备走回座位，就看见面前身穿白衣的神庙婆婆几步走到他身边，脚步踉跄，激动得险些摔倒："看你眼熟，小伙子，昨天来过神庙吧？你可是第一个得到'仙女'指定的外乡人呢。来，来，来，快跟我好好说说。"

虞卿无奈，只好跟着神婆坐在了童磊旁边的木椅上。

戏台上，"仙女"林小静被抬下去，一出大戏马上开演，周围的严肃气氛也跟着消失。

坐在戏台最前面，一路跟着虞卿的教程模板走到村庄的主播余籽思索半晌，实在想不明白，自从进入副本开始，她就注意到了这个名字——虞卿？怎么……这么熟悉呢？

余籽来到游戏两年，主播等级：五，满级十。算是刚刚卡在及格线上，菜鸡眼里的大佬，大佬眼里的菜鸡，可混到这个等级，所赚取的积分已经够她买道具防身了。

玩副本两年，她也算接触过大大小小的大佬，没……听说过虞卿啊？

再继续查，这个名字出现在"新人富豪榜"上。按理说是刚进来的新主播，可这名字和长相，余籽总觉得……越看越眼熟。

眼见虞卿被神庙的神婆绊住了脚，于是余籽悄悄起身，几步溜到了钱莱身边，小声问："你们……关系很好吗？"

眼波流转，钱莱单手剥了一颗花生，递给对方两粒："不错啊，跟着他可以混积分，你要不要一起？"

进村庄的时候，由于副本升级，余籽和钱莱一辆车，双方坐了一路，还算相熟。

于是女孩象征性地笑了一下，继续问："我总觉得在哪里见过他。"

第5章
啼婴山村（中）

余籽继续问："虞卿……是某个大佬易容，开的新号吗？或者……他之前是不是闯过一次关，出了游戏，然后阴错阳差地又回来，重新闯关？"

"不是吧？"钱莱抿了一口茶，思索片刻，当即否定了这个说法，"他这种处事态度不大像。"

因为在他看来，虞卿的智商很高，懂得很多，观察力细致，但……不大会与人相处，不像是深谙世事的大佬……

正想着，钱莱目光一顿，停留在了虞卿的身上。

一出戏演到最后，神婆也终于结束了聊天，满眼期待地望向虞卿："孩子，一会儿咱们要为'仙女飞升'办庆典，婆婆想让你带头奏乐，你叫什么名字啊？"

钱莱的眼瞳不自觉放大，他清晰地听到虞卿张口："我叫……钱莱。"

钱莱："……"

他的疑问刚冒出来，下一刻，就听到"叮咚"一声。

"副本二级异化已完成，NPC全员重新变异中……"

然后，大雨瓢泼，外面的天仿佛黑夜。

台上大戏结束，虞卿身边，准备大办"飞升宴"的神婆眯了眯眼睛，有些头疼地捏了捏眉心："唉，天公不作美，咱们先把乐器分一下吧，等雨停了再走，可千万不能淋雨啊。"

紧接着，闷雷落下，钱莱看到，那神婆原本黝黑的脸变成了惨白色，连笑都多了几分瘆人的诡异。

他心尖一颤，刚准备喝口茶冷静一下，就发现杯里的茶水变成了红色。他大叫一声，刚扔下茶杯，视线里就再次映入一张惨白的脸，是虞卿！

"喀，喀喀！扶我一下！"话落，少年便有些不受控制地靠在了钱莱身上。他觉得难受，快要死了的那种难受。

如果说，最开始的雨水只是在抽离他的体力，现在的量就跟要他命没什么区别。潮湿的腥气包裹着他，几乎要吞噬他的呼吸。

他被钱莱扶着坐下之后，没一会儿：“哕！”

虞卿吐了一地，指节青筋暴起，因为不适，浑身被冷汗浸透。

“不……不是，这是什么情况啊？”五级以上的主播会开始判定天赋，比如，余籽的天赋是疗愈师，就会获得疗愈相关的技能，随时可用。

于是，女孩立刻开了一道幽绿色的疗愈结界，罩在虞卿周围，就像一个无尘保温仓，阻隔了外面的一切景物和噪声，只针对患者现有的情况进行安抚。

这里……是暖的……

“喀喀！”

逼人的窒息感退去，虞卿深呼吸了好几下，好歹缓过一口气来。与外面逼人的雨隔绝，他的体力值也在逐渐恢复，甚至第一次突破到了百分之十六。

虽然少，但也足够令人欣喜。

仔细想，他进村子敲晕小女孩时，体力消耗还没有那么严重，雨开始下后，他甚至连那轻飘飘的小女孩都按不住。

怎么别人都没事？这雨是跟他有仇吗？

歇了好一会儿，疗愈结界撤去的一瞬，虞卿看到了照进剧社的太阳。

神婆在一旁高喊：“结束了，幸亏这雨停得快，钱莱，快来拿乐器，大家要走了。”

虞卿肩膀陡然一紧，抬起眼眸，看到了钱少爷一张愤懑不已的脸：“你自己没有名字吗？”

“我……”虞卿有些为难，“我……不会乐器。”

钱莱：“……”

“没有危险的，你跟着他们顶多走一路去神庙磕两个头，而且，我还有别的……”

正说着，钱莱手里就被递过一把乐器。他松开虞卿的肩膀，不情不愿地接下，发现那是一把小提琴。

再看看别人，不是唢呐就是大鼓，自己这个……是不是有些格格不入？

可还不等反应过来，钱莱就被一众人拉到了队伍最前面。神婆立在他身边，盯了又盯，半晌，有些迷茫地挠挠头：“孩子，你是……钱莱？”

钱莱看着身后“大病初愈”的虞卿，欲哭无泪地点点头。

神婆更疑惑了："你刚才……不长这样啊，你头发长。"

"剪了。"

神婆："之前是白的……"

"咳，染了。"

"那个头也不对，你……"

"吃了点增高钙片，长了！"钱莱张口，硬是拿着忽悠自己老爹要钱的精神打断了神婆的追问，"婆婆，你看看，我是两只眼睛、一个鼻子、一张嘴，除了长高一些，还换了发型和发色，跟刚才有什么区别？你瞎怀疑什么呀？走了！"

说罢，他喉结狠狠滚了两下，娇生惯养的富家子仰起头，拿出不太扎实的音乐基础，拉出了山村娶媳妇戏曲调，带着队伍一路前行。

直播间一片"哈哈"的弹幕。

剧社里村民很快散干净，大多数主播也为了多获取信息，紧跟了上去。

雨刚过，"嘀嗒"的声音自门外传来，与沉重的"咄咄"声交杂在一起。

"是雨点落下瓦片了。"

苍老的男声自剧社第一排响起，紧接着，木棍敲击地面的声音更急了。

虞卿靠在木椅上，眼睫轻垂，目光盯住桌面的空当，那跛了脚的刘瘸子已经走到他身边，低头笑时，露出一口参差不齐的大黄牙。

忽然，他苍老的手搭上虞卿的肩膀。虞卿果断抬手，把红色的茶水泼到桌上，掩去刚才的痕迹，听对方问："听说，你是我老婆的男朋友？"

"嗯。"

"哈哈，好啊。"男人的声音颤抖着，"那贱人给我生了个闺女，换了几百块钱去上大学，结果在外面勾搭了一个，好本事啊，哈哈。"

闺女？

虞卿看向刘瘸子："也就是说，林小静她……还有个女儿？"

"是啊，不争气的玩意，第二胎才生出儿子。走，跟我走。"

说着，虞卿肩膀又被拍了两下，刘瘸子示意他起身，挂着拐棍继续往前："咱们老哥俩啊，去我家喝一杯啊……"

拐棍触地，敲击声惹人心惊。虞卿却十分乐意，跟在刘瘸子身后，来到一处还算宽敞的房子，砖石盖成，连续三间，比昨天住的那茅草屋好上不知多少倍。

刘瘸子把他安置在最西面的屋里，说要去拿酒。随即，他踏出屋的瞬间，大门轰然合紧。虞卿在正对面的九头蛇小陶像旁看见了几条规则。

——这里是家家户户都会盖的惩罚室，如果你不幸被困，请遵守以下规则。

规则一：如果你与这家的主人发生矛盾，请尽快诚恳道歉，在天黑之前取得主人的原谅，离开这里。否则，你不会想知道天黑之后这里会发生什么。

规则二：如果主人不接受你的道歉，请虔诚地跪在蒲团上，对着石像抽签，抽到上上签，你会获得"他"的庇佑，在这里多活一晚。

规则三：不要试图逃走，没有人可以从这里逃出去，没有！

规则就三条，简洁明了。

收回视线，虞卿环顾四周，房间里全是被黑布盖住的东西，他的心跳陡然一顿，可是……不入虎穴焉得虎子？

他只有一天的时间找到林小静的孩子们，这里一定藏着秘密。

皮靴踩过地面，虞卿试探着靠近那黑布。突然，窗户被敲了三下，可仔细看，窗外又不像有人……

"砰砰砰！"木棍敲击木窗的声音，又是三下。

窗户外装神弄鬼的刘瘸子笑得一脸得意，难看的嘴角上扬，本就不大的眼睛几乎被皱纹淹没。

男人悻悻地抬起木棍，刚准备再敲三下，忽然，"啊"地叫出了声。

"哈哈。"清润的笑声自窗内传来，听了半晌，老男人才敢抬眼，试探着望进屋内。

虞卿不知什么时候已经把四周的黑布全揭了，露出一个挨一个的纸人，看得人莫名心惊。

刘瘸子指节颤抖，有些不理解。

他在这里关过很多人。每次那些所谓的主播来到村子里，他都会想方设法把他们骗回家，关在这里，制造出各种怪声吓得他们精神失常，然后再逼着他们向自己讨饶，还一直不肯原谅。

老光棍家境贫寒，在村里地位不高，经常被欺压，观赏主播们被困的痛苦就成了他这些年唯一的乐趣。可是……这一次，虞卿非但不怕，甚至在进去的一瞬间，就把他花大价钱买的纸人全掀了！

这些纸人平均一米八高，逼仄的屋子里清瘦的少年立在其中，竟不卑不亢，像是这些纸人的王，怎么会？

"你……你……"刘瘸子的声音止不住打战，"你好大的胆子，竟敢掀……"

不等他说完，虞卿手上刚才拿来吓唬他的纸人瞬间被撕裂。

"你……你……"这下轮到刘瘸子紧张了，可想想这是自己家，那种属于主人的自信就又回到胸腔，"贼小子，你现在立刻跪下给我道歉，主动去神庙忏悔，把香火继承人的资格还给我！不然，呵呵……"

男人狞笑着，似乎在思考威胁的话，但那猥琐的表情加上满口的大黄牙，实在让人……恐惧不起来。

虞卿愣怔片刻，尽力搜索自己脑中的词汇，赶在老男人开口之前主动道："别想了，我是不会跟你道歉的。"

"你……"

"不过你要是不放我出去，我不保证你们家明天还能不能有这间屋子。"

刘瘸子气得脸颊通红，像是被谁生生扇了几巴掌——这个人到底有没有一点被关的自觉？

"好，好啊。"男人尽量压着呼吸，浑身颤抖，语无伦次地骂起来。

就在这时，虞卿又听到了直播间弹幕响起的声音，积分到账的声音不断从耳边传来，他继续在房间四处探索。

地上有血，不知是在什么时候留下的，新旧交叠，在破败的地砖上晕出诡异的形状，似乎在昭示每一个受罚人的结局。

"仙女飞升"的仪式好像办完了。

夜幕低垂，小提琴的声音伴随着鼓乐唢呐一起经过门前，停留片刻，又一起走远。

钱莱不知道他被关了。

夜晚彻底安静下来，从伸手不见五指的屋子里传出异响，像极了纸在摩擦。

和白天猜的一样，这些纸人有攻击性。

虽然早有预感，但直接对上，虞卿的心里多少有几分慌张。

借着系统的光，虞卿看了一眼倒计时，距离找到林小静的孩子还剩六个小时。这个村子里唯一和林小静有关联的只有这个窝囊丈夫刘瘸子，他得顺着规则，在房间里继续找！

思绪翻滚，虞卿想：他没有得到主人的原谅，规则一已经不适用了。

所以，他找到了蒲团，低下头，认认真真给那九头蛇的小陶像上了炷香。

纸人的靠近声更明显了，虞卿跪在陶像前，后背完全匿在黑暗里，一阵接一阵地发凉。

磕完头，少年上前几步，拿起抽签的小木筒，一连晃了好几下。终于，一根木签落在地上，上面刻着五个大字——下下签，大凶。

纸张的摩擦声急速靠近，危险将来临的催促感越来越明显，迫在眉睫，让人不安。

没得到主人的原谅，他白天把纸人全部撕碎了，现在又抽到下下签。

血月照窗，生路被阻……

虞卿抬起眼皮，暗夜里盯住那九头蛇的小陶像，踹开蒲团，慢慢抬手，一把打碎了陶像。

却不想碎片刚落，冰凉的系统提示自暗夜里响起："恭喜主播虞卿发现重要线索'陶像里的血迹'，故事探索度百分之二十二。谜底就在眼前，快去找刘瘸子问一问血迹的真相吧！"

虞卿心脏一顿，目光凛凛，刚转过头，就见一个千疮百孔的纸人出现在眼前！

白日里那些早已被他撕碎的纸人竟奇迹般地重新粘合在了一起，满身裂痕。

规则三说，没有人可以逃出去，所以……

下一瞬，虞卿的眼瞳骤然变红，在黑夜里观察着每一个纸人的动向。同时，他幽幽划破手指，将血涂于下下签之上，嘴角弯起："感谢各位，助我出门。"

下一秒，激烈的纸张碎裂声惊醒了屋里的刘瘸子。他坐起来，点起灯，偏头看了一眼窗外。

真好啊，又一个不知天高地厚的主播被击败在他家了。

可……不对劲！

"沙沙"声飘了两个小时都没停，平时十分钟就结束了。

刘瘸子担忧起来，终于在两个半小时后穿鞋下床，挂着拐杖，颤颤巍巍来到院外。随即，"吱呀"一声，大门打开，虞卿完好无损地走了出来，身后是满屋翻飞的纸屑。

怎么……可能？

直播间展开，激动的弹幕犹如洪水狂涌。

"厉害了，我终于知道卿卿那句'感谢各位，助我出门'是什么意思了，帅死了。"

"规则三说的，没有人可以逃出去嘛，那没办法了，击败纸人出去就不算逃了，啊——"

大家正激动着，忽然，系统的声音再次响起："副本怪物大量失去攻击性，难度降低。当前难度：五级以上（满级十）。

"请主播再接再厉哦。"

副本……还有降级的？

观众们满头疑惑，深深皱眉，正推测发生了什么，又听见——

"副本所有 NPC 二级异化已完成，九级 Boss 即将重新觉醒……"

九……九级？！

十二个小时前——

"你知道那耳坠是什么吗？"

问题特殊，"触手司遇"思绪简单，想了一路也没明白。

他只知道自己渴望那只耳坠，就像久旱十年的人渴望一滴甘霖，想拥有、想得到耳坠的力量。只是，那东西跟虞卿的耳朵长在一起，很难扯下来，是……什么呢？

"哗哗哗——"

外面的雨继续下着，借着雨，"黑蛇司遇"掩盖了自己的行踪，很快到达一处幽深的秘境。

与"触手司遇"的虚无不同，小黑蛇的秘境里种了许多树，生机勃勃。树木松散排开，各自散发幽绿色的光，最中心的位置托着一颗透明的水滴型吊坠，犹如珍宝。

"我想，我们是有本体的。"取下吊坠，小黑蛇开口，"我们的本体被分裂了，力量减弱，所以才被分散到各个副本，受主系统辖制。不过，只要把力量注入这里，我们就可以绕过主系统的监控继续存活，活到……本体力量齐聚。"

幽幽的小触手望着那吊坠，生硬地岔开话题："所以，耳坠到底是什么？"

"是你没有的东西，是我没有的东西，是我们的……一部分。所以，我们才都渴望耳坠。不信的话，你去取一滴血看看？"

小触手不愿意："为什么是我？"

黑蛇："否则你就信我说的。"

话音落，两人缄默了良久，微微尴尬。

片刻后，"触手司遇"终于动手，无形的触手探入铜簪支线，拿走了虞卿的一滴血，回来之后细细研究，终于赞同了小黑蛇的说法。

"所以……""触手司遇"问，"虞卿他……也是我们本体的一部分吗？"

小黑蛇摇摇头："不是，那耳坠在外面赋予他新的生命。所以，要好好保护。"

幽暗的秘境里，触手微动，半晌，"触手司遇"问："所以，你的意思是我要把力量注入到这颗吊坠里，才不会消散？"

"嗯。"

"那我进去不就和标本一样了吗？"小触手反驳，"就成了毫无意识的碎片，跟消散有什么区别？"

"可是，我们终将消散。"拿好吊坠，小黑蛇慢慢靠在树下，像平时自己休息的时候一样，懒懒的，倦倦的，他抬起手，猩红的兽瞳盯住吊坠，"我蛰伏多年，好不容易才练成这个，就是为了今天，你要变成碎片，我也要变成碎片。

"然后，我们要把这个吊坠交给虞卿，他可以带着我们去找其他的碎片，我们终将消散……"顿了顿，他又张口，"我们，终会重逢。"

话音落，又是良久的缄默，深沉的安静仿如流水，翻腾着人的情绪。

下一秒——

"嘀嘀嘀！副本自我修复功能已启动，Boss 异化即将开始！"

伴随着冰冷的机械音，周围的秘境轰然破碎。紧接着，"黑蛇司遇"起身，还没反应过来，就听"哗啦"一声，自己手里的吊坠……碎了。

"嘀嘀嘀！检测到不属于本副本的特殊道具，现已损毁，主系统红牌警告加一。异化倒计时现在开始，三……"

小黑蛇垂眸，手被扎伤了，渗出黑色的血。

"二。"

"好了。"兽瞳轻弯，他自嘲地笑了一下，"现在，我们连变成碎片的机会都没有了。"

"一。

"异化开始——"

时间回到正常。

刘瘸子的院子里，由于九级 Boss 的诞生，观众疯狂涌入虞卿的直播间，弹幕量爆炸似的涨起来。

紧接着，防空警报的嘀鸣声从村中央的喇叭传出，自四面八方迅速侵袭，震耳欲聋，叫得人莫名心慌。

刘瘸子的右手开始抖，拐棍敲击地面的声音更快了。

外面不知是谁先喊了一句："'他'发怒了，快跑啊！"

随即"咔嗒"一声，刘瘸子的拐杖落到了地上，大量纷乱的脚步声自院外响起，村民们都被惊醒，连鞋都来不及穿就奔命似的跑向神庙。

刘瘸子也着急，可还没来得及转身，就叫出了声。他的后颈被虞卿击中，清晰的质问声自头顶响起："说，你是怎么害死你女儿的？"

直播间——

"抱歉，我又跟不上了，系统不是让他追问血迹的真相吗？主播怎么知道刘瘸子杀的……是他女儿？"

夜近子时，血月高悬，幽暗的红光映照着每一个村民惊恐的脸。

虞卿走得有些匆忙，到的时候，神庙之前早已匍匐了几百人。不仅有村民，就连主播都混在其中，按照神婆的要求，恭恭敬敬地跪着。

余籽落在最后，听到有脚步声靠近，眼角微挑，一眼就看到了虞卿那沾着血的手！

她瞳孔骤缩，差点直接叫出声，多年闯副本的素养让她稳住了情绪："你……你这是……"

"刚才吃了颗小番茄。"拿起系统商城买的湿巾，虞卿平静地擦手，慢慢压低身子蹲下，看向高台。他有些好奇，"他"发怒了，会有什么后果？

他对付七级 Boss 都很困难，现在一下升到了九级……

虞卿微急促的心跳轻震着胸腔，他看见神庙前，神婆披了一身白衣，嘟嘟囔囔地念叨着什么。一会儿后，她苍老的眼睛蓦然睁开："你们之中，有人打碎了九头蛇的陶像！"

声音落，村民们纷纷一震，面面相觑地寻找着。

恐惧的气氛无声弥漫，神婆的声音仍在继续："血月照明，今晚，打碎陶像的人，将以灵魂向'他'致歉。"

村民们将头压得更低了。

冷风强吹，余籽也忍不住打起了寒战。

是谁打碎了九头蛇的陶像？

所有人都在心惊胆战地煎熬着，等待着。忽然，一道红色亮光落在了手边。

余籽心跳一顿，整个人差点抽过去。可仔细看看，那红光没落到自己身上，落到了……一旁半蹲着的虞卿身上。

鲜红的月华将少年笼在光里，冷风吹过，光晕里的少年白丝轻浮，熠熠生辉。

与此同时，所有村民都转过头，看向虞卿的位置——只有他身上落了一道红光，就像舞台的聚光灯，尤为明显。

虞卿喉结微动，推卸责任一般站起来，往一边挪了挪。然后，血月又照到了他身上。

再挪，再照；还挪，还照。

悠然的无语漫上心头，可是，在村民们敌视的目光中，虞卿愣怔片刻，竟不受控制地……落下了眼泪。

他……哭了？

晶莹的泪滴自眼角不断滑落，掠过通红的鼻尖。

"不……不是我……"微哽的声音散入风里，轻飘在每个人耳边，虞卿真诚无比，"我叫钱莱。"

"那陶像是刘瘸子打碎的，他把我叫到他家里，跟我吵架，说我作为一个外来人，不配抢他老婆的香火，一激动就打碎了陶像。可他腿脚不好，打碎陶像后头就不小心撞到桌角，磕死了。我看着他打碎的，所以才……其实，我本来就没打算抢大家的香火钱。"

村民们目光下垂，满是冷漠。

可虞卿下一句就是："我原本就打算把我的香火平均分给大家……"

话音落下，村民们的表情瞬间变成怜悯。

于是虞卿继续道："所以……我今夜如果死了，大家就把我的那份香火分了吧，也算是我为大家做的一点贡献。"

说罢，虞卿轻抹眼泪，便在众人不舍的目光中大步走入神庙。

紧接着，大门"砰"的一声关闭，回头的刹那，虞卿透过好感值感应器，清晰地看到了村民们对他飙升的好感值平均百分之八十，有的甚至达到了百分之百。

这一关的通关条件是"找出这里唯一善良的人"，目前来看，他在这里还没有发现什么好人，系统给的道具也不一定全无作用。

所以，不如准备个第二方案，有备无患。

"咔嗒——"眼前的大门慢慢落锁，直播间的不解几乎要漫出屏幕。可虞卿没管，他的脑袋继续转着，正想着该怎么搪塞这几个神婆，就听见"咔嗒"一声，他的手被铐了起来！

金色的链条连着双手，最终，连他的脖颈也一起扣上。

烛火映衬，链条上清晰的彼岸花纹路莹莹闪光，丁零零地落在他身上，压出细微的红痕。

"呵，骗子。"神婆的声音在耳边响起，她们似乎知道他是冒充的钱莱，根本就不需要他的解释。

紧接着，虞卿被狠狠一推，跪在了一个偌大的蒲团上，软绵绵的，不至于磕到膝盖，似乎……还可以躺。

紧接着，其余的神婆忙忙碌碌，在他身边摆满了九头蛇的小陶像，嘴里念念有词，念过一阵之后又相继远离，说要给他准备……沐浴的水和衣物，让他先跪在这里忏悔。

忏悔啊……

纷乱的脚步声消失，大殿之中很快空无一人，悠然的寂静自四面八方包裹而来。

虞卿慢慢抬头，盯上那九头蛇陶像，最前面那条蛇的眼睛。盯了一会儿，那眼睛倏然红了一下，融着深深的危险。

紧接着，系统提示响起："怪物名称：司遇（Boss型NPC）。

"怪物等级：九（满级十）。

"温馨提示：遭遇九级Boss，生还几率为零，请主播抓紧时间看看这美丽的副本，与爱你的观众告别吧。"

虞卿有些语塞，他是该叹自己倒霉，还是该夸系统贴心呢？

寒气弥漫，隐匿的触须声蔓延四周，烛火摇晃，虞卿觉得心慌。

面前的陶像似乎察觉到他指尖颤抖一下，下一秒，九双眼睛齐齐亮起，压迫感直击灵魂。紧接着，身上的金链被拨动，勒得红痕越发明显。

虞卿呼吸微促，颈上悄无声息地出了一层冷汗。目光上抬，他在那九双猩红的眼睛里寻不到一丝……动容。

虞卿喉结滚动，右手渐渐攥紧，听到神婆们的脚步声再次靠近，果断起身，打碎了一圈围着自己的九头蛇陶像："绝交吧！"

四周，脚步声越来越近，神婆们陆陆续续赶来，目光凶狠，但好像……根本没怪他打翻陶像。她们的笑容越发和善，甚至带着几分恭敬地把虞卿"请"到了内殿。

等等，内殿？

不是说内殿不让进吗？

这倒是个不错的机会。

虞卿被她们簇拥着一路前行，很快就到了一间密闭的空屋。

屋子四周严密，连窗户都没有，上好锁，外面的脚步声再次远离，说是要让他自己沐浴换衣，半个小时后再来。

明面上的危险暂时撤去，虞卿转头，简单看了一眼浴桶——有温水和玫瑰花瓣，暂时看不出异常。只是……那衣服上明金纹路勾勒，彼岸花一朵连着一朵，纵横交织，像张妖异的网，要将穿衣的人困住，不得解脱。

虞卿收回目光，没有按照神婆们的要求沐浴。

好不容易进到这里，虞卿打起十二分的精神，先在房间里探过一圈，果然找到了几缕碎发，发质柔软，像是……小孩子的。

"叮咚——恭喜主播虞卿发现关键线索'碎发'，故事探索度达到百分之三十。碎发的主人们就在不远处，有胆子的话，快去找找吧。"

忽然的系统提示让虞卿眼睛亮起，他收起碎发，余光瞥见系统左上角的任务栏。

任务名称：救赎"林小静"的孩子们。

任务时间：三小时五十九分八秒。

只剩到四个小时了，他现在连孩子们在哪儿都不知道，孩子……会是碎发的主人吗？

虞卿沉下呼吸，继续检查门锁。

等等，铁制的锁？！

直播间一怔："这不正好撞主播枪口上了吗？他那化铁水还剩下很多，哈哈。"

"说实话，我真佩服主播的定力啊，他还有三十分钟就要被顶级 Boss 攻击，还有空探索故事？"

"哟……不只这个，他答应了要把香火钱送给所有村民，现在所有的 NPC 都没走，都在庙外等着呢！"

"兄弟们，童磊好像从支线故事里逃出来了，带了几个听他话的小弟，正往神庙赶呢，主播现在四面楚歌哈哈哈……我有点期待是怎么回事？！"

"吱呀"一声，虞卿推开面前的门，入目是一条漆黑悠长的走廊。

现在的走廊已经不似他来的时候了，四周蜡烛全灭，幽幽的冷气贯穿下沉，盘踞着未知的危险。

原本身后的房间还能照点明，下一秒，大门毫无征兆地合紧，发出"砰"的一声，激得虞卿后背一冷，下意识抖了一下。隐匿的触须缠绕在空气里，冷而潮湿，逼得人一颗心不得不再次悬起，小心翼翼地探寻一线生机。

好在虞卿的方向感还不错，他记得自己来的方向，于是赤色瞳孔微微亮起，果断朝着相反的方向走去。

"哦吼！主播搞错方向了，死定了。"

眼眸垂落，虞卿没管群魔乱舞的直播间。

他记得进来的时候，在走廊尽头看到了一扇紧闭的红色大门，似乎有哭声从里面传出，于是朝着记忆中门的方向继续前去。

可黑暗里，原本有门的地方什么也看不到，狭窄的走廊被无限拉长，连那指引方向的哭声都消失得无影无踪。

黑色皮靴踩过地面，清晰的"嗒嗒"声悠长回荡，没走几步，虞卿就感觉有类似于……触手的黏腻触感裹上了他的小腿，低头却什么也看不到。

冰冷的压迫感充斥着狭长的走廊，少年敛眸，顺便看了一眼疯狂的直播间。

毕竟幸运值跌破负数，被 Boss、主播，以及所有 NPC 围得水泄不通，这种情况观众们还是头一回见。

虞卿的脚步继续往前，忽然一声惊叫，少年被一股无名的力量死死拉入黑暗。与此同时，直播间紧张的氛围在这一刻达到巅峰。

可下一秒，一只骨节分明的手从黑暗里探出来，环着晶亮的金链，带着几分悠然地跟他们打了个招呼。

是……虞卿？！

弹幕一顿，观众们瞬间瞪大了眼睛。

直播镜头随着幽蓝色的小屏幕慢慢转动，不一会儿，他们就重新看清了少年。

原来刚才他只是经过了一个交叉路口，被钱莱拉了过去。

此时，直播画面里，两人早已看清彼此，各自放下了武器。钱莱狠狠松了口气："我的祖宗啊，你吓死我了！"

虞卿顿了顿，犹豫道："……你抢我的词。"

钱莱靠在他身边，倚着墙，有些头疼地捏了捏眉心，缓过神后，开始分享消息："我跟你说，那些神婆根本就没想让我这个外乡人拿香火钱，她们想弄死我！"

虞卿挑眉，示意对方继续说。

钱莱："他们给我小提琴，就是笃定了我不会拉，想随便给我安个不敬神女的罪名，处决我，这样，我的那份香火钱自然而然就归了神庙。

"晚上游行结束之后，我本来想去找你，但那些神婆非要把我请到内殿吃饭，大鱼大肉，色香味俱全，但我用系统检测了一下，有毒，我就多留了个心眼，听到她们的谈话。

"这个村子每隔一段时间就会有一个香火继承人死亡，都是她们干的。她们不只想灭掉我们，还会为了钱，灭掉自己村里的人！"

虞卿仔细听完，认真看向他："所以，你没有吃那些饭？"

"呃……"对面，钱莱眼神飘忽，支吾一阵道，"吃了！我从系统商城买了杀毒枪，难得的好饭，不吃白不吃。不是，你管这些干什么？"

随便搪塞了一下，钱莱再次说回正事："吃饱之后，我就听外面喊有人打碎了九头蛇的陶像，那群神婆离开，我就赶紧跑了。"

目光微动，虞卿了然："怪不得我说我是钱莱，那些神婆不信呢，原来她们把你关起来了……"

轻盈的声音呢喃而出，身边人立刻发问："什么？"

"不是……"钱莱实在不理解，"你自己没有名字吗？为什么非要拿我……"

"呜呜呜……"正说着，一道突兀的哭声幽幽飘来，钱莱立刻闭了嘴。

四周变得安静，那幽怨的声音便越发明显。紧接着，一旁原本黑暗的地方，像是忽然多了什么致命的吸引力，虞卿和钱莱对视一眼，慢慢转过头。

——那之前怎么都找不着的红色大门，竟然近在眼前！

凄凉的哭声不时从里面传出，因为嗓子沙哑，早已分不清男女，只是尾音幽怨绵软，瘆得人骨头都跟着发麻。

钱莱提起一口气，收起吊儿郎当的动作，试探着迈出一步。忽然，系统提示应声而起："恭喜主播钱莱发现关键线索'被关押的瓮女们'，故事探索度达到百分之五十！您是本次副本第一个达到百分之五十探索度的玩家，奖励积分加五千，请再接再厉。"

声音落，青年身上霎时多了一层冷汗，思绪崩溃，直播间却跟着狂喜："啊——钱宝贝运气好好！之前听到神婆们谈话时，故事探索度就刷到了百分之三十六！"

"对比一下我们虞卿几次死里逃生，才刷到百分之三十，我恨哪！"

副本里，虞卿倒是没看直播间，得知钱莱找到了新的故事情节之后，他的眼睛倏然亮起，说："林小静的女儿在里面！"

"啊，什么？"

于是，虞卿一边寻找着开门的方法，一边给钱莱讲述了自己在刘瘸子家的经历。

"可是……"钱莱问，"你不就找到了陶瓷片里的血迹吗？你怎么知道刘瘸子害的是他自己女儿？"

由于这一句话，等了一路的观众个个提起心绪，聚精会神地看向了虞卿。

直播画面里，少年眼睫轻扇，刚要张口，就听到"叮咚"一声。

"直播任务刷新，请主播虞卿讨好石像一分钟。任务完成倒计时：二十二分零八秒。"

虞卿眉心轻拧，下意识看向直播间，脑子还没转过来，就发现"讨好石像"的任务已经落在了左上角的任务栏，因为完成时间紧急，甚至排在了"救赎林小静的孩子们"之上。

疯了……还嫌情况不够危急吗！

一瞬间，少年眼眸微沉，在脑海里搜索了所有能骂人的词汇，准备一会儿见到石像时全部用上！

虞卿深吸一口气，好不容易压下起伏的心绪，答："因为打碎那个陶像之后，我看到血迹旁边有一点没有烧完的塑料痕迹，按照那东西的熔化轨迹还原了一下，应该是个蝴蝶结，给小女孩戴的那种。"

他道："我现在的身份是林小静在大学时交的男朋友，我的资料里写，林小静买过类似的蝴蝶结，大概是送给她女儿的。蝴蝶结化在了陶像里，就证明她女儿已经死了，或者被卖了。"

"哦，"钱莱点头，又忍不住好奇，"那你为什么说林小静的女儿在里面？"

直播间观众再次提起精神。

画面里，虞卿深吸一口气，继续道："结合一下我们找到的线索，我猜事情的真相大概是这样的。

"这个山村地处偏僻，对女性极其不友好，林小静早就嫁给了刘瘸子，每天都要受他的殴打。可她是个有梦想的女孩，她想读书，想出村上学，刘瘸子答应了，但条件是她得先给自己生个孩子。

"后来，林小静以生了个女儿为代价，换来出村的机会。

"林小静不在的这些年，刘瘸子经常家暴他女儿。有一次，甚至把长到四岁的女儿打得奄奄一息，昏死在泥地里。女孩的头发和蝴蝶结，就一起掉进家里的粘土里。"

"再后来……"虞卿说，"刘瘸子就用那粘土烧制了一个九头蛇陶像，也就是我打碎的那一个。"

"哦。"钱莱再次点头，"怪不得你身上戴着链子。别说，你这链子……还挺好看的。"

没理会对方不合时宜的感叹，虞卿接着解释："你的线索里提示，这里面是被关押的'瓮女'，你知不知道这是什么？"

钱莱摇摇头，他不知道，但光听这个名字就能感受到深沉的凉意，毛骨悚然。

虞卿道："我上午听戏的时候，听旁边那桌村民说，把小女孩做成'瓮女'，可以保佑一家人顺遂平安。"

钱莱喉结轻滚，呼吸渐渐变得粗重，没过一会儿就忍不住踹墙大骂："这副本是专门来气人的吗？什么垃圾思想，有什么大病？"

钱莱的骂声越来越急，喘息声越来越粗。

虞卿继续探索着开门的方法，半晌，又听身边人开口："你知道为什么恐怖片里女怪物多吗？"

虞卿看向钱莱，只留一只手继续摸索大门的纹路。

钱莱的心绪好不容易平静下来，说话的语气依然很嚣张："因为这些人自己也知道，女性受了多少不公平的待遇，看见女怪物觉得亏心，这个……"

"钱莱，你没觉得不对吗？"

虞卿的情绪很少有剧烈波动的时候，他的手持续抚过面前的大门，仔细感受着上面凹凸不平的纹路，打断对方，反问道："这个副本的名称是'啼婴山村'，但是直到现在，我们俩的线索加起来已经达到了百分之七十三，那……婴儿呢？"

话音落，钱莱思绪一顿，后背又一阵发凉，正在顺着虞卿的话思考，虞卿忽然道："找到了！"

钱莱上前一步："你……找到什么了？"

"进门的规则。"虞卿收回手，示意他往前站一点，"你摸，这里刻着一行字，明显是给主播留的。"

钱莱仔细感受了一下，上面纹路凹凸不平，刻的是——单人体力值达到一千，可开门。

"单什么啊！"青年的火气依旧没下去，张口就来，"就直接说不让进就行了呗，这游戏真会为难人，和副本一样让人想拆了它！"

可一旁的虞卿倒是很安静，他并没有理会钱莱暴躁的情绪，只低头摆弄系统。

十分钟一点一点地流逝，里面的哭声此起彼伏，越发绵软瘆人。

钱莱走来走去，坐立难安，情绪已经由最开始的恐惧转变成了无处发泄的愤怒。终于，他忍无可忍地看向少年："我说，你点那破系统干吗呢，你……"

他话没说完，"吱呀"一声，就看见虞卿轻而易举地推开了面前的门。

钱莱顿住，瞳孔不可思议地放大。

"你只有十五点体力值，系统商城没有能改变体力的药，你怎么……"

于是虞卿往左退了一下，示意他看自己的系统面板。

钱莱心绪渐提，目光垂下，随即震惊当场："你……提高了系统的数据阈值？"

钱莱的视线里——虞卿的系统面板幽幽亮着，属性面板上那原本"百分之十五"的体力值被虞卿改了"一万分之一千五"，体力值远超一千，所以，他轻而易举地……拉开了大门。

"你……"钱莱的声音有些磕巴。

虞卿："之前我的幸运值波动到负数或者两百的时候，我就觉得这个系统的属性面板有漏洞，正好，我是程序员，暂时改一下。"

话音落，钱莱目光里满是震惊。

直播弹幕一条接一条过去，虞卿和钱莱一步接一步地往里走，果然发现这房间里关了一堆陶瓮里的小女孩。

看到这些，钱莱的脚步不自觉放慢，呼吸又变得急促起来。

他觉得沉闷，觉得难过，走到一半，看到一个小女孩神志不清，眼巴巴地喊他"爸爸"。

"爸爸……救我……"

可明明就是她爸爸把她卖到了这里……

钱莱脚步一顿，眼眶顿时红了一圈，于是忍不住蹲下，目光对上可怜的小孩，薄唇颤抖，好半晌才呢喃出一句："不怕，爸爸在……爸爸救你。"

这一句立刻让周围热闹起来，面色惨白的女孩们纷纷抬头，眼睛放光地对着他喊："爸爸，爸爸也救我！爸爸！"

一道道凄厉的哭声不停入耳，虞卿的目光在四周飞快寻找着，对比资料里林小静女儿的模样，一个一个地掠过这些惨白的脸。

可是寻了一圈也没找到，怎么会没有呢？不应该啊……

刘瘸子被他吓破了胆，不可能说谎，他一定把女儿卖到了这里！

不是这些会喊的女孩，那是……

虞卿心忽然跳快一下，目光顿住，像是猛然明白了什么，慢慢转眸看向不远处幽暗的角落。

那里黑暗潮湿，虫子密布，入目是一个接一个气息微弱的小女孩。

"救我……救救我……"唇瓣开合，她们在求助，"好疼……"

可是在剧烈的疼痛下，她们已经没有力气了，声音太小，在一群此起彼伏的"爸爸"中越发微不可闻。

虞卿指尖一颤，周身仿佛过电一般，终于明白了！

真相是——这个村子里都是幽绿色的怪物，它们长得太丑，只能跟神庙做交易，冒充小孩诱捕活人。

引他进村的那个女孩指了林小静的家，所以……怪物冒充的是林小静女儿。而床底下那个孩子正是林小静的小儿子！

所以，这两个就是林小静的孩子，是他当下的任务目标，但……他不想只救这两个。

虞卿喉结轻滚，立刻蹲下："别急，我击败你们的冒充者，你们就能活。"

看到女孩们一个接一个地点头，少年眼神一亮，马上起身。与此同时，左上角的直播任务又多了一条。

"触发条件已达成，任务名称：救赎这里所有的孩子。

"任务完成倒计时：三个小时三十七分五十六秒。"

这和"救赎林小静的孩子们"时间一致。

不算太赶，虞卿可以接受，可……直播间的承受能力显然没他好。

虞卿收敛目光，走到钱莱身后，刚想打个招呼离开，就听系统警报倏然而起。

"时间已到，神婆们即将抵达换衣室，请主播迅速前往！"

虞卿一时没忍住，骂了一句，在钱莱耳边说了些什么，便按照记忆中的路迅速往回跑。

幸好回去的路程短了很多，清瘦的少年拼命跑回更衣室。不多时，大门砰然合紧，他气还没喘两口就听到神婆们的声音响起："是谁弄坏了我的锁？一定是里面那个小崽子，我要进去把他按进浴桶里，狠狠揍……"

"得了吧！"话未说完，又被另一个神婆打断，"他是向'他'致歉，得时刻保持健康干净，我们没有资格碰！"

"是啊，要是伤到一点，'他'会怪罪到我们头上，忍忍吧。"

哦，怕"他"怪罪啊？

室内，虞卿焦急地换衣服，时间一分一秒地流逝，他被神婆们簇拥着往前走的空当，特意在自己胳膊上拧了两块瘀青。

面前的光线越来越亮，紧接着，他被重新带到了巍峨的九头蛇石像前。

"距离任务完成还有两分钟，嘀嘀嘀！"

系统的声音在耳边催命似的狂响，虞卿望着面前冷硬的石像，喉结滚动，右手渐渐攥紧。终于，最后一分钟时，在一群神婆的注视下，少年迈开长腿走向石像……

周边，神婆们渐渐远离，退到了大殿四周，紧闭双眼，虔诚跪地。

虞卿立在石像下，深吸一口气，提起心绪，虔诚地仰起头。不多时，他攀上石坛，坐在蛇的身边，葱白的指尖点上一片蛇鳞，慢悠悠地说："其实，我也很想和你做朋友。你强大、机警、睿智。"

幽幽地，虞卿得寸进尺，又往蛇身边坐了一些。

明明是被迫来致歉，明明双手和脖颈都被金链束缚，却像是一个驯兽人，凌驾石像之上。他的眼神凛凛，盯着左上角的任务倒计时，最后三十秒。

虞卿嘴角一弯，继续开口："我想给你耳坠，听你的吩咐永远留在副本里。"

"任务完成倒计时：三。"

"好朋友……"

"二。"

"这些场景……"

"一，任务已完成！"

"你以后再也没机会见了，自己过吧！"

话落，虞卿立刻起身，金针抬起，目光刚对上几个神婆，就听"咔咔嘣嘣"的声音自身侧响起。

　　虞卿心底一颤，逐渐升起不好的预感。

　　身后的石像……裂了？！

　　虞卿指节轻颤，身边的噼啪声越来越明显，突起的心跳轻震着胸腔，连思绪都变得纷乱。他透着几分不愿相信，慢慢地转过头。

　　视线里，那原本坚如磐石的石像次第破裂，隐匿的黑色鳞片从中透出，烛火耀耀，渗着十足的压迫感。

　　虞卿不敢耽搁，当即跳下石坛。他刚跑两步，忽然，一只漆黑的触手自石像后探出，速度很快，毫不犹豫地束住了他。

　　虞卿瞳孔一缩，冰凉的触手将他圈圈缠绕抬起，他的双脚被迫离地。紧接着，金链响动，他在空中根本使不上劲！

　　触手束在身上疾速收紧，勒得少年眼角泛红，生理性的泪水不停外涌。他费力地抬起手，高举金针，神色凛凛，刚要刺下去，忽然，又有三只触手自石坛后齐齐探出，分别困住他的双腿和双手，绝对压制，剥夺他所有反抗的余地。

　　虞卿的心脏怦怦直跳，快要跳出胸腔，一句脏话刚酝酿好，就发现又一只黑漆漆的触手慢慢靠近嘴边……

　　似乎看出了对方的意图，虞卿立刻闭了嘴。

　　几条弹幕刷下来，虞卿被触手缠着放回了地上。

　　那四根触手摆弄着他的身体，不一会儿，就以一个跪着的姿势将他重新放在了蒲团上。一只稍细的触手穿过金链，将他的双手死死缠在一起，束得……有点紧。

　　虞卿被迫收回金针，抬眸，重新对上那满身裂纹的石像。

　　神秘的石像次第破开，"咔咔嘣嘣"的声响敲击着在场每个人的心。神婆们眉头紧皱，合十的双手不停颤抖，一时也不知该不该睁眼。

　　烛火葳蕤，无端而起的爆裂声将大殿衬得更静，紧张的气氛四处弥漫。虞卿就这么抬眼看着，不一会儿，竟看到那九头蛇的眼睛再次变红！

　　紧接着，诡异的抽离感笼罩了他的身体，无孔不入，疾速吞噬，带得他整个人呼吸不畅。有那么一瞬间，他面部都憋得变了形。

　　他被"他"注视，身上的抽离感越来越重，血液倒流，指节颤抖，全身神经一处接一处地发麻，快要窒息了……

　　一时受不住，虞卿的眼睛再次浸润，眼泪滑出眼角，身上金链晃动。他被迫仰起头，手臂之上，有什么东西隐匿游走，不一会儿，一根细小的金针自指尖射出，直击触手的尖端。瞬间，缠住他的触手被迫松开，抽离感也跟着消失。

少年落在地上，脸颊绯红，拼命地喘息着。可是，他并没有给自己休息的机会，手腕处纤长的金针再次脱出，狠狠刺向了那根没来得及收回的触手，力道之大，几乎要将其钉在地上！

那触手疼痛着，痉挛着，不过片刻，一滴血落在它身上，惹得它顿住，微微一怔。

是的，虞卿流血了。

那滴血是从葱白的指尖淌下来的，是少年刚才游移金针的副作用，有些疼。

虞卿呼吸终于顺畅，身上早已被冷汗浸透。他缓缓抬起头，再次对上石像，笑得明艳又张扬，微哑的声线从喉咙里发出，他死死压着那只被金针攻击的触手，挑衅道："看，你杀不了我的。"

杀……杀不了？

终于，大殿一角的神婆缓缓睁开眼，入目即是完好无损的少年，以及快要碎完的石像。

"疯了，简直疯了！"领头的神婆像是遇到了什么大事，慌忙起身，三步并两步地往前走，嘴里念念有词，"没有人敢挑衅'他'的权威！"

或许是这么多年没有人能逃过"他"的攻击，忽然遇上一个拿金针挑衅石像的虞卿，神婆骇得浑身发抖，快步走着，两腿打战，寻找救命稻草似的……抱住了一根柱子，而后，苍老的手按动了柱子上的暗格。

紧接着，像是启动了什么机关，四周响起了明显的齿轮转动声，磕磕巴巴，有些生锈。

虞卿喉结滚动，提起十二分精神打量着四周，不出几秒，就听见一阵声音："小兔子乖乖，把门开开，快点开开，我要进来……"

紧接着，整齐的硬物撞击声从四面八方传来。虞卿看见，有举着斧头的木头人从大殿四周包裹而来，向他飞速靠近。

它们没有脸，但力气看起来很大，那些斧子都锃亮，明显日日被人精心打磨。

大殿中央，少年深吸了几口气，刚有力气爬起来，下一秒，一把斧子狠狠劈在自己身边，地面都跟着裂开！

硬上不是办法，要找到控制它们的机关！

正想着，一把斧子再次劈下来，差点削到了他。

"小兔子乖乖——"

是歌声！

于是，虞卿立刻弹起，找了个空隙躲到石坛之上，目光四处搜索。刚刚劫后余生，他的体力快耗尽了，一只手下意识扶住破损的石像，刚判断出歌声的来源，就猛听"咔嗒"一声。

一个石块掉落下来，在地面砸出一个大坑。

他手上扶着的东西动了，手上的温度变凉，周围的气温也跟着变凉。

大殿四周，神婆们的眼睛不可思议地睁大，盯着石坛上那一条活生生的黑鳞巨蟒。

那蟒蛇赤瞳妖冶，盘踞的动作与石像摆放的动作完全一致，不过只有一颗头，周身黑雾缭绕，鳞片闪闪发光，诡异、神圣又漂亮，充满着让人注目的吸引力，又具有压制一切的压迫感。

神婆们呼吸急促，个个仰头，忍不住想去看，可看一眼，心又跟着打战，膝盖发软。

"九级 Boss，觉醒成功。"

伴随着一道清晰的系统播报，直播间弹幕霎时沸腾。

偌大的神庙里，虞卿立在角落，那样渺小，仿佛任何一个 NPC 都能击败他，可是……

"看那边，有情况！"忽然，少年叫了一声，在巨蟒俯身靠近他的空当，指了一下那按动柱子的神婆。

蛇头兽瞳一闪，顺势探过去，巨大的蟒身在石坛上无限延伸，像是一座天然的高架桥。

虞卿右拳攥紧，眼睛骤然亮起，就是现在！

虞卿抬脚，直接踩在了蛇背上，顺着它延展的方向，一路向前狂奔。白发飘散，巨蟒、木头人、神婆、村民，全部被他远远甩在身后。

足尖踏过蛇鳞，他的脚步不停向前，终于在巨蟒将头伸到神婆身边的一刹那，金针脱手，虞卿直接翻下了蛇身，朝着神婆攻去。

"扑通"一声，神婆被击倒在地。

虞卿立刻去摸索柱子上的暗格，想要寻找那播放歌声的机关。

这些木头人明显是受歌声控制，要找到来源！

时间紧急，虞卿骨节分明的手在红柱上胡乱摸索着，终于找到了，只是他的心猛地"咯噔"一下，对上了一双猩红的蛇瞳！

瞳孔骤缩，眼看蛇芯就要伸出，少年立刻抬起手臂，将上面的瘀青展示在巨蟒面前。

……又是一段漫长的僵持。

眼看对方没有立刻攻击的意思，虞卿再次抬起手，大着胆子去摸巨蟒的头，柔软的肌肤触上坚硬的蛇鳞，他轻盈开口："她们骗你。"

　　其余神婆："……"

　　虞卿："你看，她们把我这里掐青了，企图让不干净的我向你致歉。"

　　四面楚歌，但虞卿依然在笑。他的眼神沉稳，镇定到可怕，纤长的白发落在肩膀上，微微一荡。少年上前一步，目光对上那一圈恨不得弄死他的神婆们，幽幽道："她们……罪该万死。"

　　终于，神婆们再也没有了从前的镇定，她们开始慌乱，开始想跑，然而还没来得及转身，冰凉的黑雾就密不透风地罩了下来。

　　紧接着，黑雾开始攻击。

　　而巨蟒惩罚神婆的空当，虞卿已经从暗格里抱出一个播放歌声的小匣子——是控制所有木头人的总开关！

　　他打开匣子，飞速研究起来。

　　这些木头人没有自己的思想，既然可以受神婆控制，那也一样可以受他控制，留着有大用！

　　少年低着头，指节翻飞，不停摆弄着那唱"小兔子乖乖"的匣子。

　　正前方巨蟒蛰伏，观察了一会儿他的反应，许是觉得无聊，片刻后，竟一口叼起他的衣领，将他扔回自己背上。

　　蛇鳞坚硬，猛然落上去，摔得有些疼，但虞卿像是没感觉到一般，以最快的速度爬起来，一刻不停地修改匣子里的控制装置。

　　渐渐地，蛇尾收紧，巨蟒整个蛇身盘起，将他狠狠锢在中间。不一会儿，"咔嗒"一声，盒子落地，虞卿心底一颤，面色霎时变得灰白。

　　虞卿的心在狂跳，可是现在蛇尾缠他缠得紧，不停收绞着他的身体，像是轻而易举就能把他捏死，他没有力气再去捡盒子了……

　　虞卿呼吸微促，正在眼神晦暗之际，忽然传来叮叮咚咚的声音，是落在地上的木匣子重新唱起了歌谣！

　　一口气狠狠松下来，下一秒，虞卿垂眸，随意瞥了一眼那处于绝对优势的巨蟒，神色傲慢而挑衅："我又要赢了。"

　　他又要赢了？什么意思？他明明要死了呀？

　　身体被缠，面色苍白，连挣扎的力气都没有，怎么可能……

　　疑惑还没起，直播间瞬间变得安静，观众们屏息凝神。

　　他们的瞳孔不可思议地睁大，看见那原本瞄准虞卿的木头人们不知受了什么蛊惑，竟听着那"叮叮咚咚"的乐声转身，重新拿起斧子，朝着地上九头蛇的半截石像狠狠劈下去！

"砰"的一声，石块破裂。紧接着，"砰砰"声接连响起，充斥大殿，震耳欲聋。

　　蛇尾里因为身体被绞紧，虞卿难以忍受，眼神渐渐变得迷离。可模糊的视线里，少年像个运筹帷幄的猎手，镇定自若，紧盯着那不断破碎的石像。

　　如果说，"他"的力量来自村民们的信仰，那这天，他就破了这信仰！

　　就算不能削弱九级 Boss 的力量，也照样可以激怒 Boss，然后……

　　果然，随着石像的破裂，周身的蛇尾收得更紧了，虞卿眼角憋得通红，呼吸越发困难，脖颈上抬，即将断气的一刹那，眼眸轻合，眼尾滴出了泪。

　　世界仿佛都安静了下来。

　　泪水融入蛇鳞，干净的少年目光上抬，嘴角勾起的弧度绚烂颓丽，胜过绝处逢生的花。

　　那一瞬，观众们的心提到了嗓子眼，他们莫名觉得慌乱，好像要有大事发生。果然，下一刻，刺耳的"嘀"声自神殿内响起，突如其来的红光霎时暴涨，弥漫了整个大殿，充满警告意味地笼罩了这里的一切。

　　不！不是整个大殿，是整个副本都变成了红色。

　　NPC 陷入慌乱，主播们陷入慌乱，紧接着，系统警报声响起，尖锐的声音充斥着恶意，震撼着在场每一个人的心脏。

　　"检测到有力量对主系统核心零件造成伤害，主系统最高阶警告加一，顶级惩罚现在开始！"

　　话音刚落，虞卿耳边很快响起清晰的"哗啦"声。

　　视线里，有金灿灿的链子从天而降，砸破庙顶，毫不犹豫地锁住了黑蟒的蛇头。

　　下一秒，一条链子再锢住蛇尾！

　　两条金链同时使力，纤长的蛇身像是被强制开壳的蚌，被那链子一点点拉开，露出脆弱的腹部，一瞬间失去了所有的攻击性，不得不倒在虞卿脚下，被迫臣服。

　　然后，那链子就像是被什么控制一般，乖乖地落到少年手里。

　　虞卿掌握了绝对的控制权！

　　神庙外，村民们作为 NPC 在这里生活了许多年，他们从未遇到过这样的情况，纵然怀疑，奈何两股发颤，心里打怵，他们不敢上前。

　　好半晌，不知谁先喊了一句："庙顶塌了！"

　　一瞬间，乌泱泱的村民仿佛塌了天，纷纷炸开了锅。

　　本就怕极了"他"发怒，于是他们心一沉，一股脑地涌入了漏风的神殿。可大门打开，原本巍峨神圣的庙宇早已一片狼藉。

村民们的视线里，神婆死了，石像碎了，神庙散了，他们战战兢兢供奉了一辈子的黑蛇，不知什么时候化成了活体，被一个外来的少年踩在了脚下！

渐渐地，天空的红云散了，主系统警告消失，别说是村民，就连一直跟着虞卿看完全程的直播间观众都没有反应过来。

副本里，村民们到殿的时候，虞卿早已喘匀了气，随意靠在石坛之上，雪白的足尖踏过蛇鳞，眼波流转，睥睨众生，纤长的白发散在肩头，微乱，额间的汗没消下去，脸上的泪痕也没散干净。

虞卿的胸膛微微起伏着，满身红痕，却像是刚经历一场诸神之战。他束缚了黑蛇，坐在顶端。

"各位。"

村民们一时反应不过来，纷纷僵在原地，听到虞卿这一声，双膝一软，竟忙不迭跪在地上，浑身颤抖，连头都不敢抬。

却不料虞卿接下来的话是："咱们的香火继承人，每隔一段时间都会死亡，那其实不是因为短命，是这些神婆见钱眼开，击杀了咱们的村民！"

神殿下，跪服的村民们纷纷一震，各自起了怀疑。

虞卿继续说："不过幸好，她们都已经被惩罚。邪恶的'他'想要帮她们，也被我制服了。神庙后堂有一座地下金库，装着这些年神婆们贪污的所有香火，今天我做主，把这些钱全部还给大家。"

村民们又一震。

虞卿补上最后一句："金库里的所有钱财，属于每一位善良的村民！"

话音落，原本安静的村民们立刻开始欢呼！

驯服"他"的罪名因为发钱被轻描淡写地带了过去，村民们紧跟着兴奋起来："我早就看这些神婆不顺眼了，那小子做得太好了，这些钱本来就该是我们大家的！"

话音刚起，一巴掌落在那发言的村民脸上，怒声纠正："说什么呢？对'他'不敬，那是我们应该相信的，新的'他'！"

"对，新的'他'！"欢呼之后，村民们再次低头叩拜，虔诚无比。

刚出支线故事的童磊气不过，一句话还没骂完，就被身边的村民NPC集体围殴，打得鼻青脸肿地晕了过去。

然后，透过好感值感应器，虞卿清晰地看见，这些村民对他的好感值很快突破了百分之百，还有继续上升的趋势，他心底升起隐隐的担忧——不会达到极限吗？

可很快，这种担忧就随着疯狂变化的数值消失了。

虞卿看见，好感值全部顶破百分之百的刹那，竟转变为信仰值？村民信仰值百分之七十八？

与此同时，系统播报："副本故事发生巨大偏移，恭喜主播虞卿开启闯关新模式'成为他'。副本内所有NPC信仰值突破百分之百，本副本将奉您为主，所有NPC将随时听您调遣，为您所用。"

终于，播报声落，直播间发出了零星的问号。可两条弹幕还没刷完，下一秒，系统的声音再次响起。

"主播虞卿，恭喜你，直播间在线人数首次突破十万，首次登上'观众观看热度榜榜首'，奖励积分加一万。"

系统播报结束，积分奖励自动清算着，一直支持虞卿赢的粉丝们更是心情激动，不停欢呼。与此同时，其他直播间的观众发来一连串问号。

疯了？五级副本登上观看热度榜榜首？

以前从没发生过这样的事！

直播间观众持续增加，新粉进入，第一眼就看见虞卿捆着Boss，对所有村民NPC发号施令，让他们帮忙把瓮女都救出来，并许诺："击败一个怪物，奖两万；击败两个，奖四万；击败三个，奖八万，成倍递增。"

弹幕："哈哈，我的天哪，这个直播间好神奇，我怎么听着干劲满满？村民们：想成功，先发疯，不顾一切向前冲！"

很快，村民们乌泱泱地散去，大殿恢复安静，虞卿也慢慢抬起了脚。他松了松手里的链子，轻呼一口气，垂眸看向直播间："现在是，答疑时间。"

弹幕："啊——我真的好想知道，那个控制木头人的木匣子后来都不唱'小兔子乖乖'了，怎么还能控制木头人？"

虞卿："因为，那根本就不是'小兔子乖乖'控制的，真正控制木头人的是那'叮叮咚咚'的节拍。我修改了那木盒子的发声装置，把'小兔子乖乖'去掉，就没有其他音乐影响'叮叮咚咚'的节拍了，所以，木头人行动更快。"

"卿卿好厉害！那……为什么系统说你是主系统核心零件呢？"

虞卿张口，继续答："因为之前把体力值改成一千五之后，我怕主系统报复，所以顺便顺着直播系统黑进了主系统里，修改了一段无法复制的核心代码。现在，主系统代码丢失，源代码只存在于我的脑子里，它当然要护着我，不能让我死了。"

说话时，有风拂过，一缕白发挡了眼睛，虞卿随手压到了耳后。紧接着，耳坠轻摇，微笑扬起，温柔又邪肆。他就像是为诡异世界而生，被一切压制，又利用一切，反杀一切，成为当之无愧的"他"。

直播间再次激动起来："那……为什么黑蛇会帮主播攻击神婆呢？我还是不明白。"

弹幕一条接一条地滚动，不一会儿，有人推开了殿门。

虞卿目光凛凛，看见大殿之下，幽绿色怪物被攻击，女孩被一个个救了下来。

不到一个小时，虞卿就完成了救赎瓮女的任务。

眼看着女孩们重新站起来，虞卿一一跟她们打过招呼，而后迅速抱起林小静的女儿，跑回那间破房子，看他们姐弟团圆，并把他们安置在刘瘸子的家。

当然，他仔细打扫过，又用积分给他们买了一顿丰盛的饭，哄姐弟俩睡着后，才拖着满身的疲惫，回到最开始的那间破房子。

所有任务终于完成，虞卿打开门，长舒一口气，有些脱力地倒在床上。纤长的白发倾了一枕，少年抬眸，简单看了一眼时间——清晨五点。

连续跑了一天一夜，好累，天都快亮了。

视线所及，虞卿躺在林小静家的床上，眼皮直打架。他幽幽地望着窗外，好像……有什么事没做得很精细，留了漏洞……什么呢……好难想……

终于，少年缓缓闭上了眼睛，呼吸均匀。

这日的天好像亮得格外晚，虞卿睡了三个小时，依然没被刺目的阳光打搅，睡得香甜。

遥远的神殿里，"哗啦"声过后，两根空空的金链落在地上，巨蟒……消失了。

下一秒，虞卿眉心微拧，床边……似乎有脚步声？

湿冷的温度逐渐下降，隐匿的压迫感弥漫四周，虞卿眉头拧得更深了，手心渗出一层汗。

黑暗里，有什么东西缓慢下落，有些凉，激得少年身体一颤，艰难地动了动指尖。他想睁眼，奈何眼皮像被什么奇怪的力量魔住，睫毛轻颤，怎么也睁不开。

虞卿觉得冷，薄唇轻分，呼出的气都冒着白烟。他咬着牙，艰难地动了动身子，刚准备翻个身，突然头下倏然一空，枕头……好像掉下去了……

微弱的失重感侵袭，虞卿狠了狠心，正准备把自己摔醒，奈何又有东西垫在了脖颈下，让他不得不继续这"酣甜"的美梦，可意识是清醒的……

那人毫无征兆地出现——虞卿终于知道，他有什么事做得不够精细了。

他能清晰地感受到自己身边站了人，冰凉的指甲点上他的额头。眼看危险将至，虞卿终于狠掐了下自己的指节，猛然睁开眼！

入目是一双猩红的妖冶赤瞳，似乎没料到他会醒，正带着几分不解盯着他。

虞卿呼吸急促，好不容易攒了些力气，就听对方问："我可以在这里休息吗？"

有礼貌，但无端让人心慌。

所以，现在这是谁？

有着和司遇一样的长相——是小触手？小黑蛇？或者……两个都不是？

如果都不是的话……

"说话呀，我在征求你的意见。"

这语气，是小蛇！

虞卿稍微松了一口气，一种无端的熟悉感重新落回胸腔，挣脱了绑着自己的触手，严词拒绝："不行。"

司遇皱眉："为什么？"

虞卿坐起来："因为我们已经绝交，你不能这样贸然进我家。"顿了顿，见对方没有走的意思，他又强调，"得敲门。"

听到这里，司遇像是终于悟到了什么，点点头，起身走向门外，乖乖合上门。

然后，传来"砰砰砰"的敲门声。

室内传来声响："不准进。"

司遇敲门的指节一顿，不明白地问道："为什么？"

虞卿从床上坐起捏了捏眉心，心情有些复杂。他也不知道为什么，司遇明明是让人闻风丧胆的 Boss，等级越高，危险性越大，他会期待与对方一决胜负。但赢了，其实也并不想杀司遇。

疯了……

"砰砰砰"的敲门声依旧在不急不缓地继续。

虞卿没回答，不多时，"吱呀"一声，猝不及防间，门被推开，司遇走了进来。

"你……"眼看着人坐下，虞卿拧眉提醒，"你，出去！"

"不要。"司遇坚持，"我不要绝交，副本里没有我的朋友，你是唯一一个。我现在在按照人类的礼节，征求你的同意。"

虞卿总觉得面前的司遇既像小黑蛇，又不像，像是结合体，又像是……融合了什么其他的东西。

虞卿的手指慢慢收紧，最后一次试探："那我走？"

"好啊。"对方比他高出许多，"我也去。"

虞卿其实不想跟他待一起，现在的这个司遇是九级 Boss，相比小触手和小黑蛇来说，都更危险，可实力实在悬殊，他没有拒绝的权力。

好半晌，少年终于松口："那，你待着吧。"

犹豫半晌，虞卿背对着司遇缓缓躺好，一颗心始终悬着。

虞卿思索片刻，闭上眼睛，假寐几分钟后，便在被子里把自己缩成一小团，安安静静地睡去。

他又梦到了那场大火……

烈焰灼烧肌肤，好烫，痛意钻心，可是他无处可逃，只能一动不动地立在原地，任由漫天的烈焰将自己吞噬。

过了一会儿，忽然有什么东西落在了脸上，是血雨！

分不清是热是凉，可这让虞卿感到害怕，心发慌，浑身发抖，怕得连逃跑的力气都没有。恍惚间，他好像终于明白了，为什么别的主播在雨里都没事，只有他会感到难受。

因为他太害怕了。

他害怕漫天的大火，更害怕那落在身上不知是冷是热的雨，那是一种如无底洞般的恐惧和窒息。

虞卿觉得难受，身上出了一层冷汗，他将自己缩得更小，企图获得一丝微末的安全感，可这被子不舒服，闷得他实在无法呼吸。

通红的眼角渗出眼泪，好半晌，他终于自己踢开了被子，缓了一口气，就感觉一阵温暖。

虞卿的眉头渐渐舒展，睡醒的时候，竟发现司遇冰冷的触手蔓延了整间屋子，触目所及，满是烧伤的痕迹。

虞卿骤然坐起来："你怎么……"这个样子？

"醒了？"

话被打断，虞卿有些蒙。视线里，司遇几分艰难地收回触手："有点狼狈，我想跟你解释一些事的，但是要等等。"

话音落，眼前黑雾弥漫，升高自己的体温，然后黑雾消失了。

"叮咚——"系统恢复正常，"直播任务刷新：请主播虞卿趁夜色登顶啼婴山，拍照留念。"

思绪回笼，弹幕重新落回眼底，系统的右上角精准显示着时间十三点过八分。分明是下午一点，可……外面的天依然没有亮。

虞卿简单活动了一下筋骨，正准备出发，却见窗外乌云四散，阳光重新洒了下来，不是晚上了。

系统："……"

直播间再次兴奋起来："是 Boss 吧？一定是 Boss！"

没管直播间无端的猜测，虞卿慢慢垂下眼眸。

天亮了，系统的任务就会延迟，虞卿从床上下来，活动了一下筋骨，走出门，刚想去烧壶水，就见路上村民们均穿戴整齐，乌泱泱地往村中心走。

有几个人看见了他，慌忙低头叩拜，说要邀请他一起去。

与此同时，别的主播就没那么幸运了，他们的单线任务早已开始。

"主播钱莱趁夜色探索神庙地下二层。"

无尽的黑暗里，钱莱的脚步猛然顿住，被系统播报惊得浑身一震，差点当场升天！

"知道了，这不在地下一层呢吗？我不得找入口吗？闭嘴吧！"

被训斥的系统不以为意，倒是直播间多出了两条安慰的弹幕，虽然没什么大用，但好歹让青年平复心绪，继续借着系统幽幽的照明往前摸索。

神庙的地下一层有很多东西，除了金库，还有许多副整齐摆放的棺材。

几个小时前，虞卿带着村民们取金子的时候，一群人就发现棺材里躺的都是被神婆们害死的"香火继承人"。

钱莱倒不是怕这些尸体，主要是黑暗无边，不知道有没有隐匿的危险突然袭击。

脚步继续往前，走廊无尽延长，钱莱的心悬起，呼吸越来越乱，正要崩溃的时候，忽然看见左侧不远处亮起了幽幽的红光。

心底一震，青年大着胆子上前，果然看到了一处向下的台阶，通往地下二层！

可……台阶正中，横了一副猩红华贵的盘龙棺，金丝楠木材质。棺盖之上，铜铃盘绕，正一闪一闪亮着猩红的光。

钱莱的手心渗出冷汗，忍不住紧了紧拳头，走得越发小心。

在系统的催促下，青年顺着墙根悄然往下，刚走过最后一级台阶，忽然，丁零零——

钱莱右腿一弯，一颗心当即提到了嗓子眼，喉结狠狠一滚。他的心脏痉挛，手开始不停颤抖，仿佛有千斤重担压上胸膛，恐惧弥漫，连呼吸都变得困难。

半晌，青年鼓足了勇气转身，刚要往后看，就听见"哗啦"一声，棺盖碎裂，所有的金铃都叮叮当当地响起来。

金铃响，那就还有救！

于是钱莱立刻快跑几步，立在盘龙棺之前，入目却是一张……过分好看的脸。

这具尸体像是睡着了，依旧保持着生前的模样，鼻梁高挺，剑眉星目，嘴唇偏薄，形状好看到没话说，只是在棺材里躺得太久了，皮肤白得像纸。

还有机会镇压，于是他咬破手指，用道具一番操作后，狠狠松了一口气，心情颇好地往地下二层走，不想脚步刚踏下楼梯，就听身后传来——

"小道士。"

心底一震，钱莱额角霎时涌上一层汗，心跳怦怦，几乎要跃出嗓子眼。来不及回头，他拔腿就跑。可没跑几步，他肩膀被扣，整个人被抵在了诡异的灰墙上。

视线所及，男人长睫轻闪，一头浓密黑发从头白到了尾，薄唇缓缓扬起，竟恢复了点滴生机。

钱莱低头，指尖颤抖。

这让尸体有些苦恼："小道士，你为什么不看我？你不记得我了吗？"

钱莱一颗心不停地颤抖。

对方幽幽地看着他。

良久，四周毫无动静。阴凉的风忽然而过，激得钱莱浑身一颤。

尸体依旧在慢慢靠近，他像是有些苦恼："这么长时间不见，怎么都不和我说话？"

话音刚落，青年像是无计可施，眼角悄悄泛了红。

尸体却怔住了。

钱莱感受到扣着自己肩膀的手一松，立刻精神起来，本以为是自己之前的制怪起作用了，谁知……

"爸爸，爸爸快跑啊！"

之前那被他救出来的一百多个小女孩不知什么时候跟了进来，竟一起扯住了尸体的腿，提醒着他赶快逃跑。

"天哪！"能动的时候，钱莱迅速转身，步子迈得飞快，找到负二层的门后，立刻提醒小姑娘们一起往他身后跑。一时之间，漆黑的楼道乱成一团。

那尸体却幽幽立着，不再动了——他竟不知小道士有了这么多孩子？

大门口，钱莱始终吊着一口气。他聚精会神地盯着那尸体，直到最后一个女孩奔至身后，大门"砰"的一下合紧，才狠狠喘了几口气，近乎瘫软地靠在门上。

思绪回笼时，他忍不住又想：刚才那白毛是在生气吗？

正想着，"叮咚"一声，钱莱再次被系统声惊得一激灵。他回过头去看，竟然发现这是一个……学堂？

周遭漆黑，像是许久没有人打理，早已结了一层蜘蛛网，各处烟尘蒙蔽，随便动一动就是一身的土。

好在女孩们手脚勤快，这一会儿的工夫已经找了几支旧蜡烛点亮，又擦好一张凳子，将他安置在座位上。

钱莱不禁感叹：有女儿就是好啊。

快速的奔跑让钱莱腿部微微发麻，他试探着坐下，环视一周，又在墙面上发现了几条新规则。

规则一：摒弃缠足，人的生长应顺应自然规律，不能为任何人、任何原因强行扭曲。

规则二：女子也应有才，也应念书识字，去认识自己的一番天地。

规则三：穿衣自由，装扮自由，学识自由，思想自由，一切自由。

振聋发聩的字眼震得人心脏微热。

眼波流转，很快，钱莱又发现，不仅仅是墙壁上，就连面前的课桌上都刻着同样的话。这些字眼不断重复，想要深深刻进每一位学生的脑海里。

恍惚间，周围忽然变得很亮，钱莱似乎看到有许多心怀梦想的女孩子穿着长裙，留着自己喜欢的头发，欢欢喜喜地踏入学堂。可转眼间，一切灰飞烟灭。

密闭的空间，不知从哪里吹来一阵风，冷飕飕的。周围的蜡烛被吹灭，视线漆黑，空气也开始变冷。

钱莱缓缓回身，入目是一张新娘脸！

"叮咚——最新快报：'啼婴山村'副本当前存活人数五，请主播们尽快解谜，再接再厉。"

存活人数五？

另一边，主播余籽听到播报，当即浑身一颤，系统左上角，她的任务栏明明白白写着：请主播余籽尽快进入村头祠堂，试穿嫁衣。

虽然现在是白天，但村民们都去了村中心，她来的时候，也从那里经过。诡异的仪式上，村民们用木架子绑住了一个女人，叫嚣着"烧死她"。

看看四周，明明是艳阳高照的好天气，整个山村却弥漫着一股诡异的冰冷感，尤其是踏入祠堂之后。

"砰"的一声，大门自动合紧，四周连个窗户都没有，只在祠堂正中，用十字交叉的木架子撑着一件鲜红的嫁衣。

余籽狠狠吞了一口唾沫，心脏提起。她有些不敢做单线任务了，可现在，进都进来了，系统又不停催促，她只能继续往前。

女孩深吸一口气，慢慢靠近那诡异的嫁衣，颤抖着伸出手，指节触上嫁衣的一瞬间！

"嗞嗞"几声，白灯闪烁，周围顿时陷入黑暗。

下一秒——

"啊——"

"烧死她！这该死的女人，连孩子都教不好，她不配做仙女，不配受供奉！"

虞卿不大喜欢热闹，他立在广场上，周围村民们声音鼎沸，震得他耳鸣。但看了一会儿，他也大概听明白了——

林小静的两个孩子被他送回刘瘸子家以后，有几个"好心"的邻居前去探望，一看孩子们正在睡觉，当即发火了！

"哎哟！真是不懂事的孩子啊，你爹刘瘸子刚死，你们不在家哭丧，反而在睡觉？真叫人寒心啊！"

事情一传十，十传百，闹得人尽皆知。然后，经过一番激烈的讨论，村民们共同得出一个结论——都是林小静的错！是她没教育好孩子，才让孩子们不给自己爹哭丧。

然后，林小静被他们抬出神庙，绑在了村中央，据说要按照村子里的规矩，焚烧处决。

本来虞卿是本着探索故事内容的心思跟过来的，连口水都没喝，现在被这么一闹，整个人更躁了。

不一会儿，身后有什么人挤开层层人群，慢慢靠近他，脚步声轻缓，却是越来越近……

虞卿顿住，指尖慢慢蜷缩，在那人将要触到自己的一瞬间，猛然回身！

入眼，是一个病恹恹的青年，身高约莫一米七八，长得很白，及肩的半长发自然卷，被他拿一根皮筋随意束在身后，气质如松。

一件麻制的灰色长衫自肩膀垂下，没什么设计，但落在他身上，总有一种无端的清冷感，看似摇摇欲坠，实则坚韧挺拔，总叫人……觉得危险。

虞卿的呼吸微滞，直觉让他跟着打起了精神，正在措辞，就见对方微笑着伸出手："你好，我是这个村的村长，方如有。"

刚才……这个人好像是直接冲着他来的，目的性是不是太明确了？不是主播，却和这个村子格格不入，是什么……核心NPC吗？

虞卿心念电转，简单跟人打过招呼，又转头盯上了木桩之上被绑的林小静。

"她是个好女孩，不应该被罚。"

虞卿张口，一边这样说着，一边回忆着自己这个身份信息里关于林小静的所有记录。

给刘瘸子生下女儿后，林小静攥着几百块钱拼命走出村，开始一边上学，一边四处打工，数九寒天里洗盘子洗得手都裂了，也会利用工作完成的空当认真读书。

十几岁的年纪，在外地独自谋生，女孩硬撑着考上了一所外省的大学。虽然只是个普通二本，但出省的那一天，她躲在打工的餐厅后厨，偷偷哭了好久。

她握着那来之不易的录取通知书，以为那是自己新的人生，可大学里富家子"虞卿"拼命追求她。

第一次尝到被爱的滋味，女孩猝不及防，拒绝过几次，最终还是心软答应了下来。但之后她又很纠结，纠结于自己的过去，纠结自己有个被刘瘸子强制生下的女儿。

几次三番，她都想开口告诉"虞卿"，可……还没来得及说，她就又被刘瘸子绑回了村子。

大她二十岁的刘瘸子联系了记者，用她女儿做要挟，杜撰她为了上学抛夫弃女，轻而易举毁掉了她这些年所有的努力，把她绑回村子，又逼她生了个儿子，然后，没了利用价值的她被刘瘸子卖给神庙，成为"仙女"。

角色扮演类的副本会自动将玩家的名字替换进去，在这里，虞卿就是林小静的男朋友。

所以，这才有副本开头，虞卿听到的语音："你的女朋友死了，你不相信警方开出的意外死亡证明，于是……"

深吸一口气，虞卿敛回思绪，听一侧方如有喃喃回："是吗？可这个村子里的人都说她是坏人，因为她没有尽到相夫教子的责任。"

"相夫教子不是她的责任。"虞卿淡淡回着，手中金针游走，漫不经心的态度透着隐匿的危险，"是你们压迫她，你们把她逼疯了，却还要求她养出健康的孩子，不觉得可笑吗？"

"可世界本就是如此。"方如有说，"全世界都觉得她错了，难道你觉得是对的？"

金针落入手中，藏在衬衫里，虞卿不言。

一侧，方如有的话还在继续："你有什么立场？或者说，你有什么方法阻止这场惩罚？"

微风吹过，周围一时无言。

方如有笑了一下，以为自己终于问倒了少年，刚准备走，就听见他说道："我是她男朋友，我想保护她。"微风里，虞卿慢慢转过身，咬字清晰，

"这世界想判她的罪，我不赞同，所以……"

忽然，金针刺入了方如有腹部。男人倒在地上，疼痛钻心，不停痉挛。

紧接着，所有村民都开始转身，虞卿趁机大喊："村长出事了！惩罚暂停，快带他去看大夫！"

话音落，周围当即乱成了一锅粥。

村民们像是忽然没了主心骨，立刻低着头慌慌张张将方如有抬起来。眼看就要走，却忽听一句："虞……虞卿。"

虞卿心底猛地一颤，想：他从未对任何 NPC 透露过自己的真名。

第6章
啼婴山村（下）

忽然被这样喊，虞卿眼眸轻垂，再次盯上面色惨白的方如有。

方如有却没有半分被刺的自觉，他甚至是开心的、自信的。他望着虞卿，像是一个布局的猎手，薄唇慢慢扬起，微笑开口，说："我好疼，麻烦你去啼婴山找些……止疼草，就在……山顶，绿色藤蔓，上面开……黄色小花的……那一种。"

男人像是疼极了，说话磕磕巴巴，几乎艰难地喘息着，嘴角却依然挂着笑，看向虞卿时，眼神和蔼："谢谢你，虞卿，你可以做到的。"

又叫了一遍他的名字！

说罢，方如有还被村民提醒："村长，喊错了，他叫钱莱。"

"哦？不叫……虞卿吗？"方如有笑了一下，被抬走时，嘴角微微勾起，像是完成了什么大任务，合起的眸子异常安逸。

微风轻拂，直到村民散去，虞卿才听到两声崩溃的呜咽："呜呜……妈妈……"

转过头，正见林小静的儿子和女儿含着血泪跑上高台，两双小短手胡乱倒腾着，费力钩住那捆着林小静尸体的绳子，想要扯开，可他们太矮了，救不了母亲。

虞卿连忙上前，帮他们救了母亲，放下时，顺便低头，轻拍了下林小静的肩膀："别急。"他宽慰着，"仇要亲自报才爽，我会让你亲手惩罚他们，奔向自由。"

说完，少年再次仰头，熟练地露出笑脸，揉了揉孩子们的头发。

女孩没多大反应，男孩倒像是忽然得到了安抚，哭得更崩溃了："呜呜……姐姐……"

天色还早，虞卿抱起他哄了一会儿，终于明白——原来，这小男孩刚出生一个月，刘瘸子就把林小静卖到了神庙，自己每天拿着卖老婆的钱吃喝嫖赌。

男孩长到一岁，一直是姐姐在照顾。可好景不长，姐姐五岁的时候，也被刘瘸子打晕，卖到神庙，做了"瓮女"。

刘瘸子拿着卖妻卖女的钱过得风生水起，建了新房子，只有他会时不时爬回那破败的木屋，去等妈妈和姐姐回来。他哭得太多了，把身体哭坏了，所以眼睛鼻子都跟着出血。

"妈妈……姐姐，呜呜，哇哇……"

说着说着，小男孩又哭了起来。他还小，不明白来到村子的人都是玩家，也不明白为什么每过一段时间，就会有人来到他家，提着他的后颈，逼问他"有没有线索"。

他想要妈妈，想要姐姐，可……只有面前这个叔叔帮他把姐姐找了回来。

目光上抬，小男孩壮着胆子扯了扯虞卿的衣角，还没来得及说什么，就发现自己的头被温柔地抚了两下。

他很乖，眯起眼睛，在虞卿怀里舒服地蹭了蹭，听对方说："不怕，我会救你妈妈，会让你们报仇，会带你们……攻破这里！"

最后四个字，震得男孩的眼泪倏然顿住，小手轻轻抖着，竟不哭不闹了——这个叔叔好像和其他人不一样。

其他人会跟他说"我会带你离开这里"，其实都是骗他。他对所有人都诚实，把所有人都当成希望，为什么要一次又一次地骗他？

所以，渐渐地，他不再相信能离开这样的鬼话。

天知道他在听虞卿说"我会带你……"的时候有多紧张，他怕再听到一样的话。可……虞卿没有，他想让他们做这里的主人！

可以吗？

怀里的男孩蒙蒙的，眼看着他不再哭，虞卿才慢慢弯腰将他放下去，并用积分给他和姐姐买了棒棒糖，刚想嘱咐他们看好妈妈，就听到"啊"的一声。

这声惨叫，在天上？！

少年仰头，正看见一身嫁衣的余籽浑身湿漉漉的，头发蓬乱，正被带着往什么地方飞！

她像是被淹得狠了，面色发白，身上全是水，试图抓住些什么，却无法在空中使力。看见少年的一瞬，她立刻开口："虞卿，救我！这身嫁衣想要淹死我！救我！"

于是嘱咐好姐弟俩后，少年拔腿就跑。他努力追着余籽，穿过两条小路，不一会儿，竟到了……神庙。

进去还不算，那嫁衣带着余籽持续往前，穿过森森的地下一层，不一会儿就来到二层。而后"砰"的一声，嫁衣带着余籽撞开了被钱莱关紧的大门，直接扑到了一张焦黑的桌子上。

紧接着，桌子全碎，有木屑刺入身体，疼得女孩直接咬紧了牙。可那嫁衣仍不罢休，还要再起，余籽被迫行动，疼得面部扭曲！

眼看那嫁衣又要带着她冲出门外，虞卿立刻开口："钱莱，烧一张符扔在她身上！"

话落，钱莱立刻扔出一张烈烈燃烧的黄符。

符纸触及衣衫的一瞬间，那嫁衣果然怕起来，迅速脱离余籽的身体，"咔嗒"一声倒在地上。

紧接着，浑身湿透的少女也被迫倒下。不过幸好，疗愈师拥有极强的自愈能力，余籽很快站了起来。

几人还没寒暄两句，就听系统播报毫无征兆地响起："恭喜主播虞卿、钱莱、余籽发现重要线索'燃火的学堂'，故事探索度百分之九十！"

九……九十！

于是，虞卿系统里，那沉寂许久的直播间再次热闹起来——

"啊——我明白了，那件嫁衣怕火，所以，虞卿才让钱莱点火的。"

"可……蜡烛就在他旁边啊，蜡烛上也有火，他不能直接扔过去吗？"

"蜡油很烫，直接扔过去，余籽会受伤。"虞卿纠正了一句，继续观察着四周。

——这是一间女子学堂。

面前，钱莱让开了地方，让余籽坐在他的位置，并贴心地送上一杯在系统商城买的热茶。

余籽接过茶，仔仔细细暖着手。

课桌精致，学堂四处布局考究，可见当时布置的人一定十分用心，只是各处焦黑，应该被狠狠焚烧过。

四周，钱莱的"女儿们"正在细心打扫，有一个披头散发的新娘极力叫嚣，却……被一个白发白衣服的男人捆了柱子上。

新娘的眼睛是红色，看起来级别很高，报复心很强，身上穿的嫁衣和从余籽身上掉下来的那一件……一模一样？

虞卿滚烫的心跳震动着胸腔，他大概知道真相了。可是……他看向钱莱，指了指那白发男尸："那是谁？"

"不知道啊。"钱莱偷偷靠在虞卿耳边，小声道，"他之前非说自己是我至交，保护我天经地义，哟……真自恋。"

刚说罢，提醒就自一侧传来："小道士，你说的话我都能听见。"

于是钱莱又慌忙换了个说辞："刚才那个新娘要掐死我，是他救的我。"说着，目光又忍不住瞟向男人，见他绑住新娘后，竟低头仔细给女孩们……梳起了头。

钱莱："……你在干吗？"

男人声音很沉："照顾好你的孩子！"顿了顿，他又添上一个字，"们！"

钱莱一惊，有些难以置信："他翻白眼了，虞卿你看，他刚才是不是翻了个白眼，他……"

"钱莱。"

未说完的话忽然被打断。

虞卿说："我知道这里的真相了，我想到了一个破局的方法。"

"什……什么？"钱莱讶然，"你又知道了？"

阴暗的地下二层，墙皮焦黑，幽冷的湿气压得烛火都燃不起，暗光摇曳，映着身后木柱上新娘狰狞的脸。

下一秒——"叮咚——主播虞卿取出武器——'老子刀了你'。"

随着一声清晰的系统播报，虞卿手里多出一把锃亮的短刀，迈步走向那白衣白发的男人。

钱莱看到一惊："欸，你……你别，他没有恶意，你……啊？"

正说着，就见虞卿跟男人……交谈了起来。

停在男人面前，少年仰起脸，问得礼貌又认真："请问，我可以划你一刀吗？一刀就好。"

声音落，四周一时寂静无声。

异化过后的副本与之前有很大不同，直播间里，观众们也聚精会神，期待着虞卿能揭开什么样的真相，可……这么问问题谁会答应啊？！

见对方不回，虞卿又指了一下钱莱："划一刀，他请你吃顿饭。"

钱莱："……"

紧接着，男人同意了。然后，刀身划过手掌，虞卿垂眸，清晰地在刀柄上看到几行字。

"本体：俞惊鸿（来自一千年前）。

"职业：捉妖师。

"形成原因：身体被特殊方法镇压，遇特殊刺激浮出地面。"

时间有点久，装扮也很古风，看来俞惊鸿不属于这个副本，是因为受到刺激，才阴错阳差地冒出来。

所以，虞卿道："这里原来是一座学堂，大约在一百年前，封建王朝覆灭时，有一位名叫舒清的女子留学归来，创办了这里，想要教更多的女子摒弃陋习，追逐新时代的自由。"

他的声音不大，但话音落，那被捆在柱子上的新娘竟不叫了。她像是被唤回了几分神志，安静下来，眼巴巴地盯着虞卿。

视线里，明朗的少年朝她慢慢转过身，露出微笑："所以，我说得对吧，舒清。

"你是老师。"

眼瞳变红时，虞卿的视力会比一般人好很多，刚才仔细观察了一圈，他分明在黑板上看到了隐约的几个字——舒清老师。

新娘怔怔望着他，像是默认。然后，虞卿继续说："起初有很多人来这里，舒清以为她在为女性独立的梦想而奋斗，但可能发生了什么很不好的事，她还是没能抵过世俗，被迫穿上嫁衣，嫁给了一个自己不爱的人。那人也并不爱她，甚至为了控制她，烧毁了她心爱的学堂。

"火焰很大，舒清只好穿着嫁衣扑过去。可直到最后，她也没能扑灭火，而是和这个学堂一起，化为了灰烬。"

"她的执念留在了嫁衣上，所以……"虞卿看向余籽，"那嫁衣才会沾上水，拼命往这里扑，嫁衣是想灭火。"

"呜呜……呜……"似乎很少有闯关者在意学堂的真相，被捆在柱子上的舒清越发安静，哭声却抑制不住地溢出喉咙。

"后来，舒清死了。"虞卿的话仍在继续，"这些冥顽不化的村民就拆了她的学堂，在学堂之上建了一座求子的神庙，求子，只要儿子，不要女儿。他们继续腐朽着，用神庙毁掉了女性的自由，也毁掉了舒清的梦想。"

"呜呜……啊！"

舒清哭得更厉害了，哭到最后近乎嘶吼。她张口想说什么，奈何她的嗓子被火烧坏了，无论如何也没办法开口，只能拼命挣扎着想咬断绳子，想写给他们看。

"只是……我还有几点不明白。"

钱莱问："什么？"

虞卿："首先，这个村子的村规民约很奇怪，写在村头的公告栏上，说什么不能吃蒜，不能砍掉家门口的槐树，不能养小动物，最主要的是……千万不能淋雨。

"不能淋雨这个标注了出来，可是，我们进村的时候多多少少都淋了雨，我们没事，那证明这些规则不是用来约束主播的，而是村民。

"我不明白，究竟是什么人需要遵守这样的规则？

"第二，啼婴山村里面，我们依旧没有找到任何婴儿，但故事探索度刷到了百分之九十，很奇怪。"

"第三……"虞卿犹豫了一下，似乎自己也有些不确定，"我不知道这算不算一个奇怪的点。"

他说："我觉得这个村的村长很奇怪，他之前一直都没有出现，没有说过话，存在感低到离谱。但刚才他跟我打招呼，他能叫出我的名字，可是，我并没有跟任何NPC透漏过我叫虞卿。"

钱莱张口，刚想反驳些什么，就见白发男给女孩们梳好了头，大步朝自己走来。

钱莱立刻转头逃跑。

一边的余籽倒是听得认真，仔细揣摩了一会儿，像是发现了什么端倪，忍不住问："那村长有跟你说他叫什么名字吗？"

"有。"虞卿回，"他说，他叫方如有。"

话音落，余籽面色当即一白！

"方……"她的声音颤抖，"方如有？！"

虞卿心微沉，问："你认识他？"

面前的余籽缓了一会儿，脸上恢复了些血色。她抬手点开系统，落入眼帘的是总积分排行榜："你看看总积分榜单第三。"

虞卿也跟着点开自己的系统，扫了一眼，回道："主播名称：方无；状态：正在直播中。"

余籽有些绝望："他就是方如有。方无不喜欢自己的名字，跟所有人打招呼都说自己叫方如有，可'如有'就是'无'的意思，大家都知道。"

虞卿："那为什么他穿着NPC的……"

"他玩的是卧底模式。"余籽道，"卧底模式是游戏官方为了压制操作很厉害的主播，在两年前推出的新模式。玩家扮演NPC，唯一的任务就是灭掉副本里的所有主播，怪不得……"

虽然已经说了好几句话，但小姑娘的声音依然在抖："怪不得进村的主播有十四个，现在只剩下五个了，怪不得……"

余籽的双手渐渐攥紧，好不容易平复了怦怦乱跳的心，继续道："方如有是两年前冒出来的新主播，从直播开始，玩的一直都是卧底模式，而且会毫不避讳地告诉主播自己的名字。他不怕被拆穿，因为他总有办法让主播们顺着他的意愿被灭。对了！"

余籽抬起头，神色紧张："他……他有跟你说过什么吗？"

"有。"虞卿说，"我把他刺伤了，所以，他让我帮忙去找止疼草。"

"不能去！"余籽顿时激动起来，"方如有这个人阴得很，按着他要求的路走必死无疑，你不能……"

不等话说完，忽然，身后的舒清已经挣脱了绳索，眼睛充血，蓦地向前，尖利的指甲直刺余籽的脖颈！

目光一厉，虞卿立刻上前，一把将余籽拉到身后。紧接着，鲜红的指甲没入左肩，虞卿咬牙，刚以为要有一场恶战，就发现面前披头散发的舒清主动停了下来。不一会儿，血泪从眸中滚落，舒清后退两步，竟有些无力地瘫坐在凳子上，怔怔地看着他。

虞卿的伤口开始剧烈收缩，他低头，努力按住，不得不将全部注意力集中到肩膀上，然后，他仿佛看到了一些……陌生的画面。

一百年前的小洋楼？

这不是他的记忆，是舒清的，所以，舒清刺余籽是想告诉她一些事吗？

只是……恰好被自己挡下了……

"嗯！"虞卿闷哼一声，身后，余籽慌忙给他搬了张凳子，正准备治伤就被虞卿抬手制止了。他想看看，那些年，舒清到底经历了什么……

身后，余籽停下了动作，虞卿也慢慢放下手。

鲜红的血自指尖滴落，缓缓流入指缝，再滑下后背，漫过微突的青筋。

随着时间的推移，他的视线逐渐变白，眼前模糊的画面也渐渐变得清晰——

他看见，一百多年前，舒清原本是有钱人家的独生女，刚留学归来的时候，踌躇满志，在父母的帮助下开了一所女子学堂。

那时的啼婴山村不像现在这么荒凉，交通发达，户户富庶，舒清日日出门，偶尔也会邀请邻居家的周公子一起去听课。

周公子是个土生土长的青年，以为剪掉辫子已经很违背纲常了，故而几次三番拒绝。可……他一边拒绝着，一边又觉得舒清长得好看，粉面含春，肤如凝脂。

于是他开始追求舒清。

但两人的观念实在太不相同，周公子很失落，以为从此以后都只能是两条平行线，可……意外发生了。

学堂开起的第二年，舒清的父母出海做生意出了意外，丧事是周公子家帮忙操办的。

二十几岁的舒清跪在父母灵前，哭晕在当场，被亲戚们送进屋，还没缓口气，就被周公子叫醒。准确地说，是被强暴醒来。

未经人事的女孩眼泪直流，开始挣扎，开始大骂。可是周公子低着头，连续给了她几巴掌，将她打得头晕眼花。

她很无助，知道自己没有反抗的能力，只能哭着求饶。可周公子更兴奋了，他强吻她，说："乖，我会对你负责，你嫁给我吧。"

可舒清不用他负责，待一切结束后，她决定搬离这里。但无奈周公子的父亲手眼通天，他听了周公子的建议，号召所有人将女孩围在家里，逼着女孩做他周家的妾。

是妾啊！

舒清清楚地记得，结婚前的半个多月，每一天周公子都会派不同的人进屋，教她各种礼仪，教她如何侍奉丈夫。

出嫁那天，周公子又连扇了她好几个巴掌，强迫着和她发生了关系，并告诉她："宝贝，今天我们就成婚了，我要烧掉你的新思想，烧掉你的破学堂。"

舒清的耳朵开始嗡鸣，世界好像都变成了灰色。她听见旁边有几个帮忙按着她的兄弟赔着笑："周哥，别给打坏了，今天进门呢。"

"嘿，没事！"周公子挺挺腰，看着女孩的泪，笑着说，"盖头一盖啊，就什么都看不见了，哈哈。"

然后，带着一身伤的女孩连澡都没洗，就被他们强制换上婚服，坐在轿子里，听着喧鸣的锣鼓声，看见了熊熊燃烧的学堂。

那一刻，她不知哪里来的力气，竟直接跳下轿子，推开众人，跳入河中，拖着一身湿漉漉的嫁衣，拼了命地奔向了自己最心爱的学堂。

她站在烈焰里，仿佛重新活了过来。

眼前的画面太过清晰，学堂燃烧的声音几乎近在耳边，虞卿的呼吸都跟着急促，可见舒清对这段记忆执念之深。

"喀，喀喀！"没过一会儿，虞卿开始咳嗽，他像是也被那不存在的火呛到了，面色发白。

余籽已经治好了他的伤，虞卿的呼吸慢慢平复，但眼前的画面依然挥之不去。

他看见周公子发了怒，为了报复，直接在学堂之上盖了一座求子庙，他要让这个女人死了也不得安生！

然后，眼前画面消失，变成了冗长的黑暗。

系统的播报音没有响，也就是说，剩下百分之十的故事依然是个谜。

神秘的血雨来由、奇怪的村规民约、一直没找到的婴儿，还有，方如有……

不知是不是错觉，冰冷的寒意逐渐从四面八方包裹而来，虞卿感受到了明显的恶。与此同时，三道"叮咚"声同时响起。

虞卿看到，自己的系统在催促他完成任务。

"天色已晚，请主播迅速登顶啼婴山，拍照留念。"

只是这一次，任务后面加了几行红字。

"直播系统温馨提示：

"啼婴山危险系数为99.999％。

"主播存活概率为0.001％。"

刚从记忆中抽离出来，虞卿还没来得及反应，就见直播间弹幕狂刷。

收回视线，虞卿以为钱莱他们收到的也是单线任务的通知，去探索其他什么地方，谁知入眼却是——想尽一切办法，击杀"啼婴山村"新的"他"！

两个人一模一样的任务，而且系统商城还给免费配了几把手枪、几把远程狙击枪，以及……充足的子弹。

那剩下的主播应该也收到了同样的任务。

虞卿盗取了核心代码，所以主系统在针对他，在通过给他施加难度，完成惩罚！

"我的任务是登顶啼婴山。"虞卿有些心累，思索一会儿道，"先这样吧，你们留在这里，我跑，你们假装开两枪，意思一下。"

说罢，少年拔腿转身，零散的"砰砰"声自身后响起，虞卿的嘱咐也自门口飘来。

"钱莱，记得我让你做的事！"

无星的夜，村后的啼婴山冷风呼啸。上山之前，天空还有一轮血月幽幽地照明，但现在，山上槐树四溢，树干发红，扭曲的枝丫盘根错节，诡异地交织在一起，遮住了月光。

四周阴气沉沉，伸手不见五指。

风大的时候，不知哪根树枝会"吱呀"响起，又不知哪根树枝会"咔嚓"断裂，吓得人后背发凉，心跳顿促。

铺天盖地的阴森笼罩着周围，为了能视物，虞卿的瞳孔已然变红。刚才忽然折断的树枝将直播间观众都吓了一跳，他却像没事人似的，继续向前走，一边走，一边还有闲情逸致读一读直播弹幕。

"我一直很好奇，主播到底是什么东西？"

虞卿慢慢念出来，眼眸弯起："不如猜猜？"

然后，直播间又是一阵打赏，当然也有恶评。

虞卿自动过滤了恶评，继续往下读："我不太明白，在神庙的时候，黑蛇明明是想让主播以灵魂致歉，为什么没成功？"

"这个问题可以答。"有风吹来，乱了少年的发，虞卿拿起皮筋随意扎起一个低马尾，道，"我没有灵魂，所以抽取不出来。"

"没……没什么？"

话音落，直播间纷纷质疑，可虞卿并没有说谎，他真的没有灵魂。

所以，虞卿想：这或许是他不能跟很多人共情的原因，一些独属于灵魂的触感，他无法体会，不过这么些年，也没耽误正常生活，所以他说："不用担心。"

山顶近在眼前，他抬眸看去，随口回："我觉得没什么影响。"

然后，"呜呜，卿卿好可怜"的弹幕持续刷屏，虞卿又获得了一拨意外的打赏，但他现在没心情看了。

越接近山顶，空气就越冷，隐匿的恶意越发明显，入骨蚀心，强迫少年不得不打起精神，认真对待。

"嘻嘻嘻。"忽然，一道女童的笑声自耳边响起。

紧接着，旁边的灌木丛里簌簌作响，好像藏着什么东西，一路跟着他，动来动去。槐树的枝干在暗夜里扭曲着，笼罩四周，很是诡异。

"嘻嘻。"不一会儿，又是一道女童的笑声。

金针渐渐游进了手心，虞卿紧握着，往前的脚步依旧平稳。

接近山顶时，女童的哭声和笑声近乎交杂。周围的灌木丛动得越发频繁，跟着他的东西好像越来越多了。

虞卿深吸一口气，脚步悄然加快，终于顶的时候，他看到了方如有说的那种黄色小花。

来都来了，于是少年慢慢弯下腰，随意扯了两株，拿在手里，又在四周仔细观察了一圈。山顶一片荒芜，什么都看不见，但四周灌木丛不停涌动，那接近他的东西似乎正从四面八方包围，越来越多，越来越快……

心脏提起，虞卿点开了系统的摄像功能，对准自己。

咔嚓声落下，"任务完成"的播报也在耳边清晰响起。下一秒，系统自动将那张照片打印了出来。

周围的靠近声越来越明显，孩童的哭声和笑声却全都停止了，四周异常安静，只能听见风声。同时，直播间也异常安静，一条弹幕都没有。

虞卿仔细看了眼照片，竟发现自己身后矗立着一座高耸入云的红塔，自己脸的旁边有一张婴儿的笑脸。

不对！自己身后明明什么都没有，身边也……

正想着，一只小手出现在了眼前。他的心脏猛然一顿，透过系统屏幕幽蓝色的反光，看见自己肩膀上不知何时多出了一个女婴！

小婴儿短发垂软，嘴角咧到了耳后根，正弯着那眼珠全黑的眼睛，安静地盯着他。

尽管早有预料，但真的看到，他的手心还是不由自主地渗出一层冷汗。喉结滚动，他慢慢抬起手，正想将她抱下来，就听到有枪声在远处响起。

其他主播来击杀他了！

虞卿一咬牙，立刻卧倒，然后就看见了许多怪物女婴！

"嘻嘻嘻。"她们眼睛弯起，脸上都带着笑……

怪物们齐齐扑向了他，生命值骤降，几乎到了无法补足的地步！

可怖的"嘻嘻"声持续增加，此起彼伏，疯狂的风卷起瘆人的狞笑。

直播间黑压压的一片，闪烁几次，几欲黑屏！黑屏就代表主播被击杀！

观众们屏息许久，直到系统生命值出现卡顿，才有弹幕幽幽飘出："完了，主播这次怕是凶多吉少了。"

"可他不是记住了主系统的源代码吗？主系统不会击杀他吧？"

"杀是不会杀，但一定会不停给他上难度，在他被击杀的前一秒，意识混沌的时候就会被主系统带走，提取脑中数据。唉，终究是要败给主系统了。"

弹幕一条接一条地刷屏，黑漆漆的山顶，狂风持续，可……

"宝贝们，消气了……吗？"

直播间再次沸腾起来。

"有声音？"

话音落，那些凶神恶煞的怪物竟全部停止了进攻，有些疑惑地望向草地上满身伤痕的少年。

枯草上沾了血，虞卿被伤得不轻。

四周，一时寂静。

不一会儿，有看起来小一些的婴儿出声大哭，眉心皱起，手脚并用地往虞卿身边靠："妈妈……妈妈，我想你……妈妈……会叫我宝贝，哇哇哇……"

一阵冷风吹起，撩走了少年颈后的皮套，长发散乱，幽幽落在肩头，将他的眉眼也衬出几分温和。

妈……妈？

虞卿不明白，这是又被认错了？还是……孩子们下意识的话？

虽然有些不对，但现在好歹能喘口气了。

呼吸恢复时，虞卿立刻从系统商城买了药恢复伤口，又买了奶瓶，递给靠近的小婴儿，甚至忍着疼，慢慢喘息着，抬手将她抱了起来，摇一摇，晃一晃。

幸好刚才忍了一会儿，听到了几个怪物攻击他时的对话——在她们被遗弃前，最初的印象里，都听过"宝贝"的称呼。

无数主播在啼婴山被击败，是因为看见女婴们下意识会跑，可如果这样迎上去，未必得不到有用的信息。

周围太脏了，枯草丛生。少年干净的衣服上沾了土，因为剧烈挣扎，额角也出了一层薄薄的汗，身上的衣服也烂了，肩膀和人鱼线露出来，白皙的肌肤上满是被抓出的血印。

诡异的黑夜里，他就这么低下头，拿着奶瓶，学着系统里搜到的姿势，试探着……抱起了一个满口獠牙的小女婴喂奶，甚至还认真提醒："乖，獠牙收一收，不可以咬坏奶嘴。"

副本里，眼看那最先靠过去的小婴儿吃到了她们从未吃过的东西，越来越多的孩子靠了过去，可有看起来稍微大一些的依然在阻止！

她们的眼睛是红色的，明显被丢在这里的时间更长。她们被扔在塔里，过着暗无天日的日子，无人照顾，早就不相信有什么母爱，于是立刻拦着其他小婴儿，奶声奶气地拒绝："不要靠近，他不是我们妈妈！"

"可是，他叫我们宝贝。"小一些的婴儿弱弱反驳着，"我们是女孩，从没有人愿意叫我们宝贝，只有妈妈会叫！"

"别信他……妈妈生了我们，她不会把我们丢在这里，妈妈不会不要我们……不会不要呜……呜呜呜……"

可再大毕竟也是孩子，变成怪物的时候就是婴儿，再怎么坚强也敌不过一句"妈妈不会不要我"。

说着说着，那拦路的大婴儿竟也不由自主地落下了泪。她哽咽着，抬起肉乎乎的小手，刚想坚强地擦去眼泪，就发现头上搁了一只手，被温柔地揉了两下："宝贝们，我没有遗弃你们。"

虞卿好像累极了，声音有些哑。

直播间又一次跟着不解起来："不是，虞卿这话丝毫没有可信度啊！"

果然，那大一点的女婴也开始反驳："妈妈不会扔掉我们！你骗人！"

紧接着，杀意再起，直播间屏息凝神，正等着虞卿翻车，就见他眼眸微垂，继续道："我说的都是真的，这里就是我们的家。"

直播间——

"主播是能编的，弃婴塔是家的话，那山下的村子又算什么？"

"那……"大女婴指向灯火通明的山下，继续问，"那里是什么？"

"是什么啊？"虞卿伸出一只手，买了个新的奶瓶，递出去，将大婴儿也好好抱在怀里，幽幽道，"是饲养场。"

"什……什么？"

拿着奶瓶，婴儿们蒙蒙的，不明白他说的话是什么意思。

但下一刻，虞卿就道："妈妈离婚了，没什么大本事，怕饿着你们，就只能暂时把你们放在家里，自己出门打猎。打完猎物，就放进饲养场，明天，妈妈就带你们下山……看猎物。"

直播间——

"他这语气……莫名有些可怕啊。"

"不怕，你们先喝点东西吧，妈妈有点累了，歇一会儿。"

话音落，成百上千个奶瓶就跟着从系统商城落了下来，虞卿微微松了一口气。

幸好之前赢的积分足够他这么消耗。

另一边，主系统控制局里，生产奶粉的厂家心想：天哪！为什么忽然买这么多？他们的东西终于被副本玩家认可了吗？太兴奋了！必须加量！

副本里，婴儿们终于安静下来，她们信了虞卿的话，要带他一起回家。

不远处，等着狙击虞卿的童磊瞄准他的头，手指压上扳机，刚想再开一枪，就听见："嘻嘻……嘻嘻……"

女婴的笑声自一侧响起，吓得男人大叫一声，扔下枪拔腿就跑，跑到山下，尿液早已浸湿了长裤。

直播间——

"真无趣，我发现童磊说自己是硬汉，都是装的，走了，走了。"

"不是，别走，你们这群墙头草！"

童磊蹲在山下，身上出了一层冷汗，一刻不停地咒骂着直播间。

山上，虞卿跟着婴儿们走了一阵，才慢慢伸出手，摸到了一扇看不见的大门。

与此同时——"叮咚——恭喜主播虞卿发现重要线索'悲鸣的弃婴塔'，故事探索度百分之九十八！"

果然是弃婴塔！

"妈妈，回家啦！我们给你收拾了房间哦。"

大门推开，身后的小婴儿们集体兴奋着。忽然，有人想起了什么，慌忙抬手，扯了扯虞卿的衣角："妈妈，家里有坏蛋，抢你的房间，还抢了我们给你做的大床，妈妈小心！"

坏……蛋？虞卿的心再次提起——难道，塔里还有别的东西？

被婴儿们领着，虞卿的脚步持续向前，思绪一刻不停地运转着：坏蛋是指可以评得上级别的怪物，还是……

"嗯！"

刚踏入房间，虞卿顿感小腿一凉，几乎要被什么东西掩埋吞噬。他垂手，试图抓住一个女婴退出去，奈何一道强势的力量扣住了大门，将女婴们全部挡在了外面。

紧接着，无尽的黑雾再次弥漫，将他整个人完全罩住。

可……生命值却没有掉，为什么？

视线触及直播间，虞卿想寻找答案，奈何屏幕上一片空白。

虞卿的视线逐渐变得模糊，不一会儿，面前人便幽幽显了形。

周遭黑雾消失，司遇缓缓出现在眼前，身后无数小触手摇来摇去："我在这里疗伤，没想到你会来。"

虞卿的视线恢复，向前走几步后问他："你……你上次想说的事是什么？"

"对，我要告诉你。"说话间，司遇请虞卿坐下，把副本异化，以及自己好不容易做的收集灵魂碎片的吊坠被打碎的事全部讲了一遍，又继续道，"我觉得，主系统为了提高副本难度，不只融合了我和小触手，应该还有别的碎片。因为只有两个七级的Boss，融合不成九级。不过能让我变得更完整一些，力量更强，也不算差。"

说话间，司遇的小触手摇得更快了。

司遇继续道："异化融合之后，主系统想消磨我的意志，重置我的记忆，但我还留了一件法宝，法宝能让我不受主系统感染，多记住一些事。可是我觉得，我现在，好像不只是小蛇了，我觉得我更像我自己。"

虞卿的眼睛动了一下。

司遇的眼神越发真诚，一字一句道："对不起，在神殿里，我不是故意要伤你。觉醒之前，主系统一直在监督我，我必须那样做。

"就算主系统不放链子捆我，我也不会真的动手。"

虞卿听司遇说完，又向婴儿们解释了"坏蛋"只是想在这里疗伤。

一切归于宁静后，虞卿安稳睡着。或许是累极了，他难得睡得安稳，梦里没有大火，没有血雨，但有棒棒糖。甜腻腻的滋味自唇齿间化开，虞卿眯起眼睛：好吃。

梦境像是糖果一样。

以至于虞卿第二天醒来，还有几分恍惚。

他向司遇解释了要带婴儿们下山。

司遇快步跟上他："我没什么好忙的，伤好得差不多了，这里的规则也快被你破坏完了，不需要再维护了。"

维护……规则？

虞卿转眸，敏锐地捕捉到了重点。

他看向司遇："这些规则是你制定的？"

"嗯。"司遇点头，认真道，"这个村子太复杂了，村民、神婆、怪物新娘……他们各自有不同的愿望，但都尊我为主。我要满足每个人的愿望，制衡所有的力量，就只能制造出大家都必须遵守的规则。"

"那血雨是……"

"抱歉。"司遇道，"受到限制，我无法回答，不过我可以尊你为新的'他'。"

虞卿有些不解："成为'他'这么简单吗？"

"简单，只要你能满足大多数人的欲望就可以。"司遇道，"虞卿，你要清楚，不是'他'普度了人，是人的欲望造就了'他'。理解这个，就会很简单。"

虞卿点点头，一边思考着，一边带着司遇和女婴们一路下山。下山路上遇到了一块规则碑，明确写了五条规则，明令女婴们不准下山，然后——虞卿用道具炸碎了石碑，继续往下。

闯关重新开始，直播间再次兴奋起来："说真的，山下现在可精彩了，我头一次看到一个副本能乱成这样，卿卿厉害啊！"

"怎么说呢，个人认为，山下目前的情况对主播不利，'成为他'的任务可能要完不成了。"

弹幕一条接着一条，虞卿越看越不明白，不由自主地加快了脚步。

来到山下，他们还没来得及进村，一道惨叫倏然划破天际。虞卿抬手捂住耳朵，还没来得及反应，就见面前一个飞奔的男人被石子绊倒，惊恐地栽到了地上。

视线里，村子里乱成一团，原本处在支线故事里的怪物新娘不知出于什么原因，竟打破了支线，在村子里肆意游荡，攻击那些给她们带来痛苦的人。

一时间，村子里的所有规则好像都失去了制约。

舒清也跟着出来，烧掉了神庙。她站在火光里，嘴角上扬，这天她要让这座求子神庙为自己的学堂彻底陪葬！

悲痛的哭喊声充盈耳际，身后无数渴望生儿子的村民们跪地祈求，泪都快哭干了，也没换来她一丝手软。

不一会儿，钱莱的女儿们和虞卿身后的女婴们也一起兴奋起来。

燃烧声，尖叫声，哀求声，乱成一团，意外地……很爽！

虞卿怔在原地，脖颈上细弱的青筋微微凸起，但那眼神好像没有丝毫惧怕，甚至……没有担忧。

直播间——

"咦……主播又想干什么？他不知道'成为他'需要让所有NPC包括主播，对他的信仰值都达到一百吗？"

"其他主播击杀他的任务还在啊，他这呆呆的样子是……吓傻了？"

不料怀疑刚起，一抹笑意就紧跟着攀上嘴角。虞卿的眼睛弯起，望着面前乱成一团的山村，自信又张扬，好像这一切都如他所愿，运筹帷幄，决胜千里。

虞卿大步走进村庄，清瘦的少年和Boss一起进村，这画面看起来实在诡异。村民们没有见过司遇的本相，但男人身上那一股神秘又危险的气质骗不了人。司遇一步一步跟在虞卿身后，瞳孔泛红，每一步都带着致命的压迫感，是人见了都不寒而栗，忍不住跪拜的程度。

可……他就这么跟着虞卿。

"'他'回来了！"

不知是谁先喊了一声，紧接着，所有村民都躁动起来，他们带着伤，含着泪，拼了命地奔向虞卿，想要祈求他的庇护。

当全村人匍匐在脚下时，虞卿发现，所有村民的信仰值竟疯了一般飙升，很快便突破百分之百！

与此同时，系统提示："恭喜主播虞卿达成新成就，'成为他'完成度百分之八十五！"

直播间的观众激动了。

"天哪……卿卿刷新纪录了……"

紧接着，系统警报忽然无端发出，观众们聚精会神，竟看见虞卿的精神值从一百零一突破到了一百零二？！

疯了吧？精神值代表着一个人的理智核心，刚进副本的时候就固定了，怎么还能涨？

直播间里，观众数量持续增加，都期盼着虞卿能做出什么反应。

画面里，少年走上前，幽幽低下头，纤长的白发钩住他的耳朵。他俯身，看着一群村民，竟真有一种普度众生的神圣感，像是从画里走出来一样。

"你们信我吗？"虞卿的声音莫名蛊惑，听得人心口发酥。

"信，信！"走投无路的村民们个个眼含热泪，点头如捣蒜，他们认真匍匐，期待着自己能被救赎。

可……虞卿只是漫不经心地笑了一下，随即道："信我，就听话，去为你们的罪行付出代价。"

话音落，不仅是村民，就连直播间都大吃了一惊。

"连人都救不了，你算什么东西？！"

几乎是一瞬间，村民们的怒气暴涨，信仰值直线下降，"成为他"完成度岌岌可危。

观众们你一言我一语地担忧着，却不料那些村民刚准备动手，就被女婴和怪物新娘再次拦住。

紧接着，尖叫声顿起，新一轮的攻击开始。

地面震荡，房屋倒塌，这是唯一一个Boss没有脱离就面临崩塌的副本！NPC大量脱轨，震荡程度令人震惊。

眼看着危机解除，虞卿立刻脱离纷乱的众人，找到了钱莱。

钱莱早就和余籽分开了。见到他的第一眼，虞卿就问："找到最善良的人了吗？是舒清吗？"

钱莱摇摇头。

"那……是林小静的儿子？"虞卿道，"那小男孩从没骗过人。"

钱莱又摇了摇头，他甚至试了几个心地善良的怪物新娘，都没有成功。

钱莱道："村头公告栏旁边，有一个最善良的人评选，是要所有人投票选出来的，所以，这个副本的设定就很讽刺！要一群自私自利的人，去选出一个他们心目中最善良的人，会不会是……"

钱莱顿住，猛然反应了一下："村长？"

"不是，也有很多人对他不满。"

回完话，虞卿一直思索着，摇头的空隙眸光一亮，忽然想到了一个一直被他忽略的地方！

虞卿打开系统，查询：所有副本都有机会开启"成为他"吗？

花了一万积分，得到的答案是：否！

也就是说，"成为他"这种收割所有人信仰值的模式，只有在特定的副本才会出现。按照副本的模式走，需要所有人评选出一个公认的"最善良的人"，才可以完全通关！

所以，跟他之前想的一样——现在就是要从混乱的村庄中造就一个"最善良的人"！

想明白这一点，虞卿立刻看向钱莱："那些支线里的怪物新娘是怎么出来的？"

"啊？"似乎没想到他的话题会跳得这么快，钱莱有些愣神，但还是回答，"不是你说让我去文才剧社布阵的吗？布完没多久，剧社就炸了，怪物新娘们也跑出来了。"

"哦哦。"虞卿点头，喃喃着，"也好。"

自己送给她们的炸弹用来逃离，也好。

"不是……也好什么呀？"回答完，钱莱又立刻回到了正题，"问题是，现在这副本已经乱成了一团，我们还是没找到最善良的人，出不去啊，怎么办？"

娇生惯养的钱少爷浪荡惯了，在副本里喝茶养老，更加懒得动脑子，这段时间下来，已经习惯去询问虞卿，得到的答案却是："启动阵法，用你的阵增强所有怪物新娘和怪物孩子的能力……"

他说完，钱莱没什么反应，直播间的观众却仿佛受了什么大刺激，瞬间炸开了锅！

"哦！我忽然反应过来了。因为他对这些怪物新娘和怪物孩子有恩，这些人一旦胜利，可不都信奉他吗？到时候'成为他'轻而易举就能完成！"

直播间的观众持续激动。

乱成一团的村子边缘，虞卿搬来一把凳子和钱莱一起坐下，像极了棋盘上隐在幕后，坐帐军中的将。

村中棋子乱斗，可……不到半天，怪物们忽然都停了手。一瞬间，她们像是被什么东西困住，双手抱头，痛苦不已。

怎么会……

虞卿有些紧张地站起来，往前快走几步，还没来得及仔细观察，就对上了方如有的脸。

青年穿着青灰色小褂，依旧是一副病歪歪的模样，幽冷的笑意却直刺心底，刺得人心一颤，恨不得起一身鸡皮疙瘩。

"虞卿，一天不见，你有没有把我的止疼草摘回来？"

他又叫了他的名字！

是在积分排行榜上看到的吗？可……自己才闯过一个副本，连总积分榜前五十都排不上，方如有为什么能辨认得这么仔细？

而且，虞卿总觉得，方如有跟他说话的语气，总有一种久别重逢的熟悉感。

为什么？

隐匿的怀疑在心底埋下种子，不一会儿，少年低头，拿出了自己存在系统空间的止疼草，刚想说些什么，就见身侧有触手猛然探出，直接朝着方如有攻去！

虞卿神色一滞。

现在的司遇是九级 Boss，攻击力副本最强，这一下打出去，病歪歪的方如有不死也得丢半条命。可……下一刻，触手不知被一股什么力量猛然弹开，生生落在地上，断了半截，黑血滴滴答答地淌下来。

虞卿回眸，见司遇收回了触手，一脸无事，才再次抬眸看向眼前人。

细密的汗布满了他的掌心，正对面，方如有依然笑得谦逊有礼："虞卿，给我吧。"

虞卿喉结滚动，一只手慢慢伸出去。止疼草交接的一瞬间，他眼睫轻扇，余光无意间瞥见了一侧枝干棕红的槐树，瞳孔倏然一颤！

原来……是这样，所以，这个村子本来就布了一个极其强大的诛杀阵，来防止这样的乱象发生。

所以，方如有根本就不怕他策反所有 NPC！

而且，方如有刚才明明什么都没做，为什么司遇伤不了他？难道……

虞卿目光下落，神色一暗，果然看到了男人腰间明晃晃的钥匙，系统轻微闪动，提醒他："线索就在眼前！"

猜对了！

虞卿暗暗咬牙，想要放手一搏。于是他慢慢交出止疼草，后退几步，正想让钱莱想办法破阵，就听身后铜钱挂摇响。

不等开口，虞卿就看见，钱莱身边一下子浮起几十张泛着红光的黄符，像是被控制了一般，围着他转圈，不一会儿就随着他的动作四散开去，以极快的速度飘向村庄各处。

下一秒，红光霎时大涨，笼罩整个山村。

紧接着，所有怪物都开始尖叫。她们的眼睛泛红，能力较之前再次增强，自我意识觉醒，连行动都变得游刃有余！

一时间，所有得意扬扬的村民再次害怕起来。他们尖叫着，哀号着，不顾一切地逃跑奔命。

地面上红光持续增加，荡得周围阴风顿起，旋出气浪，撩起钱少爷高端定制的小褂，随着他细碎的短发一同飘荡。

微风里，钱莱站得笔直，右手抬在胸前，星目上扬。他生得本就痞气，此时正满目挑衅地对上方如有："谁告诉你我就布了这一个阵啊？"

打从进村开始，钱莱就发现这些槐树上有奇怪的阵，原本以为是为了村民的安全才设下的，现在看来，根本就不是那么回事！

所以虞卿让他布阵救新娘的时候，他就防了这一招。

话音落，方如有也生出了片刻的诧异，似乎没想到这个吊儿郎当，从不值得他正眼相待的青年也有这样的能力。

他的神色微微凝滞，却不料，下一刻，两道兵器入体的声音同时响起。方如有呼吸一停，瞳孔霎时放大。他看见，不远处的虞卿早已趁他愣神之际，射出金针，而且后背也似乎被怪物攻击了。腹背受敌，男人依然像是感觉不到痛意，喘息几下，再一次仰起笑脸："虞……卿。"

他喃喃着："我们……会再见的。"

话音落，刺耳的"嘀嘀"声紧跟着响起。

虞卿发现，面前方如有的身体竟奇迹般地变得透明，最后浓缩成了一串幽蓝色的数据，随着一道光，彻底消失在副本里。

下一刻，原本挂在腰间的钥匙掉了下来。虞卿捡起，听系统播报再次响起："恭喜主播虞卿发现关键线索'村长的钥匙'，故事探索度达到百分之百！"

又……又破百！

直播间的老粉狂喜："卿卿就是最棒的！"

播报未完，系统的声音还在继续："恭喜主播虞卿完成'啼婴山村'副本百分之百的故事内容探索，获得一次'顶级抽奖'机会，可随时兑换。"

与此同时，另一边，系统毫无感情的播报声也响起："恭喜主播方无脱离副本，卧底模式完成度百分之八十七，奖励积分八万七千，请主播再接再厉。"

回到原本的休息点，方如有的心口还是有点疼。他慌忙倒了一杯热水，把虞卿给他的止疼草放在桌上，摘下一朵小花扔进去，等不及泡开，就猛灌几口，瘫在沙发上。

十分钟后，止疼草生效，剧烈的心绞痛才有所好转。

方如有深呼一口气，将头枕在沙发扶手上，轻轻喘息。他头上的皮套散了，半长的卷发分出几缕贴在脸上，因为药效，原本白皙的肌肤竟被激出一点淡粉色。

"吱呀"一声，房门被打开，手下孟毅进屋的时候，方如有身上已经不自觉浮出一层汗。

脚步声持续靠近。

孟毅低头，清了清嗓子，尽量让自己的声音听不出异常："老大，这次直播怎么样？"

"效益还可以，完成度达到百分之八十七。"

沙发上，方如有毫无防备地仰着头。

旁边的孟毅猛然一滞："您以前玩卧底模式，完成度都是百分之百。"

"是啊，我输了……"方如有喃喃着，目光逐渐变得阴狠，"不过没关系。"

他慢慢扬起笑脸，说："这次在副本里，遇见了一个久违的故人。"

副本里，方如有消失的一瞬，钱莱看到一个梳着麻花辫的小女孩乖巧地走到他身前，拽了拽他的衣襟。

钱少爷瞳孔不可思议地放大——所以，方如有背后是他闺女攻击的？

此时，小女孩正仰起头，讨夸似的看着他："爸爸，我厉不厉害？"

"厉害。"钱莱揉揉小女孩的头，刚夸一句，就发现一旁还有个抓住虞卿裤脚喊"妈妈"的婴儿。

她被虞卿抱起，神色带了些必胜的自信，笑嘻嘻地看向小女孩："看，我妈妈会抱我！"

于是，小女孩立刻皱起了眉。

到底还是五岁的小姑娘，不一会儿就趴到钱莱怀里，让他抱着："看！我爸爸也会抱我，我爸爸很帅的！"

忽然被夸的钱莱心底一漾，当即挂上了自己标志性的小墨镜，痞痞一笑，笑得小女孩心花怒放，连连拍手："看吧，我爸爸还很富有，身上挂的都是钱！"

说话间，她就抓了抓钱莱的铜钱挂。

"呃……"他有些为难，"其实这个不是……"

"好吧，你爸爸也很厉害！"

钱莱：这就……聊上了？

钱莱忽略了孩子们幼稚的聊天，脑子里下意识跑出一个问题。他几步靠近虞卿："你说，为什么九级 Boss 击杀不了村长？但是我闺女和你闺女就可以？"

村里的攻击还在继续，虞卿晃着手里的钥匙，摩挲着上面那一个小小的"周"字，道："因为在这个故事里，村长就是逼死舒清的周公子，也是向主系统许愿的核心 NPC。系统有规定，Boss 不能伤害核心 NPC。"

第一个副本结束之后，钱莱其实听虞卿说过："天使精神疗养院"许愿的核心 NPC 是院长。

院长把灵魂给了高维系统，许愿疗养院可以重新开下去，许愿能永远跟妈妈在一起，所以才有了那个阴森的副本！

"那……"钱莱问，"周公子的愿望又是什么？这个村子明显比疗养院诡异多了。"

钥匙叮当作响，虞卿决定去村长家找一找。

几人一路前行，来到村长家之后，有几个小女孩和小女婴帮忙翻找，不一会儿就找到了一个与钥匙完美符合的木盒子。打开盒子，里面是一大摞厚厚的日历，并且周公子还在每一本日历上都标注了自己的年纪。

二十二岁：到了结婚的年纪，喜欢舒清，但她有些不识好歹。

二十四岁：舒清死了，为了个破学堂，真蠢，嫁给我做妾不好吗？

二十七岁：疯了，这群女人简直疯了！她们怎么能抛头露面出去工作，怎么能去读书习字？不成体统！

二十八岁：家里败了，新时代要来了，舒清有学生去了法院，她想为舒清翻案，为那些被我逼死的女孩翻案，我要完了！可是为什么，为什么我处处比不上一个女人？好不甘心！

三十八岁：八月，坐牢出来了，每天被打，回家的时候，发现家乡那边已经荒废成山村了，不过幸好我建的神庙还在，山村也有山村的用法。

九月，原来还有一小部分跟我思想一致的人，这个世界还有救！

十一月，大壮家的媳妇怎么这么废物？五胎都生不出儿子，留那么多丫头片子有什么用？后山有座弃婴塔，扔了吧。

十一月下旬，可恶！竟然有医生进村普及，生不出儿子是男人的问题，简直荒谬！

十二月，过年的时候，竟然有外地人来我建的庙求子，我好像发现了新商机，可以利用"仙女"做噱头吸引更多人来花钱求子。

四十岁：村里的女人越来越少了，我很喜欢舒清那件嫁衣的款式，以后让每家每户的新娘过门时都穿一遍。村里也该给女人们定些规矩，毕竟丈夫大于天。

七十二岁：刘瘸子的媳妇真不让人省心，一个女人非要出去上什么学？晦气！

七十三岁：林小静的同学报警了，外面有警察找过来了，我们都该判刑！可是为什么？我不明白，我做错了什么？

再往后的字歪歪扭扭，应该是周公子临死前的挣扎，什么都没写出来。他腐朽的一生都在接受新思想的冲击，他承受不住，故而心理越来越变态。

坐牢出来后，他接受不了巨大的贫富落差，所以拼命敛财。

日历一张接一张地翻过，这边，虞卿正分析着副本的形成原因，就发现好感值感应器上，所有NPC的信仰值开始飙升！！

"成为他"完成度不断刷新，很快超越百分之九十！

前所未有的完成度，直播间一片兴奋！

不一会儿，外面的厮杀声小了，似乎是舒清喊了一句："最善良的人评选开始了，大家快来啊！"

话音落，屋子里的人也跟着往外走。

眼看一切顺利，副本就要通关，可……虞卿的耳边忽然毫无征兆地出现了系统的危险提示，还是随时都能危及性命那种高阶提示，八级副本里都很少出现。

为什么……会这样？

而且，看钱莱那没事人一样的反应，这提示明显只给了他一个人。

这个副本里，有威胁生命的因素，正在悄然逼近他。而他现在，什么都没发现……

虞卿的眼眸轻缓垂落，眼看屋子里的人各自离开，他却走得很慢，也不知想到了什么，指节轻攥，心事重重。

司遇见状，问："怎么了？"

虞卿并没有明说自己的不安，他只是问司遇："你下山的时候一直跟着我，是不是有话想说？"

他看出来了，小怪物在犹豫，所以借着四下无人，主动询问。

司遇的眼眸暗暗垂下，犹豫了半晌，解释道："我需要一点你的血，这样以后就不怕主系统干涉了。"

虞卿划破手腕，给了他几滴血。

直播间的观众看得正来劲，忽然有尖叫声打断了他们。

"吓死我了，你们看那是什么？"

下一秒，随着镜头上抬，观众们清晰地看到，房梁上用绳索悬着一个老头，正低着头，阴沉沉地与虞卿四目相对。

镜头再次拉远，画面里，观众们看到，虞卿的动作并没有任何变化。

他的嘴角渐渐弯起，点滴兴奋在眼底凝聚。他终于知道副本的危险提示是什么意思了——真正的周公子根本就没走，他还在这间房子里！

他就说吧，一个副本不可能没有核心 NPC！

方如有消失了，周公子就一定还在！

虞卿慢慢落眸，给司遇一个眼神示意，对方的触手便毫不犹豫地探出去。刚要碰到周公子，就被虞卿提醒："别……击杀他你会受伤。"

话音落，那触手当即转了个方向，好好卷起周公子，而后"砰"的一声探出窗外，毫不犹豫地丢到了舒清面前。

村头"最善良的人"投票一顿，万般喧嚣霎时停止。

舒清低头，漆黑的眼瞳泛起血红，连同所有被这个村子坑害的怪物新

200

娘和孩子一起，齐齐对准了周公子。

那一瞬，老男人终于开始害怕。他觉得，这一下他好像连死也不会那么容易了。

"求……求你……"他慢慢跪下，怯生生地望向舒清，"求……"

下一刻，他整个人被扇倒在地，爬也爬不起来。紧接着，刺耳的尖叫贯穿整个村庄。

但在屋子里，虞卿的神色并没有好多少，因为从周公子被丢出去之后，他的系统就开始提醒。

"恭喜主播虞卿解锁新成就，'成为他'完成度百分之九十七！副本NPC 大量脱轨，猎杀模式即将开始，祝你好运。"

这个模式虞卿是第一次听说。他查了一下系统才知道，这种模式同样也是为了压制能力较强的主播而出现的。

一个副本里，当主播能力过强，NPC 大量脱轨，主系统就会在副本进行过程中重新开启传送，吸取大量的新主播进入副本。而且，所有进副本的主播都无需闯关，还配枪免费。他们领到的任务只有一个：用尽一切手段，攻击系统指定的人！

这一次，猩红的警报闪烁，"猎杀模式主播招募公告"在每一个休息点的直播大厅同时响起。

"各位主播请注意，副本'啼婴山村'即将启动猎杀模式。任务目标：用尽一切手段攻击虞卿！报名倒计时，六十，五十九，五十八……"

直播大厅里系统狂响，一时间，所有主播都跟着投去了目光。不出三秒，就有人迫不及待地上前，取出武器就要进系统。

可……还没来得及报名，就被身边人猛然拉住："你疯了？不看直播的吗？这个任务不能接！"

"为什么？"

"你先看看啼婴山村直播画面再说，这个虞卿不知道是哪路'神仙'，'成为他'完成度百分之九十七！"

这话一出，不只自己的伙伴，就连周边听到的人也纷纷一震！

要知道，"成为他"是游戏里最难的模式，当年谢以凉也不过完成了百分之六十。虽是百分之六十，也是至今无人超越的成绩，这个不知名的主播一上来就飙到了百分之九十七？

怎么……会这样？

童磊立在一侧，两股战战，险些倒在地上，软成一摊泥，冷汗浸透了衣衫，他不由得想起了被改造后的铜簪支线任务——他一进去，就因为骂了一句"女怪物都是废物",便被她们齐齐抓住。

可怕……太可怕了……

巨大的阴影笼罩着他,致使他好几次看到了虞卿也不敢上前打。

刚才没藏好,他甚至被女怪物们拖着在最善良的人评选栏上给虞卿投了一票。

与此同时,虞卿的直播间系统提示再次响起:"恭喜主播虞卿解锁新成就,'成为他'完成度百分之九十九!"

这一下,在外看直播的人目光纷纷一顿,再不敢去报名了。

"那……那个是童磊吧?"

不知是谁先问了一声,指了指女怪物旁边含着眼泪投票的尿包。

"是呢。"旁边的人附和着,"他不是谢以凉身边的神枪手吗?怎么这副尿样?"

"得了,我不去猎杀虞卿了,我自己的命重要,这活谁爱接谁接吧。"

"三,二,一……报名结束,啼婴山村猎杀模式现在开始!"

随着一句响亮的播报,猎杀模式报名流程关闭,新一拨的主播又被传送进副本。只不过以往的猎杀模式主播们都是抢着报名,起码一次能有几十个,现在……八个?

这八个人自信满满地进了副本。然后,一村的怪物全部转身,同时看向他们,齐齐露出骇人的笑。

风一吹,众人身上霎时起了一层鸡皮疙瘩!

而直到此时,屋子里虞卿系统的危险警报才彻底解除。"警报解除"的声音蔫蔫的,似乎连主系统也觉得无语,可是已经没了办法。

这个副本只能等虞卿走了之后再进行修复了。

毕竟二级异化的副本不是好闯的,"成为他"最后的百分之一,需要主播"完全通关"之后才能获得。

虞卿的表情终于松懈下来,他准备往门外走,却再次被司遇拦住。

视线转过,司遇对他说:"我还想跟你说一件事。"

司遇的嗓音偏低。

虞卿问:"什么事?"

然后,司遇就说他没时间了:"虞卿,因为主系统限制,我要暂时离开这里。我会在啼婴山顶等你,你忙完来找我,我再跟你解释。"

话落,随着一团浓重的黑雾,司遇又一次消失。

虞卿深深吸了一口气,换了身简单的便服,走到村头时,正见女怪物们逼迫周公子在公告栏上给他投了一票。

如果不注意，他根本没发现，旁边还有八个蹲在地上作投降状的猎杀模式新主播。

所有的票都投完，紧接着，村头的公告栏开始发生变化，他的名字被渐渐放大，最善良的人海选完成！

"太好了，可以通关了！"

一侧，钱莱有几分兴奋地扯了扯他的袖子，不一会儿对着他放出一枪。

虞卿转过头："你干什么？"

"那什么，"钱莱挠挠头，说，"人家系统下了新任务，所有主播见到你，十分钟内必须开枪，我意思一下。"

虞卿："……"

然后，虞卿在村子里了解了一些情况，耽搁两个小时，各个主播对着天空开枪，枪响得跟放鞭炮似的。

目前"成为他"完成度百分之九十九，还差百分之一。

弃婴塔里，司遇不停地在房间里转着圈。

啼婴山顶阴气很重，常年不见阳光，无边的黑暗侵蚀着无法下山的漂亮小怪物。

这是副本永恒的规定——当故事探索度达到百分之百，检测到主播即将通关时，副本内的一切都会开始重置，Boss也会被主系统收走，加强训练，格式化记忆，再重新投放。

重置一般从山村开始，山顶暂时是安全的，可……司遇也不清楚到底能安全多久。

他有些焦躁，还有一件事没有跟虞卿讲。

"嗒嗒。"是脚步声！

弃婴塔内，司遇当即起身往门口跑，确定是虞卿。

"抱歉，在山下跟他们聊了一会儿，来晚了。"

司遇："聊了什么？"

"最善良的人评选结束了，只要把我的手按在系统上，大家就都可以离开了。"

司遇"哦"了一声，还没说什么，就听虞卿道："我拒绝了，让他们等等。"

司遇沉吟片刻，问他："什么时候走？"

虞卿："等'成为他'完成百分之百。"

"那也快了。"司遇犹豫了一会儿，才辗转说到正题，"我有一点关于你的记忆。"

虞卿认真地听他说："我记得你有一朵彼岸花，白色的。"

他只有一点点的记忆，其他的也记不清楚了。听他说完，虞卿像是早有预谋一般，慢慢抬起手，叫来身边悬浮的系统，而后不知从系统空间里取了什么，直接打入了司遇的后颈。

司遇睡了过去。

白色彼岸花？

虞卿没有印象，快步下山，从系统商城买了些彼岸花的种子，又在村里借了一处肥沃的土地，将花种在土里。

为了加速花期，虞卿甚至从系统商城买了"成长药水"，价值二十万积分。

钱莱有些不理解："你想要彼岸花啊？"

虞卿点点头。

钱莱更不理解了："系统商城有卖这东西的呀，虽然不大新鲜，但……"

"但我想要新鲜的。"

第二日早上，彼岸花已经长出了花苞，等到中午估计就能完全开了。

虞卿垂眸，刚想再洒点"成长药水"，却忽然听到系统的声音。

"啼婴山村副本通关条件已达成，副本疾速重置中，请主播们迅速带领最善良的人离开山村！"

紧接着，系统猩红的倒计时落到了十分钟。

司遇说，副本重置他就会被收走……正思考着，目之所及，是一个仓皇逃跑的主播。

虞卿不认识。

但那家伙刚才分明是趁着他关门的空当，立在不远处，把自己的系统派过来，主动靠近了他的手，确认感应成功后就跑了。

跑了！

因为只要他跑出副本，这里所有的主播就都能够脱困，真是打得一手好算盘……

周身的血流不断加速，虞卿深呼吸几下，连花苞带土一起放进了系统空间。

"嘀！嘀！嘀！"系统倒计时仍在继续，"时间还剩，五分钟！"

虞卿没了办法，思索片刻，只好用了个瞬移道具，迅速把自己送出村！

最善良的人必须在十分钟内出村才算完成任务，否则虞卿不知道会有什么后果。可……四十万积分买的道具，他将自己远远甩出了啼婴山村，系统的倒计时依然在继续。

"嘀！嘀！嘀！"机械的声音倒数着，在耳边不停催促。

自从完全安抚好婴儿们，虞卿很久没有这种闯副本的催命感，他慢慢平复呼吸，刚准备往前走两步，忽然听到了风声。

不知道为什么，周围的风突然大了起来，扬起飞沙，撩动他的衣摆，几秒后，竟是掀秃了草皮，连树木都连根拔起。

周围迅速变暗，黄土遮蔽日光。

忽然，随着咔嚓一声，树木断裂，像是忽然被灭了灯，周围完全黑了下来，寻不到一丝光亮。

无所依托的旷野剥夺着人微末的安全感，虞卿很瘦，整个人沉在风里。不一会儿，他的身体像是撞上了什么硬物，疼得猛吸一口凉气，眼瞳亮起时，他发现，自己竟是……撞上了天空！

这个天空好硬，好像是木头盖子，硌得他脊背发麻。而与此同时，虞卿又看了一眼系统，"成为他"依然是百分之九十九！

这三天来，他试了不少方法，都无法达到百分之百，所以，最后那百分之一到底要怎样才能完成？

"时间还剩一分钟！"

副本要塌了！

同时，另一边，啼婴山村内被吊在树上的周公子望着黑压压的天，终于哈哈大笑起来，松弛的眼睛弯起，似乎为这末日提前庆贺。

紧接着，闷雷响起，巨大的赤色闪电划破正空，狂风骤起，地面开始一块接一块地塌陷，满村的槐树被风折断，连根落下无底的黑暗深渊。

一片混乱，尖叫声、哭诉声、求救声杂糅在一起，此起彼伏。

躲在树下，拿虞卿的手强制验证的主播朱成彦双手抱头，不停地发抖。

他也不知道为什么，虞卿明明已经出了村，副本却还没有结束，而且要塌了。

还有一分钟，倒计时结束，他们都得死在这里！

男人的双眼通红，逐渐被血丝充盈，以往的啼婴山村副本，不是只要人出村就会直接通关吗？是因为"成为他"开启了，通关条件变难了吗？

早知道就不该接这个猎杀任务，要死……

"咔嚓"一声，闪电劈树，身边轰然塌下去一个大洞，身体不受控制地倾斜，瞬间将男人惊出一身冷汗，他慌忙转过身，手脚并用着逃离。

下一秒，第三道闪电划开，像是在黑压压的空中豁开了一道大口子。他身后的树轰然着了火，燎起他的衣裳，烈烈燃烧。

"啊啊!"

一片红黑交杂的诡异光晕里,朱成彦骇得浑身发抖。他抬起眼,意外地⋯⋯看到了悬浮在半空的虞卿?

"时间还剩,五十五秒!"

催命的"嘀嘀"声充斥着耳朵,红雷下,虞卿眼眸下压,就那么忽然出现,漫不经心地俯视着整个村庄。狂风撩起他的发,衣摆飞扬,出现的一瞬间,仿若神明降世。

神秘的力量直击心灵,那一瞬,朱成彦浑身一颤,眼眶不受控制地发热,他好像⋯⋯看到了久违的救世主。

剧烈的心跳猛震着胸腔,不知什么时候,周围的怪物和主播们竟为了活命全部下跪。

喉结滚动,朱成彦也不得不低下头,虔诚地信奉着,希望虞卿可以带来奇迹,救他逃离这诡异的副本。

红雷再下,所有人全部跪拜在少年脚下!

"嘀!嘀!嘀!"

生死在前,倒计时已经迫近四十秒,没有人怀疑虞卿是用道具瞬移过来的,也没有人怀疑他是用道具浮上天空的。存活时间不足四十秒,人们思绪混乱,再多的怀疑也会被求生欲压下去。

总之,他出现的那一瞬间,身影震动了在场每一个人。

"时间还剩,三十秒!"

混乱的村庄里,众人的头压得越来越低,祈求越来越虔诚,主播也好,怪物也好,看不惯虞卿的童磊也罢,他们全部低着头。

可即便如此,虞卿也只是垂着眸,眼神没有丝毫变化。红雷映亮了他的脸,自信、沉静、张扬。

他已经想到出去的方法了,他现在就可以买个道具,"救万民于水火"。

可是他没有动,他在等。

"时间还剩,十秒。

"十。"

系统的倒计时越来越近,心跳急切,就连不远处钱磊的额角也不自觉渗出冷汗,喉结滚动。他也有些紧张,但不知道为什么,他始终相信虞卿能带他出去。

虞卿等,他也等。

"九。"

地面坍塌得更厉害了,就剩众人跪着的一小片了⋯⋯

"八。"

终于，贪生怕死的周公子也慢慢跪下，五体投地地祈求。

下一秒——

"叮咚！恭喜主播虞卿解锁新成就，'成为他'完成度百分之百！"

"啼婴山村副本即将脱离主系统控制，所有 NPC 为您一人所用，供您随意差遣！"

直播间——

"啊——我想哭，卿卿太帅了！"

播报响起的一瞬间，虞卿眼眸闪动，终于狠狠松了一口气，喘息时，整个右手都在抖。他的后颈出了一层汗，猛然的情绪放松带动胸腔起伏，连胃部都艰难地抽搐起来。

不过结果非常好！

五级副本，"成为他"完成度百分之百！

这一句播出去，立刻吸引了一大批新观众。不一会儿，整个直播间再次被顶到了观看热度榜榜首，观众在线人数甩第二名一大半！

观众发的弹幕很激动。

"时间还剩：五秒。"

"叮咚——"

副本里，虞卿毫不犹豫地从系统商城取出一张爆破卡，输入"棺盖"二字，紧接着卡片脱手，抛上天际。

"三。"

巨大的杀伤力炸破穿顶，"天空"被轰碎了，有木屑窸窸窣窣落下，外面有光透进来。终于，在倒计时迫近于零的一瞬间。

"叮！副本任务已完成，脱离开始！"

声音落下，所有主播都狠狠松了一口气，有胆子小的甚至直接瘫在地上，眼角落泪，不停喘息。

太好了，一切解决了，马上就可以出去了。

可……就在脱离开始的前一刻，一根巨大的绿色藤蔓忽然从已经塌陷的副本地面内探出，一跃三丈，毫不犹豫地缠上了少年的脚踝，力道之大，像是要在系统开始传送之前，将他直接拉入地底！

"嗯……"闷哼一声，虞卿忍不住皱起眉。不出一秒，他的脚踝就被拽出了红痕，扯得生疼！

而且，在空中他无法使力！

虞卿咬着牙，再次打开系统商城，正想看看有什么道具，忽然听到无数根漆黑的触手从地面冒出来的声音，毫不犹豫地绕上那带刺的藤蔓，绞杀缠斗。

繁多的触手逐渐将藤蔓包裹，卸了它的力道。

虞卿看见触手受伤了，有漆黑的血缓缓布满藤蔓的茎，或深或浅，触目惊心。

"天空"的木屑持续往下掉，一片混乱中，触手终于将藤蔓碾碎，然后在少年身下盘踞缠绕，不一会儿，便幽幽撑起一把椅子，供他好好坐下。

小触手伤得实在太重了，染得少年身上满是漆黑的痕迹。

满身伤痕的小怪物，不是说副本重置就会被主系统回收吗？

现在，副本都结束了，怎么还在这里？

"嗯？"

下一秒，白光闪过，脱离开始，没有时间了……

虞卿的指节一顿，紧接着白光放大，纯白的空间再次将所有闯关的主播包裹，四周……一片虚无。

"叮咚——"虞卿听主系统的关闭播报在空间内高声响起，仔细听，还能觉出几分咬牙切齿。

"副本通关完成，现根据主播表现及所获积分开始评级。

"主播虞卿：五级，满级十。

"主播虞卿，恭喜你，五级主播将自动开启天赋验证，助您闯关路上畅通无阻。

"判定天赋：伪装者（漂亮优雅的神级角色扮演）。

"天赋作用：在副本中，您可以随意扮演想扮演的任何人。

"主播钱莱：三级，满级十。"

其他的播报，虞卿无心去听，他低下头，刚想去看手里的小纸条，就听钱莱在一旁道："欸？你身上的标记没了！"

钱莱眼眸轻闪，说："蛇的标记和彼岸花的标记都没了。"

系统的播报仍在耳边："评级完成，在进入下一个副本之前，主播可自行选择休息点进行休整。"

紧接着，偌大的休息点大屏幕再次落到眼前。或许是都经过了最后的凶险考验，这一次，空间内的十几个主播个个畏首畏尾，乖得连句话都不敢说，更没有人干扰他对休息点的选择。

虞卿眸色微垂，目光落在就近的四个字上——乌木小镇。

这个名字，好像也有点熟悉，不知道在哪儿见过。

现在，虞卿基本可以确定，他丢失了很大一部分记忆，所以，去熟悉的地方或许可以……

"嘀——"他的指尖落下，"休息点传送成功，乌木小镇，传送开始……"

周围的环境再次发生变化。

下一秒，脚踩到结实的地面上，周围似乎下了雨，噼啪声起，人声鼎沸，主播们个个披着雨衣，交头接耳，小步快跑着，似乎……正着急去什么地方。

乌木小镇绿树环绕，白墙黛瓦陈列溪水两岸，错落有致，与以凉庄园完全不同的光景。

而且，来到这里，朱成彦明显开心起来，童磊却吓得两股战战，险些直接哭出来！

这是方如有的地盘，方如有和谢以凉是死敌，来到这里，自己一天之内一定会被玩死。他不能待在这里，应该立刻进个简单的副本逃离这里！

可……他还没来得及跑，就被朱成彦几人一起架住。朱成彦回头，面带微笑地提醒："童磊是吧？我们老大想见见你，一起喝一杯啊？"

然后，伴随着激烈的叫喊，童磊被一帮主播直接拖远了。

直播间已经关闭了，面前全镇的主播依然在奋力往小镇中心跑，似乎那里充斥着巨大的吸引力。

于是虞卿迈开脚步，正准备叫钱莱一起走，却发现一旁的余籽面色惨白。她像是顶着巨大的压力，飞速跑到自己身边，一把拽起钱莱，拔腿就跑。

白皙的运动鞋染上脏污，她跑得远远的，七拐八拐，躲到角落里一个最不起眼的房间后才道："别……别靠近他！很危险！"

钱莱目光垂落，不明所以："什么……危险？"

"虞卿！"已经快进屋一分钟了，余籽的脸色还没恢复，她单手撑着柱子，喘息依旧艰难，"我想起在哪里见过他了！"

说话时，女孩面色惨白，仿佛陷入了极其恐怖的回忆。她问："虞卿是不是害怕火，尤其是燃起来的那种森林大火？"

钱莱仔细回忆了一下，似乎真如女孩说的这样——虞卿经常做梦，都与火有关。

见钱莱有所察觉，余籽说得更卖力了："你不能靠近他，他是主系统留在这里的阴谋，他会杀了你的！"

钱莱的心跳逐渐提速，忍不住问："那虞卿是……"

"他是……"

"嘀！嘀！嘀！"

余籽有些急，但刚开始说话，系统那充盈着恶意的警告声就在耳边响起，凉意席卷，杀欲弥漫，她不能说！

"你看见了，我不能说，系统在阻止我，这足以证明他和主系统之间有联系！"余籽急得眼眶发红，"总之，虞卿不是人，你趁早别和他来往，我们……我们现在就换个副本，立刻离开……"

　　正说着，"吱呀"一声，木制的红门被推开。虞卿买了糖，慢悠悠地走进来，温和的目光正落在面对面的两人身上，微微一笑。

　　"你们……在说什么？"

余籽瞳孔一缩，当即打了个寒战，藏在袖子里的手不停颤抖，眼睛霎时红了一圈。

"我……我……我……"她的声音哽咽，张了好几次口，竟是连一句完整的话都说不出。

"我……我们刚才看见了一个黑影，追到这里找不到了。"钱莱上前两步，不动声色地将女孩挡在身后，"在讨论那是什么东西呢，哈哈哈……"

话音落，钱莱目光微动，不知是不是心理作用，看向虞卿时，喉咙不自觉发紧："你……"

"我买了糖。"虞卿慢慢将手伸出去，递给钱莱一根草莓棒棒糖，而后又绕过他，将自己手里的可乐味棒棒糖递向余籽，笑得乖巧亲近："你吃吗？"

"不……不用了，我……我……我……"女孩的声音持续颤抖，双目惊恐，依旧说不出一句完整的话，一只手不动声色地揪紧钱莱的衣角，似乎在询问他要不要一起跑。

但……缄默片刻，钱莱也只是笑道："她还有其他事，就不和我们一起了，我们……去镇子中心看看吧。"

听到这儿，余籽也明白了钱莱的意思，可她依旧不愿放弃。

在各自为战的恐怖游戏里，钱莱这样的人不多见，她不想看着这个青年自取灭亡！

她又拽了几下，可钱莱依然没有走的意思，甚至为她打开了门。

纠结片刻，女孩无法，只好自己跑远。急促的脚步声消失在雨里，四周一时寂静无声。

钱莱深呼吸两下，跟着虞卿往外走，冰凉的雨点落在身上，青年呼吸微促，脚步明显沉重起来。他有些紧张，细碎的声音在手中响起，一个没注意，竟是将虞卿递给他的棒棒糖捏出了声响……

钱莱心中一紧，出于本能，想把棒棒糖收起来，可手臂刚抬起，就看到前面的虞卿停下了脚步。

钱莱心底骤然一颤，想：虞卿的身份不能被说出来，大概也是 NPC 之类的角色，而且，还有可能是与主系统相连的核心 NPC。就他通关的表现来看，大概是比 Boss 还凶残的那一种，怎么办……

钱莱正纠结着，就见面前的虞卿转过身，从他手里拿走了糖，拆了包装又递过来："吃。"

"好！"钱莱应激似的答了一声，默默低下头，像个听话的学生，而后脚步声起，他继续跟在虞卿身后。

又走了几步，前面的人脚步一停，钱莱再次一惊——怎么办？虞卿刚才听到了吗？他……

"你要是怕，直接抖出来，手压在我肩膀上走。"

好熟悉的感觉！

钱莱没了办法，道过一句"谢谢"，就上前两步，一只手习惯性地搭上虞卿肩膀，精神放松的那一刻，双腿都发软。

他看着虞卿随意拆开手里的糖，嘴唇微抖："你……听到了？"

少年点点头，把糖放入口中。

钱莱的表情又崩溃了几分："那你忽然推门干吗？"

"有点不爽。"虞卿解释，"吓唬吓唬你们。"

钱莱眼角的泪又多出来一些，却还是抵不过好奇："所以，你是……什么？"

"不知道。"虞卿继续往前走，顺便将速度放慢了一些，照顾钱莱乱成一团的情绪，"我好像失忆了，很多东西我觉得熟悉，但都想不起来。"

"不过……"虞卿话锋一转，又道，"我觉得我来的地方，可能和这个游戏的名字有关。"

钱莱想了想："《天堂的阶梯》？"

"嗯。"虞卿道，"这个游戏由'高维人'创立，每年总积分排名第一的主播都可以登上阶梯，直面他们，向他们许愿，好的话，甚至可以荣登他们口中的天堂。我好像……来自那所谓的天堂。"

"所……所以……"钱莱的情绪好了许多，"你也是'高维人'吗？"

虞卿："应该……也不是。"

两人的脚步继续向前，一旁，有隐在垃圾桶后的怪物吐着舌头，目露凶光，对虞卿虎视眈眈。

眼看着虞卿就要靠近，怪物猛然张开口，正要咬下去，忽然少年抬手，将拆开的棒棒糖包装扔进它口中。

"唔！"怪物吃瘪，立刻抬起黝黑的爪子捂住脖颈，自顾自去一旁吐了起来。

"我想不起更多了。"虞卿有些苦恼，"之后想到再说吧。"

说罢，他又拆开一颗棒棒糖，草莓味的。

钱莱的呼吸渐渐平复，心颤得没那么厉害了，但还是问："那……你为什么还要带我走？"

"因为我觉得，你没打算跟我掰。"甜糖入口，丝丝缕缕的甜味在唇齿间化开。

钱莱终于松了一口气，有些蔫蔫地道："你知道我为什么选你当队友吗？"

虞卿摇头。

钱莱："我们家是玄学世家，我爸、我妈、我姑姑、我姥爷他们从小就教育我，越是危险的时候我们越应该冲在前面，保护弱小的人。所以进'天使疗养院'之后，我就带着许多新人主播一起跑。他们很感激我，说要选我当队长，可后来我遇到危险，快被墙里的鞭子抽死的时候，他们都在旁边的病房里看着。

"就看着，不说话，一动也不动。"

"你救了我。"钱莱轻喘一口气，咬碎了口中的棒棒糖，取下短棍，"你救了我两次，所以……嗯？"

看到虞卿手里的糖纸，钱莱一顿，又跳脱地转了话题："你买了三根糖？"

"嗯。"虞卿点头，"两根草莓的，一根可乐的，我想吃两根。"

"那你刚才还给余籽？"

"我知道她不敢要。"虞卿嘴角带笑，像是骗糖成功的小孩，"我意思一下。"

说着，两人就立在了鼎沸的人群后。

高台上，主播们似乎在排队打靶。听旁边的人说，这是方如有扩招手下的演武场。

场上都是移动的靶心，且移动规律无法捉摸。只要有人能连中十次十环，就能被方如有收入麾下，每个月白拿一万积分的工资，主播们趋之若鹜。

而且，不得不说，方如有这个人本身就很奇怪，他从出现在游戏里，玩的一直都是"卧底模式"，从来没有真真正正地闯过一次关。

一般人扩大组织招收手下，要的都是能力强的，可……方如有只要枪法好的，专为"猎杀模式"培养主力军。

呼——有风吹起，细雨倾斜，冰凉的雨点落在方如有单薄的衬衣上，冻得他不自觉打了个寒战。于是他低下头，右手握拳搁在嘴唇边，难以抑制地咳了两声。

他的唇色还是一样白，一副病歪歪的模样，让身后人看了无端皱眉。

"老大，今天雨下得大，不如先回去吧。"一旁，孟毅的提醒声刚起，方如有就像是看到了什么惊喜，望向台下。

而与此同时，鼎沸的人群后，虞卿从系统商城取了一把枪，黑黢黢的枪口直指方如有的额头。

一秒后，骨节分明的手扣上扳机！

"砰！"子弹脱膛而出，尖啸着向方如有下腹射去，后坐力强悍，震得虞卿手腕发麻。

突如其来的骚动打乱了秩序，惊呼声起，方如有身后的护卫队立刻警觉起来，对着少年的方向齐齐举起了枪！

几乎是一瞬间，孟毅伸手，一把将方如有拉向自己身边。

病歪歪的男人闷哼一声，那枚子弹便恰好擦过衣衫，没入身后漆黑的密林。

"喀，喀喀！"方如有轻咳两声，身上又落了几滴雨，不一会儿，白皙的眼尾就不受控制地发了红。男人的指节颤抖，难以抑制地轻喘着，嘴角却慢慢扬起。

孟毅又挪了挪伞，抬起眼睛，正见方如有慢慢抬起手，示意周围众人放下枪："都是朋友，别动气。"

说着，他目光微垂，打量的目光落在虞卿身上："又见面了，虞卿。"

少年轻笑："久违。"

"久违。"方如有转身，看起来十分和善，"我让他们去准备你爱吃的，来我家坐坐，一起吃饭吧。"

他……家？

声音起，钱莱忍不住诧异起来，一边跟着虞卿走，一边道："休息点都是游戏官方的NPC在运营，平常玩家住的都是酒店民宿，我以为只有谢以凉能在休息点安家，他也能？"

说着，他又忍不住观察了几眼周围。

演武场边不知什么时候多了一圈哇哇乱叫的怪物，方如有一下台，怪物们全都精神起来，叽叽咕咕地围着他转，似乎生怕他受伤。

钱莱又补充道："方如有好像跟这里的怪物……相处得还挺好？"

"嗯，反正他浑身上下都透着古怪，去蹭顿饭看看吧。"虞卿打断了他的猜测，跟着方如有派来的人一起迈步。

"欸，不是，你真去啊？"钱莱实在不理解。

虞卿是个谨慎的人，在上个休息点，谢以凉那么盛情邀请都没去，这次就因为方如有一句话便主动往前走？

"吱呀"一声，大门推开，他们一路前行，终于来到了方如有的家。

一间亲水别墅，三层，不大，却是这个小镇唯一的高层建筑。

坐下，不等人说话，虞卿就主动把系统空间里那一朵盛开的彼岸花拿了出来。根部连着土，因为是他强行从副本里挖出来的，所以现在松散的土壤已经不足以支持花株生长。

"请问，可以给我一个花盆吗？"虞卿转眸，看向一旁引路的手下，"再拿些营养土，谢谢。"

"好的，先生，请稍等。"

脚步声逐渐远去，直到方如有的手下离开，钱莱才终于明白了虞卿跟来的原因——土这种东西不在系统商城里售卖，所以，虞卿跟过来只是为了要点土种花？

"啧，啧啧啧。"钱莱忍不住叹息两声，刚想再开口，就听虞卿道："方如有应该是某个副本的 Boss。"

"什……什么？"

虞卿："余籽说，方如有这个人从进游戏开始玩的一直都是卧底模式，卧底模式是两年前新研制出来的，方如有也是两年前才出现在游戏里。扮演 NPC 的卧底模式比一般的闯关模式要难很多，死亡率也很高，方如有被击杀却不会死，他还好好地待在这里。"

"可……"钱莱道，"复活卡一百万一张，方如有也可能是买的卡吧？"

"有可能，但这个房间的布局很奇怪，有点类似于啼婴山村里周公子家的布局，而且……"虞卿道，"天使精神疗养院里，院长室也是这个布局，可能是待在这样的环境里能让他感到更舒服。"

"还有，你看。"虞卿说着抬起手，又指了下餐桌旁的窗台，"那上面还有我摘给他的止疼草。我原本以为，他让我找止疼草只是随便找个理由，想骗我上啼婴山，让婴儿们对付我，但现在看来，这东西对他真的有用。"

钱莱："……"

又兀自思考了一会儿，虞卿说："Boss脱离副本之后大概率会被主系统重置，或抹杀，或清除记忆，但方如有认识我，他并没有失忆。他一路忍着身体的疼痛闯关，靠着卧底模式，走上了主播积分排行榜第三！"

"而且……"他看向钱莱，"我觉得，不是这个休息点的怪物和方如有相处得好，看见方如有时，它们甚至是恭敬的，像是……把方如有当成王一样侍奉。我猜，这些怪物可能是方如有曾经在副本里认识的。

"阴错阳差的一个机会，可能是系统出了问题。总之，方如有意外脱离了副本，成为主播，带着曾经和自己关系好的怪物们一起逃到了这个休息点，安营扎寨。

"后来被主系统发现了，但他已经成了主播，并且被很多观众喜欢。本着观众就是上帝的理念，主系统干脆就默认了这个失误，同时给了方如有惩罚。他力气小，身体又不好，估计是这个原因。"

"可……这么猜是不是有点荒诞？"钱莱问，"主系统真的会出问题，导致原来的Boss变成主播吗？"

"当然会。"说话时，虞卿正在巩固彼岸花根下的土，连他自己都没意识到，这一声答得异常自信。

钱莱微顿："你怎么知……"声音一顿，他像是忽然反应过来了什么，一把拽住虞卿，"你力气也小，你也失忆了，余籽说她见过你，你会不会也是……"

"不是。"虞卿摇摇头，答得很坚定，"我不是Boss，但我就是知道，主系统有可能会出这样的故障。可能……我潜意识里有一些东西，我随便说，你也就随便听听。"

话音落，外面几个手下就贴心地端了花盆来，里面放的是难得的营养土。

虞卿闭了嘴，道过谢，一边种花一边等着外面的人上菜。

"喀，喀喀！"

三楼房间，方如有的心绞痛又发作了。他捂着疯狂起伏的心口，额头又渗出一层汗，仰头的一瞬间，锁骨起伏，空洞的眼睛泛起绯色，几乎失神。

孟毅上前，慌忙把他用"止疼草"泡的茶往一边挪了挪。

"咚咚咚！"

敲门声忽然从外面传来："老大，有人送了请柬，请您看一下。"

话音落，方如有神色清明，惯常的狠戾蔓上眼尾。

"你歇着，我去看。"孟毅说罢，就几步出门，接过了手下手里的信件。

沙发上，方如有的神色好了许多，低下头，拿起一旁的橘子水轻抿了两口，还没咽完，就见孟毅大步走了进来，把一份鲜红的请柬搁在了他手边。

嗯，橘子水很好喝，但请柬方如有懒得看，直接问："谁的？"

"谢以凉。"孟毅说，"谢以凉说很久没见您了，等您款待好虞卿之后，想请您去他的以凉庄园喝茶。"

"喝……"方如有不太会骂人，"呸"出一声，调子依旧冷，"他不是最烦我吗？以前在副本里见到我恨不得杀了我，现在虞卿一来我这里，他就急着要见我？真给他脸了，不去，扔了。"

"是。"

孟毅拿起请柬扔进碎纸机，又打了杯新的橘子水放到方如有手边，几次纠结，最终还是道："您……还去陪虞卿吃饭吗？"

"去。"方如有扶着沙发起身，刚走一步，发软的腿就跟着颤了颤。

"别去了吧。"孟毅又强调一遍，态度比刚才强硬许多，"你不舒服。"

"要去的……"方如有坚持，"这个虞卿和主系统有联系，只要稳住他，等到合适的时机，我就能利用他，跟主系统谈条件。"

"孟毅，我想活。"他咬牙，"我必须去！"

简单吃过一顿饭，虞卿谢绝了方如有的留宿，和钱莱一起出门，找了间带院子的民宿，比普通民宿贵三四倍。每位主播在休息点停留不得超过四十八小时，他们休息一晚就得再进副本。

"有必要找个带院子的吗？"钱莱不理解，可到了晚上，他发现虞卿再次打开了听命于他的"啼婴山村"副本。

副本里，周公子已经被折磨得半死不活。怪物新娘和孩子们和谐相处，眼看大家的怒气发泄得差不多，虞卿释放了副本里所有的怪物新娘和孩子，把他们引到院子里，让钱莱给他们重活一次的机会。

钱莱很爽快地答应了。

副本里，早就被折磨得连爬都不能爬的周公子仰着头，怒气腾腾地盯着虞卿。如果眼神可以杀人，虞卿觉得，他现在大概已经被周公子碎成了渣。

"可惜啊，"望着周公子仇恨的眼神，虞卿喃喃开口，"副本里你弄不过我，副本外也得听命于我，好惨。"

周公子的眼神越发绝望。

副本里，除了周公子，俞惊鸿也眼巴巴地看着他，问他可不可以先出去，可不可以去找小道士。

虞卿转过眸，看了一眼累得过分的钱莱，还是回绝了。

"明天吧。"

其实，"啼婴山村"副本，本身就是一口大棺材。应该是一种习俗，以前村子里的人死了都会葬在一处，所以，"高维人"就遵循周公子的愿望，把棺材做成了副本。

出村的方法就是炸掉棺盖，破土求生！

想完这些，虞卿狠狠松了一口气——他很庆幸自己在倒计时的最后一分钟理清了这些关系，不然……

"弄好了，累死我了！啊！"直到天蒙蒙亮，钱莱才拖着疲惫的身体回屋，一头栽在床上，"我先睡了，我的脑子快不转了。"

一句话撂完，钱少爷甩掉布鞋，施施然盖好被子，可合上眼睛，又忍不住讲起了话："我刚才想明白一件事。"

虞卿给他热了盒牛奶，插好吸管："说来听听。"

钱莱接过牛奶，闭着眼睛懒懒含住吸管："你在啼婴山村里用我的名字，是想做两手准备。你从一开始就怀疑最善良的人是通过选拔产生，但是，这村子里有两股势力，不好判断。所以，你对怪物新娘和怪物婴儿好的时候，用的是虞卿；对村民们好的时候，用的是钱莱。

"因为最开始你也不确定哪边是好人，要做两手准备。"

虞卿："嗯。"

钱莱得意扬扬地说完，没有得到想要的反应，有些不甘，翻身爬起来："我说得对不对？"

这时，虞卿已经回到床上，对着系统不停操作，不知在忙些什么，认真回："我刚才'嗯'了一声。"

"不是……"钱莱坚持，"那你反应再大一些呀？这样才显得我很聪明！"

"嗯。"虞卿重重点头，一字一顿，"你！说！得！对！"而后继续认真忙碌着，仿佛一切都没有改变。

真好啊，钱莱想：虞卿不会杀他，睡觉！

钱莱倒头就睡，第二天，他好像迷迷糊糊被人拉了起来。

那人触感冰凉，等等，这触感是……

钱莱思绪震荡，猛然睁眼，正对上俞惊鸿温和的笑脸。他反应了一瞬立刻后退，东找找，西看看，虞卿不知道去哪儿了？

啊，又抛弃他！

钱莱欲哭无泪，正咬牙防备着，就见俞惊鸿主动走向门外，打了水。

钱莱走到俞惊鸿身边，擦脸洗漱。

虞卿出去买了吃的，回来的时候发现平时自己很难叫醒的钱莱早已收拾好所有，精神抖擞地等着开饭，思绪微顿，眼睛不动声色地弯起。

——看来以后有办法叫少爷起床了。

快速地吃完饭，几人就出发去了乌木小镇的直播大厅。

为了不让钱莱瞎碰，虞卿特意让俞惊鸿看着他，并嘱咐："一定要看紧。"

俞惊鸿认真点头。

钱莱看向虞卿的眼神越发咬牙切齿。

大厅里热闹非凡，选副本时，虞卿特意打开系统，围着墙上镶嵌的所有副本转了一圈，转到西南角时，忽然系统兴奋地响起来！

钱莱努力往前凑了凑，竟发现虞卿系统上显示的是——定位功能。

定位功能在直播大厅起作用，也就是说，他之前就把一个定位器打入了某个副本 NPC 的身体，是……司遇吗？

钱莱的瞳孔不由自主地放大，四肢骇得发麻，虞卿却……早有计划。

这个人表面上乖巧，实际上将疯狂和优雅全部刻进了骨子里，让人心惊。

而且，钱莱抬眸，看了一眼虞卿选的副本，宣传图比"啼婴山村"明艳太多，阳光普照，底下有浪花，正中心是一所红艳艳的贵族学校，建筑考究，门口镌刻着六个鎏金大字——惊才艺术学院。

仔细看看，画面最底层似乎还有隐匿的青黑色影子，笼罩着整个学校，是……什么呢？

钱莱试探着往前一步，还没看明白，就听虞卿道："六级角色扮演本，可以吧？"

"啊？"钱莱转眸，刚应一声，就见虞卿毫不犹豫地点了开启，紧接着："嘀——主播虞卿，恭喜你成功选择副本'惊才艺术学院'，副本传送中，请稍候……"

紧接着，又是一阵刺耳的"嘀——"声，眼前白光闪烁，双耳嗡鸣，整个人仿佛被抽空。

虞卿咬牙，艰难地捂住耳朵。他不明白，为什么每次进副本，主系统都要搞这些花里胡哨的形式，像是威慑。

周围冷气加剧，环境不停改变，直到一切光怪陆离从眼前消失，少年才终于缓过一口气，试探着睁开眼睛。

入目，是漆黑的夜晚，屋顶、月亮、星星，以及几行介绍副本内容的幽蓝色大字。可是，虞卿连字都没来得及看清，身体就开始失重地下坠，速度极快，教学楼的窗户光影交替，闪得人头晕。

直播间再次开启。

"啊——卿卿小心，下面都是吃人的怪物！"

怪物……看到这里，虞卿心脏提起，立刻忽略周边的风声，仔细辨认，似乎真的听到了"叽叽咕咕"的怪响。来不及往下看，他立刻打开系统商城，伸缩钩爪直直弹出去，一把抓到了屋顶，带着他落到半空的身体再次回升，不一会儿，一只手紧紧扣住天台！

"嗯！"虞卿咬着牙，艰难地爬上去，翻身坐好，又看了一眼楼下，漆黑的怪物布满整个校园！

它们的头呈倒三角形，身体只有篮球大小，四肢却尤其长，站起来估摸有两米，尖利的獠牙上满是黏液，个个抬起幽绿色的眼睛，正渴求地盯着他。

见他爬上去，这群怪物明显暴躁起来，似乎在愤怒到手的夜宵跑远。而且，刚才应该有很多人掉下去了，因为系统在播报。

"'惊才艺术学院'副本，当前存活人数三十五。"

进副本的时候，虞卿明明记得这是个五十人本。

还有……他实在有些恐高，就这么看了一会儿，扶在天台边的手就不由自主地抖了抖，后颈生出一层汗。

少年直接起身，瞄准底下咆哮得最凶的怪物，将刚用过的一次性钩爪直直砸到了它头上。重力加速度，不一会儿，怪物慢悠悠地晃了几下，倒在地上。

这时，虞卿才大着胆子后退几步，退到天台后面的房间，两只手扶住墙，终于大大地松了口气，去看系统留给他的那几排蓝字。

"恭喜主播成功进入副本。

"副本名称：惊才艺术学院。

"副本介绍：这里曾是一所极负盛名的艺术学校，成立三年，共产生二百九十九位顶级艺术家。这里是艺术的天堂，每一位艺术家都能在这里实现自己的梦想。

"副本等级：六级。

"副本任务：找到自己的梦想，拼尽全力去实现它。

"通关时间：十天。

"通关奖励：十万积分。

"特别注意：本副本有限时生存 buff（增益）叠加，每隔六个小时，你必须带上你最心爱的东西，用最崇高的礼节向艺术女王克利俄的石像致敬，否则，你将窒息而死。"

深秋的夜，凉风习习，这些字看完，虞卿就拿到了自己的……身份牌。

怎么会？

以前的角色扮演类副本都是直接把主播的名字填进去，就好像在"啼婴山村"，他当了林小静一个副本的男朋友，名字还是叫虞卿。这次，竟然给他分配了个新名字？难道自己的身份涉及什么主要情节？

带着怀疑，虞卿继续往下看。

"姓名：顾文。

"年龄：二十五岁。

"职业：惊才艺术学院绘画课助教。

"现阶段状态：焚毁了挚友画作。"

虞卿眼神顿住。

直播间——

"哈哈！好炸裂的开局！呃……卿卿乖，这个身份其实……好带感，啊——不装了，我好爱，这个角色好坏，我已经开始期待了。"

直播间正讨论着，忽然，虞卿的手机响了起来。

游戏并不允许任何主播配带手机，所以这手机应该是副本专门配给他的，是"顾文"的手机。于是，他慢慢拿出手机，看见明亮的屏幕上清晰的来电显示。

——挚友。

手机的声音还在继续，在寒夜里，灼得人心脏发焦，莫名晕出几分无法预测的诡谲。

他现阶段的状态是因嫉妒而焚毁挚友画作的助教，那这件事挚友他……知道吗？

虞卿的嘴唇有些干，他随意舔了一下，刚准备按下接听键，电话就因为超时被提前挂断了。

望着屏幕上醒目的未接来电，虞卿喉结轻滚，心底升起隐隐的不安。

目前来看，"顾文"和挚友是同事，他的挚友是一位艺术家，同时是注资成立这所学校的最大股东，可挚友并不是个好人。资料显示，自从二人向学校申请住进同一所公寓后，挚友不是辱骂"顾文"，就是嫌他麻烦，对他拳打脚踢，几乎没有好的时候。

这一次，"顾文"就是和挚友吵了架，才大半夜负气，离开了他们一起居住的校内公寓。

"嗡嗡嗡——"

虞卿正想着，周围传来了几点嘈杂声，穿透耳膜，直抵心底，仿佛空气中都充盈着黏腻的压迫感。

起初，虞卿听不清这声音是什么，可不一会儿，似乎真能零星分辨出几个字。

"不要……靠近？"

虞卿呼吸凝滞，指尖骤然抖了一下。他清晰地感觉到，有凉凉的手捂住了他的耳朵，声音也随之变得清晰："不要靠近朋友，很危险……"

"叮咚！"忽然，系统的提示音打断了耳边不停重复的声音，四周浓重的压迫感撤去，虞卿平复着呼吸，看见系统毫不犹豫地下发了单线任务。

"由于您长时间未接电话，挚友现在很生气，请于十分钟内回到公寓，向挚友道歉。"

话音落，十分钟的任务倒计时就挂在了系统左上角，"嘀嘀"催促着。

虞卿眼神变换，想：刚才提醒他"不要靠近朋友"的声音是个男声，很可能是"顾文"本人，可……这个天台上并没有人！

触目望去，一片清明，而且资料显示，这所学校占地面积巨大，"顾文"和挚友的校内公寓和教学楼之间隔了两千两百米，处在学校的斜对角，路线应该是……

虞卿大着胆子上前几步，低头确认了一下去公寓的路线——很好，一路上畅通无阻，都是直线，只要跑得够快，或者买些加速道具，十分钟一定能到。

不对……虞卿眸色一凛，猛然反应过来，怎么会畅通无阻？怪物呢？

下一秒，危险的"叽咕"声灌入耳膜。从楼层上，虞卿分明看见，教学楼下教室的灯在一层接一层地熄灭，马上就要蔓延到顶层！

虞卿心底巨震，像是立刻反应过来什么，加快了速度冲进身后的房间。

房间漆黑，他摸了好半晌也没找到灯，纷乱的"叽咕"声越来越近，实在不行，就只能从顶楼跳下去！

可，这是二十二层，系统商城里没有可以飞行或者滑翔的道具！

虞卿紧咬牙，亮起赤瞳，在暗夜里仔细寻找。

顶楼地方太小，没有可以避开怪物的场所，那就只能继续往下找！

下行一层，虞卿继续摸索，可他摸索了半边楼道，开了半边的灯，也没找到合适的地方。

很快，有怪物涌入楼道，身后的灯陆续熄灭，黑暗越追越近，怪物的形状倒映在墙上，张牙舞爪着将要将他吞噬！

终于，在楼道尽头，虞卿发现了一间配电室，红门，四周没有窗户，空间小，与那些明亮的教室相比，是个很好的躲藏场所，只能……

一咬牙，虞卿买了"大力药水"，猛灌两口，直接拉开配电室的大门躲了起来。紧接着，"砰"的一声，紧紧关上门！

门外，"叽叽咕咕"的声音持续逼近，虞卿微微喘着气，眼看着十分钟变成了五分钟，就想打开系统商城，买个"瞬移道具"直接去公寓。

虽然很贵，两百万一个，但这是目前完成任务最快的方法。

可……这个副本里"瞬移道具"的页面是黑色的，由于副本限制，不准使用该道具！

虞卿暗骂一声，努力压住怦怦乱跳的心脏，仔细辨认着外面怪物离自己的距离，同时，从系统商城找出了汽油和火把，加入购物车。

按照这群怪物自下而上的运动轨迹，它们最后一定会上天台，等这群怪物全部上去，他就点燃火把，烧了这栋教学楼！

副本不给他留活路，他也不给副本留活路。

火往上烧，他往下跑，处理好一切，虞卿再次屏息，外面的声音还在靠近，很近……

不对！

虞卿猛然反应过来：这声音不在配电室外！在……在他身后！

闷哼一声，虞卿的嘴骤然被一只漆黑的爪子捂住，身体后仰，还没来得及挣扎，小腿就被利爪狠狠划开一道长长的口子！

鲜血蜿蜒而下，少年瞳孔骤缩，嘴唇瞬间变得煞白，一只手摸索着触到系统空间，刚想取把刀出来，就听门外清幽的铃声响起，纷乱的"叽叽咕咕"声好像瞬间变得规律起来，甚至……逐渐安静。

"丁零零——"

铃声又响了两下，几秒后，身后的怪物也跟着安静下来，乖乖放开了他，甚至主动后退，背起双手，毕恭毕敬地低下头，像是……在迎接至高无上的王。

怎么……回事？

门外，有脚步声逐渐靠近。虞卿忍痛站好，提起精神，金针刚游移到腕间，面前的大门便"吱呀"一声从外面打开。微弱的月光透进来，虞卿精神提起，入目是……司遇？

男人依旧穿了一身黑色，皮靴落地，银环跟着"叮叮当当"地响。他的手里握着铃铛，眼瞳依旧赤红，脚步停下，垂眸。

那双眼睛凌厉，充斥着逼人的压迫感，似乎根本没有在意他鲜血淋漓的腿，反而在……责怪。

"时间还剩三十秒，嘀！嘀！嘀！"

耳边，系统倒计时不停催促着，完不成任务就会死！

时间一秒一秒地流逝，只剩二十秒的时候，直播间观众猛然一惊！

他们看见面对面前古怪的司遇，虞卿缄默片刻，竟弯下膝盖，单膝跪在了他面前。他仰起头，嘴唇一开一合："我的……朋友……"

虞卿像是愧疚极了，眼角逐渐变得绯红："我错了，我不该跟你吵架，不该离开公寓。我……我愿意做模特让你画画，原谅我……好不好？"

虞卿的目光逐渐上抬，看面前"司遇"收起铃铛，将头垂得更低了一些，眼眸抬起，有些玩味地盯着他的脸。

"时间还剩三秒！嘀！嘀！嘀！"

系统的催促声仍在继续，虞卿的语速依旧不紧不慢："外面好可怕。"

"二。"

"真的，我以后再也不和你吵架了，带我回去吧。"

"一。"

"我愿意为了艺术配合你。"

终于，"司遇"的手指颤了一下。

"叮咚！"系统播报，"恭喜主播虞卿超额完成任务，十分钟内未到达公寓，但已获得挚友谅解，无功无过，任务完成，请主播再接再厉！"

声情并茂地读完，直播间终于狠狠松了一口气。

"啊！我的小心脏扑通扑通狂跳，这种情况下都能完成任务，不愧是你啊！"

"可是……这个人不是司遇吧？"

"当然不是啊，直播任务是取得挚友的原谅，这应该是顾文的挚友，他假扮成了司遇的模样！"

副本里，"司遇"终于放过了虞卿，带他回公寓。

一路上，虞卿发现，这个"司遇"和很多副本NPC不同。

回屋之后又是给他端水，又是给他拿衣服，而且，他要换衣服，"司遇"还帮他合上了门。

卧室内灯光昏黄，眼看男人就要远离，虞卿暗暗松了一口气，刚准备移开目光，就见男人走到门口时，脚步骤然一顿！

"司遇"转身，忍不住嘱咐道："换衣服就好，哪里也别碰，你知道的，我不喜欢你动我的东西。"

"嗯。"虞卿点头，乖巧应下。

直到男人彻底走远，他才分神打量起这个灯光温馨的房间。这是"司遇"的卧室，或者是……"顾文"挚友的卧室。

不知道出于什么原因，"顾文"的挚友假扮了"司遇"的模样来接他，只有右手是司遇的，上面有他的气息！

司遇的手为什么会在这里？他人呢？

虞卿喉结滚动，思考片刻，拿起了床上的衣服。

几分钟后，虞卿干脆利落地换好，随即转身，在屋里翻找起来，抽屉、桌下、箱子……翻找之中，还不小心弄倒了一个石像。

青黑色的，双手合十长着翅膀的艺术女王石像，石像底座刻着艺术女王的名字——克利俄，是系统提到每隔六个小时就要致敬的石像！

鉴于上个副本打碎陶像的不好经历，虞卿果断扶起了石像，继续找，"丁零当啷"的声音引起了挚友的警觉。

敲门声起，低沉富有磁性的声音在外面提醒："阿文，穿好了吗？"

声音都和司遇一样！

虞卿咬住牙，没有说话，继续翻箱倒柜地找着，找得直播间观众一头雾水。

"不是，主播这是……找什么呢？"

敲门声再次响起，外面挚友似乎已经等得不耐烦，拍门的频率再次上升："顾文，你换衣服的时间太久了，我要进去了！"

虞卿心底一顿。

下一秒，"吱呀"一声，大门被推开一条缝，客厅的白光呈扇形洒入室内。虞卿迅速看完最后一个衣柜，立刻合上，惊魂未定地靠在柜门上。

剧烈的翻找让少年的脸看起来通红，呼吸起伏，白发上也沾了些微热的汗渍，在挚友迈进门的那一刻，眼眸带笑，连神色都变得乖巧。

门口，男人顶着高大的身躯，狐疑地检查了一遍四周，最终冰冷审视的目光落在他身上："你在做什么？"

虞卿力气小，剧烈的体力运动让他难以平复呼吸，更不好伪装。

挚友出门前说了，不要碰他的东西，可虞卿转眼就把所有东西碰了个遍！

挚友再次上前，看着他，狠戾到近乎疯狂，仿佛只要被发现一点，一把利刃就会出现，结束他的生命，被击杀只在瞬间。

谁知下一秒，少年轻轻转过身，侧头倚在柜门上，将最后一扇被翻乱的柜门也完全掩上。

天色将暗，虞卿和挚友各自回了房间。

深夜的客厅里寂静无声，虞卿丢掉鞋子，将眼睛变红，又仔细搜索了一圈，确认整个公寓里找不到任何杀伤性武器，便带着几分失落重新回到房间。

躺在床上，少年幽幽望着天花板，休息了一会儿，忽然再次拿起手机，打开微信，找到挚友的聊天界面，输入："对不起，我烧毁了你的画，你这个毫无艺术天分的傻瓜。"

点击，发送。

发完，不等对方回复，他便悠然地闭上眼，他想要的东西马上就来了。

直播间——

"恕我愚笨，其实顾文的身份牌是张好牌，他挚友虽然变态，但也不会立刻把他关起来，只要在这期间找个容易完成的梦想，尽快完成就能通关！"

"对啊，攻略里都说这个顾文是最简单的一个身份，不过……我头一次见主动把自己烧画这事告诉对方的，有点期待。"

由于一个简单的操作，虞卿直播间人数持续增加，积分不停入账。

可是他似乎没有心思看，睡得正香。

不多时，有脚步声从外面响起，带着极快的速度靠近房间，似乎……还夹杂着沉重的拖拽声，嗞嗞啦啦，划过地面，空气变冷，杀意愈浓。

"吱呀"一声，卧室门被推开……

重金属摩擦地面的声音不断靠近，裹着沉重的戾气，一刻不停地充斥耳畔。

那声音很快停在床边，锋利的重器被豁然举起，虞卿立刻睁开眼睛！

视线里，挚友走了进来，目露凶光，举起一把锃亮的斧头直接朝他攻来。

于是虞卿嘴唇一弯，立即起身，他的双腿并拢，自腰腹往下，变成了一条雪白的鱼尾。

尾巴是纯白半透明的，其中的鱼骨和血管交错盘绕，被锋利的斧锋划过，落在床上时，还有几片脱落沾血的鱼鳞。

杀欲与美感并存，很精致的艺术品。

挚友不自觉怔了怔，却不想下一秒，虞卿撩起沉重的鱼尾，一尾巴拍在他那同司遇一模一样的脸上，将人抽远了好几米。

挚友有些不明所以。

只见软床上少年逐渐用鱼骨立起："冒牌货！"

刚才使用"伪装者"技能之后，虞卿扮演了一条人鱼，而且惊奇地发现自己的体力值第一次涨到了百分之四十五。

这证明转换角色之后，身体也会随着想伪装的东西一起变化，那……

虞卿拖着鱼尾下了床，没管尾巴上鳞片脱落的伤，直接转手，拿起一旁的巨斧，对准挚友攻击下去！

下一秒，他捡起那独属于司遇的手转身游移出去！

他跑的速度极快，体力值加持的鱼尾明显比自己双腿来得迅速，刚出

226

公寓，就发现自己的系统面板发生了变化。

"叮咚！恭喜主播虞卿确认梦想：拥抱缪斯。"

虞卿："什么？"

系统的声音仍在继续："可惜，缪斯不会垂怜人间，你的期盼终究落空，请问是否执行此梦想？"

紧接着，面板上显示了"是"和"否"两个选项，这就是这个副本虞卿的任务目标？

什么……意思？

虞卿保持着警惕，又仔细看了一眼，可惜，"否"的按键是暗的，没办法选择，只能……

少年呼吸微促，将司遇的手收进系统空间，刚要点"是"，忽然巨大的铁笼罩下来，有人高喊着："老大，抓到一条人鱼！"

是……人类的声音？主播吗？

铁笼压下来的时候，虞卿一时没有防备，选择了闭眼，抬目时，正见几个主播围着他，眼泛寒光，七嘴八舌地讨论着。

"是条雄性人鱼，看着年纪不大，这个副本……有人鱼吗？"

"没听说过，我第一次玩。"

"不过这东西我也是第一次见，周哥！锁紧点，别让他跑了！"

话音落，几道锁链立刻从笼子四周散出来，分别束住他的双手和脖颈，虞卿被迫仰头，眼尾落下一滴泪。

"白珍珠！"一侧尖嘴猴腮的男人看到，立马小跑两步，上前捡了起来，如获珍宝地握在手里，端详一会儿，递给控制笼子的周呈涛，"周哥，发达了呀！多让它掉点泪，我们就有东西向艺术女王克利俄致敬了！"

不得不说，每隔六小时致敬这件事真的很难办。

只有十天的通关时间，在满是怪物的六级副本中实现梦想本来就很难。更何况，还要时时刻刻担心有没有超过六个小时，有没有找到宝物。

因为致敬的东西不对，礼节不对，同样也会死！

可……立在最前，被一行人称为老大的周呈涛却没有多激动。他仔细观察了几眼，脚步上前，松了松束着虞卿脖颈的链子，温柔地开口："你是……在逃命吗？"

虞卿尾巴上的伤还没处理，刚才跑着的时候还好，现在一停下来便是钻心地疼。

简单瞥了一眼直播间，虞卿觉得，对方似乎是把自己当成了副本NPC。

也对，哪个正常主播会是人鱼？

227

于是，两颗珍珠再次落下，尖嘴猴腮的男人兴奋地低头捡着，锁笼里虞卿却抖得更厉害了。

他的泪水不停往下掉着，让尖嘴猴腮的男人越发欣喜："太好了，太好了。"

他和其余的五个手下嘿嘿笑着："这东西可以换积分，这下出去能发财了，本来我还想着给这鱼两枪，现在看来，它自己哭得就挺带劲，哈哈！"

"没事，就算他不哭了，以后留着他放进系统空间，一次拔一片鳞片也可以。"

"啧，我听说人鱼拔鳞相当于人类断手断脚，不怕它哭不出来。"

众人兴奋地讨论着，虞卿的眼泪持续掉，他像是遇见了极其悲戚的事，仰着头，"呜呜"喊着。

周呈涛示意身后众人安静，而后几步上前，试探着把手伸出去，示意少年在自己的手心写字。

不过好在虞卿认识一些"人类汉字"，他颤抖着连着透明璞的手，指尖冰凉，在男人手心歪歪扭扭地写下：救我。身后，有人追我。

周呈涛目光看过去，虞卿立刻又"呜呜"两声，表示他看得对——那里正是挚友跑来的方向。

他那挚友正举着斧子，疯狂靠近这里，状态狂暴无比。

虞卿继续写。

"只要击败他……我愿意献上海族全部珍宝。"

他一边写，周呈涛一边读着，话音刚落，身后尖嘴猴腮的几个手下当即来了兴致。

有人大迈一步，兴奋地上前，问："击败谁？"

虞卿写：我朋友，别怕，他是人类。他经常打我，救救我。

这一下，几人全部激动起来，兴奋地拔起枪就朝着挚友的方向跑去，脚步轻快，像是面前堆积着金山银山。

谁会赢呢？

眼眸轻闪，虞卿决定在直播间开一个小小的赌局，并且为自己那狂暴的挚友投上宝贵的一票。

副本里，听着身后的尖叫打斗声，虞卿继续扮演无辜。

很快，"哐当"一声，笼子落在地上，周呈涛抬步远离，走的……却是和那几个手下相反的方向，似乎根本不在乎他们的死活。

周遭的气温持续降低，周呈涛走后，难以停歇的"叽叽咕咕"声再次围聚。

虞卿想要挣脱笼子，挣不开！

周呈涛的技能貌似是"囚禁"，无论他挣脱到什么程度，链子总能完美圈住身体！

声音越来越近，怪物要来了！

而且，身后的厮杀声越来越小，伴随着一道凄厉的惨叫，紧接着，重金属摩擦地面的声音再度响起，靠近的速度越来越快，近乎奔跑！

仿佛慢走一刻，那把锋利的斧子就会直接劈向那几个手下。

虞卿的心绪被迫提起，忽然，系统提示声响起："赌局已结束。"

突如其来的声音震得虞卿心跳一顿，下注"废物主播赢"的人少之又少，他赢不了多少积分。

逃生的时间争分夺秒，虞卿果断忽略了赌局，看向自己的系统面板，只是他的属性面板旁边显示的是"周呈涛"的面板？

直播间——

"什么情况？"

"刚才被那群主播抓住的时候，他在系统上滑了几下，是那时候写好的代码吗？他入侵了周呈涛的系统？"

副本里，虞卿目光凝聚，清晰地看到了周呈涛所有的人物资料。

"姓名：周呈涛。

"性别：男。

"主播等级：八级（满级十）。

"技能：囚禁者（无限生成并远程操控牢笼，囚禁想囚禁的任何人）。

"技能等级：九级（满级十）。"

果然是技能！

这"囚笼"是周呈涛的技能，应该有个相克的技能就能打破，可自己的技能一个是"伪装"，另一个是"魅惑"，都不具有攻击性。而且他的"伪装者"技能是一级，一天之内只能变换一次，没办法逃跑，只能……

终于，挚友赶了过来，咬着牙，浑身精壮的肌肉暴起，举起斧头直劈漆黑的囚笼！

余威的震荡让虞卿尾巴颤了颤，两边耳鳍自动捂上，抵御噪声。

而与此同时，四周那听命于挚友的怪物们也张牙舞爪聚集过来，个个眼冒绿光，虎视眈眈地盯紧了他，似乎就等着囚笼破开，一拥而上。

或许是感受到了挚友的暴怒，原本散在学校四周，围攻其他主播的怪物也纷纷迈开大步，将这里围得水泄不通，腥臭的口水在地上流成河，几乎要蔓延到虞卿的尾巴。

虞卿嫌恶地动了动。

面前，挚友的大斧头还在不停地砸着囚笼，望着那一双双充盈着恶意的幽绿色眼睛，直播间的观众不由得倒吸一口凉气。

可……虞卿依旧在镇定地……和系统聊着天？

虞卿（主播）："我要和主系统的总负责人说话，立刻帮我转接过去。现在！马上！"

系统："不好意思，亲爱的主播，如无要事，您无权转接主系统。"

虞卿（主播）："有要紧的事。"

系统："不好意思，亲爱的主播，如无要事，您无权转接主系统。"

虞卿（主播）："五级主播无法与主系统负责人交流吗？"

发完，他翻找了片刻表情包，找出一个微笑，发送。

系统："……不好意思，亲爱的主播，如无要事，您无权转接主系统。"

两秒后，许是系统自己实在害怕，又补充了一条："主播转接主系统所需条件。

"一是主播等级达到九级。

"二是自愿贡献十亿积分。

"三是您仅可以向主系统的智能语音助手询问三个问题，无法与负责人直接交谈（更别说总负责人）。"

三个条件都苛刻到过分，很明显，虞卿现在没有一条符合。系统怕自己被炸，又对他怀恨在心，所以选择把这些条件列出来，变相嘲讽他。

而且，嘲讽效果非常成功。

"咣！"终于，铁笼被砍开一个角，怪物们齐齐上前一步，獠牙伸出，越发迫不及待。

虞卿一怔，看到面前挚友那张扭曲的脸在狂笑，他再一次举起斧头，对准缺口，狠狠劈了下去！

直播间人数暴增，弹幕区一片沸腾。

副本里，虞卿不以为意，他动了动尾巴，稍微往距挚友远的笼子一边挪了挪，主动改了自己直播间的标题。

主系统规定，一般的直播间底下，标题都是"副本名＋主播名"，五级及五级以上主播拥有修改标题的权利，吸引更多的观众。

弹幕一条接一条地滚动，可是滚到最后，他们看见，虞卿把直播间标题改成了——主系统核心代码即将公布，拥有代码你可以跟主系统谈任何条件（公布倒计时：三分钟）。

满屏弹幕都是感叹号。短短几秒，虞卿的直播间直接冲上了"最受主播欢迎的主播"推荐窗口第一名。

大量主播瞬间聚集，懂代码的以及积分排行榜前排的大佬们更是趋之若鹜，全部涌入了这个标题特殊的直播间。

"由于您使用违规操作，主系统红牌警告加一。

"主系统红牌警告加二。

"加三。"

都没有用！

公布倒计时：两分钟。

直播大厅外，拉帮分派的主播们从来没这么齐地聚集在哪个直播间，而且是为了同一个目的。

主系统开始慌乱，虞卿分明感觉，面前的直播屏幕在颤抖。

下一秒，笼子被轰然破开，怪物们一拥而上，整个直播间的热度在这一刻达到顶峰！

黑压压的怪物围着中心的白点，眼看就要咬下去。忽然，一道高亢的声音冲破直播间——

"我就算死了，也要用最后一口气把代码念完！"

然后，伴随着剧烈的尖叫，围着虞卿的几千只怪物瞬间被弹飞。

虞卿转过身，捂住心口，不由自主地咳嗽两声。

囚笼破了，身上的锁链没了技能控制，早已不管用，虞卿轻而易举地卸下，而后摆动鱼尾，直冲校中心的"天才美术馆"。

他从周呈涛的系统中得知，克利俄的石像就在美术馆内部，要完成"拥抱缪斯"的梦想，他就必须有足够的时间找到缪斯。

如果不向克利俄致敬，他六个小时之内必死，得亲自去确定一趟！

半透明的白尾一路向前，四周不断有怪物反应过来，毫无理智地反扑，再被无形的力量拍远，再反扑。

寂静的校园四周没有灯，只是一轮圆月悬在天际，幽幽照明。

虞卿似乎隐约听到了不明显的水声，像是海浪拍打礁石，可……怎么可能？从四周的布景来看，这所学校明明处于市中心，怎么会有海？

尾鳍摆动，虞卿竭力前行，眼看就要碰到美术馆的大门，却赫然看见了一把泛着寒光的大锁。

身后，挚友没有继续追，他仰着头，胸有成竹地盯着虞卿远离的方向，幽幽吐出一句"呵"，随后拎起自己的大斧头，再次向前。

公布倒计时：五十五秒。

时间继续一分一秒地流逝，眼看着公布倒计时进入最后一分钟，主播们摩拳擦掌，弹幕一片安静。

身后，挚友靠近的速度刚开始非常慢，没过多久，脚步飞快，重斧擦过地面留下深深的刮痕，眼看就要追上虞卿。忽然，"叮咚"一声。

"恭喜主播虞卿获得关键道具'美术馆的钥匙'，故事探索度百分之三。"

然后，钥匙对准锁芯，"咔嗒"一声，重锁落地。

瞬间，怪物顿住，直播间顿住，身后的挚友也跟着顿住，怎么……可能？

挚友紧盯着虞卿的手，眼睛不可思议地睁大：那东西一直被他放在保险柜里，砌进墙体，藏得严严实实，怎么会……

他正反应着，美术馆内的虞卿已经反锁好了门，鱼骨撑在地面上，对着外面微笑着招了招手。

挚友钟爱自己的美术馆，不会贸然破坏，没有钥匙就只能去拿备用的。

危机暂时解除，静默良久的直播间终于冒出零星的弹幕。

"不可思议！虞卿哪里来的钥匙，是在公寓的时候找到的？"

直播间一片祥和，可只有虞卿自己清楚，他没找到美术馆的钥匙！

在公寓待的时间太短，他没时间检查各个角落，这钥匙是凭空出现在他手里的。

主系统在帮他？不，是主系统在怕他！

公布倒计时：三十五秒。

直播间越发聚精会神，虞卿拖着大大的尾巴继续往前走。

晴朗的夜，美术馆灭了灯，他放慢了速度游移着，眼瞳变红，将四周的雕塑画作全部看清。可……不知道为什么，墙上挂的明明是植物、山水和夜空，他总觉得有无数双眼睛在盯着他。

那些死寂的充盈恶意的目光，全部聚集到他身上，随着他的移动越发炽烈。

四周安静，并没有明面上的危险，可虞卿依旧走得很小心，目光四散，似乎生怕错过什么细节。

按照周呈涛给的地图上的指示，找到克利俄的石像应该走到最前面的走廊，再左转，可……

即将左转的一瞬间，虞卿瞳孔骤然缩紧，他看见一张巨大惨白的女人脸出现在自己眼前，左眼完好，右眼却是赤色，嘴角挂着两条意味不明的血痕，保持微笑，直直盯着他。

那笑脸渐渐升到虚空，停顿两秒后……猛然扑到了他身上！

尾鳍一抖，少年当即扶住了墙面。

公布倒计时：九秒。

时间继续走着，眼看就要变成八。

墙边，虞卿急促地喘息着，刚调整好心绪，就听系统再次毫无征兆地发出提示："恭喜主播虞卿发现重要线索'隐藏的画作'，故事探索度达到百分之八。"

不费任何力气，探索度刷到了百分之八！

虞卿狠狠松了一口气，抬起手，在公布倒计时迫近八秒的时候按下暂停键，说："大家稍等，我再准备准备。"

主系统会顺从他，也就是说，主系统还没研究出新的核心代码，他得妥善利用，敲笔大的。

恢复好神思后，虞卿继续往前，却没注意，他那原本处在"百分之一百零二"的精神值，悄无声息地落到了百分之九十四。

而且，虞卿也不知道为什么，自从被那微笑女人的脸撞上，他就觉得浑身不适，毛骨悚然，周围……好像很吵。

尖叫声、祈求声……各种声音杂糅在一起，从四面八方一股脑袭来，企图入侵他的身体！

再看看直播间，因为他的忽然停止，一众主播怨声载道。

"什么呀？你有没有代码？八秒的时候忽然按暂停，还能不能说了？"

主播们不再安静，各种情绪纵横交错，充斥着直播间。他们既渴望虞卿爆出代码，又渴望只有自己能获得，于是破口大骂，排挤他人，嘲讽队友，直到谢以凉发了一句："不爱看的离开！"

乱成一团的弹幕区才终于安静下来。

虞卿没着急和主系统做交易，他摆动尾巴，继续向前游移。

漆黑的美术馆，伸手不见五指，四周很吵，好像有很多东西，又仿佛很静。

虞卿觉得有些头晕，眼睛仔细观察着四周，没防备间，手臂碰到了一个温温热热的东西，心底骤然一惊！

虞卿的呼吸顿住，不知道为什么，他有些草木皆兵。

直播间的屏息观看中，他的精神值又从百分之九十四悄无声息地落到了百分之八十九。

观众震惊，一片哗然！

众所周知，精神值这东西与主播的理智挂钩，当精神值低于百分之五十，将无法做到冷静思考；低于百分之三十，无法抵抗一级的低等NPC；低于百分之十，你会陷入狂暴、草木皆兵，最后，永远死在副本中。

而且这种东西与生命值不同，因闯关而降低的精神值是永久性损耗，不是积分能弥补的。

故而，会让人产生幻觉并侵蚀精神值的副本一向高危。

"咝……这就是六级副本真正的实力吗？我终于知道啼婴山村为什么会被降成五级了，那边的NPC虽然凶，但都有迹可循。"

"幸好撞上的不是怪物，我紧张死了！"

虞卿呼吸平复，抬起眼眸，看见面前与他相撞的钱莱也拼命拍着自己的心口，压抑喘息，碧青色的小褂随动作来回摆动，像是真被吓得不轻。

愣神片刻，虞卿开了口："你怎么在这里？没跟那个白发Boss在一起？"

钱莱："……俞惊鸿不能在啼婴山村以外超过两小时，已经消失了，估计在你的系统里。"

与事实相符，是真的钱莱！

虞卿松了一口气，庆幸自己还没出现幻觉："你怎么在这里？"

"俞惊鸿会穿墙，我怕自己找不到克利俄的石像，让他带我过来的，找到石像后他就消失了，我在找出口。"

于是双方停下，交换了一下出口和石像的位置。

短短一分钟，虞卿的精神值又跌到了八十五！

他的头是真的很晕，动作迟缓，身体越来越不舒服。他抬手狠捏了几下眉心，问："你进美术馆的时候，有看到一张微笑的女人脸吗？"

"微……笑？"钱莱摇摇头，"没有，不过我看到了一幅很诡异的油画。"

"油画？"

"嗯。"青年拧眉，努力回忆着，"应该是油画。画的是一片干净的天堂，天堂里浑身充满神性的父亲吃掉了自己的儿子，然后，我就听到了很多奇怪的声音，哭声、叫喊声之类的，乱七八糟。"

"我看一下你的系统。"

虞卿提议，然后，他看到了钱莱清晰的系统面板，精神值九十四。

如果他没记错的话，钱莱刚进副本时，精神值就是九十四，同样的经历，他的精神值……一点没掉？

"哈哈，不愧是运气很好。"

直播间泛起一阵吸好运的弹幕，虞卿眼神亮起："怎么做到的？"

"很简单啊，骂他们。"钱莱一拍胸脯，自信满满，"我骂他们虎毒尚不食子，这样的人也配做天使！然后，我买了副耳塞，就好多了。"

"不过说实在的。"青年上前，从系统商场买了一份耳塞递给虞卿，"我们搞玄学的其实……对荒村、喜堂之类的比较有感觉，到这美术馆，我都不知道该怕什么，除非……"

说着，钱莱的目光移到一旁栩栩如生的蜡像上，不，不，不，不能这么想，再想精神值就要掉了。

于是，他提醒虞卿戴上耳塞，刚要问"需不需要我带你去看看克利俄石像"，就听"叮咚"一声："直播任务刷新：寝室即将关灯，请主播钱莱于十分钟内回到寝室！"

"真是一口气也不给喘！"钱莱咬牙，忍不住暗骂一声，听虞卿说外面的怪物大多受了伤，才放心往外走。

刚走出几步，他又像是想起了什么，转过头道："哦，谢谢你让俞惊鸿抓着我，不然我开局就被怪物吃了。

"还有，你这技能不错，尾巴挺漂亮。"

画面里，青年的笑很好看。

可不知为什么，虞卿的视线里，美术馆悠长的走廊弯曲，斑驳幽长。

他分明看到钱莱慢慢回过身，跟他说话时，几乎将头掉转了一百八十度，身体扭曲成诡异的弧度，渐渐地，右眼红成了和那幻觉里微笑的女人脸一样……

虞卿心下一惊，慌忙掐了下自己的胳膊，这才回神，看到的是完好无损的钱莱。

虞卿拍了拍自己的脸。

这个美术馆会制造幻觉，侵蚀人的精神值，他和钱莱看到的画像不一样，那就证明这个美术馆里"隐藏的画像"不止这一幅，他得小心，所有的幻觉都是假的，不能再相信了。

虞卿的尾巴摆动，继续向前，转过走廊，不多时，就看到了高耸至屋顶的艺术女王石像。肉眼看去，克利俄石像的肌肤松弛，眼皮下垂，双手错位合十，似乎是被谁强行架到了这里，看上去疲惫不已，与挚友房间里那个精神饱满的青黑色石像相差甚远。

为什么？艺术女王克利俄不愿意被摆在这个位置，接受主播们最虔诚的致敬吗？

虞卿思绪飞转，还没想出个所以然，外面有脚步声重重传来。那脚步原本极慢，几秒后竟越来越快。

虞卿眸色一顿，像是忽然反应过来什么，于是掐住自己的胳膊，想让眼泪往下落。

要珍珠！

挚友就要追过来了，这里无处可躲，珍珠可以救他的命！

泪水在眼底集聚，还没来得及哭出来，就听"吱呀"一声，石像陈列室的玻璃大门被推开，挚友正微笑着立在门口，慢慢举起了斧头。而且，不知道为什么，他的另一只手已经长了出来。

虞卿的眼泪倏地收了回去，趁着体力还在迅速躲避。

一斧头劈下来，寂静无声，挚友不忍心破坏美术馆干净的地面，而且斧头落下的时候，斧锋歪了！

虞卿看见，挚友那新长出来的手在……融化？

黑色的液体不停下落，铺陈在地面上，而后像是有意识一般，朝他的方向移动。

虞卿试探着后退，但那黑色的液体追得更快。

虞卿眼睛一亮，任由那团黑色液体攀上肩膀，仔细保护，可面前挚友就没那么好应付了。

许是一直砍杀无果，他的呼吸粗重，眼瞳通红，牙齿磨得咯吱作响，单只手再次举起斧头，刚要劈下来，就听"嗒嗒"声传来。

虞卿狠狠掐了自己一把，眼睫轻合两下，一滴泪终于化作珍珠落了下来。白珍珠被他很好地握在手里，趁机掠过挚友，搁在了克利俄的石坛前。

"尊贵的克利俄，我以诚心向您祈愿，请您垂怜我，满足我卑微的心愿，我想……"

一句话还未说完，锋利的斧头再次劈下来。他的祈祷没有作数，珍珠又无法收回，眼泪还得继续掉！

虞卿咬紧牙关，为了珍珠，只好果断垂手，再次掐了自己一把。

不得不说，现在的画面冲击力太大，你追我赶，紧张避闪。

副本里，短短十分钟，虞卿已经第四次把珍珠放到了克利俄的石像前，每一次都接着之前被打断的话，继续往下说。

"我想逃离这里……

"发现新的秘密……

"顺便救您出去，求您……"

忽然，话还未说完，那追了他一路的斧锋终于横了过来，准确无误击中了他。

虞卿的话戛然而止！

这时，不希望他活着的主播们突然兴奋起来，他们惦记着虞卿那句"我死了也要把代码念完"，于是双目圆睁。

偏偏这时，主系统忽然发来了人工消息！

"尊敬的主播，我是主系统负责人，我们承认你的威胁具有一定效用，但我们已经研究出了新的代码，游戏可以正常进行。不过，为了赞赏您的英勇行为，我们将替'克利俄'为您完成心愿，并治好您脖子上的伤。条件是：取消代码公布倒计时。"

消息一出，弹幕彻底震惊。

"啊！弟兄们，我第一次看见主系统主动联系主播，卿卿太厉害了！"

"啧，主系统有新代码了？都怪虞卿，见好就收吧，主系统给你发消息，让你走上狗屎运了。"

可……望着自己那"负一百三十九"的幸运值，虞卿并不赞同直播间的说法，他没有受任何威胁，反而迎着斧锋，继续向前。

画面内容持续紧张，直播间再次屏息，不多时观众们纷纷瞪大了双眼！

他们看见，画面里虞卿迎着斧锋不停向前，嘴角挂着志在必得的笑。

不一会儿，斧锋即将将他击杀之际，他一把拉下了克利俄身上的画布披风，毫不犹豫地裹在了自己身上。

这一下，斧头抖了，浑身肌肉的挚友忍不住后退几步，再不敢上前——这件披风上有花草树木、大海星辰，是他最得意的作品，不能砍坏，不能弄脏。

终于……那把无往不胜的大斧头像是受了惊，颤巍巍地后退，然后鱼尾摆动，虞卿身上的伤花五十万买"复原药水"就能立刻修复。

伤痕消失，失血过多让少年一张脸变得惨白，他眼眸微垂，将一颗珍珠再次放到克利俄石像前。

与此同时，直播间的代码公布倒计时再次打开，时间还剩：八秒。

主系统彻底陷入慌乱，"你不要冲动"的消息一秒之内连发三条。

观众全部陷入震惊，一条弹幕也没有发。

"七。"

虞卿转过头，余光落下，伸手拿起了那一直粘在自己身上的黑色液体。

"六。"

他立在石像前，右手搭在左肩，虔诚开口："求您，满足信徒卑微的愿望。"

"五。"

"轰隆！"

石像之前，虞卿站立的那一块地面轰然打开，紧接着他整个身体都跟着下坠沉没。惊叫声起，急促的呼吸在逼仄的空间内骤然加速，却……不来自虞卿。

那一瞬，挚友像是受到了什么极大的刺激，没停几秒，就提着大斧子快步冲了出去，仿佛有什么不得不完成的急事。

与此同时，虞卿连带着那团黑色的液体一起，落到了一个圆柱形巨大的透明玻璃缸。虞卿目光迷离，眼前又出现了那张微笑的女人脸，可这次……似乎……并不可怕。

那张脸很假，黑发虽乱却一动不动，假得……像是面具。

面具？

虞卿眼睫微动，隐隐嗅到了一股刺鼻的油画味道，很难闻，熏得人想咳嗽。可……巨大的玻璃缸里咳嗽无声，张口也只是吐出两个虚幻的水泡。

艰难……窒息……精神值下降到了七十八！

虞卿的目光逐渐飘散，他向克利俄许愿，说他想逃离这里，发现新的秘密，可……克利俄把他投放到这里是为了让他发现什么？

是变成面具的女人脸，还是……主系统再次发来消息，而这次代码公布倒计时已经落到了三秒。

直播间弹幕消失，观众又一次屏息凝神，认真盯住。

这一次，主系统发的是——取消倒计时，奖励十亿积分。

奖……十亿？

直播间依旧安静，可任谁都知道，奖十亿意味着什么。一般的主播想要联系主系统，至少要付出十亿积分的代价，现在，就因为虞卿设了个代码公布倒计时，主系统不但主动联系，还要反过来送十亿给他？

这样一来，虞卿在总积分榜上的排名将在方如有之上，成为唯一可以危及谢以凉的存在！

直播间暗潮云涌，不少主播都跟着默默动了心，眼红地盯着虞卿做抉择。

终于，少年抬起手，按下了倒计时的暂停键，在与主系统的对话框里输入："我还要'魅惑之眼'和'伪装者'两个技能，升到满级。"

主系统并不回话，似乎在故意吊着他。

"二。"

主系统依然没回话，就剩两秒了，虞卿再次暂停了倒计时，想：这次系统很沉得住气，很明显主系统背后与他谈判的换了一个人。

而水底下，虞卿没发现的是，原本沉在玻璃缸底像是坚硬的黑色石块一样的东西竟在慢慢融化，染黑了玻璃缸……

眼睁垂落，虞卿发现，自己肩上的小黑液体团子兴奋地跳下水，与无尽扩大的溶液合为一体，慢慢将他包裹。

一阵恍惚中，虞卿看见那惨白的面具嘴角笑容放大，像是什么事情即将得逞，猛然向他扑过来！

可……不等那面具落下，头顶的黑色溶液就很快封了顶，将一切挡在外面，随即慢慢升温。这一下，巨大冰冷的透明玻璃缸完全被那团意味不明的黑色溶液包裹，像温室，周遭寂静，给人无端的安宁。

而且，虞卿发现，落入这里之后，他的精神值也在稳步回升，不到五分钟，就慢慢回到了一百！

虽然没到原来的一百零二，但一切噪声和不适感全部消散，好神奇，像……回家一样。

雪白的耳鳍抖动，虞卿眼角微湿，不由自主地泛了红。他试探着张口："司遇……"

这一叫，叫得整缸黑色溶液翻转抖动，似乎在回答他。

虞卿便继续喊："司遇。"

话音落，渐渐地，那一团长时间无法成形的黑色溶液竟慢慢在虞卿面前堆积、凝聚、化形，不多时，那张苍白熟悉的脸出现在眼前。

司遇只化了上半身的形，浅浅笑着。

虞卿也笑了笑："他们都假扮你，我……抢回了你的东西。"

说着，就把系统空间那只从挚友身上夺来的手认真拿了出来，放入玻璃缸，司遇的身体就又恢复了一些。

于是虞卿把第一个副本的触手、第二个副本拔的蛇鳞全部拿了出来，很快，司遇便完全凝聚出人形。

虞卿的精神逐渐稳定，终于能缓口气的时候，他看见司遇在他面前慢慢抬手。片刻后，偌大的柱形玻璃缸破碎，司遇的本体形态消失，透明的玻璃连带着黑色黏液一起，四散纷飞。

然后，虞卿尽量睁开眼，看到了令他头皮狠狠发麻的一幕！

在这个四面纯白色房间里，不知什么时候，布满了那微笑的女人脸，她们一个接一个地连在一起，像是用面具砌成的墙，在他身边围成一个圆形，快速旋转着。

她们的嘴巴同时张开，无数目光齐齐落到他身上，异口同声地念着："亲爱的，留在这里吧。

"亲爱的，只有我们最了解你。

"亲爱的，戴上面具变成我们的同类吧，那样你就不会再孤独了。"

可偏偏，在打破玻璃的一瞬间，司遇控制着黏液狠狠砸上了这些面具。

故而现在，虞卿除了听到声音，看到的是一张接一张被涂黑的脸，细看之下甚至有些滑稽。而且，司遇不见了。

虞卿喉结轻滚，慢慢低下头，收回"伪装"技能，再次变回双腿。

与此同时，他的体力值也跌到了十。

虞卿轻缓一口气，觉得还好，十点体力值，在接受范围内。

变回人后，身体的不适感也消失了很多，只是……腿上的伤还没完恢复。虞卿戴上钱莱给的耳塞，低下头，刚准备打开系统商城买点"复原药水"，就看见脚边一条不大的小黑蛇在慢慢生成，鲜红的蛇芯掠过伤痕，幽深的伤痕便以不可思议的速度迅速恢复。

身边的面具持续转动，不多时，虞卿的耳朵开始嗡鸣。

他有些晕，闭眼，捏了捏眉心，再睁眼时，发现脚下的地面不知什么时候变成了诡异的猩红色。

刚才明明是白色！

而且，他好像来到了……另一个空间。

原本封闭的地下室单间，不知什么时候变成了一条悠长的走廊，走廊两侧有数不清的黑门小房间。

"砰，砰砰！"粗暴的敲门声灌入耳膜，虞卿转眸，不知道为什么，不由自主地盯上了那漆黑门上唯一的窗户。房间里没有灯，也是一片漆黑，什么都看不清。

拍打声越来越激烈，很明显，被困在里面的人非常着急，但……就是没有叫喊声。

不应该啊。

于是虞卿慢慢迈开了步子。

脚步持续向前，终于落在门边一步之遥时，忽然"嗞啦"一声，周围灯光一灭，顿时陷入黑暗。

再亮起时，一张和面具一样的女人脸狠压在窗户上，那只猩红的眼睛看到他后像是骤然受到了什么刺激，更加狂暴地拍门！

虞卿心跳一滞，忍不住打开了与主系统的对话框："你做的副本动不动就'贴脸杀'，真没品位。"

然后刚发送完，视线余光里，一个白色面具再次扑向了他，面具的背面直接对准他的脸。

虞卿猛一低头，"啪"的一下，那面具被贴在了墙上，不甘地嘶吼着。

直播间——

"不对劲啊，我记得到这里之后，面具会一直追着主播，直到贴上他为止，这面具怎么只会叫？"

然后不等升起怀疑，虞卿就抬手，随意扬了扬自己早就买好的 502 强力胶水。

直播间众人满脸震惊。

下一秒，面具的"咦咦咦"就变成了"啊"。不知发生了什么，那油画一样质地的面具竟贴在墙上，急速熔化。

观众足足愣了五六秒才发现，虞卿手里的胶水用了升温道具，只要被粘上，就会在三秒内无限升温。

系统商城的升温道具，连黄金都能化，更别说油画质地的面具了。

"他……他怎么想到的？"

直播间观众越发不解。

猩红的走廊扭曲幽长，虞卿继续往前走，发现这里有数不尽的黑门小房间，每一个房间里都关押着一个戴着面具的人。他们被困得很痛苦，而且……不知是不是错觉，这里的地有些软，踩上去总有种如梦似幻的感觉。

虞卿额角出汗了，没过多久，就发现身后有十几个面具一同朝他扑了过来！

专黏着他不放吗？

"亲爱的，留下吧。"

"亲爱的，只有我们最了解你。"

"亲爱的，戴上我们吧，与我们融为一体吧！"

虞卿心头一跳，立刻加快了脚步。他飞速前进，转过三四个弯才用录音笔录下了脚步声，扔到另一边走廊骗过面具。

虞卿扶着墙，靠在面具的反方向低头喘息。他很想破掉这个局，可是现在信息太少了，他只知道这是挚友建立的美术馆，连"隐藏的画作"和这些面具的来历都不知道！

虞卿单手扣着墙，不停缓着气，反应过来的时候，发现……小黑蛇不知什么时候不见了？

而且，自己的正左边正悄无声息地立着一个面具！

"嘻嘻嘻！"

虞卿瞳孔骤缩，立刻将面具踢到一边往反方向跑！

奈何之前被他骗过的十几个面具也有灵性似的返回，两面夹击，虞卿刚往第三条走廊上拐，就看见了……司遇。

没错，是司遇！他就待在一个房间里，对他招手："虞卿，来这里！"

直播间又一次激动起来。

"啊！别去！卿卿别去！那不是司遇！那是……"（为确保主播直播体验，本直播间禁止剧透，您已被禁言）。

偏偏这时候，第三条走廊的正前方又飞来五六个面具！

虞卿的脑子飞速运转：观众被禁言了，直播系统在阻止，证明这个司遇又是假的，可……无处可去了！

终于，他双脚迈入房间，直直立在"司遇"面前，呼吸起伏，体力值消耗到了五，眼眸不由自主地垂落。

虞卿像是被面具吓得不轻，浑身都在发抖。他进屋坐下，顶着一张单纯的脸，接受着"司遇"的照顾。等到呼吸彻底平复，他又从系统商城摸索了一阵儿，才道："你不是司遇。"

　　话音落，掷地有声。

　　对方表情一滞，显然有些不乐意，但依旧相信自己的伪装天衣无缝，将水杯递到少年手里，装可怜："虞卿，你为什么要这么说？我为了救你才来到这里，你这样，我会伤心的。"

　　可……目光落，"司遇"看见，虞卿的眼神坚定纯粹。

　　被戳穿了，可面前的"司遇"并没有多大反应。

　　室内烛光昏暗，无端而起的阴风晃动烛芯，在他那张扭曲苍白的脸上摇曳。脸坑坑洼洼，很明显，这个外形捏得太急，还没做具体的细节处理。

　　"感觉有时候也是会出错的。"

　　话音落，"司遇"弯下腰。

　　下一瞬间，那一双亮亮的眼睛神采不再，眼周的肌肤变得僵硬、瓷白，很快就与那"微笑的女人脸"成了一样的颜色。

　　又过不久，虞卿轻轻拧眉，右眼仿佛充血，连带着眼瞳和眼白一起变成血红！

　　"司遇"长睫轻闪，挡住视线的手渐渐放下来，依旧在对着他笑："虞卿，再看一眼呢？"

　　视线里，对方已经将自己完全变成了司遇的模样，细节完美，分毫不差。

　　虞卿异样的眼睛开合两下，像是被影响了，垂眸点了点头。

　　"司遇"脸上绽开一个大大的笑："累不累？光顾着逃命了，回了家要好好休息。"

　　"休……休息……"

　　"对。""司遇"接得很快，像是早有预谋，"我给你准备了休息的地方，带你去看看好不好？"

　　说着，一双苍白的手就要伸过来。与此同时，虞卿脸上的白又扩大了一倍。

　　直播间安静下来，但画面里少年依旧摇头："我……有点渴，想喝杯热牛奶。"

　　话落，"司遇"的眼睛骤然一亮，像是这话正中他的下怀，于是点点头，应了一声"好"，便转过身，大步走向了隔壁小房间。

　　有观众忍不住好奇，跟着直播总镜头看过去，发现——这哪是热牛奶啊！

透明的杯子里，"司遇"搅动的分明是白色浓稠的油画颜料。这一口喝下去，整个人从内到外都得被同化，还用戴什么面具？！

危急时刻，主系统再次发来消息："尊敬的主播，如您所愿，'伪装者'技能八级（满级十）、'魅惑之眼'技能五级（满级十），不过同时，积分降低到五亿。"

不但把他的要求大打了折扣，连之前答应好送的积分都要减半！

主系统开始跟他讨价还价了。

虞卿目光流转，顶着苍白的脸再次打开了代码公布倒计时。

"一。"

仅仅这一秒，他一心二用，给主系统发过去消息："积分就要十亿。"

同时，他又笑着对上直播大屏："主系统的核心代码是……"

这一下，直播间主播狂喜，凝神屏息，眼巴巴地等着虞卿开口。

可他唇瓣分合，刚说出一个字母，忽然，直播系统瘫痪，整个直播间彻底黑屏，外部的观众什么都看不到。然后"嗞啦啦"一声，系统闪光，整个副本的运行时间全部停滞，微尘诡异地浮在空气里。

紧接着，一串透明的数据跑了出来，虞卿的脑子里像是被强行塞入了什么东西，撑得两鬓生疼，几欲爆裂，然后视线模糊。

虞卿捂着头，忍着难受，目不转睛地盯着眼前，看到幽蓝色的系统正中再次飘出主系统的回复："尊敬的主播您好，'伪装者'技能九（满级十）、'魅惑之眼'技能六（满级十）（'魅惑之眼'超过六级，技能已发生重大变异，请注意查看使用说明），两亿积分现已发放，祝您游戏愉快。"

打不过就强买强卖吗？

而且视线所及，这串消息消失之后，虞卿清晰地看见屏幕中间多出一个漂亮的礼物盒子，五彩斑斓，盒子上挂着他最爱的草莓糖。

很有吸引力，盯久了，似乎能唤起他脑中早已忘却的甜蜜。

是的，他有曾经。

他曾经……是不是也有甜？是不是也有人觉得他不是怪物，认真听他说话，认真拆开糖纸，送他棒棒糖？

呼吸逐渐平复，虞卿鼓起勇气，试探着慢慢抬起手，微抖的指尖刚要触上屏幕，触上那颗糖……

忽然，"砰"的一下，盒子炸开，里面蹦出一个戴着惊悚面具的小丑。他的身下连着弹簧，手上的白色牌子上写着惊悚字。

——亲爱的孩子，父亲为你准备了一份大礼。

突然的变化，惊得虞卿心跳骤急。

小丑打破了盒子，打碎了那用甜糖编织的梦，却以父亲自称，说为他备了大礼。

虞卿的耳朵不断嗡鸣，神经颤动，连带着胃里一同翻江倒海。直到一切再次消失，新的系统配备发放，直播间重新连接，他才跪在地上吐了个昏天黑地。

"嗒嗒"。

有脚步声不断靠近，很明显，副本里的时间又开始运转，"司遇"在内室里已经热好了"牛奶"，正准备拿出来！

虞卿抬眸，看了眼属性面板，体力值百分之三。

体力值消耗到三了，硬上肯定打不过。如果只是坐在这里，他也免不了被扣上面具，锁在房间里拼命拍门的命运，手脚发软……

动起来！

虞卿咬住牙，在一旁房门破开的前一秒，撑着地面再次爬起来。来不及犹豫，他直接将从系统商城买来的汽油泼满了整间屋子！

而后他快跑两步，拿起桌上"司遇"点燃的蜡烛，几步退至门边，微笑渐起。焰火映照着他的脸，由于半张脸挂了白，远远看去，像是画了个诡异的半面妆。

与"司遇"对视的时候，虞卿的嘴角已经被沧桑的白染了一半，可……那面具上的微笑远不如他自己的笑好看。

"咔嗒"一声，漆黑的房门被打开，"司遇"神色一紧，就见虞卿干脆利落地扔掉了手里的蜡烛。紧接着，猛烈的焰火在房间内迅速蔓延，"司遇"的身体开始熔化，手里他费力调好的"牛奶"落了地，砸在脚上，越发加速了他的消融。

"虞卿……"他不甘心地喊着，试图再次挽留。

可虞卿只是转身，毫不犹豫地跨出门："我很感激你的收留，让我暂时不受面具侵蚀，但你模仿司遇就是你的不对了，再也不见！"

话音落，大门轰然合上，火势遮挡，直播间纷纷松了一口气。

观众们也没遇到过主系统强行断连的情况，他们个个紧盯着直播间，有担心的，有好奇的，可……一条弹幕还没发，主播们愤怒的弹幕就疯狂跑了出来。

"主播，主系统是不是惩罚你了？听话，不管多难受，你先忍一忍，快告诉我们，代码是什么？"

虞卿抬起手，毫不费力地揭下了那张早已在脸上成膜的诡异面具，甩手随意地丢在地上，轻弯的眼睛对准直播间："不好意思，交易已完成，核心代码我已经忘了。"

其实他说的是实话，主系统已经清除了他脑中有关代码的记忆，但……主播们不这样认为，为此甚至在直播间直接炸开了锅！

积分排名高的主播觉得无趣，早已离开。排名低的却仿佛破防，全部开始大骂。

其实虞卿不大明白，这么骂有什么意义。于是他无视直播间的无聊号叫，继续往前走。

这里不是副本里现实的地下室，准确来说，应该算一个异空间，得尽快想办法出去，不然这仅剩的三点体力值迟早被飞舞的面具耗光！

可……这里的所有房间都长得一样，连楼道拐角具体在什么地方都无法分辨，比迷宫更具迷惑性，得想办法做个标记。

低下头，趁着第二拨"面具攻击"还没有来，虞卿点开系统商城，道具还没找到，就发现急眼的主播们早已在弹幕区和粉丝们……吵了起来。

张三狗（主播）："从始至终我就没见过一个主播被面具染了半张脸还能抠下来，简直离谱！虞卿根本就不是人！"

观众一："对，我们卿卿本来就不是人，而且，你一直在直播间就没发现他把一层隔离药水涂在了脸上？"

张三狗（主播）："虞卿你一定没忘代码！你就是不想告诉大家！"

张三狗的跟班（主播）："你等着，下次开猎杀模式，老子击败你！"

诡异阴冷的环境里，弹幕区零星的恶意越发碍眼。虞卿眼睫微动，白发自肩头自然垂落，转头，再次微笑着对上直播间。

"哟……不知道为什么，我觉得，主播要'开大'了。"

虞卿指节微动，特意把上面骂自己的言论锁定并置顶，展示在所有观众面前，而后看着那笃定说自己没忘代码的张三狗，薄唇轻勾："你说得对，我就是没忘。"

话音落，弹幕里，张三狗瞬间激动起来，骂人的话一股脑敲出一大堆。可虞卿根本懒得看，他继续往下说："我没忘又怎么样？主系统强制我做了交换，你没看到吗？为什么主系统只给了我两亿积分，你想过吗？"

直播间一片安静。

虞卿："因为主系统不是傻瓜，它不会坐以待毙。它跟我谈判的时候，新的核心代码就已经在研制了，只是还不完善，这说明什么？

"说明主系统的核心现在很脆弱！如果我是你，我就会立刻利用这个空当去试着攻击主系统，试着去窃取更多的代码换取更多的利益，而不是在这里隔着屏幕展现你无能的丑态。"

话音落，弹幕彻底陷入安静。

虞卿的话仿佛魔药，一语点醒梦中人，更多的主播离开了直播间。

直播间外，那原本还义愤填膺的张三狗手指倏然顿住，整张脸像是被谁狠狠抽了两巴掌，涨得通红。他打字："你看，你就是知道！"

"没错。"虞卿抬眸，"我就是知道，不过我现在反悔了，我觉得你很蠢，不想告诉你。"

"哦，不对。"少年眉眼轻弯，像是忽然想到了什么，补充道，"告诉你你也听不明白。"

直播间更多的嘲笑涌来，张三狗颤抖着手指继续打字："我是积分总榜第五十，你敢……"

可一句话刚打完，虞卿的两亿积分自动生效，位列积分总榜第四十九。

丑态尽显，疯狂的张三狗毫无意外地落到了第五十一。

而且，虞卿刚开始闯第三个副本，属于年度最强新人。

漫长的静谧，很快，"啊！卿卿我爱你"的弹幕被重新刷上来，张三狗受了挫败，灰头土脸退了出去。然后，虞卿又看向自己锁定的第二条讽刺弹幕——

"你等着，下次开猎杀模式，老子击败你！"

"这个……"少年弯着眸，修长的指节在屏幕上滑动，简单道，"建议去看'啼婴山村'的猎杀模式。"

说罢，他就继续找道具。

直播间的笑声越发猖狂。

"我就喜欢卿卿目中无人的样子！高雅！"

下一秒，张三狗跟班也退出直播间，速度之快，仿佛受了惊吓。

虞卿的耳边顿时一片清净，正找着道具，忽然，刚才跑没影的小黑蛇不知什么时候爬了出来。漆黑的小尾巴触一触系统屏幕，整个异空间的地图便全部展现在了虞卿眼前。

虞卿眸色一亮，问："原来，你刚刚是去找线索了？"

小黑蛇傲娇地点点头。

与此同时，另一边，"司遇"被关房间内灼热的大火越燃越旺。那"司遇"明显也是油画颜料做成的，他无助地倒在地上，很快就发生形变。

他的脸化作了一摊颜料，唯一能动的嘴，慢慢扯开了一个志在必得的笑。

"亲爱的，只有我最……了解你。

"留下吧……"

第8章
惊才艺术学院（中）

虞卿顺着小黑蛇送来的地图一路走着。按照地图，再转过前面的拐角就是出口，可……前面是死胡同，怎么会……

少年的呼吸轻轻颤抖，却没注意，身后一望无际的黑暗里早已蛰伏了成千上万张面具。它们用着同样惨白的"微笑女人脸"，半边猩红的眼睛隐在黑暗里，散出危险的光。

周围一瞬间安静下来，所有的拍门声都停止了。虞卿呼吸放缓，感觉脊背一阵发凉，连空气都变得死寂。

走错了吗？地图……有问题吗？

不，不对！司遇不会骗他！是这个异空间的布局出了问题！

就在刚才，他左手边忽然凭空多出一条漆黑悠长的走廊，瘆人的白脸悄无声息地注视着他。

这个异空间的布局……变了！

而且，虞卿仿佛忽然意识到了什么，喉结滚动，手心盗汗，心跳怦怦加速，慢慢地，他带着几分不确定地回过头……

视线相对的瞬间，无数张面具仿佛受了刺激，尖叫着直直朝他扑来！

虞卿来不及惊恐，便迈开步子，果断奔入左边新出现的走廊，快步向前。

与此同时，刚才安静下来的房间内，被关押的人瞬间狂躁起来，惨白的脸一张接一张地贴到门上，血红的眼睛一眨不眨地盯着他，消磨他的精神，摧毁他的意志。

要跑，跑快些！只有活着，才能迎来转机！

虞卿的脚步持续向前，很快体力值被消耗到了二。

身边的走廊持续变化，旁边没有别的出口了，无法拐弯。往前是一望无际的黑暗，身后是尖叫狂追的面具，而且两侧的墙在变窄，走廊持续压缩，那困在门里的苍白面容几乎要隔着玻璃贴在他脸上！

"嗯……"虞卿咬住牙，闷哼一声，这样下去迟早要被压成肉饼，怎么办？

冷静下来！周围这些微笑的女人脸有让人不适，降低人敏感度的嫌疑，却并没有多大的攻击性，这个异空间在跟他打消耗战！

这么耗下去绝对会死，反向思维，如果主动暴露弱点的话，会不会……

"啊！"

终于，一个"不小心"，虞卿单脚一歪，整个人摔到了地上。地面粗糙，硌得膝盖通红，泪水在眼睛里打转，白发凌乱，体力值快降到一了，没办法，只能……

虞卿回过身，直面那猛扑而来的面具，系统商城的烈焰屏障早已点到购物车，轰燃的焰火映照着少年干净的脸。

距离所有的面具都扑向他，大约还有三秒。

"三。"

虞卿停下来，有两个打算。

第一，他不想被动挨打！他要反客为主，改变这个异空间的"消耗战"模式！既然这条走廊注定跑不完，不如就此示弱，看一看异空间还有什么后手。

第二，如果不行，他就用"火焰墙"烧掉这成千上万个面具，大幅度破坏，逼着这个诡异的空间发生他想要的变化！

"二。"

面具越靠越近，诡异的堆积感令人头皮发麻。

"一。"

虞卿刚准备付款，忽听"吱呀"一声，一侧的房间门打开，一个银发黑裙少女……走了出来，目光单纯，紧张兮兮地喊着："快过来，外面危险！"

有变化了，异空间服软了！

于是虞卿主动跑过去，在面具跟上自己的前一秒，紧紧合上了门。

一瞬间，成千上万个面具失去了目标，开始在屋外暴躁徘徊，似乎只要虞卿一出门，就要把他撕成碎片！

靠着门边，虞卿狠狠松了一口气，却看到沉寂许久的直播间观众瞬间激动起来。

"这个NPC出来了，离出去还远吗？"

"嘁，这批新人太菜了，连故事情节都不会猜，换成资深的老主播，早就利用观众开始猜……"

——为确保主播直播体验，本直播间禁止剧透，您已被禁言。

系统阻止了，有大线索！

于是虞卿眸色微沉，思索一会儿，主动道："我猜！"

虞卿很乖，趁着那黑裙少女进屋倒水的空当，果断盯上直播间，笑得单纯无害："既然各位上帝想看，那我就认真猜！"

"要猜什么？"直播间观众认真起来。

画面里，虞卿小声说话："这个异空间里的一切都是可变的。在这里，所有出现的NPC都是用油画颜料做成的，他们可以被烧毁，也可以再生，所以……刚才被我烧掉的那个'司遇'并没有死，他再生成了这个银发少女，专挑我最绝望的时候出现，获取我的信任，摧垮我的精神，想办法让我永远留在这里。但同时，少女也是破局的关键，对不对？"

直播间——

"开口王炸！"

很好，起码现在知道这个异空间不是无解的。虞卿现在要做的，就是要从这位少女身上找到出去的方法。

可……少女是不是有些高？

瘦瘦的，却不是精瘦，属于脱衣有肉的身材，肌肤白皙，比例完美，银发被她编成一条粗长的蝎尾鞭从左肩一路垂至身前。拿出一杯水搁在桌子上，她转头，含笑的目光对上门口的虞卿。

真的……是少女吗？

虞卿眼睫轻颤，敛起眸，正仔细分辨着，忽然小黑蛇司遇再次毫无征兆地消失了？

消失之前，蛇尾狠狠扫过他的手指，像是在求救，抑或是……警示什么？

虞卿心跳骤急，抬眸，从少女温和的微笑中感受到了前所未有的危险。

下一秒，少女靠近了他。

"要小心啊。"

少女的嗓音微哑，属于偏中性的声线，细听时，又添了几分莫名的空灵，分不清是男是女。总之，很好听。

"外面的面具里囚禁着魔鬼，被面具粘上，魔鬼会找你讨命的。快坐下，喝杯水缓缓吧。"

直播间——

"不对吧？这个副本虽然不常开，但我看的次数也不算少，少女的第一句台词不是这样的。这个副本变了？"

"天哪！我发现了什么？这原来是个双Boss本，现在变成三Boss了，好刺激！"

认真瞥了几眼直播间的言论，虞卿迈开脚步，试探着坐下，可……少女却一路跟着他，甚至搬凳子坐到了一个距他极近的位置，两只漆黑的眼睛炯炯有神，一眨不眨地盯着他。

"呼……"虞卿轻舒一口气，作势拿了拿水杯，刚准备想个理由拒绝，就发现少女的眼瞳里有一滴黑色黏液，像是画布上的污渍，如何也收不拢。

是……司遇吗？

刚才消失的小黑蛇变成黑色黏液，被"她"融进眼睛里了？

虞卿的嘴唇有些干，他舔了舔唇："呃……水太烫了，我一会儿再喝。"

于是他试探着转过手，将水杯放下，余光掠过时，竟看见面前的少女有……喉结。

不是少女，是男人！

直播间跟着他的视角一路观看，看到的一瞬间，不约而同地爆发出一连串感叹号！

虞卿惊讶地收回目光，微微后退，与男人拉开距离，甚至用系统商城买来的道具，对着面前人仔仔细细扫描了一遍——是司遇！

又不完全是……不知道发生了什么，总之，这 NPC 是司遇的黑色黏液融合了大量颜料捏成的，黏液与颜料间错着糅在了一起，无法分离。

而且，独属于司遇的那部分正在悄无声息地吞噬其他颜料，尤其是眼睛和脑子，几乎全被司遇的黑色黏液侵占！

司遇快要吞噬这个 NPC 了！他的自我意识……正在觉醒。

信息量过大了。

"水太烫了吗？"面前的"司遇"问着，"我去给你拿杯新的。"

很快，脚步声消失。

虞卿靠在沙发上，失神地消化着刚得到的巨大信息。

呼吸刚平复两三下，隔壁房间就传来男人温和的问候："茶叶不够了，客人，你能帮我去沙发后面的房间拿些茶叶来吗？"

"好。"虞卿应下一声，就起身，打开了沙发之后的房门，来到那写着"茶叶"两个字的木桌前。

直播间弹幕再次飘出——"众所周知，打开这个抽屉是需要钥匙的，但是主播目前还没有……"

一条弹幕还没发完，虞卿就随手拿出一把金灿灿的钥匙，对准锁孔轻轻一拧，铁锁打开。

直播间——

"这钥匙不是在第一个房间,那个颜料做的'司遇'身上吗?之前很多主播都会想办法出门,返回第一个房间找钥匙,这……他什么时候顺的?"

"嗯?你们没发现吗?他一见到'颜料司遇'就把钥匙顺走了?"

"啊——抽屉要拉开了,卿卿小心!"

看到最后一条弹幕,虞卿深吸一口气,开抽屉的时候特意往后退了一步,生怕跳出什么可怕的东西,可……没有!

急速拉开抽屉带起的风无端晃了两下,猩红色的抽屉底部,虞卿发现了一张……白纸。白纸下面压着茶叶,拿起来,上面画的是——朋友模样还原图。

虞卿目光垂落,字的下方是他的脸!

虞卿:"……"

他多翻了几下茶叶,又找到了一张白纸,这上面画着逃出异空间的关键!

可……"砰"的一声,漆黑的房门忽然关闭,灯光阴暗,倒映着门边"司遇"一张瘆人的脸。

脚步踏过地面,昏暗的灯光下,司遇一步一步地靠近他。

虞卿不知为什么,总觉得每走近一步,面前的小怪物就熟悉一分。

是……错觉吗?

虞卿抿唇,凭着敏锐的直觉,打开系统道具,再次扫描一遍,然后发现随着司遇的不断靠近,那黑色黏液几乎要将整个 NPC 尽数吞噬。

司遇的自我意识越来越强,不一会儿就立在了他面前,那双漆黑的瞳孔闪烁几下,有隐隐变红的趋势。

忽然,虞卿的小指颤了颤,那张朋友模样还原图也落到了地上。飘然几下,映入司遇微红的眼帘。

司遇目光微转,看了一会儿,将头埋得更低。

虞卿指节不自觉地慢慢收紧,他也不知道为什么,和司遇相处得越久,他就越觉得像有什么记忆在被悄然唤醒。

司遇在他正前方看着他:"你长得……好像我朋友。

"我……"

"想验证一下你是不是我朋友吗?"

话音落,虞卿的瞳孔顿时放大!

他发现,司遇仿佛存在什么神奇的吸力,宛如沼泽。

没过多久,司遇的眼神熠熠亮起:"你是我朋友。"

虞卿丢过很多记忆,他唯一的正常记忆是自己作为程序员在人类社会生活了两个月,他的常识与人接近,司遇的这种确认朋友的方式实在匪夷所思。

虞卿的指尖微微抖着，听司遇说："如果别人企图这样靠近我，会被我的小触须杀死。但是你靠近，小触须们是没有反应的。所以，你就是我的朋友。"

话音落，虞卿就看见司遇身后那"没有反应"的小触须不听话地冒了出来，左摇右摆。

不一会儿，司遇神色一顿，费力地压了下去。

虞卿又与他寒暄几句，坐下后，脑子逐渐变得清醒！

他刚才看到的那张图上，画的是灰色的人的大脑示意图，其中，大脑颞叶的部分被特意标注了出来。

在医学上，这一部分主要负责听觉和视觉信息的处理。当颞叶被影响，发生变化时，可能会导致听觉或视觉异常，从而出现幻觉。

仔细想想，进入这里之前，的确有一大堆面具围着他拼命转圈，他有些晕，眼前一黑，然后……就到了这里。

那张纸上，大脑颞叶旁边画了一个小门，写了"出口"。

也就是说，这个地方其实就是个幻境！他的身体还留在地下室，但是意识进入了这里！

这也能解释为什么从一开始进到这里，他就感觉脚下的地面有些软，怎么踩都有一种不真实感。

就是这样！

这里是幻境，所以无论如何也找不到出口，因为他的意识依然被囚困。现在，逃离幻境的唯一方法就是——从幻境中醒来！

想通了这些，虞卿随即严肃起来："司遇，我要走了。"

"你要走？去哪里？为什么？"

因为这是副本，因为你只是司遇的一部分。不知道出于什么原因，总之，虞卿发现，这个副本各处遍布着司遇——司遇的手在挚友身上；司遇的溶液被泡进了美术馆下的玻璃缸里；这里也有一个混合了油画颜料的司遇NPC。

为什么忽然多出这么多不完整的司遇，是……

忽然，虞卿像是猛然反应过来了什么。

是司遇！

上个副本，为了帮他忤逆主系统的小怪物，在这里被粉碎了。

九级Boss变成无数类似玻璃缸里的黑色黏液，被存储在了罐子里，作为原材料，被挚友用来做"假手"；被这个异空间的制造者用来混合油画颜料，增加副本难度。

这是主系统对忤逆者的惩罚。

小怪物没了。

没有意识，也没有本体了。

司遇不知道发生了什么。

许久，虞卿眸色敛回，而后，一根细小的金针抽出手腕。他从系统商城买了根漂亮的黑线穿过金针的小孔："这个你拿着。"

这一大一小两枚金针，全部藏在身体里。

他也不知道为什么，自从他到达人类世界，脑海里就有用身体炼武器的方法。两枚金针需要体内大量的养分供应，所以，金针炼成，他的体力也越来越不济。

进入副本之后，尤其是不用针的时候，虞卿时常会想，如果没有炼金针，他的体力值是不是会好一点，偶尔想着，也会有些后悔，但更多的是庆幸。

司遇收好金针，又开始讲："外面的面具里囚禁着魔鬼，来到这里的人只要被它们粘上都会死，或者成为魔鬼的奴隶，永远被关在暗无天日的小房间里，很可怕。你以后如果想来这里，我可以去挑战它们，把它们打服。"

虞卿道："魔鬼很危险的，输了怎么办？"

"不。"司遇摇摇头，答得异常坚定，"我会赢。如果我赢了，你会来给我庆功吗？"

虞卿笑："会，我给你带份大礼。"

几句交谈下来，虞卿忽然想起之前直播间一条一闪而过的弹幕。

弹幕说，"惊才艺术学院"原来是个双 Boss 本，现在变三 Boss 了。

也就是说，司遇很有可能是系统判定的第三个 Boss。

小怪物还有机会复原！

司遇的那一句"我会赢"说得生机蓬勃，就好像世间所有苦难都不配阻碍他，不配击溃他，他终将凌于一切危难之上，开出绚烂的花。

有这样的朋友，每天都有新的希望。

休息了一会儿，虞卿才决定执行他的计划。

通关时间只有十天，他得找到缪斯，找到司遇的其他部分。决定好之后，虞卿支走了司遇，独自一人待在密闭的猩红小房间。

木桌上烛火摇曳，逼仄的周围寂静无声。虞卿喉结滚动，少年手持刀柄，呼吸逐渐变得急促。

如果他猜的是对的，那现在他就只是意识被困在了这里，就像在做噩梦一样，想办法在梦里醒来就好。

但如果猜错了，这一刀下去……虞卿眼眸暗垂，思索片刻，买了张"复活卡"，并设置成了自动续命模式。

司遇走远了，周围闷热，飘摇的烛火越燃越旺，静得……几乎让人透不过气。

虞卿握紧刀柄，慢慢靠近自己，胸膛起伏，下一秒，狠狠"呲"的一声，紧接着，两滴血飘飘然砸在地上。

"呼……"虞卿呼吸粗重，在逼仄的房间内荡出回声，渐渐地，身上出了一层汗，黏腻地贴合肌肤，浸透衣衫，握刀的手青筋暴起，不停地抖着。

疼……刀靠近自己的时候，好像有什么隐匿的力量在拼命阻止他，无声无息，又湿又重地裹在空气里，用尽办法不让他达成目标。

异空间在阻止他！

这样看来，他想的是对的。

继续！

下一秒，刀锋连半寸都推进不了……

虞卿眼尾飘红，生理性的泪水顺着脸颊直接落下，滚过肌肤，挑动少年脆弱的神经，他想继续，可……没有力气了。

虞卿喉结滚动，慢慢抿唇，呼吸冗长地颤抖着，在空无一人的小房间里回音分明。

他能明显听到自己的恐惧。

不过这些已经足以证明，这里真的就是个异空间。既然已经确定醒来就可以逃离，除了刀子，他还有……

"轰！"

几秒后，直播间屏息的注视下，虞卿从系统商城买了二十万一枚的烈性炸弹，直接连带着墙体轰碎了半个楼道！

紧接着，眼前漆黑，意识消散，刺鼻的油画味自周身消失。虞卿感觉自己像是踩在棉花上，经历奇幻，光怪陆离，呼吸断了一瞬。四周闭塞，不多时，开始变得畅快淋漓！

手能动的时候，虞卿眸色一凛，猛然从地上坐起，立刻摸自己，完好无损，没有受伤。

而且，周边也不再是找不到出口的猩红走廊，他回到了地下室，回到了现实！

紧张的气氛消失，直播弹幕也逐渐多起来，虞卿却没分神看一眼。

他记得进异空间之前玻璃缸碎了，司遇的黑色溶液溅满了整间地下室，但现在……为什么都不见了？

虞卿咬着牙站起身，目光流转，在周围仔细找了一圈，果然发现了一个巨大的隐形地漏，这东西……通往哪里？

是谁把小怪物做成了只能在异空间苦守的副本NPC？

虞卿深吸一口气，动了动手腕，从系统商城买了会飞的微型追踪器，放下去，连接系统，追踪司遇的位置。而后便转身，在这个封闭的地下室内游走探索。

他想不明白，即便自己被吸入了异空间，那也应该有一个连接点，能让这间地下室与那恐怖的异空间连接。

可现在，地下室内四面墙壁整洁，并没有任何……

"沙沙。"虞卿脚步顿住，是……沙砾落下墙体的声音。他呼吸屏住，聚精会神地听着。声音很近，在狭窄的空间飘摇回荡，像是随时都能崩塌，在……他身后的墙壁里！

虞卿神经一紧，立刻迈步向前。下一秒，身后那一面墙的小半面轰然倒塌，砖石飞下，掉出了一张半边眼睛通红、嘴角带血的女人画像以及……四个脸上挂着油彩、浑身落灰的……主播。

几秒后，主播们似乎反应了过来，小声的哀号在耳边响起，紧接着，"恭……恭……"系统停顿几次，似乎也有些卡壳，"恭……恭喜主播虞卿成功摧毁线索'隐藏的画作'，您将是本次副本里故事探索度唯一可以刷到百分之百的玩家。"

声音落，直播间——

"哈哈！跟着卿卿的系统都好难，我已经听出咬牙切齿了。"

直播间嬉笑的空当，面前那四个跟着画作一起被放出来的主播已经互相搀扶着站了起来。

其中，金发的一个最高，看上去也最镇定，意识到自己获救后，打开系统商城买了"隔离药水"抹在脸上。他试验了一下，确定能洗掉那瘆人的面具，立刻又买了三瓶，分给其余三人。

其中两个说了"谢谢金哥"，另一个只是淡淡点头道了个谢，就开始扭捏着身子，一边擦脸，一边抱怨："真是倒霉，我说我不进这副本，我们家那口子非让进，也不知道哪个缺德的点的炸弹，轰得我疼死了，哎哟。"

旁边，率先洗完脸的金发男人有些看不下去，凤眸垂落，忍不住出声："不是那炸弹救了你吗？一直被困在里面，迟早会失去意识，被面具同化。"

"不是。"扭捏的男人洗好脸，一边拿着金发男人给的隔离水，一边撑，"谁稀罕你们救啊？我家老婆说会来救我。"

说着，洗完脸的瓶子就像是没处扔，他干脆一甩手，丢给了身后有些懵懂的虞卿："你，帮我拿着。"

转身时，扭捏男人的狐狸眼幽幽扫过，肩膀微耸，语气里满是不屑："一看就是个花瓶，我出去让我老婆罩着你，保你过关，不过你可不要觊觎我老婆哦。"

虞卿薄唇轻抿："……"

还没松口气，不远处，沉重的脚步声便缓缓传来。虞卿索性没开口，拿着那扭捏男人给的空瓶往前走了几步。

虞卿耳朵微动，刚判断出声音方位，一股腥咸刺鼻的味道就伴随着脚步的靠近直冲脑仁，像是海里烂掉的鱼，熏得他想吐。

等等……鱼？

虞卿思绪微转，又想到了刚进副本时自己听到的海浪声，难道副本里真的有海？

脚步声持续靠近，像是要走向他们。

不多时，头顶的灯忽然灭了，四周没有窗，深沉的黑暗渲染着极端的不安。而且，仔细听，脚步声传来的方向没有门！

不一会儿，墙外有拿钥匙的声音！

虞卿立刻忍住了恶心的冲动，回过头，刚想提醒众人不要吐出来，就见金发男人已经带头组织好了秩序。

那张白净的脸刚毅有神，配合一身酷雅的黑衣，抬起手，对他比了个"OK"的手势。

这气质，放在人堆里绝对脱俗。不过，虞卿总觉得……有些眼熟。

几秒后，外面传来开锁的声音，不一会儿，面前的墙"轰隆隆"打开了一条缝，肮脏的黄色的水慢慢涌入，眼看就要沾上鞋尖。

虞卿立刻往后退了退，入目是一个头发花白、浑身冒水的老婆婆。

她原本……应该很瘦的，但现在不知在水里泡了多久，衣衫破烂，浑身胀得厉害，行动时几乎要被污水撑破皮肤。

老人向前，双脚踏入，虞卿下意识往旁边挪了挪，仔细观察。

她是举着一支蜡烛来的，身后的走廊深长幽黑，烛火正好罩在她那张发胀惨白的脸上，从下巴往上照，褶皱明晰。

与此同时，外面好像下雨了，烛火一摇，快被撑爆的老太太露出咧到耳根的笑。

"呜呜呜……"身后，那扭捏男人一捂嘴，忍不住哭出声来。

这一下，引得老人一顿，那双被水泡发的眼不由分说地转向他。那视线森寒冰凉，直触心灵，盯得白墙边扭捏男人猛然一颤，差点直接晕过去。

他试图伸手求救，旁边却没有一个人愿意扶他。

金发男甚至还带着两个小弟往一旁挪了挪，专门把他凸显了出来。

呜咽的哭声更急了。

老太太不由自主地皱起眉："你们怎么在……嗯？"

话未说完，她就看见了立在一侧，满脸乖巧的虞卿。

老太太视线一顿，原本充满恶意的眼神缓和下来，转过身，费力地将脚尖对上少年："小文啊，你怎么也在？是你领他们来的吗？"

虞卿想起自己"顾文"的身份，微笑着点点头："是，那边墙塌了。我朋友让我带几个人帮他重修一下。"

说着，就指了指一旁轰然倒塌的半面墙。

直播间——

"牛！现拆现用！合理！"

"哦。"老太太点点头，拿着蜡烛艰难地进了屋，小碎步挪着，刚准备去坏墙前仔细检查，却尖叫起来，"啊！"

刺耳的声音响彻房间，面前，老太太猛然退了几步，如避蛇蝎，蜡烛差点摔到地上："那个……那个是谁拿进来的？啊，是谁？！"

这么怕……那幅画吗？

虞卿目光微动，立刻上前，温柔地扶住老太太："那个本来就在墙里，墙塌后就露出来了，怎么了吗？"

说话时，虞卿的眼里满是关切，他现在已经确定，那幅画就是通往异空间的入口，可那画还有什么特别的意义，能……从老太太口中套出来吗？

许是被吓得不轻，老人被他扶着，一连喘了好几口气，才慢慢别过头，语带责备："小文啊，你怎么这么不小心？你朋友不是最忌讳这幅画吗？赶紧拿走烧了，别被他发现啊。"

"叮咚——恭喜主播虞卿发现重要线索'挚友害怕的画作'，故事探索度达到百分之九。"

有探索度了！

"好。"虞卿笑着，"我立刻拿走，您别动气。"

说罢，他立刻转身收了画。

这时，老太太才狠狠松了口气，一只浮肿的手扶着墙，"哎哟"地喘息。

不远处，虞卿收起画像，又往她身边靠近了几步，薄唇轻分，刚想再套点信息，就听系统的声音再次响起。

"叮咚！直播任务刷新：请主播虞卿于三十分钟内找到挚友最初的本名。"

话落，猩红的倒计时再次挂上系统左上角，催促着他去完成。

真是一会儿也不让人歇啊。

虞卿暗暗咬牙，想：迟早炸了主系统。

虞卿的眸色颤了一下，不知为什么，想法一起，他就发现自己的副本信息面板再次发生了变化。

"叮咚！"这一次，系统的声音尤为欢快，"恭喜主播虞卿确认新梦想：炸毁，呃……喀！喀喀！"

话未播完，系统忽然咳嗽起来，紧接着，仿佛短路似的，系统一连"嗞嗞"了三四下，屏幕闪烁，音色都难过起来。

"恭喜主播虞卿维持原梦想：拥抱缪斯。"

虞卿："……"

发生了什么？

虞卿眼睫轻动，他还没反应过来，直播间就开始哈哈大笑。

"哎哟，我这个腰实在是不行了，你们……"老太太目光垂落，环视一圈后，有些发愁，"你们要修这屋子，是不是得拿个备用钥匙啊？"

"这样，小文，你去我抽屉拿一下，就在……在……"老人挠了挠头，努力回想着，"在右边最上层那个抽屉里，一打开就能看见。"

虞卿转眸看了一眼，走廊不算长，反正直播任务还有时间，不如多找些线索。于是他点头应下，深吸一口气，转身往外走，半只脚刚跨出门口，又听老太太出声："欸？小文。"

虞卿脚步顿住，转过身，见她抬起手，指了指屋里那排列整齐的四个主播，问："这五个人都是你找来修墙的吗？"

五……五个？

幽冷的地下室，不知从哪儿飘来一阵风，倏地吹灭了老太太手里的蜡烛。黑暗侵袭，面前的系统屏幕幽幽闪着光，虞卿呼吸放缓，一颗心不可抑制地提起来。

几秒后，老太太擦了根火柴，重新点燃蜡烛，烛光晃起，却见虞卿不知何时笑眯眯地立在了自己眼前。

老太太后退一步，猛然吓了一跳，有些反应不过来。

奇怪，以前的"顾文"看见她就害怕，有时甚至会直接哭着求她放过，这次……怎么把她吓到了？

老太太深吸一口气，神思稍明，就听虞卿热心地说："您……还不知道他们五个叫什么吧？"

"啊？"

"我给您介绍一下。"

"不……不是我……哎？"老太太被强行拉了过去，一脸蒙，她没问啊！

而后目光抬起，她看见虞卿的手精准地指向了金发男人，说："这个叫金鱼。"

金发男人满头问号。

然后，虞卿细长的手指继续移动："旁边分别是张三、李四、梅脑子。"

当然，那个扭捏男人叫"梅脑子"。

虞卿目光微转，把空瓶还给了"梅脑子"，继续贴心地盯着老太太："记住了吗？"

老太太神色再次顿住，有些忌惮地别开眼。不知道为什么，这少年明明在笑，她却总觉得可怕。

"嗯，可……"老太太盘算了一下，"你只说了四个人名啊。"

咬钩了。

虞卿薄唇一勾，挠了下头，似乎自己也没反应过来："是吗？我没说哪个？"

"那个！"老太太抬起手，指了个没有人的墙角。

虞卿继续装没看见："哪个？"

"就那个！"老太太有些急，干脆描述起了那人的特征，"墙角那个金发碧眼的小男孩，看起来就十五六岁，也是你找来的？那么瘦，估计连块砖都搬不动，能帮忙修墙吗？"

这话一出，不仅是虞卿，立在墙边的四个主播一怔，脸色都不同程度地发起了白。

他们看不到那个男孩！

"哦，那算了。"虞卿微微一笑，转了话锋，"既然您不满意，那个下次修墙就不带着了，我先去拿钥匙，您等一下。"

话落，他便转过身，大步迈入黑暗。

老太太立在原地，有些蒙，愣了好一会儿后忽然反应过来——那男孩的名字她还是不知道啊。

不对，她为什么要知道名字呢？

幽深的走廊黑暗潮湿，有些臭，但隐隐能闻到一股独属于大海的腥咸味，可……这所学校明明在市中心，怎么会有海呢？

虞卿想不明白。

当然，直播间观众的脑子也没跟上虞卿，还在讨论刚才发生的乌龙。

"哦哦，我明白了！卿卿说介绍名字其实是想套老太太的话，他想知道那个看不见的人长什么样！"

"卿卿不用怕，这条走廊没危险，老太太是这里的清洁工，房间就在走廊尽头！"

一秒后，直播间——

"什么情况？系统竟然没禁言？！啊！这是什么神奇的待遇，好爽！"

然后，虞卿低头检查了一下自己的系统，道："大概是刚才把自己吓短路了，还没修好。"

不过这也正好，让他知道了老太太的身份。

这条走廊果然如观众们所说，只是看着吓人，实际没危险。来到门前，钥匙转动几下，虞卿就进入了老太太的房间，刚迈入半步："哕！"

转过身，虞卿"砰"的一声合上门，骨节分明的手撑住墙壁，无法抑制地吐起来，把在休息点吃的那点饭全倒了个干净。

良久，虞卿直起身子，从系统商城买了纸擦嘴，而后，又买了一个……防毒面罩，全副武装好，才再次打开房门。

直到这时，观众们才看清房内布局，怪不得吐呢！

这个房间里，各处堆满了死鱼、死鸟……断裂的漆黑章鱼须！东西堆在一起腐烂发霉，隔着屏幕都觉得臭气熏天，更别说虞卿直接走进去了。

脚步往前，虞卿摸到了灯的开关。

昏黄的小灯只能照亮门边的一小片，屋里有湿润的床、凌乱的渔具、破碎的酒桶、糜烂的鱼，以及……一张精致到格格不入的红木桌。

备用钥匙在里面。

于是虞卿几步上前，低头打开了抽屉。

备用钥匙挂在腰间，虞卿继续翻找着。其他抽屉里都是鱼的残骸，直到翻到最后一层，一个抽屉上了钢锁。

"化铁水"不能用了。

于是虞卿眼眸暗垂，果断从系统商城找出一根铁丝，观察了一会儿锁的结构，熟练弯曲，铁丝伸进去，发出"哗啦"的响声。

不多时，浪花浮上海面的声音忽然出现，随着他开锁的动作，越来越快，越来越急。

熟悉的催命感涌上心头，虞卿嘴唇渐抿，额角不自觉渗出一层汗，牙齿渐咬，右手轻轻发抖。

终于，"砰"的一声，身后仿佛有什么东西突破禁制，猛然爆发。与此同时，虞卿打开了锁，里面赫然躺着一支廉价的钢笔以及一个……红皮笔记本。

"叮咚！恭喜主播虞卿发现重要线索'温蒂的日记'，故事探索度百分之十五！"

就是这个！

于是虞卿一把拿起笔记本，来不及往后看就开始迈步逃跑。

殊不知……他的背后，墙上那幅黑色海水画作里，八条漆黑的巨大触手一起探出，犹如鲜花盛开展向四方，在空中划出柔软的弧度，一齐对准了房间正中飞速奔跑的少年。

虞卿奔跑的脚步越来越快，身后的追捕越来越近，漆黑的触手不停向前延展，逐渐进入视线……大门要被堵了！

于是虞卿猛一咬牙，点开系统商城，高阶抑制链闪着猩红的光被他狠狠甩出，在空中迅速裂为八条。

一秒后，每条锁链都精准地控住一只漆黑的触手，总控制环被虞卿牢牢握在手心！

虞卿狂奔的脚步持续向前，激烈的较量不停拉锯。不多时，他迈步出门，总控按钮按下，身后八条抑制链瞬间收缩，将那从画框里伸出来的八根触手锁在一起，完全压制。

而后，他压着不稳的呼吸，上前几步，低头把控制环挂在了门把手上，扣住门框，止住喘息。

腰间的备用钥匙碰撞轻摇，"哗啦"作响，虞卿回过身，慢慢抬起手，碰了碰那不停挣扎的触手。

冰冰凉凉，像房间里那些被啃食一半的触手残渣。

——司遇的触手是可以再生的。

所以，这不是他第一次探出画作，那些企图攻击外界的触手从画框里伸出来，全部被老太太用鱼叉截断。

这也是司遇的一部分！

虞卿深吸一口气，缓和好半晌，才慢慢低下头，看着不听话的触手，语气有些责怪："坏孩子。"

这一下，那充满攻击性的触手似乎意识到了什么，扭动着停止了挣扎。

"不过……"虞卿低下头，目光垂落，"好好待着，别再出来了。"

说罢，他便干脆利落地收起链条，放回系统空间。

这个"司遇"明显被封在那幅绘着黑色海洋的画作里，只抓住触手无法将他带出来。

找到挚友本名的任务还剩下二十分钟。

良久，触手们收回。

眼看着一切恢复正常，虞卿立刻打开那红色日记本，一边往地下室走，一边一目十行地看。

署名：温蒂。

1816 年，8 月 10 日。

我意外来到这所学校，询问校董彼尔德是否可以收留我，让我做些力所能及的事，只要不再让我回大海，让我做什么都可以。

原本，他是不答应的。

他嫌我长得丑，会吓跑学校里的学生，派了浑身腱子肉的保镖出来，想赶我走。

我在学校外面睡了三天，不知怎么回事，他忽然说美术馆的地下室有怪物，让我帮忙看守，我终于有了一份工作。

彼尔德？对，是叫彼尔德！

虞卿收敛目光，仔细回想：进美术馆之后，他的确看到每一幅画作的右下角，都用英文标着一样的署名——彼尔德。

这是挚友的名字。

可，这只是挚友对外宣称的名字，他的本名真的叫彼尔德吗？

虽然不敢妄下定论，但虞卿直觉不是，于是手指抚过，继续往下翻。

1816 年，8 月 18 日。

八天了，彼尔德让我守着地下室，却没有派人给我送食物。

他估计……已经忘记我这个人了吧。

从海里带来的鱼和一些水鸟已经快吃完了，我应该找他要些吃的。

1816 年，8 月 19 日。

彼尔德很大方，他给了我一些面包和红酒，也怪我多嘴，非要问一句他是不是华人。

他生气了，说自己从小就在英国长大，并一再强调自己就叫彼尔德！

我不明白，这有什么好强调的。

1816 年，8 月 29 日。

我看见怪物了！我看见了一个白裙黑发的女人，她的右眼是赤红的，她的嘴角带着血，她在砸彼尔德的画作。

1816 年，9 月 1 日。
出现幻觉了，温蒂，不要相信那些事，那些都是幻觉，你不饿！不要吃！
好饿……
好吃……

1816 年，9 月 6 日。
彼尔德先生的助手亨利先生又来修墙了，我不明白，地下室的墙究竟有什么问题，需要天天修。

1816 年，9 月 7 日。
听说，彼尔德先生的新画《山海星辰》得了奖，明天会在学校大堂举行颁奖仪式，那将是他最开心的一天，真好啊，风风光光的。

9 月 7 日，这个时间……
虞卿顿住，慢慢转过头，发现系统之上标注的副本时间正是：1816 年 9 月 6 日。
9 月 7 日……不就是明天？明天，他的挚友彼尔德将在学校大厅领奖，庆贺他最开心的一天？
纸张翻过，虞卿控制住脚步，继续往下看。

1816 年，9 月 10 日。
我是个有罪之人，我的神思越来越不清醒，我的皮肤开始不停溃烂，我将变成一具白骨，永远漂在大海里。

这一段话写得歪歪扭扭，混着奇怪的污渍和血迹，很明显是神志不清的时候留下的。
虞卿不自觉顿住脚步，他越来越好奇之后发生了什么。
日记本很厚，上面写的法文，证明这被泡发的老太太温蒂是个法国人。
他的手继续往后翻，可……入目却是——

1816 年，8 月 10 日。

我意外来到这所学校，询问校董彼尔德是否可以收留我……

所写的内容和前面一模一样！

日记……重复了。而且，漆黑的走廊悠远的"嗒嗒"声不停传来，越来越近，越来越急。

终于，虞卿合上日记，慌忙抬头，正见面前一盏烛火莹莹发光，那老太太头发披散，笨重的身子不停渗水，正左摇右摆快速地靠近他。

而且，随着老太太的不断靠近，她膨胀的身子开始异化，像是要融化。紧接着，满嘴獠牙的大口咧到耳根……左摇右晃。

她颤巍巍地举着蜡烛，一刻不停地逼近虞卿，尽管如此，却依然想让自己的笑看起来和善："小文——"

她声音嘶哑，站在面前，虞卿下意识后退了两步，缩在墙角瑟瑟发抖。

这越发让老太太增强了信心，她的脚步继续往前："我忘了，我的房间有些乱，杂物堆得到处都是，没吓到你吧？孩……子……"

"没……没有……"

虞卿虽然这么说，但双手扣着白墙，声音颤抖，哆嗦得更厉害了。他想跑，奈何连逃走的力气都没有，双腿发软，刚要转身，就"啪"的一声摔在了地上，站都站不起来，只能抬起泛红的眼睛，怯生生地望着她。

对嘛，"顾文"就应该怕她。

老太太的脚步持续逼近，虞卿缩在墙角，却早已没了挣扎的力气。他颤抖着，双眼含泪，将自己蜷成小小一团。紧接着，老太太一口咬下去。

直播间观众瞬间顿住，纷纷跟着吓了一跳，却不想白光一闪，眼前的场景发生了翻天覆地的变化！

白发苍苍的变异老太太蹲在墙角，正陶醉地咬自己？

而不远处，虞卿神色淡定，正没事人似的往地下室走，皮靴落地，规律的脚步声轻震每个人的胸腔。

弹幕区一片安静，直到虞卿打开大门，观众才迟钝地反应过来。

"他刚刚用了'魅惑之眼'六级变异技能！"

"所以……刚才我们看到的都是幻觉，那个老太太被技能控制？"

"哈哈，这个怪物婆婆不能击杀，因为击杀完之后，副本就会……"

与此同时，直播大厅六级副本展示区，原本按热度综合排行的推荐位上，"惊才艺术学院"忽然超过了所有同级副本，位居第一。

不是因为主播操作多牛，不是因为副本闯关多难，就因为它的副本介绍旁边猛然多出了一项标红的数值——异变度：百分之三。

下一秒，直播大厅万众哗然。

副本异变开启，这意味着副本内所有NPC即将脱离主系统控制，按照自己的意识重新开始游走。他们会互相伤害、结盟，不受任何规则约束。

当然，在这场失控的盛宴中，最先遭殃的就是开启副本"异变度"的主播。

因为现在虞卿就相当于一个开关，走到哪里，哪里的NPC就会觉醒自我意识，开始异变。

直播间——

"这个副本好刺激，我完全看不懂！"

"哈哈，楼上的也是第一次看这个副本吧？这些都是开胃小菜，过了今夜十二点，来到九月七日，才是这个副本真正的实力！"

副本内，虞卿看不到副本整体的异变度，自然也不知道自己的直播间为什么会忽然多出这么多观众。

"吱呀"一声推开大门，虞卿简单停顿了一会儿，发现直播间又兴奋起来，眉头微微皱起，目光敛回，他预感到自己似乎又闯了祸，抬起手，有些头疼地捏了捏眉心。

合上门，虞卿几步走到那金发男人面前："金哥，备用钥匙。"

"哦。"金发男人淡淡应了一声，没抬头，手继续在面前白皙平整的墙纸上摸索，"钥匙能进地下室，应该是个重要道具，你拿到的自己留着吧，不用给我。"

话音落，虞卿刚想推脱，忽感一阵冷气侵袭，整个人狠狠一顿，不可抑制地打了个寒战。

他看了看四周，什么都没有，可……周身的空气就是越来越冷，像是有什么东西盯着他，兴奋不已。他喉结滚动，努力压下心底的不安，将钥匙送了出去："我复制过一个了，你拿着吧。"

面前金发男人的手一刻不停地摸过墙面，似乎找到了什么，神色微沉，眼神格外认真。

虞卿立在一侧，也跟着沉眸，一边看，一边问："金哥，你叫什么名字？"

"金愉。"

虞卿："……"

真叫金鱼？

他张了张口，有些不确定，刚想再问，就见金发男人手掌一缩，忽然抓住了什么！

男人肌肤白皙、骨节分明的手背上指骨微凸，青筋暴起，似乎在蓄力。

不多时，力道一斜，整张白色墙纸被他狠狠扯下来。下一秒——

"叮咚！恭喜主播金愉发现重要线索'彼尔德的愤怒涂鸦'，故事探索度百分之十。"

声音落，虞卿恍然抬眼，正见面前那被撕碎的墙纸下，全是用红色颜料写满的恶毒话语——亨利身败名裂！亨利再也拿不起画笔！亨利只能永远在我的阴影下生存！亨利只能永远给我做助手！

一字一句，触目惊心。

虞卿神思一动，又想起了自己看到的日记。

在温蒂的日记里，亨利是彼尔德最得力的助手，外人看来，两人的关系亲如兄弟，可……他为什么这么痛恨这名助手呢？

因为助手掌握了他的秘密，还是……比他优秀？

"距离任务完成还有十五分钟，请主播虞卿抓紧时间！"

冰凉的提醒落到耳边，虞卿沉眸，来不及细想，重新看向"找到挚友本名"的任务。

"任务倒计时：十四分五十七秒。"

这座美术馆里，所有的画作下署名全是"彼尔德"，这绝对不是挚友的本名！

他这位挚友虚伪狡诈，也不可能把自己原来的身份证藏在外面，一定藏在他的私人空间。仔细想想，最开始翻挚友卧室的时候，里面还有很多箱子和暗格没有打开。挚友不让他碰，那身份证很有可能就藏在里面。

他记得……衣柜里似乎有个保险箱，被他的挚友视若珍宝。

先试试！

可……虞卿抬起脚步，又犯了愁。他恍然想起之前被他一尾巴甩得鼻青脸肿，不仅断了手，还追着他拿斧头砍，还……没有砍成的挚友，隐隐的担忧从心底攀升。

虞卿转过身，薄唇轻扬，走到金愉身后，拍了拍他的肩膀："金哥，你是几级主播？"

金愉转过身，收起墙纸，回得十分爽快："七级。"

"哦，七级主播应该有天赋技能吧，你是……"

"傀儡师。"

"哦。"虞卿点头，就等这句，他继续道，"傀儡师的技能是控制，一般都有好几条能连接一切的傀儡丝，您有……几条？"

"很多。"

"能借我两条吗？我明天会还你，有急用。"

看得出，金愉对他的恶意不大，甚至希望他活着，所以，两条傀儡丝即刻到手，并附带一份使用说明。

只是……虞卿有些意外，他一直以为傀儡丝这东西是白色的，跟提线木偶身上连的一样。没想到竟然……是蓝色的，很长，会发光，组合在一起很像电脑里的数据串。

这个比喻……虞卿捏了捏眉心，在心底吐槽——还真是当程序员当魔怔了。

有了钥匙，金愉一行人很快走出地下室。

那扭捏男人的老婆没来救他，纠结再三，只好灰头土脸地跟在金愉身后，一起走上美术馆。

暗夜里，悠长的美术馆依旧漆黑森凉，为避免再掉精神值，金愉走得很快，但……"叽叽咕咕"黏腻的声响还是穿梭在耳边，不停追随。他们快，那声音就快；他们慢，那声音就慢。

"金……金哥……"终于，身后有人忍不住，壮着胆子出声，"这是什么呀？你们……你们听见了吗？"

仔细听，游移的声响穿梭在画间，金愉也不知道是什么，明明进来的时候没有这些声音。于是思索再三，他只道了一句"闭嘴"，就加快了脚步。

终于，来到门口的时候，"砰"的一声，一条漆黑的触手突然冲出画作，直直探向了他！

四人小队瞬间分散，身后尖叫惊呼迭起。金愉躲闪不及，猛退好几步，傀儡丝还没来得及放出，忽听被虞卿拍过的左肩上的衣服被扯坏，被触手紧紧卷住，然后，带着几分赌气性质地……拿走了？

一秒后，触手消失，四人小队重新站直，光速奔出美术馆。

"砰"的一声，大门重新合紧。金愉仔细看了两眼室内，确定那触手没再跟来，才放开门把手，狠狠松了一口气。

他转过身，看一眼自己被扯得稀烂的衣裳，眼睛微眯，第一次对副本怪物的智商产生了怀疑。

男人脚步辗转，确定了一下各自的单线任务，四人各自分开。走时，忽然一道巨响自美术馆传来，好似斧锋割断地面。紧接着，男人的嘶吼清晰传来。

"顾文！我要杀了你！"是挚友彼尔德的声音！

与此同时，挚友的卧室，不到十分钟，虞卿已经撬开了所有暗格，并找到了……一堆身份证。加上最后开的这个保险箱，厚厚一沓握在手里，起码有五十张！

"找到挚友本名"的任务已经结束，但很快，直播间左上角的猩红倒计时只剩下五分钟。

新的任务再次响起："挚友即将回归，请主播利用顾文的身份跟挚友示好，确定哪张身份证为真吧！"

任务一出，虞卿的指节下意识一抖。

直播间——

"哈哈，笑死我了！以前的顾文真的可以，现在的真不行！"

"刚从总直播间回来，温馨提示：挚友追去了地下室，然后发现了满墙恶毒话语，估计认为是主播撕的，跟被踩了尾巴似的，跑得比兔子还快！"

"我来分析一下：那一缸黑色溶液是被摧毁的司遇对吧？那其实是主系统送给挚友的雕塑原材料，挚友失去了一只手，一直拿黑色溶液做假手来着，刚才发现罐子碎了，溶液没了，这账……估计也要算到主播头上。"

正说着，巨斧挪动，擦过地面的声音再次传来。为了避免被发现，虞卿直接翻身，低头躲到了床底下。

巨斧的声音不断靠近，伴随着暴怒的呼吸，在大门合上的那一瞬，充斥了整个房间。

挚友的皮鞋满是灰尘，近在眼前！

他在屋里转了一圈，发现自己的身份证全被拿走，锋利的斧头当即举起，妖冶的瞳孔变为赤红。

直播间震惊——

"看了这么久直播，我第一次看到挚友的眼睛变成这个颜色。他变回自己本来的样子了，啧……好丑！"

"哈哈，挚友不会那么容易死的。副本设定：能击杀他的，只有他自己。"

"我还是比较好奇，只有五分钟，主播就这么藏着，怎么确定哪张身份证为真呢？"

"这你就不知道了吧？五级主播可以花一千万积分跳过一次系统任务，我觉得他会这么做，不过……这就有点无聊了，没什么可看性。"

直播间观众不多，依旧维持在两万出头，零星的弹幕不时飘过。几秒后，似乎有人觉得他必然会这么做，默默退出，继续在六级副本展示区闲逛。

"任务结束倒计时：四分四十三秒。"

直播弹幕悠然，似乎不指望有什么振奋人心的新情况出现。不多时，忽然——

"黄彪，黄彪！"

是……虞卿的声音？

闲逛的观众们再次回归。

副本中，挚友已经处于极度暴虐的状态，他把所有仇都记在了虞卿一人身上，这时候出声，必死无疑。

可……巨斧拖动，观众们看见，挚友竟顺着声源一步一步地……走出了卧室。

弹幕哗然。

再仔细看看，出声的根本就不是虞卿，而是……客厅里的防盗摄像头？

有人提前反应了过来："主播用他的系统破解无线网络，连接外面的摄像头！就用了……五秒？"

虞卿守在床底，眼睫轻闪，微微松了一口气，修长的指节触上系统——现在，他可以用摄像头确定一部分名字了。

"朱肆？"

"秦子桓？"

"张可淼？"

"砰砰砰！"

骇人的劈砍声不停从外间传来，挚友一声没有应，系统也没有反应，那就不是这些名字！

继续试！

不一会儿，挚友终于发现了端倪，单只手抡起巨斧，直接砍碎了客厅的摄像头。

"嗞嗞嗞——"

墙角里，漆黑的摄像头"挣扎"几下，彻底断联！

可……客厅的摄像头坏了，厨房的摄像头又一次连上，继续读名字！

为了拖延时间，虞卿的指节不停操作，最后甚至连上了智能冰箱！

锋利的斧头不停摧毁着所有，五花八门的名字一个接一个被念出。不多时，挚友终于砍坏了外间所有的智能家电，巨斧扫过门框，一步步踏入室内。

"任务完成倒计时：两分三十三秒。"

沉重的脚步裹着瘆人的戾气，不多时，挚友像是发现了什么，嘴角上扬，毫不犹豫地停在床前。

呼吸屏住，虞卿的手里还剩下最后十张身份证！

夜色沉寂，场面僵持，不多时，挚友抬手，一把掀翻了虞卿藏身的床。

"啊！"尖叫声起，尖锐瘆人，仿若世界末日，一瞬间，直播陷入黑屏，观众疯狂猜测，他们瞠目欲裂，盯紧直播间。

系统屏幕"嗞嗞"闪了两下，画面模糊，很多人看不清，于是更加聚精会神地盯住。终于，系统屏幕彻底明亮，一张惨白的嘴角带血的女人脸横亘整个直播小屏，挑起诡异的微笑。

"啊！"

一瞬间，不少观众退出直播，到外面的时候恍然发现，这个可怖的白裙女人是……虞卿扮的？

他们再次点进去，画面里，挚友一时接受不了自己床底下有这种东西，吓得把斧头一扔，抱头鼠窜。

而虞卿恰好利用这个空当，一路追着他，不停念完剩下的身份证。

"任务完成倒计时：一分五十九秒。"

虞卿望着手心仅剩的三张身份证："胡描！"

声音落，挚友瞬间尖叫起来。他跑出去，藏在灶台底下，两只手紧紧护着头，像是要逃避什么，疯狂解释："不是我，不是我，我没有杀你，别找我，呜呜……"

"胡描。"

又叫一声，果然，挚友缩得更往里了，手脚颤抖，整个人险些精神失常。

是这个了！

虞卿于是目光垂落，拿起"胡描"的身份证果断在系统上一扫。

"叮咚！"系统播报，"恭喜主播虞卿发现重要线索'挚友的本名'，故事探索度百分之二十！

"特殊隐藏条件已触发，'胡描'真实资料正在解锁中……

"怪物名称：胡描（Boss 型 NPC）。

"怪物等级：四级（满级十）。

"特别注意，明日颁奖典礼开启后，胡描将收获更多怪物信仰，怪物等级即将上升。

"上升潜力：巨大。"

等级预估乱……乱码？

虞卿似乎有些不相信，沉眸，又仔细看了两眼，真的是乱码！

如果让胡描参加第二天的颁奖典礼，他的能力会强到何种程度，无法预估。

直播间——

"好了，好了，任务终于完成了，啊！卿卿好棒，卿卿快走！"

"是啊，挚友又不是傻瓜，看出假扮之后估计又要拿斧头了。主播体力值又少，还是跑为上策！"

可……众人一片认真的注视里，虞卿收起身份证，竟是转过身，双手费力地拉起斧头，一点一点挪到胡描面前。

斧锋刮过地面，声音刺耳，仿佛故意在引起他的注意。果然，不一会儿，胡描便慢慢抬起头，发现了异常。

——不对啊，如果真的是来索命，怎么可能……连斧头都拿不动？

眼眸微垂，男人试探着放下手，挪出灶台，慢慢站起身。他深吸一口气，壮着胆子，几步走到虞卿身后，轻拍了一下他的肩膀。

"啊！"

果然，虞卿一惊，回过身的一瞬间，面具落在了地上，脸上的"惊恐"被胡描微微一笑后，尽数收入眼底。

"阿文啊。"富有磁性的声音沉落耳畔，仿佛恶魔的低喃。

虞卿开始"怕"，望向身后的一瞬间，面色一白，眼睛霎时变得通红："我……我……"

"来，"面前的胡描渐渐伸出手，"把斧头还给我。"

"不……"虞卿摇着头，双手奋力抱着斧头，像是拥着自己的最后生机，可……

"啊！"一秒后，胡描懒得跟他客气，一把将斧头拿走，带着阴戾的危险气息，狠狠举起。斧锋落下，虞卿的长发被削断了半缕。

这让他越发"惊慌"，转过身，拼了命地往门口跑！

奈何他太"怕"了，双腿发软，不停颤抖，还没来得及拽开大门，脚下倏然一滑，整个人跌坐在公寓门口，神思一荡，泪水霎时滚落眼尾。

"对不起，别杀我……"

他浑身颤抖，像是站也站不起来，怯生生地后退着，这越发增强了胡描的信心。

男人脸上露出微笑，慢慢抬手，斧头再次举起，刚要向前。忽然，"啪"的一声，整个人摔到地上，门牙被砸掉两颗！

尖叫声起，胡描怒骂一声，坐直的时候才发现，虞卿把他的鞋狠狠粘到了地上。

男人沉眸，牙齿磨得不停作响，纠结片刻，终于低下头，忍着难堪脱下靴子，脚一落地，发现……脚也被粘上了。

"呜呜呜……"

门口，虞卿的哭声还在继续。可他意味不明地低着头，那张哭脸顷刻便变成了笑脸，眉眼弯弯。干净的少年靠在门上，随意支起一条腿，坐得悠然："你别杀我，我好怕啊。我不是故意要伤害你的，可你太丑了，我也没有办法。这样吧……"

忽然，他像是想到了什么极有趣的事，几乎兴奋地提议："明天，我就当着全校师生的面，在你登上领奖台的时候，公布你的真名，让你身败名裂，怎么样？"

皮靴轻摇，终于，虞卿顺势站了起来，居高临下地盯着他："既然你没有意见，那就这么定了，明天见。"

说罢，虞卿转身，将一只手放在门把手上。

身后，胡描已经气到了极致。他的面色黝黑，瞳孔鲜红，布满褶皱的脸几乎全被愤怒占据，五官扭曲，几乎变形。

"站住。"

"啊？"

"我说，站！住！"沙哑的声音像是从喉咙深处挤出，虞卿勾了下唇，转身回头，入目是横飞而来的大斧头！

斧锋对面，胡描在笑！

可下一秒，像是早有准备，虞卿立刻低下身子，任由那斧头旋转着掠过头顶，又……重新往胡描的方向飞去。

面前，胡描依旧咬着牙，似乎根本没意识到事情的严重性。他慢慢抬起左手，刚想将斧头接下来，可不知怎么，手腕上忽然连了一根幽蓝色的线，直穿神经，控制着他的活动。

而且，不只是手腕，脖颈上也连了一条，那线被虞卿握在手里，用尽全力控制着他的行为。

眼看斧头就要飞到自己身边，胡描开始害怕，开始颤抖。他咬着牙，正要想法躲避，忽然，蓝线收紧，他被斧头击中，击倒在地！

虞卿收回傀偏丝，终于狠狠松了一口气。他的脸色微微发白，抿抿嘴唇，便低下头捏了几下自己发麻的小腿。

这样……算是胡描自己击杀了自己吧？不会……再复活了吧？

收拾好心情，虞卿起身，仔细合上门，准备去钱莱的宿舍找他会合。

公寓外冷风轻吹，不知为什么，校园里的怪物像是忽然被清空了，朗月清照，格外……安宁。

虞卿迈步向前，却不知门后的公寓里，倒在地上的胡描死寂一般地躺着……墙面上，挂钟轻摇，清晰的"嗒嗒"声记录着时间的流逝。不知过了多久，那指尖……忽然动了！

校园内，海浪拍打礁石的声音持续起伏，伴随着几道雷声轰鸣，响彻天际。但……虞卿慢慢仰起头，天空晴朗，月夜无星。

大海的声音，温蒂的日记，被困在画作里只能将触手探出来的司遇，奇怪的现象组合在一起，虞卿想：画作很有可能是这个副本的关键！

画作的另一边存在另一个世界！

这个副本的任务是：拥抱缪斯。

他得想办法把缪斯找出来，找完这个世界，再去画中世界找！

这么想着，少年的思绪清晰了不少。穿过空荡荡的校园，很快就根据自己系统里的定位，来到宿舍楼下。

他的系统与钱莱的系统相连，不用手机也可以找到最准确的位置。

宿舍大门没有锁。正门口，宿管的位置空空荡荡，稍显几分凌乱地扔着一串钥匙。他摸一摸椅子，有温度，人应该离开不久，不知道……还会不会再回来。

这么想着，虞卿立刻秉持"顺手牵羊"的原则，拿走了钥匙。

下一秒——

"叮咚！恭喜主播虞卿获得重要道具'宿舍楼的钥匙'，奖励积分加一百，请再接再厉！"

直播间——

"不得不说，主播这个习惯真的好，这种小东西很多人都会忽略。"

虞卿的脚步持续向前。

"副本异变度：百分之五。"

周围的空气持续湿冷。

不知过了多久，走到楼上后，虞卿发现，自己脚边竟多出了一串整齐的湿脚印，心跳不由自主地加了速。

一路走来，他越发确定有看不见的人跟着他，是……地下室里那个看不见的金发碧眼的小男孩吗？

如果跟了一路都没有动手，那是不是就证明男孩的恶意并不大？

怪物婆婆说男孩很瘦，那……

思索一会儿，为了避免吓到钱莱，虞卿从系统商城买了牛奶和面包，放在地上，嘱咐道："饿了可以吃，渴了可以喝，在这里等着，不许跟进去。"

说罢，他果断拉开门，往屋里走。

他的脚步很快。房门合紧，那不断蔓延的湿脚印果然消失了，是个乖孩子。

虞卿微微松了一口气，继续往前。

寝室里的陈设都很破旧，灯光闪烁，墙皮脱落，冰冷的铁架床生锈发霉，遍布着凌乱的血迹。房顶上，残破的吊扇"吱呀"作响，仔细看，扇叶上挂着一条发黄沾血的绳子，正随着扇叶的转动左摇右晃，小幅度打着旋。

虞卿合上门的一刹那，忽然，灯灭了，紧接着房间里一阵阴风吹过，像是忽然多出了什么东西，无声无息，灼得人心慌。

虞卿摸索几下，壮着胆子打开灯，仔细看了两圈，什么都没看到。

房间里一共八张床，均空置，只有钱莱睡的地方铺了被子，被面上系统商城的幽蓝色标志闪烁明显。很显然，这是钱莱为了睡觉自己买下的。

检查一下钱莱的精神值没出问题，为了确保夜里安全，虞卿继续去楼道巡视。

寝室里，无数怪物穿着衣服，坐在简陋的木桌前，或对镜打扮，聊着八卦；或电脑开启，组团"开黑"。

虞卿目光收回，心底有了答案——怪不得在外面看不到怪物了，原来它们都进了宿舍楼。

这样子，这习惯，难道……变成怪物之前，他们也是学生？

虞卿收敛目光，继续往前，正纠结要不要回去，一条袖子忽然被什么东西拽住，手臂倏然一动！

他垂眸，目光向前，拽住他的地方多出一排湿脚印，有水不知顺着什么，正从半空"滴滴答答"往下掉。气味腥咸，也是海水！

看一眼门口空掉的盘子，虞卿定了定神，问："没吃饱吗？"

对面空气里，金发碧眼的小男孩似乎张了张嘴，却……什么也说不出。他发不出声音，于是又扯了扯虞卿的袖子，开始拉着他往前走。不多时，便停在最西边的一间寝室前。

寝室门牌号：666。

很吉利的数字，而且，里面的怪物们似乎也这么认为。

"这间寝室不仅好，寝室号也好，一看就吉利，哈哈，我喜欢。"

"唉……"

"小莉，明天就是彼尔德老师领奖的日子了，他答应我们，只要他这次领奖顺利，就送我们一人一幅画作，写上我们的名字，拿着他给的画，我们也能获奖保研，你叹什么气啊？"

"我……"半晌，那被称作"小莉"的怪物撑着头，利爪揪着淡粉色的裙角，担忧道，"我担心苏夏，她死了会不会报……"

"去，别提她，不吉利！再说了，这有什么好怕的？"另一只怪物劝着，"她死了是她想不开！"

"就是，不用管！就让那不识好歹的在电扇上挂着吧，别担心，啊。"

再聊几句，666寝室又恢复了以往的和谐，开始说说笑笑。只是那叫"小莉"的怪物依旧担心，利爪旋转，不停揪着衣角。

苏夏……长什么样呢？

花季少女不远万里来上学，最后因为彼尔德和一群冷漠的室友死在了风扇上，她出事的寝室……就是钱莱睡的那间！

想到这里，虞卿立刻迈开步子，大步冲回寝室，打开大门。

钱莱被他突然进入的声音吵醒，半睁开眼，迷迷糊糊瞧了过去。

房间里，虞卿微微松了一口气，他跟那看不见的小男孩道了谢，又给了他一些面包，湿脚印竟是一路退出，乖乖关上了门。

副本里难得有这样的好怪物。

虞卿稍稍安下心，又观察了几眼周围的环境，正纠结着自己要不要也铺床被子休息一下，就听房顶上昏暗的小灯再次闪烁，破旧的风扇"吱吱呀呀"，周围的空气似乎……更冷了。

"嘻嘻……"

忽然，突兀的女声在室内响起，有什么东西隐匿游走，就围在他身边，盯着他……他动那东西动，他不动那东西也跟着停。

虞卿的心脏渐渐提起，下一秒，"吱呀"一声，风扇忽然大幅度晃动起来，扇叶上的绳子仿佛受了什么刺激，突然抖得厉害，疯狂旋转。

慢慢地，虞卿仰起头，就看到一个披头散发的白裙女孩在风扇上！

是苏夏！

她的眼睛死死盯着他，确认自己被发现之后，诡异一笑。

"嘻嘻——找到你了。"

声音刺耳，可……虞卿并没有移开目光。

或许是这张脸见多了，他并不觉得可怕，这张脸是……神色一凛，他立刻打开系统空间，找出他在地下室里收起来的画。

是的，苏夏正是这画上恐怖的白裙女人。

有人为死去的苏夏作了画，就藏在彼尔德的地下室里，专门吓他！

虞卿慌忙上前两步阻止了钱莱出声，而后抬起眼睛，对比画作，刚想再确定一下，就发现那恐怖的白裙女人……不见了。

钱莱的眼中惊恐未定，两人正对视着，忽听诡异声起，仿佛有什么极硬的东西不停地撞击铁床。

铁床生锈，"吱嘎"的声音森然回荡。四周冷气裹挟，强烈的不安隐匿滋生，顺着毛孔，迅速入脑蚀心，不一会儿："啊！"

楼道里，惊恐的尖叫声不断爆发。

"有怪物，啊！救我！"

"好眼熟，是……是上届那个跟着彼尔德老师学画画的女生吗？"

"是苏夏，苏夏回来了！"

绝望的尖叫充斥楼道，越来越多……床边的撞击声开始变得猛烈，似乎有什么东西已经陷入狂暴，迫切地想将楼里的所有人唤醒！

虞卿将钱莱拉起来，一起在屋内寻找苏夏。不多时，"丁零零"一声，代表午夜的十二点已到，这天是九月七日，是彼尔德登台领奖的日子，整个学校的怪物都会收拾齐整，为他鼎力庆贺。

"丁零零——"

铃声结束，随即——

"叮咚！直播任务刷新：今天是彼尔德老师领奖的日子，他最爱的学生苏夏将从现在开始，为他循环演奏他最爱的钢琴曲——*Without You I Am Dying*《没有你我便将死去》，请所有主播立即苏醒，前往音乐教室，一同聆听。"

虞卿和钱莱对视一眼，果断往楼下跑去。下去的时候，不少主播和怪物都聚集到了楼下，混乱一片。

可奇怪的是，原本还叫嚣着的怪物们此时像是失去了所有攻击性，吵吵嚷嚷，哭哭啼啼，甚至双腿发软，只能互相搀扶着，一起往音乐教室的方向进发。

那就证明收到去音乐教室任务的不只有主播！

为什么？怪物……也要去听音乐吗？

虞卿仔细思索着，放慢了脚步，和钱莱一起走。嘈杂声搅乱心绪，一行人不停向前。

校园里清润的微风拂过长发，虞卿抽空简单瞥了一眼直播间。

弹幕早已群魔乱舞。

"啊！那个故事发展终于要来了！我好期待！"

很快，一群人来到音乐教室。

刺耳的尖叫在逼仄的楼内砰然炸响，仿如清水滴入滚油，一瞬间万众屏息，纷乱后退，惊恐的感觉在这一刻迅速达到顶点！

原本立在人后，走得极慢的虞卿竟一下子被推到了最前面。视线里，倒在地上的是那个叫"小莉"的怪物。

小姑娘浑身颤抖，幽绿色的眼睛不可思议地睁大，绝望地盯着教室里穿着白裙、眉眼带笑的女孩。

"苏夏，是苏夏，呜呜……"

怪物们退得更厉害了，原本在666寝室内劝她"别害怕"的几个怪物女孩再没上前过。整个楼道异常安静，只剩她的哭声。

教室里，昏暗的小灯落下柔和的光，苏夏梳着单边蝎尾辫，眉眼弯弯，低头，白皙温柔的脸对准小莉，盯了片刻，随即……亲昵地拉起她的手："宝贝，以前就属你跟我关系最好，还是你介绍我和彼尔德老师认识的呢，快，你坐第一排，听我的演奏。"

地面上，小莉明明已经变成了怪物，身躯高大，利爪尖锐，看上去一爪子就能击败苏夏，她却在发抖。

被苏夏握住的时候，她连站起来的力气都没有，身体摇晃，差点直接瘫在地上。

"啧。"一旁，钱莱轻叹一声，不动声色地靠近虞卿，"你知道这叫什么吗？"

少年摇头，听他说："这叫不做亏心事，不怕怪物上门……"

"二位。"温柔的女声打断未脱口的话，虞卿一顿，和钱莱一起转过身，正对上一张漂亮的淑女脸。恬静美好，声音温柔，被身后温和的暖光一衬，越发……瘆人。

"哦，顾文老师也在啊。"

不知为什么，虞卿喉结一滚，被点到名时，一股莫名的寒意涌上心头。眼前，苏夏柔柔地笑着："您之前也为我提供了很多帮助，不如就坐在小莉旁边，一起听吧。"

虞卿呼吸压沉，向前迈步，给钱莱留下一句"我这个角色，可能也做亏心事了"，就走到小莉旁边，乖巧落座。

过了一会儿，虞卿发现，自己旁边坐的全是666寝室的怪物，是间接害死苏夏的室友们！

那自己这个角色，估计也不是善茬。于是趁着苏夏组织其他人入座，他点开"顾文"的身份资料，又仔细看了两遍。

——顾文为人胆小怯懦，没做过什么过分的事，唯一与苏夏有关联的地方大概是……彼尔德欺负苏夏的时候，他就在客厅里坐着，没敢出声，也没敢阻止。

"嘀嗒。"

有什么东西落下桌角，腥臭刺鼻，虞卿立刻抬眼，快速地扫过四周——

这个音乐教室布局很奇怪。一般的大学教室都是阶梯教室，很少会有学校在教室里摆满红色圆桌。像是为了准备什么，故意让观众们围桌而坐。

"嘀嗒"声再次响起，虞卿耳朵微动，这一次他分清了，声音是从桌底传出来的！

虞卿指节一抖，手心悄无声息地渗出一层汗。

"好了。"

钢琴旁，苏夏终于安排好了所有人，声音一出，虞卿立刻坐正，尽量平复呼吸。紧接着，悠扬的钢琴曲传出，第一遍演奏结束，苏夏猛一抬眼，距离虞卿最近的怪物小莉被当场击毙。他眼瞳一顿，脸色霎时变得惨白，呼吸微抖，连嘴唇都褪去了血色。

"嘀嘀嘀！"

压抑的氛围下系统警报忽然弹出，虞卿发现，属性面板上，自己那原本处于一百零二的精神值闪烁几下，不一会儿就顶破了一百零五！

"嘻嘻嘻。"

空灵的笑声在压抑的空间里突兀响起，震得在场所有人和怪物都跟着颤了颤。

"一曲结束了。"钢琴旁，苏夏幽幽转过身，深邃的目光扫过整间教室，"一遍钢琴曲听完，就是这个下场哦。"

声音落，怪物和主播们难得齐心协力地抱了团，左顾右盼，人人自危。

"不过，"苏夏声音温润，继续道，"在这期间，我会跟大家玩一场游戏。"

下一秒，"啪"的一声，教室里大灯熄灭，紧张的呼吸声明明在被拼命压抑，却像是失控一般，越发明显。

"嘀嗒。"

液体滚落，拍打地面的声音不断响起，互相交杂。不多时，教室四周昏黄的大灯重新亮起，虞卿看见，自己面前悬起了一张猩红发光的纸牌，纯白的牌面上画着一张……他的画像？

虞卿心脏顿提，目光向前，又仔细看了两眼——这画像完全是照着他画的！

上色完整，栩栩如生，这样面对面地看着就像在……照镜子，画像最上方印刻三个加粗的黑色大字"真话牌"。

环顾四周，虞卿发现，每个人面前都悬了一张牌，苏夏坐在钢琴椅上，姿态悠然，懒倦地扫过众人："这个游戏的名字叫谁是卧底。你们每个人牌面上画的东西都一样，不过这一堆真话牌里只有一张假话牌，拿到真话牌的人只能说真话，拿到假话牌的人只能说假话。你们可以描述牌上的东西，但是……不能直接说出来，大家轮流发言，然后投出假话牌。"

"如果你们赢了，可以立刻离开，如果赢不了……嘻嘻——"笑声一起，苏夏说，"那这个游戏就会继续，被投出来的人要到最前排聆听我的钢琴曲，跟刚刚的人一样的下场哦。"

话音落下，房间里压抑的氛围更重了，呼吸急促，甚至有隐约的啜泣声响起，灼得人心惊胆寒。

钢琴椅上，苏夏皮鞋轻抖，白皙的手指随意转了几圈，最终落在虞卿身上，嘴角一勾："你先来。"

虞卿神色一顿，清了清嗓子："好看的人，我喜欢。"

苏夏听完，没做多大反应，随即指向了下一个人，算是勉强过关。

接下来，就是全教室主播和怪物们绞尽脑汁的思考时间，他们不仅要想办法描述纸牌上的画像，还要集中注意力观察每一个人，想方设法找出那张假话牌。

众人发言的空当，虞卿那原本群魔乱舞的直播间注意到了一点。

"你们看！这纸牌上是主播，是虞卿啊！为什么？以前……是苏夏。"

"我莫名开始怀疑，主播的身世和这个副本有关，可能还跟主系统有关，好刺激！我现在超级想揭开主播的真实身份！"

观众们你一言我一语地讨论着，很快一轮发言结束，一教室的怪物和主播开始乱指，最后选出了那个十分欠揍的扭捏男人"梅脑子"。

"梅脑子"坚持说不是，他是真话牌，可是，没有人说话。

整个教室死气沉沉，男人双眼含泪，声嘶力竭。他站起来，甚至拿着自己的牌到处跑，认认真真把上面的真话牌三个字给所有人看，奈何……游戏规则就是这样。

众人不会改变他们的选择，"梅脑子"只能被好几只怪物拖着，放在了苏夏面前。

然后，钢琴曲起，"梅脑子"浑身颤抖，口吐白沫。琴曲继续，眼看就要接近末尾，他几乎站也站不稳，双眼泛白，不知什么时候就会晕倒。

然后，最后一个节拍落下，苏夏猛然抬眸，虞卿对面一只怪物被攻击，"梅脑子"直接晕倒，几乎休克。

"嘻嘻。"苏夏笑了一下，说，"不好意思，攻击错了，不过没关系，就这样吧。下一轮描述，继续。"

紧接着，新一轮"谁是卧底"的发言开始。钢琴曲一连响了六遍，虞卿身边苏夏的室友们全被攻击，那张猩红的圆桌上只剩他一个人，下一个就轮到……

而此时，整个房间里，经过好几轮游戏，众人的脑子已经不清醒了，他们甚至不愿去想假话牌究竟在谁手里，全部齐刷刷地转头，对上了最前排孤零零的虞卿。

　　很明显，不管下一轮虞卿的发言怎么样，他们都准备把他投出去。

　　意识到这一点，钱莱心脏顿沉，立刻站起身，刚要阻止就见虞卿主动站起来，打断了新一轮的发言。

　　"不用玩了。"他张口，说得斩钉截铁，"我知道那张唯一的假话牌在哪里了。"

　　起身到一半的钱莱动作顿住。

　　"在……在哪里？"

　　人群之后，金愉还算冷静，眼看失智的众人又要闹起来，将左轮手枪举起，直冲房顶。"砰"的一声，宽厚的屋顶被打穿一个小洞，砖屑簌簌，震得满屋怪物主播一颤，下意识安静下来。

　　这时，男人才抬眸，对虞卿递了个眼色，示意他继续。

　　"这个游戏会侵蚀我们的理智。"虞卿说，"如果我没猜错的话，几轮玩下来，各位的精神值都有不同程度的下降，脑子也不大清醒。"

　　透过钱莱的系统，虞卿发现，钱莱那原本九十四的精神值跌到了八十九。不至于太震惊，不过钱莱的精神状态一般可以代表大多数人。

　　扫过在场三十几位主播的脸，虞卿微微沉眸，有了答案。

　　他猜对了！

　　虞卿继续道："但无论如何，这场游戏再玩下去，即便我们都死光了，也找不出那张假话牌，因为……"白皙的手迅速掠过苏夏，虞卿咬牙，一把抽出卡在第一个钢琴键和钢琴之间的纸牌，举起公示。

　　牌面上，清晰的"假话牌"三个字映入眼帘，主播震惊，全场哗然。

　　从刚才开始，他就听到钢琴的琴键之间有摩擦。

　　假话牌就卡在这儿，果然如此！

　　苏夏才是那个唯一说假话的人，整场游戏都是她的骗局！

　　虞卿立在台前，话还在继续，却没注意身后苏夏的表情已经越来越难看。

　　女孩依旧坐在钢琴椅上，脸色渐白，眼瞳变红，颤抖的嘴角渗出血，很快又恢复了画像上那一副可怖的模样，死寂又仇恨地盯着他……

　　下一秒——

　　"叮咚！系统播报：恭喜主播虞卿成功激怒NPC'弹琴的苏夏'，苏夏的阴谋被戳穿，怨念加深，即将进入中级暴走模式。

　　"攻击目标虞卿。亲爱的主播，祝你好运。"

播报结束，直播间——

"哈哈，好新奇！这次的攻击目标直接点名吗？"

"触发这个模式之后，一般的主播都会怕，有逃跑技能的早就开技能跑远了，卿卿怎么……不慌不忙的？"

教室内，苏夏不知什么时候站了起来，踩着小皮鞋，亦步亦趋地跟在虞卿身后，眼里杀意弥漫，几乎要贴上虞卿的后颈。

可……作为当事人的虞卿似乎并不感到恐惧，手上举着那张唯一的假话牌，继续展示。

"苏夏才是这个场上唯一说假话的人！她盗取了我的画像，印上纸牌，就是为了引我们互相攻击。我们一起害死了她，现在她要一个一个地击杀我们！可是你们看，她的能力明显很有限！"

忽然，冰凉的眼睛抵上后颈，柔软黏腻，激得虞卿立刻挺直脊背，手心"唰"地冒出一层汗。但他脸上依旧安静自信，继续往怪物中心走，同时示意其他主播离开，脚步轻缓，瘦小的身躯几乎要被满屋黑压压的怪物吞没。

金愉的眼神黯了黯，守在门外，留了十几个胆子大的主播一起等着，只要直播不结束，他们就等虞卿一起跑。

关键时刻，施手救援。

苏夏的脚步还在继续，虞卿的额角渗出汗，发丝散乱，发言却越发高亢起来："苏夏每攻击一个人，都需要弹一首钢琴曲。钢琴是她的武器，不弹钢琴她就无法攻击人。而且，就算弹了钢琴，她一次也只能攻击一个人，可我们明明有这么多人，为什么要怕她呢？"

怪物们一听，好像……是这个道理。

"兄弟姐妹们！"虞卿喊，"我已经把她从钢琴边引过来了。现在，我们一起反击！"

话音落，他立刻低下头，"听话药水"瓶盖打开，直接淋上了一只怪物的脚。一分钟的控制时间，他让那只怪物驮着他冲出了教室。

紧接着，室内漆黑一片，苏夏完全被围。

脚步落地的一刹那，虞卿立刻往前："还愣着干什么？跑啊！"

下一秒，主播们集体奔向教学楼外。

飞速的脚步奔出教学楼，虞卿体力值下降，双手扶着膝盖，不住地喘息。

校内广场上，众人聚集在一起，还没缓过神，就听到系统的声音。

虞卿抬眸，看向自己的面板："直播任务刷新：请主播虞卿迅速返回顾文公寓，完成世纪难题。"

返回公寓？

虞卿不确定彼尔德到底死没死，他深吸一口气，看向金愉的眼神有些为难："金哥，我又有任务了，傀儡丝可以待会儿再还你吗？"

"没关系，我有很多，送你吧。"

"谢谢！"然后，虞卿就把钱莱交给了金愉，再次咬住牙，快速奔向公寓。

公寓里一切整洁，冰箱恢复，地面干净，之前他和挚友的一切好像……都不曾发生？

"哎呀，你坏。"

甜腻的娇吟自门后溢出，虞卿放轻脚步，试探着贴上自己的卧室门，木床摇晃的声音飞速入耳，约莫三分钟后，彻底结束。

紧接着，彼尔德的声音沙哑地传来："宝贝，等我今天领完奖再来。"

"哼，还说呢。"里面的女声表示不满，"你说了等你领完奖就把那个顾文赶走，让我住进来，是不是真的？"

"真的，顾文怎么配跟你比呢？"

听完一番对话后，虞卿立在门外，稍稍敛眸。下一刻，系统面板弹出一个问题。

"当你回家，发现你的挚友在预谋赶走你，并找了个女朋友霸占了你的房间，你会怎么做？

"A. 冲进去，戳穿挚友的阴谋。

"B. 窝囊离开，默默忍受。

"C. 找其他朋友哭诉。

"亲爱的主播，请做出你的选择。"

虞卿垂眸，看了一眼直播间，得知现在的每一个选择都关乎之后的故事发展，选不好或许会走上超难支线，直接丧命。

虞卿眼睫闪了几下，手指慢慢悬上屏幕。

系统催促："亲爱的主播，请做出你的选择。"

虞卿薄唇轻抿，正犹豫着三个选项，忽听系统警报再次响起："恭喜主播虞卿成功激怒NPC'弹琴的苏夏'。

"苏夏身体被咬伤，怨念加深，即将进入终极暴走模式。

"攻击目标虞卿。虞卿，祝你好运。"

与此同时，明月高悬。

原本怪物云集的音乐教室忽然安静下来，杂乱的地面上空无一人。

苏夏消失了，再仔细看看，无数漆黑的怪物似乎被什么神秘的力量抬到了半空，无法说话，无法尖叫，甚至……无法挣扎。

它们的眼睛圆睁着，不停颤抖的瞳孔昭示着剧烈的恐惧，不多时，全部被攻击殆尽。

脚步向前，漆黑的皮靴踩过地面，男人身后扎了一个松散的低马尾，纯黑色的绑带束起纤长的银发，懒散、阴郁、优雅。

苏夏用来做游戏的纸牌落了满地，印着虞卿的脸。

男人低头，腰间的金色皮带连着几条金链，像是主人做好的小狗牌，上面明晃晃地刻着两个清晰的字——苏玺。

随着弯腰的动作，金链碰撞"叮当"作响，戴着纯白手套的手轻慢下落，捡起那张被虞卿丢到地上的假话牌，赤瞳弯弯。

"虞卿，祝你，好运。"

公寓内，虞卿眼睫轻抖，正纠结眼前的三个选项。忽然，一阵冷风吹来，激得他脊背发凉，感受到鲜红的指甲靠近他的脖颈……虞卿瞳孔一缩，立刻垂手，毫不犹豫地拧开面前的卧室门。

放苏夏和屋里的彼尔德以及另一个女人面对面！

漫长的寂静，下一刻，苏夏像是忽然受了刺激，眼睛睁大，松开他的脖子，直冲彼尔德扑去！

凄厉的惨叫声在屋内响起，虞卿轻舒一口气，带着几分无辜地……合上了门。

"啊！"室内的尖叫越发刺耳。

客厅里，少年敛眸，拍了拍自己的心口，认真道："真是惊险。"

直播间的众人很是无语，不等观众们把省略号发完，系统面板又一次发生了变化。

虞卿看到自己面前原本只有三个的选项，闪烁几下，多出一个……D选项。

"D. 打开房门，再给挚友送一个。"

"主播虞卿，恭喜你完成难题，奖励积分加一千。接下来的一天没有任务，请抓紧时间，拼尽全力，实现自己的梦想吧！"

还能……创造选项？

虞卿狠狠松了一口气，转身，轻手轻脚地离开了公寓，去找钱莱。

彼时，钱莱已经和金愉一行人探索了学校颁奖典礼的后台，共享线索。

虞卿到的时候，正好轮到了金愉发言。

金愉："我的身份是亨利的助理，在我所掌握的资料里，亨利是个很奇怪的人。他的卧室里挂着一幅他的自画像，不过那幅画一到晚上就会开始攻击人，大家要小心，这是线索一。

"线索二，是我和虞卿一起在美术馆的地下室找到的。"

忽然被提，虞卿跟着点了点头，似乎根本没在意金愉说他的名字说得那样流利。

金愉："彼尔德非常痛恨亨利，写了满墙辱骂他的涂鸦，但在外人看来，他们的关系很好，情同兄弟。这一点也很奇怪。"

虞卿说了些有关日记的事，算是对金愉看法的补充，不过……他问："大家的梦想都是什么？"

钱莱道："好奇怪，我都没想，我无欲无求的，系统给我判定的梦想是找到自己该信奉的女王，顶礼膜拜。"

"我也是。"

这话一出，周围七八个人纷纷响应，最后落到金愉身上。

男人瞳孔轻震，像是发现了什么大秘密，有些激动地说："我……我也是。"

"好奇怪。"有人弱弱地提出疑问，"副本介绍上不是说，在这里每个人的梦想都不一样吗？怎么……怎么会……"这个人嗓音颤抖，能听出明显的恐惧，像是再说两句就能哭出来。

"没事！"金愉拍了下他的肩膀，站起来道，"一个梦想的话，大家就一起实现，好弄。你先跟着我走吧，在彼尔德的颁奖典礼开始之前，再找点线索。"

虞卿不确定苏夏能不能击败彼尔德，如果真按直播间说的，能击败彼尔德的只有他自己，那估计……苏夏也不会成功。所以，这天的颁奖典礼很有可能会照常举行。

深吸一口气，虞卿赞同了金愉的说法，跟随起身，还没走几步，忽然又被金愉叫住。

金愉："欸？各位，我又想起一点。"

虞卿回过身，听他说："我是亨利的助理，亨利是彼尔德的助理。按理说，今天的颁奖典礼是由亨利主要负责，他应该很缺人手，但系统没有派一点任务，亨利他……也没有找我帮忙。"

没有……找他帮忙？

虞卿琢磨着这个问题，一边脚步继续向前，一边嘟囔着，和身边的钱莱一起思索："不找金愉帮忙的话，你说，亨利会找谁帮忙？"

"不知道。"钱莱吊儿郎当，"花钱请别人，找亲戚，或者找家属？"

话音落，系统声音响起。

"恭喜主播钱莱发现重要线索'帮忙的家属'，故事探索度百分之三十！"

钱莱："……"

虞卿立在一侧,慢慢竖起大拇指。彼时,两人已经走到了后台楼道的拐角。

刚要转身,不防备撞到了什么,紧接着,就是话筒和身份牌争相落地的清脆声响。而与此同时,虞卿系统里那派去追踪司遇黑色溶液的微型追踪器忽然炸响!

"嘀嘀嘀!"

急促的尖响震动胸腔,虞卿慌忙抬眼,瞳仁轻颤,是司遇!

男人双目炯炯,一身黑衣,皮靴上的装饰银环轻响,正低着头,有几分可惜地盯着那落了满地的杂物。

——现在的司遇裂成了三个部分,画里的小触手算一个,异空间的蝎尾辫司遇算一个,现在……这是最后一个。

"司遇。"思绪还没回笼,忽然,一道悠然的声响打断司遇的动作。

司遇抬眸,目光微转,看到虞卿的时候,下意识在他身上停了几秒,随即毫不犹豫地转过头,闷闷"嗯"了一声。

清晰的脚步声自楼道深处传来,力道渐重,脚步声持续逼近,楼道里的男人转过身——是亨利!

是那个彼尔德的助手,同时,也是怂恿顾文烧毁彼尔德画作的罪魁祸首!

钱莱立在一侧,怔怔的,却见亨利转过头来,看了虞卿一眼,眼神意味不明。

一秒后,亨利又低下头,什么也没说,只是帮司遇捡起了掉落一地的杂物,嘟囔着:"颁奖典礼早上八点开始,彼尔德非常重视,你可千万要把这堆东西都收拾好啊。还有,音响什么的也确定一下,千万不要出意外。"

"嗯。"跟在亨利身后,司遇再次点头,声音沉闷,听不出半分情绪。

司遇走远了。

周围恢复安静。

等钱莱琢磨好时机,抬手在他眼前晃的时候,虞卿忽然道:"亨利约我今晚八点去他家,跟他吃饭。"

钱莱:"不是,你怎么看出……"

"我拿了顾文的身份卡。"虞卿尽量压着呼吸,"资料上显示,是亨利先找顾文交朋友的。亨利是个天才画家,顾文很欣赏他的才华。以前,每晚八点,顾文都会去他家帮他调颜料。亨利也就是在这段时间内利用顾文烧毁了彼尔德的画作。"

"那……中间的这段时间怎么办?"钱莱迟疑着,"我们应该去……"

"歇一会儿吧。"虞卿道,"我们从进副本开始,就一直跑来跑去,颁奖典礼上可能还会发生大事，就在礼堂椅子上……先闭会儿眼吧。"

钱莱一向听他的建议，不一会儿，两人就重新回到了礼堂，找了个不起眼的位置并排落座。虞卿狠狠舒了一口气，这才发现自己攥紧的手心布满了细密的汗。

他的目光望向台前，司遇像是被控制了一般，依旧低着头，认真摆弄着典礼要用的话筒和身份牌。

亨利立在音响之后，鬼鬼祟祟。

虞卿别过眼，仔细盯了一会儿，发现……亨利似乎往后台的总控电脑里输入了什么东西，而后，原本白皙的脸变得灰白，嘴角扬起，几乎要咧到耳根。

黑暗而又安静的礼堂没有开灯，借着月色看清亨利的模样，实在可怖。

不过，虞卿却莫名觉得安心。

看来，这天的颁奖典礼，彼尔德不会好过了。

果然如他所料，早上八点到来，彼尔德盛装出席的时候，整个礼堂除了主播，没有一只怪物。原本足够容纳几千人的大礼堂座位空悬，只在角落稀稀疏疏坐了三十几位主播。

紧张、恐惧、绝望，无数种情绪悄然弥漫，出于谨慎，不管典礼进行到哪一步，都没有一个主播鼓掌，也没有一个主播吭声。

高台上，彼尔德面色黝黑，他最风光的一天过得异常尴尬，而这还不算最过分的。

颁奖典礼进行到中场，亨利迈着稳健的步子打开了电脑，然后，"不堪入耳"的声音飘出，是打码之后的彼尔德欺负女学生的画面！

几秒后，笑声夹杂着哭声在空旷的礼堂内响起，空气涌动，挑动人脆弱的神经。

紧接着，所有空位上仿佛有什么看不见的东西一起站了起来，情绪激动，或哭或笑地疾速冲向彼尔德！

下一瞬，刺耳的尖叫声响起。

舞台上，彼尔德不知被什么东西团团围住，等周围彻底安静下来的时候，舞台上只剩下一堆白骨。

亨利很满意。

等到亨利和司遇都离开，礼堂里彻底安静下来，主播们才打起精神，提心吊胆地迈过舞台，各自远离。

走的时候，虞卿瞥了一眼台上的白骨，微微的担忧在心中升起。

这样，彼尔德……真的会死吗？

理着纷乱的思绪，少年几步上前，拿走了彼尔德的脊骨，藏入系统空间。

脊骨是人体的中轴支架，起到最关键的负重作用。拿走的话，即便再复活，攻击力……也不会那么大了吧。

这么想着，虞卿迈步出门，却不知身后空无一人的大礼堂内气氛阴冷，空气死寂。

正中央硕大的挂钟一格一格规律走着，不多时，躺在地上的白骨手指开始动了！

"副本异变度：百分之十。"

晚上八点，虞卿准时到达亨利的公寓门口。大门敲开，金发碧眼的亨利踩着黑皮小尖靴，随意地靠在门口："哟，阿文啊，你怎么来了？"

立在门口，虞卿发丝轻动："我……我……"他扣着手，似乎有些不好意思，"不是……你让我来的吗？今天……还用调颜料吗？削铅笔也行，我什么都可以干的，我……我想进去。"

声音微弱，如果不仔细听，很难觉察出他咬牙切齿的语气。

系统的直播任务真是越来越让人厌烦了！得罪了彼尔德就必须去刷亨利的好感度，而且好感度要刷到五十，才能解锁亨利的身份资料。

果然，刚说两句话，直播间已经笑成一团。

闻言，靠在门边的亨利微微一笑，目光向下，眼神逐渐变得不屑："阿文啊，不是我不让你进来，是……你已经没有利用价值了啊。"

虞卿："……"

"本来呢，我跟你交朋友就是为了恶心彼尔德，现在他死了，我也不乐意跟你混在一起，再说了……"亨利剔着指甲，"我交到新朋友了，再见。"

话音落，房门"砰"的一声合上。

虞卿："……"

转过身，虞卿脚步向前，趁着去找钱莱的空当，果断打开了系统的监控画面。

是的，刚才那几句交谈间，他又往亨利家扔了个会飞的微型摄像头，这次的目标是——找到亨利的自画像。

按照金愉说的，这幅自画像很奇怪，每到晚上都会攻击人，仔细看看，说不定能找到别的线索。毕竟……掌握的信息越多，通关的概率就越大。

他真的很想知道缪斯在哪里，"拥抱缪斯"这个任务究竟要怎样才算完成。

房间内，亨利合上门，漆黑的尖头小皮靴"嗒嗒"落地。回过头时，见司遇来到了客厅，似乎在对着门外看，便缓缓扬起唇，对着司遇露出一张还算好看的笑脸。

"你怎么出来了？时间不早了，我……"

却不想一句话还没说完，就被男人幽深的眼神压下。

亨利的心里忽然"咯噔"了一下，听对方说："我记得，我应该有个朋友。"

立在对面，男人的赤瞳幽深闪光，好像有自我意识正在突破禁制，悄然觉醒。对上他时，那双眸子充盈着威胁，周围有黑雾渐渐凝聚，仿佛连气温都在听他调遣，压迫感直击灵魂。

亨利觉得慌，连牙齿都跟着上下颤抖，不多时，身体狠狠抖了一下。

"但……"司遇沉着眸，声音格外低沉，"绝对不是你。"

话落，男人转过身，抬脚走向屋内，步子阔大，像是带着什么明确的目的。

太高了，对方的危险系数太高了！

亨利被压得脑子一时混沌，反应过来的时候，瞳孔骤然一缩——糟了！他去的是供奉石像的屋子！

强烈的危机感笼罩心底，亨利顿感一阵头皮发麻，全身汗毛倒竖，连毛孔都充盈着不安。他快跑几步，还没奔到门边，猛地听见"轰隆"一声！

他供奉在屋子里，见证他和司遇成为好友的青黑色蝎尾辫女王石像，被眼前的怪物毫不犹豫地捏碎了！

破裂的石像滚着厚重的灰尘簌簌落地，可男人似乎并不满意。这些灰尘好像也碍了他的眼，四周黑雾涌起，很快就将灰尘尽数淹没。

无尽黑暗里，只有头顶的一盏红色小灯幽幽发着光，足以让门口的亨利看清司遇此时的模样——俊丽、优雅、邪性。

他捏碎了石像，就那么堂而皇之地站在了石像原来的位置，竟然……毫无违和感，甚至比那尊青黑色的石像更加神圣。但那股神圣终究没压住他身上的邪性。

司遇暗暗垂眸，一个眼神就让亨利忍不住双腿一软，"砰"的一声跪在地上。敏锐的直觉告诉他，不能和司遇硬碰硬。

于是亨利只能说好话安抚司遇，再重新跪回这里，向尊贵的"毒蝎"石像忏悔。

"副本异变度：百分之十八。"

副本里，虞卿盯着系统看了一夜。

或许是因为亨利家没有别人，那幅挂在卧室的自画像一夜也没有发生变化。

清晨第一缕阳光落地时，虞卿狠狠打了个哈欠，精神实在不济，体力值也跟着下降，伸伸懒腰，就躺回苏夏的宿舍，铺了床被子和钱莱一起在公寓睡觉。

睡醒的时候已经是傍晚，活动了一下筋骨，虞卿看着现在的幸运值还不错，决定再去亨利家碰碰运气。却不想门一打开，就被一股浓重的黑雾瞬间包围，周围气温冰冷，伸手不见五指。

不多时，眼前的黑雾逐渐凝聚，似有人影不断靠近。几秒后，司遇出现在他眼前。

男人垂着眸，思绪不停收拢……

对，这才是他朋友！

不远处，躲在墙角的亨利搓着手，望着门口虞卿的方向，眼神剧烈变化着——这是他从没见过的顾文。

那个呆板木讷、怯懦又胆小的顾文从没有这样的魄力，长发轻撩，眼瞳晶莹，眼睛里的杀欲几乎要盖过司遇。

想法刚起。

"叮咚！"系统倏然一响，虞卿看见，自己面板上亨利那原本只有二的好感值很快飙升到了四十五。

他……做了什么？

虞卿不理解，但他直觉亨利就在附近，目光凝聚，一双赤瞳突破浓重的黑雾认真扫视一圈！

在角落，目标锁定，虞卿弯起眼睛，不动声色与他幽幽对视。

下一秒，亨利的好感值迅速突破五十，系统提示："特殊隐藏条件已触发，亨利真实资料正在解锁中……"

直播间观众狂喜——

"顾文的身份牌最难刷的就是亨利的好感值，因为亨利很讨厌顾文！我还以为要好久呢，结果就这？"

虞卿继续看向系统面板——

"怪物名称：亨利（Boss 型 NPC）。

"怪物等级：六级（满级十）。

"特别注意，五级以上怪物，皆为高危存在，能避则避。"

播报声落，虞卿抬眸，再一次看向亨利，他有些不理解——

亨利这个人生得又白又瘦，金发打卷，属于"肩不能挑，手不能提"的贵族类型，怪物等级……竟然比彼尔德还高？究竟……高在哪里呢？

正想着，司遇似乎注意到了虞卿的眼神，眉头微微皱起。黑雾一凝，一只强有力的黑手迅速凝结，直接将亨利提了起来，抬到半空，用致命的力道越收越紧……眼看就要捏断他的骨头。

忽然，虞卿的瞳孔猝然张大，他看见——眼前的亨利消失了？

没有任何预兆，他就这样凭空消散在了司遇的黑手里，无影无踪，无息无声。

为……什么？

"副本异变度：百分之二十四。"

"这是个三Boss本，彼尔德是四级Boss，亨利是六级，还有一个是……司遇。"

亨利消失了，坐在公寓里温软的沙发上，虞卿索性拿了张纸，整理出现在所有的已知信息。

不一会儿，整洁的白纸便被密密麻麻写满。

司遇坐在一旁，眼看他把自己的名字划掉，把三个Boss改成了两个Boss，眉心渐拧："为什么不写我？"

然后，虞卿将纸张对折，撕下了写着他名字的那一部分，送给他玩。

随即，笔端再次划上白纸，虞卿靠记忆复刻出了在直播大厅看到的，这个副本的页面宣传图，认真盯了片刻，忽然道："我知道了。"

他起码知道了这个副本一半的秘密！

钱莱不在身边，为了验证自己猜想的真伪，虞卿果断抬眸，乖巧的目光投向观众。果然，一群粉丝跟着认真起来。

"啊啊啊！卿卿看我了！这样，你说，我打'111'就是对的，'222'就是不对！"

"故事探索度只有百分之三十三就妄想去猜整个副本，我倒要看看他能说出什么，今天，我就用'222'狠狠打他的脸！"

忽略扎眼的恶评，虞卿低头，乖巧地应了句"谢谢"，随即道："不算司遇的话，这个副本的确是个双Boss本，是彼尔德和亨利在厮杀。"

"1。"

"刚才，我在亨利家转了一圈，发现他的作品不管是寓意还是深度都比彼尔德高了不止一个档次，尤其是那幅《蝴蝶破茧》，远胜彼尔德获奖的《山海星辰》。彼尔德痛恨他，没有别的原因，都是因为嫉妒！"

"111。"

直播间激动起来，似乎从没遇到过任何主播能在故事探索度不超过百分之四十的情况下，深度挖掘信息。

但虞卿说的明显是对的！

直播在线人数增加，更多的观众在认真聆听。

"彼尔德欺负苏夏，逼死了她，这件事被亨利知道之后，他立刻以苏夏的死为灵感，创作了一幅画，藏进彼尔德地下室的墙里，让苏夏以怪物的形态寄居在画上，来回作祟，恐吓彼尔德，并摧残他的画作。"

"但是！"虞卿低着头，声音清雅，笔端不停划过纸张，配合清晰的"沙沙"声，精彩的推理仍在继续，"出于某种原因，苏夏的能力增强了，她可以在自己的画作里创造异空间，困死所有闯入地下室的人，这就是我最开始进的那个，满是面具和小房间的异空间！"

"11111。"

"这个副本里有两股势力。"虞卿说，"彼尔德是一种力量，亨利是另一种。彼尔德信奉的是那被放在美术馆里，长着翅膀的艺术女王克利俄。

"和彼尔德一起信奉克利俄的学生都变成了怪物，黑色的，绿眼睛。"

直播间观众开始震惊。

"1111111！"

副本里，虞卿继续往下说："亨利信奉的是被司遇捏碎的那个梳着蝎尾辫的长发女王石像，和亨利一起信奉蝎尾辫石像的学生都变成了隐形人，包括我遇到的那个看不见的金发碧眼小男孩，以及颁奖典礼上攻击彼尔德的那群隐形学生。"

"1111111，啊！卿卿太厉害了！"

虞卿："现在的关键就是，找出彼尔德和亨利矛盾的源头，并且……"

笔尖一停，虞卿忽然道："统一这里的信仰！"

他抬眼，盯着直播间："钱莱他们的任务是'找到自己该信奉的女王，并顶礼膜拜'，意思就是说，要帮克利俄和毒蝎两股力量的其中一方击败另一方，让这个副本里只剩下一种力量，再拜一拜，就能通关！"

话音落，沉寂的直播间彻底沸腾了。

"虞卿真的好注重细节，很多闯关的主播都不会去记副本的宣传图是什么样，他们觉得宣传图没用，但重要信息往往就藏在宣传图里！"

"他竟然能完全复刻下来，从宣传图上倒推信息，好清醒！我好爱！打赏积分加三百。"

很好，猜对了。

虞卿靠在沙发上，慢慢松了一口气。而后他拿起白纸，继续看向自己复制出来的那张副本宣传图。

宣传图上是一所红艳艳的贵族学校，底下有浪花，背后还有两道青黑色的影子互不相让，笼罩着整个学校。

现在看来，这两道青黑色的影子，就是彼尔德和亨利各自信奉的那两股力量。

可……浪花是什么呢？代表画里的另一个世界吗？

这么想着，虞卿和司遇一起走向了亨利的卧室。

"副本异变度：百分之二十九。"

冷风吹起，阴暗的气氛迅速下沉，笼罩整所红艳艳的学校。骨节分明的手按上门把手，推开卧室门的时候，正好晚上十一点。

傍晚的阳光早已消散，夜幕低垂，伸手不见五指。虞卿抬头看了看，校园里没有月光，空气涌动，有什么危险在隐匿游走。

虞卿深吸一口气，摸索几下，打开卧室的灯，一步步走向亨利卧室中央那幅会攻击人的自画像。

这次，似乎感知到了外人的靠近，那沉寂了一夜的自画像终于有了反应。

诡异的"沙沙"声不断响起，虞卿试探着向前移步，距离画像不到一米时，忽然，灯灭了。

虞卿的赤瞳倏然亮起，刚能适应黑暗的时候，他发现，平整的墙面上亨利那幅上色完整的自画像逐渐变得凹凸不平，像是……有了生命……

白墙上，挂钟轻响，随着半夜十二点的临近，画像里亨利的皮肤宛如树皮，嘴角干裂，像是被腐蚀殆尽的枯木，边角缺失，血管明晰，逐渐蔓延着张开，笑意扯到耳根。

"呵……呵呵呵……"

干瘪的笑声进入耳朵，原本微弱的"沙沙"声忽然变得分明。下一秒，金针脱手，虞卿往后退了两步，喉结滚动，眼看那画像里的"亨利"就要复活。突然，有触手自画像内探出，猛然锥破画纸，打断了亨利的现身，同时下坠，不动声色缠住他的腰……像是早有预谋一般，裹住衬衫，迅速收紧！

收得……太快了。

虞卿拧眉，下意识闷哼出声，刚要垂下手，就看到身后的司遇先他一步，主动扯住了冰凉的触手，正想往外拉，却发现自己的手在触及触手的一瞬间，开始……融化。

紧接着，意识被抽离，他的身体连同虞卿一起被拽入了画中。

画中，有另一个世界……

"扑通"一声，清瘦的身体砰然没入。

那是一片海……海水漆黑，憋得人睁不开眼。

虞卿无法在深海底下完全憋气，不一会儿，就随着触手的摇晃，无能为力地吐出两个水泡。他迅速点开系统商城，刚想买点道具，就发现，一滴漆黑的血落进眼睛里，有些疼……

但闪烁几下，虞卿总算能缓过一口气，勉强视物了。

司遇在……帮他？

那漆黑的触手卷着他一路游荡，不一会儿就碰到了一片巨大的海面暗礁。暗礁之上，日光微明。

寻着光源的方向，虞卿顶着压强，慢慢抬起头，发现……上面正飘着一个不大的木筏。肮脏的血染红海水，眼看就要落到脸上，少年瞳孔一滞，脸色下意识白了许多。

这么掉……有些像……血雨！

虞卿暗暗咬牙，刚想跑，就被另一条触手悄然挡住，完完全全将他庇护在触须之下，疾速带离。

血雨造成的恐惧久久盘旋在心头，虞卿的薄唇轻抖着，即将离开的时候忽听——

"叮咚！恭喜主播虞卿发现重要线索'画中的世界'，故事探索度百分之五十。您是本副本第一个探索度达到百分之五十的玩家，奖励积分加六千。"

播报落，虞卿整个人被触手裹挟着，破画而出，几乎是跪坐在地上。

"喀，喀喀！"猛咳好几声，虞卿终于缓过来一口气——原来，副本里真的有海！

这海就是副本宣传图上的小浪花，和通关……又有什么关系呢？

墙壁上，挂钟继续在响，指向十二点的分针已经走过了十分钟。四周的黑暗更浓郁了，像是有什么东西融入空气里，凝成实体，快速入侵房屋，带着满腔的恶意。

危险隐在暗处，时间迫在眉睫，而他现在……连往哪里跑都不知道！

"副本异变度：百分之三十四。"

与此同时，外面，直播间——

"啊！终于来了！系统快播！"

忽然，虞卿身旁的窗户从外部打开，浓重的黑暗漫入屋内，景物被蒙住，眼睛变红也很难看清。

虞卿提起精神，警惕地往后退了两步。忽然，自己面前那一直悬浮的十四寸系统面板骤然变红，声音尖锐直冲耳膜。

"警报！副本内部发生剧烈震荡，所有NPC即将全部脱轨，开启第一轮大暴走模式！首个攻击目标虞卿！"

虞卿指节抖了抖，刚想跑，奈何系统播报仍在继续："挚友彼尔德复活完成，脊骨消失，怨念加深，当前怪物等级：六级（满级十）。

"首个攻击目标虞卿！

"特别注意，五级以上怪物皆为高危存在，能避则避。

"亨利叩拜毒蝎已完毕，力量飞速增强中……首个攻击目标虞卿！

"哇哦，这真是本副本开服以来，从未有过的大变局。虞卿，祝你好运。"

虞卿当然不会乖乖等它报完，播报落，他已经奔出了公寓！

校园里，诡异的教学楼闪着猩红的光，虞卿深感脚底发凉，有形的黑暗不断凝聚，越来越重，太暗了……

他下意识仰头，正见两尊青黑色的石像影子各占一半，笼罩了整个死寂的校园。

突兀的"咯吱"声响起，似乎有什么东西冲破地面，正在复活……再仔细看，这些黑暗是先从地上开始蔓延的。那……

虞卿扬眸，终于确定了一个地方！

教学楼的楼顶是十七层，是这里最高的地方，黑暗从地上开始蔓延，要跑的话应该尽量往高处跑，可在那之前……

深吸一口气，虞卿垂眸，狠狠压下心底不断迭起的情绪，果断打开系统！

他联系了钱莱："听我说，今晚的副本乱套了，你快带着所有能带的主播躲到离教学楼远一点的地方，越远越好！"

对方的消息很快回过来："那你怎么办？"

"没事。"虞卿答，"我积分多，足够买无数张复活卡。"

消息结束，少年的指尖轻轻颤抖，他能清晰地感受到无数只怪物正在靠近，无数双眼睛盯着自己。而且，他也很清楚，复活卡只有在生命值归零的时候才可以用！

心在狂跳，"咚咚咚"的声响越来越快，震得他脸颊发烫。

他往下看一眼，黑暗已经漫过胸膛，脚踝裸露，好像有无数双冰凉的手不停游移，抓住他的脚！

"留下吧，信奉我吧……"诡异的声音充盈耳际。虞卿看了一眼自己还剩十五的体力值，深吸一口气，果断转身，拔腿就跑！

迈步的一瞬间，他分明感觉身后有什么东西扑了个空，再晚走一秒，他可能就要被纤长的指甲直接刺穿！

四周，黑身体绿眼睛的怪物不知道为什么也开始觉醒。它们从地上站起来，嘶吼着、尖叫着，幽绿色的眼睛里充盈最原始的兽性，毫不犹豫地对准了他！

"嗒嗒！"纷乱的脚步疾速上楼，虞卿不断喘息着，嘴唇发干，束发的皮套跑掉了，白丝散乱，单薄的后背几乎要被冷汗全部浸湿。可……即便这样，他也逃不过怪物，逃不过黑暗！

忽然，一只通体漆黑的怪物冲到他面前，獠牙尖利，几乎贴脸！

直播间疯狂颤抖，紧接着，副本里虞卿的尖叫声不断迭起，彼尔德不知什么时候追了过来，没有脊骨的上半身拧成麻花形状。

男人干笑着，面容扭曲，布满血丝的眼直接瞪圆，落斧，打掉了虞卿手里的金针。

"体力值：百分之八。"

虞卿的逃跑越发狼狈。

终于，虞卿与怪物周旋半小时，千辛万苦地跑到了楼顶。

时间是晚上十一点五十九分五十六秒，距离十二点到来还剩四秒钟！

楼道里，怪物们不断涌上来，哇哇乱叫。

"三。"

"砰"的一声，彼尔德砸开了通向天台的门，提着斧头，诡异又癫狂地立在虞卿面前。

"二。"

虞卿被迫退到了天台边缘，那从地面开始就不断蔓延的黑暗几乎要压上他的脚。

"一。"

"叮咚！"最后一秒，全副本的怪物们一拥而上，系统响起，直播停顿。

真正的十二点到来了！

怪物围得太多了！

直播屏幕开始闪烁，观众们不自觉瞪大双眼。面板上，最后一秒，虞卿的生命值疾速下降——八十……五十……三十……二十……零！

"嘀嘀嘀！主播虞卿，生命值归零！"

归零后，属性面板上，虞卿的生命值一栏彻底变成了红色。

紧接着，处于夜拍模式下的直播骤然黑屏，直播大厅里的观众们凝神屏息，一时安静。

虞卿……死了……

不知道为什么，他们的第一感觉不是畅快，反而有一些……无措，反应不过来，茫然与懵懂细密交缠渗入空气，逐渐蔓延过整个大厅。

"……我竟然有些开始想念他了。"不知过了多久，有观众小声开口，

296

"除了他没人跟观众斗智斗勇，也没人再被主系统针对了。"

两句话落下，整个大厅再次陷入安静。

过不久，直播系统突然开始播报。

与此同时，"惊才艺术学院"所有直播间，尖锐的系统提示声一并响起："两天时间已到，副本循环，现在，开始！"

循……循环？！

下一秒，整个副本开始变化。

这个副本最神奇的地方就在于，每两天都会经历一个循环，一旦循环完成，副本将全部重置，所有死亡的NPC都能复活，并恢复战斗力。

通俗一点，这样的设定叫——无限循环！

"嗞……嗞嗞嗞……"什么声音？

观众们个个打起精神："直播间在响？哪个直播间在响？"

异响仍在继续，观众们左顾右盼，恍然注意到，那是……虞卿的直播间！

为什么？直播不是结束了吗？

副本第二轮循环开始，一切回到原点，虞卿也……完好无损？

此时，副本里微风拂过，少年正随意靠着，从系统商城买了个黑色皮套，倚在教学楼天台，不紧不慢地挽着纤长的发，不多时就束起一个低马尾，抬眸，笑着看了眼直播间："大家，又见面了。"

直播间弹幕疯狂刷了起来，约莫一分钟后，终于有两个稍微理智点的出来分析。

"不对啊，虞卿怎么死了又复活了？"

"你笨吗？你仔细看看回放，在十二点整，最后一秒的时候，不是怪物击杀的他，是他自己攻击了自己，然后复活卡自动续命，他的生命值依然是一百！"

"可是，他怎么知道副本什么时候会循环？！"

眼眸沉落，虞卿很自然地笑了笑。

他没跟直播间说，他猜到了副本会循环。

因为"温蒂的日记"是循环的，副本也应该会跟着循环，只是他不确定循环的时间节点。

但快到十二点的时候，直播间观众明显躁动起来，所以，他猜测大概会是十二点开始循环。

副本的所有NPC都要攻击他，他无处可逃，愿意冒这个险。

他想着，如果副本没有循环，不过是买几个炸弹和复活卡。可如果副本循环了，他就会彻底胜利！

为了找钱莱会合，虞卿持续走着，清风掠过，衬衫微摆，几缕碎发挡在额前，被那方便在夜间视物的红瞳一衬，帅到不可方物。

走路时，虞卿侧颜对着直播间，他的身后，无数绿眼睛怪物重新站起，通体漆黑，毫不犹豫地紧盯他的后背。

可此时，少年眼中无半分慌乱，那样子……就像掌握了压制一切的方法，位于副本顶端。

直播弹幕继续一条接一条地刷着，彼时，虞卿已经穿过了大半个操场，眼看就要走到正中央。忽然"叮"一声，他的脚步顿住，再次拿起手机，看到屏幕上清晰的来电显示。

——挚友。

是彼尔德打来的电话！

看来副本重置之后，NPC的一切行为也会重置，所有任务都将重新开始。

的确是个扰乱主播视听、阻挠过关的好方法，只不过……

这次的电话铃声明显急促了很多，虞卿立刻落指，还没来得及点下，电话挂断，系统的"叮咚"声紧随而起，眼看又要向挚友道歉。虞卿立刻点下回拨键，神思一顿，表情肉眼可见地委屈起来。

"接电话啊……"

"我不是故意跟你吵架，不是故意跑出门的，我现在立刻回去，别生气……"

"由……由于您……由……喀！呃……唉……"

直播间——

"哈哈，系统是不是想说，由于您长时间未接电话，挚友现在很生气，请立刻于十分钟内回到公寓，向挚友道歉。哈哈！"

"第一遍的时候就已经吃过亏，难道还要吃第二次吗？卿卿演起来！"

终于，彼尔德接了电话，见他态度诚恳，便耐着性子，带几分不耐烦地催促他马上回来。

直播任务消失，虞卿立刻整理好系统空间，抬步转身。一路上怪物云集，可虞卿发现，用代码模拟出彼尔德铃铛的响声，它们就会听话很多。

再仔细想想——它们和彼尔德一样，都信奉克利俄。

因为信奉克利俄，所以变成了怪物。但即便成了怪物，它们也要听彼尔德的话。

那是不是就证明……彼尔德是克利俄在这个副本的代言人，是这群怪物的老大！

如果真是这样，那么，他取代彼尔德做新的代言人，一切困难是不是都能迎刃而解？

虞卿不确定，但这个疯狂又大胆的想法，他要试试。

这么想着，少年加快了脚步，快速奔向公寓。

熟悉的直播间重新回归，观众们群魔乱舞，兴奋度比之前更高。

"啊！主播去找彼尔德了，他不知道，其实副本还能带给他'惊喜'。"

疾速的奔跑让少年呼吸不稳，思绪微乱。

从弹幕内容来看，循环之后，副本依旧存在古怪，但虞卿不知道现在……古怪的地方在哪里。

终于停在门前，虞卿深吸一口气，喉结滚了滚，垂手按开了面前的大门。

客厅里，彼尔德正跷着二郎腿，极不耐烦地靠在沙发上。看到他时，目光斜了斜，不自觉翻了一个白眼："知道错了？"

"是……"虞卿低着头，小心翼翼地答话。

"知道了就去抽屉里帮我拿包烟，就在那边。"

顺着彼尔德的手，虞卿看了眼抽屉的位置。要拿烟，就得完全背对彼尔德，无法观察敌情，会剥夺人的一大半安全感。

但虞卿还是点点头，观察着周围的布局，一步一步走过去，拉开抽屉，慢悠悠地找着东西。

客厅的电视依旧在响，声音很大，吵得人耳膜生疼，鬓角都开始隐隐发涨，头开始变晕了……

虞卿看一眼系统面板，精神值在掉！

木质抽屉打开时发出摩擦的沙沙声，收回手时，他细长的指节不自觉地发抖。

抽屉合上的一瞬间，虞卿瞳孔放大，一颗心瞬间悬到了嗓子眼！

与此同时，另一边。

空荡荡的宿舍楼一片黑暗，钱莱送走了金愉，正领着一个小胖子主播，重新往宿舍走。

脚步声逐渐多了起来，充盈耳际，入骨蚀心。幽深的走廊，各处被黑暗诡异侵夺，小胖子狠跺了两下脚，发现那规律的"嗒嗒"声并不是自己的鞋发出的。

这里多了别的东西……

又过几秒，狭窄的楼道里仿佛有什么东西疾速侵袭，正追着他们，亦步亦趋地走……

就在身后！

想到这一点，小胖脊背"啪"的一下绷直，忍着汗毛倒竖的恐惧，快走两步，慌忙扯住钱莱的衣角："莱……莱哥……"敦厚的声音分明在颤抖，"我们为什么一定要去苏夏的宿舍啊？副本循环了，我们不该找个安全的地方藏……藏起来吗？"

钱莱深吸一口气，额角不受控地渗出汗："我想起之前忽略的一点，那个宿舍有线索，得去！"

"可……可是……"小胖有些欲哭无泪，他想说"可是虞卿和金愉哥他们都很厉害，让他们去找线索不就好了"。

可……这种推卸责任的话落到嘴边，辗转几下，终究没好意思说出口。

整齐的脚步继续追随，仿佛有什么东西挤满了楼道，跟着他们一刻不停地压迫人脆弱的神经。就刚才那几步的距离，那些脚步声好像……更近了！

快跑，用尽所有力气赶紧跑！

可……钱莱狠狠咬住牙，极力抵抗着自己趋利避害的逃跑本能。

冷静！线索就在前面！

脚步继续往前，冷汗浸透了他的后背，钱莱领着小胖子，第一次感受到虞卿挡在他身前时的处境。

这个副本凶险，他得帮上忙！

良久，来到宿舍门前，钱莱狠狠松了一口气，刚推开一条门缝，强烈的冷风便争先恐后地涌出，这一次副本似乎比之前更凶险。

"你……"钱莱顿了顿，尽量让自己声音平稳，"你要是怕，可以先走，我给你两个东西，关键时刻可以保命。"

声音落，原本充盈脚步声的楼道忽然安静下来。小胖子思考一会儿，摇摇头："不，余籽姐和我关系很好，她……她说，你是值得信任的人。她信你，我就帮你！"

声音入耳，钱莱微微一顿，莫名想起在乌木小镇，那极力劝他离开的女孩，余籽啊……

不知道还能不能再见。

要是能活着在副本以外见，该有多好。

思绪继续往外飘，钱莱想起还没进游戏的时候，他坐上公交车，本来是要去看父母的，可那漆黑的公交车漏风晃了一夜，把他晃到了这个荒唐的游戏世界。

"好，那走！"

声音落下，钱少爷努力推门，下意识去看电扇上那根来回飘荡的绳子。

没有苏夏！太好了！

钱莱快步走过去，集中精神，拿起一张阔大的宣纸，按在自己睡过的那张床铺的侧边墙上，仔细描摹。

铅笔滚过宣纸的声音不停响起，门外，漆黑的空气仿佛融入了怪物，开始变得扭曲、冰冷，不停涌动。

它们在狂笑！

约莫十五分钟后，画作被拓印下来，那是一幅很大的画，天神与人类在平行对视，对人类伸出友好之手。

那视角不像神明俯视人类，倒像是⋯⋯天神主动放低了姿态，要和人类做朋友，可⋯⋯天神都是高傲的，这幅画并不符合一般人的认知。再仔细看看，画作的右下角清晰地写着英文署名——Henry。

亨利？

他之前躺的时候，感受到墙上凹凸不平，所以想来看看。

原来，这是亨利的画？

描摹结束，系统提示响起："恭喜主播钱莱发现重要线索'亨利无法面世的画作'，故事探索度达到百分之五十！"

太好了！找其他人一起分享一下线索，很快就能发现副本的秘密了。

钱莱将纸张折叠两下，收起画作，身上铜钱挂微微作响，转身的第一瞬："跑！"

然后双腿迈开，两人大步冲向门口，却不想一只手刚碰上门把手，就发现一只惨白的手扣住了门边，混着浓重的血迹若隐若现。

钱莱眼瞳霎时放大，下一秒，一个披头散发、满脸苍白的女怪物瞪着眼睛，拉开房门，毫不犹豫地扑向了他！

"啊！"

尖叫划过，钱莱颤抖着双手，立刻打开了跟虞卿的位置共享。然后，他发现自己被丢到了一个闪着幽暗红光的地方，四周群怪林立，无数双眼睛死寂地盯着他⋯⋯一抬头，正看见一座青黑色的梳着蝎尾辫的诡异石像，低头俯视着他！

"信奉我吧⋯⋯

"亲爱的孩子，只有我可以帮你，只有我可以为你实现愿望。"

钱莱的手在颤抖，忍着剧烈的恐惧，他环视一周，发现被带来这里的不只有他和小胖子，金愉他们⋯⋯也被带到了这里。

另一边，隔着倒影，虞卿清晰地看见身后的彼尔德举起巨斧，直冲他攻来。"砰"的一声，一斧头狠狠砸下去，砍断了半张桌子，其中的杂物粉碎，噼里啪啦落了一地。

转过身，虞卿一个踉跄勉强躲过，正看见彼尔德一双眼睛通红，比上个循环更加瘆人！

"让你……烧毁我的画……"视线里，男人的身体逐渐变黑，自背后不断异化，"让你……拿走我的脊骨……让你……破坏我的美术馆！"

紧接着，锋利的斧头再次落下。

糟了！

虞卿终于反应过来，观众们说的"惊喜"是什么。即便副本重置了，NPC 并不会失忆。所以，彼尔德依旧痛恨他，亨利依旧想他死，苏夏依旧将他当作首个攻击目标！

可……经过上一轮的逃生，虞卿那本来就只有十五的体力值，现在已经落到了三！

跑不动了，夺不走巨斧了，只能……

正想着，彼尔德的巨斧再次落下。虞卿的躲避速度变慢，却在一下又一下地挪动着房间里家具的位置。

挪到最后一个的时候，巨斧自身前落下，力道加重，直直压住了他衬衫的一角，虞卿整个人连带着衬衫一起被巨斧困在墙上，无法抽离。

面前，变异的彼尔德嘴角咧开，竟放慢了速度，一步一步靠近他……

被戴着漆黑手套的爪子捏住脸颊的一刻，虞卿的体力值闪烁着清了零。瞬间，少年瞳孔放大，后背几乎要被冷汗浸湿！

渐渐地，彼尔德的利爪向下，带着几分独属于胜利者的喜悦，悠然划过他的脸。

确定他没有反抗能力之后，彼尔德眼睛一弯，狠狠掐住了他的脖子！

"嗯……"虞卿脸颊憋红，四肢无法动弹，整个人被慢慢提起，眼角堆出泪，脱力的指节汗渍密布，连颤抖都做不到，快不能呼吸了……

他需要……休息……可……也许是副本 Boss 的恶趣味，他要死了，努力求生的眼神反而挑起了彼尔德的兴趣。

难看的怪物眼神，像在欣赏胜利的果实，嘴角勾起，手劲加重，指节发出"咔咔"的响声，连直播间都跟着屏住了呼吸。

突然，系统商城响了一下，紧接着，观众们看见虞卿慢慢抬手，从商城取出了一张爆破卡。

价值：九百万积分！

取完之后，积分排名自动下降一名，可虞卿好像根本不在乎。濒死之际，他渐渐放松了双手，垂眸看垃圾似的扫过彼尔德。

然后"轰"的一声，爆破卡生效，直接轰碎了系统！

瘫痪的直播系统闪烁几下，彻底黑屏。

而与此同时，虞卿头顶代表主播身份的蓝色小光点再次消失，他暂时不再是主播了，所以，顾文的身份卡也不再是束缚。

慢慢地，彼尔德瞪大了眼睛。他发现自己手里正掐着一个不认识的人，而这个人身上正穿着白大褂，清晰的蓝色胸牌上写着"主治医生"。

彼尔德头皮一麻，手劲瞬间松了不少，再仔细看看——

"主要负责患者：胡描。

"患者编号：1250。"

像是有什么记忆被唤醒，正前方，彼尔德异化停止，眼睛恢复正常，渐渐竟开始浑身发抖。

"1250。"

头顶，虞卿的声音清晰地响起，带着上位者惯有的威严和气势。

他的医生正叫着他的编号！

1250……不！他不是1250！

他不是被关在医院里那个可悲的精神病人，他是艺术家，他是本世纪最伟大的艺术家彼尔德！

彼尔德完全恢复了正常，像是想到了什么极可怕的事，不自觉喃喃着："我不是胡描，我不是1250！我不是！"

"咔嗒"一声，他松开虞卿，全身无力地后退着："我是彼尔德，我的名字就叫彼尔德，我没有生病，没有！"

虞卿落在地上，脖颈一松，终于获得了喘息的机会。看着自己新换的这一身衣服，他知道自己赌对了！

刚才开抽屉的时候，他就发现抽屉的底色是白色，底部还有奇怪的编号：1250。他索性就将关抽屉的动作放慢，又将眼睛变红，仔细看了两眼。

1250的下面还打着微弱的十字，那是医院的标志。可是彼尔德身体健康，不像生病的样子，那唯一的可能就是他曾经患有精神疾病！

再仔细看看，虞卿抬眸，趁着彼尔德失控的时候，又观察了几眼他的右手。

没错了。

彼尔德的右手没了，现在的这只右手偏小，虽然戴了手套，但依然不难看出，那是只女性的手。

如果想法再大胆一点呢？

平庸的画家胡描因为一直不能出人头地，画作无人欣赏，得了疯病，被送入精神病院。

在治疗过程中，他的病情不断恶化，甚至疯到夺了一位女艺术家的手，盗取了她的画作，并一举成名！

然后，他逃出了精神病院，改名彼尔德，来到惊才艺术学院，继续他虚伪的一生！

但……猜测也只是猜测。

喘息之后，虞卿身上恢复了力气。他慢慢站起来，几步走到彼尔德身边，见对方吓得跪在地上，便直接抬脚踩上了他的肩膀，狠狠下压！

虞卿轻呼一口气，握了握布满冷汗的右手，拼命稳下心绪。

他的体力没恢复多少，彼尔德现在成了六级 Boss，危险度极高，伸手就能将他捏死。

而他并没有任何攻击性的技能，那就只能克服恐惧，占上风，演下去，演到彼尔德相信他，恐惧他，敬畏他！

"编号 1250，你的妄想症又严重了。"

闻言，彼尔德低下头，像是沉入了很沉痛的过往，声泪俱下。

"彼尔德是谁？我从没听说过。你并不是艺术家，你应该接受治疗。"

彼尔德将头埋得更低，双手捂住脸，表情越发痛苦。趁这个空当，虞卿又一用力，将他的肩膀狠狠踩在地上。

而后，医生动了动白手套，瞳孔骤然变红，眸色一凛，眼中闪着强光，若隐若现。不多时，身下，彼尔德开始大叫！

他像是被什么控制住了，浑身痉挛，站也站不起来，好不容易抬起眼，竟发现自己家的家具位置发生了变化！

谁把家具摆成这样的？

"啊！"他无力地嘶吼着，拼命挣扎，他的力量在变弱！

彼时，虞卿已经不紧不慢地在他家转了一圈，而后便像是明白了什么，穿着那一身白大褂出门，直奔"天才美术馆"！

而与此同时，直播大厅，"惊才艺术学院"总直播间内，无数隐形摄像头掉转，齐齐对准了……虞卿的方向。

全天候三百六十度无死角大屏直播！

"副本异变度：百分之四十。"

副本内，虞卿没办法看到总直播间的弹幕，只能咬着牙，用尽最后的力气穿过校园，越过怪物，不断向前！

在乌木小镇的时候，他就发现，除了司遇，这些副本 Boss 的房间都是按一定规律摆放的，每个家具甚至每个装饰品都有其固定的位置！

"天使疗养院"院长的办公室，"啼婴山村"周公子的房间，"乌木小镇"方如的房间，还有刚才彼尔德的房间，那些看似杂乱无章的家具组成了阵法，足以增强他们的能力，可……如果阵法变了……

虞卿深呼吸几下，身上大汗淋漓，终于停在了"天才美术馆"门口。他胸膛起伏，微抖的手按上门把手。

幸好他从乌木小镇开始就发现了房间布局的秘密，有空就琢磨破局的方法。彼尔德被困住了，暂时追不过来，他还得以在公寓里找到了召唤克利俄的方法！

可……因为没了系统，他无法再制造出铃铛声稳住怪物！

空荡荡的校园，一眼望不见半个主播，所以，现在重置之后的怪物们个个瞪着幽绿色的眼睛瞄准他的方向，涌动着要将他吞没！

虞卿攒了些体力，咬住牙，终于在一只怪物要碰到他后背时，抬脚踏入美术馆，"咔"的一声合紧了门。

美术馆里有克利俄的石像！

怪物不敢亵渎克利俄，只能咬着牙，在外面来回踱步，焦急等待。

终于，有怪物等得不耐烦，笨重的身体"砰"地撞上门，眼睛充血，嘶吼着向内持续输出高频声波，期待能把虞卿吓出来。

奈何虞卿似乎早已看透了它们的禁制，纤指垂落，不紧不慢地锁上门，甚至还隔着一道透明的玻璃门，挑衅似的和怪物来了个近距离击掌。

而后虞卿双腿一颤，差点站也站不稳。他的呼吸轻轻抖着，细密的汗浸湿了长发。他抬手，用白大褂的衣袖擦了擦，才扶着地面站起来，带着几分跟跄地往克利俄石像前走。

他摆好蒲团，口中念念有词，又学着彼尔德召唤克利俄的样子三跪九叩。不多时……石像开始震荡，灰土簌簌下落。

三米高的巨大石像上，那双俯视地面的眼睛骤然变得幽绿，和门外怪物……一模一样的颜色！

绿光刺破黑暗，压迫感透骨生凉。

正前方，虞卿狠狠打了个寒战，紧接着，体内仿佛被什么寒意疾速入侵，让他忍不住双手打战，跪也难跪稳！

渐渐地，少年呼吸不畅，合十的双手不停颤抖，但……石像前方，微小的蒲团上，虞卿额头触地，依旧跪得虔诚。他开口时声音清润，甚至夹杂了几分怜悯："尊贵的克利俄，我知道您的石像为何支离破碎，我想救您……彼尔德是个废物！他完成不了的事情，我可以替您完成！"

总直播间——

"什么事？以前的副本没说啊！没这个环节！"

"您的灵魂被囚禁于另一种力量的异空间内，锁在面具里。我可以帮您拿回来，让您重振雄风。彼尔德，不行！"

话音落，虞卿仰起头，像是完成了什么大事，顶着巨大的压力直视克利俄的眼睛！

总直播间——

"天哪！彼尔德召唤克利俄都不敢跟对方直接对视，主播好勇！"

弹幕起，观众们恍然大悟，最先反应过来的人精神纷纷一震，浑身直起鸡皮疙瘩！

"呃……我不太懂，能再解释一下吗？"

"喀喀！精彩答疑，这个副本里不是有两股力量吗？这两股神秘的力量谁也不服谁，一直在不断地争夺领导权。终于有一天，毒蝎把克利俄的灵魂砍掉了一半，锁进了那个满是恐怖面具的异空间！所以，克利俄被削弱了，这让她的石像看起来很疲惫，支离破碎。

"彼尔德信奉克利俄，能力也跟着减弱，所以最开始，彼尔德是四级Boss，亨利是六级！

"彼尔德身为克利俄的代言人，却无法帮克利俄拿回那一半灵魂，现在虞卿说……他可以！这个条件足够诱人，所……所以，即便虞卿抬头直视克利俄，她都没有任何反应？"

一段精彩的解说，总直播间人数持续增加！

终于，对峙良久，克利俄石像蔫蔫地服了软，沙哑的女声回荡在空寂的美术馆，让人心惊。

"我凭什么相信你？"顿了顿，她又问，"你……有什么目的？"

克利俄好歹也是这里的统治力量，即便被削弱了，也有办法判定人心底最深的欲望。

虞卿……不能说谎！

他有什么目的呢？当然是活命。是利用克利俄代言人的身份号令副本怪物，甚至取代克利俄，立于副本顶端，可……

"我想救我朋友。"少年扬起头，目光坚定，回得诚挚无比，"我朋友是只被惩罚的小怪物，他被困在了画里，他受伤了。我想救他，我希望您帮我救他！"

不知道为什么，或许是为了增加少年话语的可信度，窸窸窣窣的声音游移而起。不一会儿，有触手自画中探出，带着分明的水渍。

虞卿迅速低下头，俯首再拜："尊贵的克利俄，请您相信我，我对您，绝无不敬之心。"

石像幽暗的绿瞳闪了闪，虞卿的话仍在继续："求您弃了彼尔德那个废物，接纳我。"

忽然，外面"砰"的一声响起，美术馆的大门被砸开！

耳朵微动，虞卿分明听到了斧头划过地面的声音，以及……怪物们整齐的踏步声！

彼尔德挣脱了，他在找他！

穿过漆黑的走廊，脚步声越来越近。他们要来了，马上要到这里了！

直播间观众一顿，再次紧张地盯着大屏。

石像之前，虞卿的后背再次悄无声息地出了汗，可他依旧没有丝毫逃命的意思，恭敬地跪着，头埋到最低。

"请让我为您寻回灵魂，让我……成为您新的代言人。"

话音落，石像幽绿色的瞳孔忽然开始剧烈闪烁，周围的环境光怪陆离，虞卿眼瞳一缩，脖颈忽然被束住，触感诡异，几乎窒息！

瞬间，彼尔德举着大斧头一脚踹开门，身后跟着数以千计的怪物……

彼尔德跑了一路，一张脸早已因仇恨变得扭曲，五官变形，双瞳充血。他紧盯着面前虞卿清瘦的背影，大仇得报的快感让他忍不住激动，双手不自觉颤抖，不多时，巨斧抡起，眼看就要落下……

忽然！斧锋被一股强势的力量狠狠弹开，彼尔德猛退两步，像是受到了什么刺激，双腿发软，一个趔趄直接歪到地上。下一秒，他的下巴被抬起，身体里像是有什么强势的力量在被疯狂抽离。

"不……不要……"

彼尔德极力拒绝着，他白着脸，双腿扑腾，无法呼吸。终于，整个人被扔下的时候，男人恍然抬头，正见他一直追杀的少年悠然坐于石像之前，眼瞳泛绿，丝毫不顾身后诡异裂纹的石像，正偏着头，单手撑着脑袋，几分悠哉地看着他。

彼尔德心里"咯噔"一声，做了克利俄这么多年的代言人，没有人比他更清楚这意味着什么。反应过来后，男人脸色泛白，忙不迭爬起来不停祈求。

正在此时，新系统重新连接，"顾文"的身份重新出现在虞卿头顶。紧接着，彼尔德像是发现了惊喜，手脚并用着爬向石像，激动得眼泪几乎要掉下来："尊贵的克利俄，他是顾文，他最废物了。您怎么会信他？他注定要被我击杀，他是这个世界上最一事无成的人！"

可……就在系统连接的第二秒，虞卿丝毫没有犹豫，立刻打开系统空间，拿出了画着苏夏的诡异画作，将手毫不犹豫地探进画里！

紧接着，有小触须兴奋地绕上指尖，虞卿立刻写字：你抓一个活的面具给我，一个就好！

随后，蝎尾辫司遇的触手探出画作，很快与司遇本体的触手交缠，近乎融合地盘绕在一起。

窗户没有关，突然而来的微风撩动他纤长的白发，彼尔德怔怔的，第一次生出一种如梦似幻的恍惚——面前这个人是"顾文"吗？

可不等他反应，虞卿已经抬起手，高高举起了那可怖的吃人面具："尊贵的克利俄！"

成为代言人的第一刻，他的目光上抬，表现出极致的诚意："您的灵魂就被囚禁在这里，这只是一小部分，您先……啊！"

忽然，手被面具一咬，虞卿蓦地松开。

紧接着，手上的面具便害怕地往外飘。而后，石像的绿色眼睛消失，幽幽的，虞卿看到有什么东西从石像里飘出，迫不及待朝着面具追去！

然后……寂静的房屋，身侧的触手不断交叠，融合，密织在诡谲的黑暗里，像一张妖冶诡异的网。

虞卿低头，眼眸轻轻弯起。

司遇要回来了。

美术馆内，克利俄消失了。

怪物们纷纷眨着眼睛，似乎还没适应老大的突然转变。

彼尔德不停颤抖着，像是没了主心骨，"当啷"一声，多次企图砍杀虞卿的巨斧落了地。他感到害怕，于是试探着往后退了一步，忽听石坛之上，少年哑声开口："各位……饿坏了吧？"

虞卿双腿交叠，一只手缓缓支起："我的艺术家朋友是不会死的，可以再生。"

彼尔德陡然一震，仓皇地意识到了什么！

"所以……"虞卿对怪物们说，"还等什么呢？不饿吗？"

下一秒，无数怪物转身，齐刷刷对准了他。可不对，这些怪物是他带过来击杀"顾文"的，局面不该是这样！

彼尔德双腿发软，还没来得及站起来，便抬起眼，眦目欲裂地对上虞卿："你不能杀我！"

视线里，少年没答话，正垂落指尖，随意点着什么，可……不是这样！

以前，顾文明明很怕他，他说一句话都会吓得跪地求饶。可面前，虞卿一动不动，甚至……一个眼神都没赏给他。

彼尔德觉得害怕。

怪物们齐齐迈步，再次上前，彼尔德被围在了中间，而且，他的力量被削弱了……颤抖的手心渗出汗，彼尔德狂喊："克利俄不会允许我们自相残杀！你身为代言人难道不知道吗？你，还有你们！"

他怕极了，挥舞着双手，不停指着身边的怪物："你们身为信奉者，难道也不知道吗？你们就不怕克利俄回来怪罪？不怕自己灰飞烟灭吗？别过来！"

彼尔德的心脏狂跳，他吼得歇斯底里。

可……怪物们充盈兽欲的双眼一眨不眨地盯住彼尔德，獠牙竖起，却……不敢上前。

看到这里，彼尔德终于松了一口气。他双手扶住地面，慌慌张张站起来，刚准备得意扬扬地去看虞卿，就被少年抬眸的一个眼神吓得浑身一颤，再次跌坐回地上。

他看见，正前方的巨石座椅上，虞卿轻慢垂眸，瞳孔中被"克利俄"赋予的绿光逐渐消失，变成妖异的赤红，深沉又镇定地俯视着他，笑问："你以为，你的克利俄还回得来吗？"

话音落，直播间的观众都跟着一震。他这话……什么意思？

观众们的心渐提，良久，终于有观众在看回放的时候反应过来："主播刚才在面具上装了强效遥控器！"

"啊？这是什么？"

"就是系统商城一个很不起眼的道具，因为长时间没人买，所以很便宜。但这东西一旦装上，操控面具那种没有自我意识的东西，特别容易！"

"你们看！钱莱给虞卿发定位求救呢，说那个'毒蝎'石像把大家都困在了一片虚空里，而面具去的地方就是……'毒蝎'跟前！"

"我浑身起鸡皮疙瘩，所以说，虞卿从跪下的那一刻，就没想让克利俄活？"

断断续续的讨论中，副本内惨叫声响起。

暂时坐稳了代言人的位置，虞卿狠狠呼出一口气，精神一松懈，因为紧张而造成的情绪便一股脑翻上来。他右手不自觉地发抖，额角悄悄出了汗，左手伸出，加了些力气在右手上狠拍两下，再紧紧握住，剧烈的颤抖才终于勉强缓解。

差一点被怪物攻击的就是他了……可他不想死，他要活着。他要成为今年排名第一的主播，去弄清楚自己的身世、自己的执着。

虞卿胸膛起伏,靠在椅背上缓了好一会儿,终于开始给钱莱发消息:"怎么样?这场大戏精彩吗?"

钱莱:"很精彩啊,不过我们还是出不去!"

虞卿眸色一黯,认真起来:"为什么?"

钱莱:"毒蝎把克利俄击杀了,那这里就剩一股力量了,信仰应该是统一的,但我们拜了,还是出不去。"顿了顿,钱莱又发,"你说,会不会是克利俄还没死透,所以我们没办法通关?"

没……死透吗?画像里的面具没有被司遇完全击杀吗?

虞卿眼睫轻垂,正打算拦住蝎尾辫司遇问一问,却发现,画像里的"司遇"完全被本体吸走,可怖的画像……破了,里面的纸张损坏分层,空无一怪。

系统检测,完全不具攻击性。

那就证明,画像里的灵魂都被司遇击杀完了,怎么会……

正想着,新系统完全绑定的提示音响起:"检测到主播虞卿恶意损坏系统,主系统红牌警告加一。天赋技能'伪装者'受限,本副本内,主播不再拥有使用权。当前扮演效果'彼尔德的主治医生'即将收回,技能冷却开始……"

下一瞬,白光闪过,虞卿忍不住抬手遮了一下眼睛,再睁开时,身上的白大褂消失了。

虞卿缓过一口气,转头看了看司遇。

司遇虽然已经完成了融合,但他的本体还在画里,他强行突破囚笼的力量早已用完。

走的时候,黑漆漆的触手轻轻关上窗户。

美术馆内安静下来,虞卿起身捏了捏眉心,还没反应过来,忽然,有什么强势的力量突破窗户,极致危险地朝着他猛扑而去!

就在眼前!

另一边,乌木小镇。

方如有每一次心绞痛,狂咳过后都伴随着剧烈的干呕,胃部抽搐,连带着手也一起发抖。一杯茶还没喝完,茶杯就碎在了地上。

守在外面的手下发现了,慌慌张张进门打扫,刚扫一半,就被自己的老大直直揪住了领子。

方如有眼睛通红,问他:"怎么……是你?"

尽管见过老大充满攻击性的模样,猛然一看,还是会吓得怦怦心跳。

手下慌忙解释："孟……孟哥说……他……他……他……"

"别瞒我。"方如有道，"我已经三天没看到他了！"

"孟……孟哥他……去了副本。"

"哪个？"

被逼问的手下快哭了，身处危险游戏，他实在没办法不害怕怪物。更何况，外面都传，方老大以前是副本 Boss，伤害率最高的那一种！

手下浑身发抖："孟……孟哥说，他用易容卡和虞卿进……进了同一个副本，去了惊才艺术学院！"

方如有眼神一顿，像是忽然想到了极可怕的事："他易容成了什么？叫什么？"

"不，属下不知道，就知道孟哥他穿了一身黑，染了金发……啊！"

身体猛然被推，倒霉的属下跟跄两步，被方如有吼了一句"滚"，便连忙点头，跌跌撞撞跑了出去。紧接着，房门合紧，方如有呼吸微顿，有些……难受……

他的手又开始抖了，目光向前，"叮叮当当"地掀起壶盖，不顾发烫冒烟的热水，竟仰起头，直接对着壶口猛灌了好几口。喉结滚动，涓涓的热水自壶嘴涌出，烫了他的肩膀。

"咕咚，咕咚！"

终于，方如有垂手，一把捧碎了无水的茶壶，连同壶底的"止疼草"一起嚼了，方才缓过一口气，向后一倒，有些失神地靠在沙发上。

——苏玺在那个副本里。

苏玺遇见虞卿一定越杀越眼红，不得把那个副本搅得天翻地覆？

"孟毅，没事去送什么死？"

方如有眼睫轻颤，没过几秒又缓缓闭上，可没过一会儿，又重新睁开。

方如有上楼，兀自换了身衣服，便带着一队人踏入直播大厅，在"惊才艺术学院"副本，金愉的直播间前放了张小凳子，稳稳落座。

没别的，他只是觉得失去一个得力的下属，很可惜。

副本里，虞卿失神的眼睛艰难聚焦，仰头的时候他才发现，自己上方正悬着那满身伤痕的克利俄。

她的眼睛惨绿，杀意凝聚，靠近石像时力量越来越强……利爪扬起，眼看就要对他伸出手。下一秒，身侧的石像砰然被炸毁，微风吹拂，几下吹散了她的身体。可正上方，克利俄还在……笑，突兀的笑容咧到耳根，很可怕，但于她而言，却像是遇到了……久违的解脱。

风吹得更厉害了，慢慢地，克利俄彻底消散，连虚影都不剩。

虞卿目光轻动，眨眼时，不知是不是错觉，他听到了一句清晰的"谢谢"。

疯了吗？他把克利俄毁了，克利俄还要谢谢他？

下一秒，系统的声音响起："恭喜主播虞卿发现重要线索'痛苦的克利俄'，故事探索度百分之五十八。"

克利俄痛苦？

撑着力气坐起，虞卿猛然反应过来——他最开始猜的是对的！

克利俄不愿待在这个位置，不愿接受主播和副本怪物们虔诚的供奉，所以被他炸了，也算解脱。

而且，虞卿打开系统，查遍了所有文明中的神话体系，里面并没有和克利俄石像长得一样的艺术女王，那……克利俄是怎么产生的呢？

是在……虞卿呼吸微屏，一只手渐渐收紧，脑海中不断闪过进副本以来所有的片段。

在……彼尔德家！

在彼尔德的公寓，那里有很多克利俄的小雕像，或许有她身份的线索。

虞卿攒了些力气，往彼尔德的公寓走去。

克利俄消失了，校园外无数失智的怪物恢复了……人类的模样，只是不知为什么，眼睛由原来的绿色变成了……红色。

"副本异变度：百分之五十。"

下一刻，直播大厅纷纷一惊，观众们忍不住瞪眼。

"五十了，百分之五十了！主系统的第二个惊喜在百分之七十，我好期待主播的表现。"

副本里，虞卿一路回到了彼尔德的公寓。

而与此同时，司遇黑漆漆的触手收回画作，游过黑色的海，回到了自己那充满裂缝的囚笼。

小怪物眼底有笑意闪过，然后触手探出，黑雾凝聚，巨大的力量再次从外部撞击囚笼，上面的裂缝……更大了。

"副本异变度：百分之五十三……百分之五十八……百分之六十一……百分之六十七。"

变到七十会有大惊喜！

巨大的撞击掀动海浪，造成整个副本水声激荡，阴气森森。而且，待在彼尔德的房间里，虞卿也不知道为什么，自从克利俄死后，那看不见的死死盯着他的东西似乎追他追得更紧，也更密了，几乎是他走到哪里……就跟到哪里……

墙上的挂钟左右摇摆，时间在流逝。虞卿不知道为什么，心里总有一股强烈的不安。

明明通关时间还有八天，但被那些看不见的东西盯上的瞬间，他真真切切地感觉到——没有时间了！

必须深度挖掘副本的秘密，快，要快！

彼尔德的卧室被他一处接一处地翻过，抽屉、柜子、梳妆台……果然，每一处都放着一个精致无比的克利俄石像，像被精心打理过……为什么？

克利俄不想接受供奉，彼尔德却这样重视克利俄？

身边的东西跟得越来越紧，强烈的危机感渗入空气，灼得人头皮发麻，而更糟糕的是无处可去！

虞卿观察了一下四周，并没有发现任何可以逃生的地方！

终于，床头柜最底层的抽屉被拉开，里面掉出了一个布满划痕的白皮笔记本，上面印着医院的标志，写着猩红的十字以及……胡描的名字。

是彼尔德的笔记本！

"叮咚！恭喜主播虞卿发现重要线索'彼尔德的住院日记'，故事探索度百分之六十五！"

到六十五了！还有……还有一处地方得……滚动的思绪戛然而止。

迈开一步后，虞卿脊背挺直，瞬间起了一层鸡皮疙瘩。有东西在抓他的脚，但他看不见！那东西冰凉，所以现在，他不知道正在跟多少怪物面对面。

虞卿喉结不自觉地滚了一下。

现在还不是时候，不能现在被抓！

"啊！"虚空里尖叫声起，虞卿一脚踩在那抓着他脚踝的手上，迈开脚步，光速抵达客厅。

果然，在他之前炸系统的地方，幽幽飘着一张蓝色小纸条，演唱会门票大小。虞卿快步奔过去，抓着他的冰凉的手越来越多，终于，他被困住，无法动弹，周身被有形的黑暗强势围堵，快要窒息了……

虞卿挣扎起来，他感觉自己正在被送往什么地方，头脑发涨，无法思考……于是他将手臂扬起，艰难地低下头，看向自己手上的奖券，上面写——

"爆破系统奖励，道具名称：顶级抽奖券。

"道具功能：拥有此券你可以在任何时间召唤系统，兑换一次顶级抽奖机会（注：有效期一个月）。"

果然……什么东西都有有效期。

收下奖券，虞卿的身体忽然一歪，被毫不温柔地扔到了某个地方。四周一片漆黑，红眼怪物林立，还不等他的眼睛适应黑暗，忽然，系统提示响起："六级 Boss 彼尔德死亡，危险值清零。胜利就在眼前，请主播们再接再厉！"

彼尔德……死了？

虞卿的呼吸重新恢复，眉心轻拧，视线刚刚清晰，一只披头散发的红眼女怪物直直贴上了他的脸，面色苍白，染血的红唇轻慢咧开："嘻嘻……"

虞卿猛然后退，肩膀被一只手扶住。他转身，看见了面带微笑的钱莱。

接住他的一瞬间，钱莱吊儿当地搭着虞卿肩膀："你是没看见，刚才彼尔德被亨利逼死了，太精彩了。"

虞卿深吸几口气，缓和了不断颤抖的手掌，这才抬起头，环视四周。

这里的女怪物和男怪物都是人的模样，通体灰白，却长着红色的眼睛，看来是这个毒蝎的信徒。

只是，其他主播似乎很少见这阵仗，都吓得聚成一团，瑟瑟发抖，金愉……

易容卡失效了，金愉变回了孟毅的模样，右手握着腰间短枪，喉结不时动一动，虽然看起来还算镇定，但明显也有几分不耐受的恐慌。

也对，虚无的黑暗，诡异的石像，林立的怪物群，被逼死的彼尔德，以及石像前正在进行神秘仪式，虔诚跪拜的亨利。

"嘻嘻"的声音不断回响，怪物来回游荡，时不时来个贴脸，的确很吓人。不过现在看来，这些怪物都是被亨利控制的，这场两股力量之间的博弈，毒蝎完胜。

亨利作为毒蝎的代言人，还在控制外面那些没有变透明的学生，所以现在亨利最危险。

那如果……虞卿的眼睛微微眯起，找了个没人的地方坐下，深呼一口气。

他的体力值……又清零了。

他抬头看向钱莱："你怎么不怕？"

"怪物而已，有什么好怕的，光吓你又不会杀你。不过……"拨弄着身上的铜钱挂，钱少爷有些不满地回，"他们不肯陪我喝酒，不如天使疗养院那些。"

虞卿点点头，思索片刻，神秘地招招手，提醒钱莱："过来。"

钱莱微一皱眉，听懂了，然后迈开脚步，接连后退，退到了……孟毅身后。

虞卿转眸，目光轻动，清晰地看见钱少爷推了推孟毅的肩膀，道："你不是要找那个什么……苏玺吗？你过去，他有事找你帮忙。"

孟毅试探着向前踏出几步，问道："我……可以吗？"

"可以的，金哥。"

听到虞卿这么说，男人微微松了一口气，蹲下的时候，还有点好奇——虞卿为什么对他的身份转变毫不惊讶，反而……

"孟哥，你是在好奇我为什么不惊讶吗？"

孟毅恍然抬头："我……"

"猜出来的。"虞卿笑笑，在对方的尴尬中搪塞了过去。

其实……早在地下室借傀儡丝的时候，他就入侵了孟毅的系统，看到了孟毅的傀儡师天赋，也看到了他的真名。

但这事在人类的观念里似乎……有些缺德。虞卿觉得还是不说为好。

他抬手，递给孟毅一只无影弹弓，又对着石像面前那"跳大神"似的亨利示意了一下眼神："打出去。"

打……疯了？

有点脑子的都能看出来，彼尔德和克利俄都消失了，这个副本里亨利是唯一的 Boss。

亨利背后的毒蝎足以摧毁一切，而亨利现在正处于副本的最中心，他控制了四周的群怪，控制了外面的学生，成千上万的怪物为他护法，这场仪式绝对不允许任何打搅。

不然……连怎么死的都不知道。

虞卿却让他打出去？

"打出去。"身侧，虞卿的声音还在继续，"照头打，最好能打中他的太阳穴，阻断仪式。"

不知是不是他的声音有些大，这一会儿，四周林立的群怪眼睛通红，赤裸裸地盯上了这里。

太冒险了……这些怪物明显不会让他们打扰亨利，可虞卿说……

孟毅喉结滚动，犹豫一会儿后，果断举起了枪。手刚抬起，四周的群怪似乎意识到了什么，阴气凝聚，不断向他逼近。

空气……太冷了，冷得汗毛都竖了起来！

微抖的指节扣上扳机，孟毅果断对准亨利的太阳穴，眼看就要扣下……

手腕被虞卿拍了一下，孟毅指节顿颤，当即惊出一身汗，转头时，耳边传来少年的低语："用这个打，怪物们看不见。"

于是孟毅重整精神，屏息，拉开虞卿给的"隐形弹弓"，眯眼，瞄准，"砰"的一声打出去！

亨利脑袋一歪，手上的铃铛"当啷"一下，响了一声。下一秒，群怪纷乱，躲在后面抱团的主播们纷纷瞪大了眼睛，冷汗密集，大气都不敢喘。

但……正前方，亨利头上鼓起个大包，却依然咬着牙，又摆回了刚才的姿势，丝毫不变。

赌对了！

虞卿有些惊喜地想：亨利在进行仪式，这时候的他是副本中心，同时也是最脆弱的，因为这场召唤毒蝎本体的仪式绝对不可以中断！

那……虞卿撑住地面，果断起身，靠着刚才恢复的三点体力值，一步一步走向亨利。

虞卿抬起手腕，小臂之中似有武器游移……

这一下，身后的群怪更激动了！恐怖的尖叫不断响起，怪物们亮出獠牙，像是望着什么极恐怖的事，哇哇乱叫，不断向前。

终于，虞卿的金针浮出手腕，带着灼烈的温度，被少年牢牢握在手里。

身后的怪物更躁动了，像是把一切注意力都放在了他身上，尖叫四起，不断冲刺。但恰好在靠近亨利的时候，少年快跑几步，直接入了亨利的仪式圈。

终于，怪物们停止前进，无奈又愤怒地站在外围。而亨利……明显也是怕的。他继续着自己的仪式，眼神不变，脖颈却一刻不停地渗出冷汗。

现在的他不具备任何攻击性，但为了召唤毒蝎本体，为了获得毒蝎的力量，他必须继续！

不一会儿，虞卿便来到了他身后，手腕抬起，那根足以烧穿怪物的金针毫不犹豫地抵上他额边，往里一点刺出血。

铃铛发出清脆的声音，仪式还有最后两个动作就能完成。等到毒蝎本体出现，他亨利将是这里不可违逆的存在，可……

"我很好奇。"耳边，虞卿的声音清雅，透着几分温柔，听起来却总让亨利觉得毛骨悚然，"彼尔德被他人击杀不会死，你……"

少年笑着，金针又进一寸。

剧烈的疼痛让亨利手腕发抖，铃铛晃动，呼吸开始颤抖，心跳加剧，连同腹部一起蠕动痉挛。

虞卿："你会死吗？被这东西刺入的话……"

忽然，虞卿扣紧了亨利的脖子，一双红瞳映入他的眼睛："你在害怕？"

鲜血混着冷汗从亨利的鬓角流下，周围的空气……更冷了。

冰凉的恶意蔓延过整个虚拟空间，飘荡游移。整个副本好像更危险了，但……毒蝎没有反应，原本哇哇乱叫的怪物也忽然安静下来。

诡异的死寂弥漫，对峙陷入僵局。

紧张的气氛漫入空气，在这一刻死死定格，只待一滴清水降落悄然打破。

"副本异变度百分之六十九。"

直播间——

"六十九了？真快啊，快突破七十了，兄弟们。啊，我好紧张！"

副本里，金针在亨利的脑子里持续深入，鲜血持续下落。

虞卿死死扣着亨利的脖颈，锐利的针尖眼看就要继续刺。忽然，亨利不知哪里来的勇气，竟直接挣脱虞卿的手，忍着剧痛，疯了一般地迈步向前，合着鲜血，完成了他最后的"仪式之舞"。

紧接着，亨利消失，一切定格，诡异的笑声接连响起。仔细看看，周围的怪物们嘴角越咧越大，眼睛越变越红，手背青筋暴起，仿佛……在焕发新的生机。

击杀亨利……失败了。

"副本异变度：百分之七十一。"

下一秒，虞卿直播间——

"啊！主系统的第二拨惊喜要来了！"

张牙舞爪的弹幕看得人心惊。

副本里，虞卿轻轻松了一口气，趁着这点宁静的时间，果断走到钱莱身边，没管那几个抱团痛哭的主播，低头看起了彼尔德的日记。

彼尔德虽然死了，但作为一个六级 Boss，一定与副本有着密切的联系。

知己知彼，百战不殆。

翻开第一页——

1814 年，某月某日。

铺开画纸，这天第一百一十九次临摹"亨利"的成名作《蝴蝶破茧》，我好想知道这么伟大的画作是怀着怎样的心情画下来的，真想亲眼看看原作。

不过不用担心，明天就能到"亨利美术馆"了。

亨利真的很伟大！我想好好研究一下，这位十五世纪最伟大的画家究竟有哪些作品。

十……十五世纪？

虞卿敛回目光，在脑海里过了一下，那是 14×× 年吧？

如果这本日记是真的，那……彼尔德这个 18×× 年的人，为什么会和亨利出现在一个副本里呢？

原本明晰的故事越发没了头绪，虞卿指节微抖，规律的心跳震动胸腔。

一旁，孟毅补充道："这本日记是真的！"

虞卿抬眸，听孟毅说："我在彼尔德家发现了一个大箱子，里面全是《蝴蝶破茧》的模仿品。他和亨利应该是两个时代的人，但是副本把他们强行合在了一起。"

"嗯。"虞卿点点头，怀着疑问继续往下翻。

1814 年，某月某日。

为什么？为什么亨利画得那么好？我从小就看他的画作，模仿了四十几年，到头来连他的百分之一都比不上？

我不甘心！

1815 年，某月某日。

他们把我扔进了精神病院！

为什么？我没有病！

亨利是十五世纪最伟大的画家，是我的偶像，我想超越偶像有错吗？

终有一天，我会把亨利踩在脚底，让他只配做我的助手！

1815 年，某月某日。

医院里新来了位女病友，她也是艺术家啊，画的画真好看，《山海星辰》，包罗万象。

好嫉妒……为什么她比我小二十岁却能画出比我好的画？

那只手真漂亮啊，握画笔的时候好美。

有了她的右手，我是不是就能画出好的作品了？

我要成名了！

1815 年，某月某日。

右手终于归我了，《山海星辰》归我了，名气是我的，画作是我的，一切都是我的，哈哈！

1815 年，某月某日。

我总梦见那女艺术家来找我，她在找我讨债。我日日夜夜睡不好。

这世界上要是有艺术女王就好了，我愿将她命名为"克利俄"，她就能保佑我一路成名，万古不衰！
…………

虞卿不停地翻阅着，接下来的几张都是图，彼尔德在画自己心里的克利俄。最后确定的那张，就是副本里克利俄的模样！

虞卿明白了，这个克利俄是彼尔德臆想出来的，她并不想伤害学生，也不想要任何人的供奉，所以死去的时候才会说"谢谢"。

好了，刚才的现象解释通了。

虞卿轻呼一口气，继续往下翻。

1815 年除夕。

我烧了精神病院，他们不配困住我。

我要跑了，我要去海外建造一所专为艺术而生的学校。我要成为这所学校的主要投资人，让今后所有的艺术家都立我为祖，万代传名。

叫什么名字好呢？

就叫惊才艺术学院吧。

嗯，好名字。

1816 年，某月某日。

学校建成了，我拥有了万千学子。

我比亨利厉害了！

哈哈哈哈！

1816 年，某月某日。

疯了吗？离开了精神病院，我竟然开始想念医院的桌子和床了。

没关系，再做一套新的出来吧。

哦，对了，我的住院编号是 1250，要印在桌底，这样才有亲切感。

翻到这里，虞卿的眼睛下意识闪了闪。

所以，这就是他在彼尔德的抽屉里看到编号 1250 的原因？

令人无语。

日记继续往下，再没有了，中间好长一段空白，直到——

　　1819 年，某月某日。

　　《*****》真是我看过最伟大的一幅作品，我爱它，千方百计地把它抢了过来。

　　啊！这幅画真好看，要是能变成画中世界的一部分就好了。

　　我爱它！

　　我要枕着《*****》入睡，抱着《*****》入土。

　　"所以……"钱莱靠在一侧，微微不解，"这五个星号到底是什么画？感觉和副本秘密有关！"

　　"而且，"孟毅补充道，"这幅画是在 1819 年被彼尔德收藏的，那应该是在 1819 年被画成的。这个时间，有什么著名的画吗？有什么……"

　　顿了顿，孟毅像是忽然反应过来了什么，问："有什么与海有关的，著名的画吗？"

　　"对啊！"钱莱附和，"副本中的另一个世界就是海！1819 年，与海有关……"

　　真相越来越近，画作呼之欲出……

　　虞卿低下头，立刻在系统里输入搜索。搜不出来，很明显，这幅画就是和副本秘密有关，系统在遮掩！

　　会是什么呢？

　　骨头摩擦的"咔咔"声响彻四周，越来越多，越来越快……怪物们开始动了！已经没有时间留给他们思考了！

　　彼尔德的日记还剩最后一页！

　　虞卿定下心绪，捻紧纸张，慢慢地翻开……

　　成功翻页的瞬间，少年瞳孔顿张，心脏狠狠震了一下！

　　下一秒，所有主播的系统面板全部变成了红色，系统警报充斥耳畔，催命似的炸响！

　　"嘻嘻，嘻嘻……"四周怪物狂笑，咧开大嘴，飞速扑来。

　　而就在此时，钱莱忽然张口："1819 年，我知道这幅画是什么了！"

　　钱莱思绪飞转，自小就开始培养的那些吊儿郎当的美术基础全被他翻了出来！

　　"是《梅杜萨之筏》！"

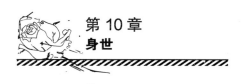

第 10 章
身世

　　"叮咚——"一片狼藉中，微弱的系统提示音清晰响起，"恭喜主播钱莱发现重要线索'《梅杜萨之筏》'，故事探索度百分之八十三！

　　"副本的另一端潜藏着另一个世界，怪物痛苦游荡，都可以在那里找到安身之所，你想去看看吗？"

　　画里真的有另一个世界！副本真的遵从了彼尔德的意愿，把《梅杜萨之筏》描绘出的痛苦的海难场景，变成了世界的一部分！

　　怪物狂扑，主播们绝望的哭声和尖叫声混合在一起，没有时间了！

　　一瞬间，直播间观众凝神屏息，眼看着四周无数怪物张开大口，就要攻击众人的脖子，忽然……几根晶蓝色的傀儡丝自怪物群之中探出，仿若指路的明灯，在无尽黑暗的恐怖虚无中带来了点点光亮。

　　一时间，夜拍模式还未切换，直播屏幕一片漆黑，只能看到傀儡丝的大幅摆动，以及……巨大的震响过后，原本直立的石像被拉倒，烟尘四起。

　　虞卿紧攥的掌心出汗，立在怪物群的正中心。作为怪物们的首个击杀目标，虞卿将呼吸放轻，一颗心悄无声息地提到了嗓子眼。

　　要镇定！再等等！

　　一秒，两秒，三秒……终于……

　　扭转骨头的声音自耳侧响起，身边的女怪物黑发蓬乱，充血凸起的眼睛与他的眼尾只隔了一厘米……

　　不能被碰到！一旦被碰到，大家就都会被啃得连渣都不剩。所以，他让孟毅拉倒了石像。

　　这些怪物都是毒蝎的信徒，如果石像倒了，那信徒就该……

　　终于，身侧的女怪物一个接一个地转过了头，有作用！

　　她们要去扶石像！

于是虞卿悄悄地后退几步，与怪物拉开距离。紧接着，越来越多的怪物转过头，机械又虔诚地迈向毒蝎的石像。

然后，主播们个个汗流浃背，心脏狂跳，还没反应过来，就见虞卿果断打开系统商城，买了烈性炸弹，直接对着东南的方向狠狠扔出去。

黑暗被炸开，有光隐隐透进来。

"快跑！"虞卿大喊一声，便带着钱莱率先冲出去。

剧烈的情绪漫过周身，带得他呼吸急促，指尖都忍不住发抖——看对了！

这个地方的布局暗含着八卦的原理，石像处于卦象中心，一处生门，七处死门。

只要找准生门，就还有逃生的希望！

副本内，一行主播争相上前，在最后一个人踏出虚无的同时，钱莱暂时截住了怪物的追杀。他们拖着疲惫的身体稍微走远了一些，开始研究《梅杜萨之筏》。

1816 年 7 月，法国政府派遣巡洋舰"梅杜萨号"，载着四百多名官兵以及少数贵族前往圣·路易斯港。

率领舰队的是一名明显缺乏实际能力的船长，由于他的错误指挥，在途经西非海岸的布朗海峡南面时不慎搁浅，陷入了不能自拔的沙碛。

经过两天混乱而无效的努力，只好弃船。船长却和一群高级官员乘救生船逃命了，剩下的一百五十多名乘客被抛在临时搭制成的一个木筏上，任他们在汪洋大海里飘荡，听凭命运安排。

几天过去了，在饥渴和酷暑的折磨下，许多人开始绝望。

互骂，互殴……一幕接一幕的惨剧在这个长二十米、宽七米的临时小木筏上不断上演。

绝望的情绪一天接一天地蔓延，在无助漂泊了十几天后，人们看到了船只！

但……仅剩的十人获救后，又有五人在几天之内出于各种原因陆续死去。

《梅杜萨之筏》呈现的正是漂泊了十几天后，船上仅剩的几人看见船只，努力呼救的场景。黑压压的海水，窒息的死寂无尽蔓延，尸体和残肢堆积出死寂的肥料，努力求生的意志开不出让人惊喜的花。

虞卿想：怪不得那个泡水的老太太温蒂宁愿在地下室吃恶心的食物，也不愿回大海。

怪不得那个浑身滴水的，肉眼看不见的小男孩会感激他的牛奶和面包。

只是副本完成了彼尔德的心愿，把惊才艺术学院和《梅杜萨之筏》联系在了一起。所以，落海的人们可以出来，比如温蒂，他们也可以去到画中的世界。

只是现在……还有一个问题！

虞卿思考着。就目前看来，副本是围绕彼尔德的梦想做成的，他希望自己能够功成名就，希望克利俄能够出现，希望惊才艺术学院里人人对他尊敬，希望《梅杜萨之筏》成为世界的一部分，所以，这个副本里，向"高维人"许愿的核心NPC应该是彼尔德。

可……彼尔德死了！

副本里没有了核心NPC，为什么还能运转？而且……越转越危险！

再仔细看看，把他们几个找到的线索合在一起，故事探索度也仅仅到了百分之八十三。

这个副本还有秘密！

虞卿正想着，所有怪物再次将仇恨聚集到了他身上，直接掠过其他主播，阴气森森，追着他跑！

虞卿在校园里跑了个遍，拖过了一天一夜，他靠在亨利的公寓里浑身冒汗。

他用尽所有空隙探索副本的秘密，二十四小时以来，几乎用光了所有能逃生的道具，可是……故事探索度依然没有办法推进！

唯一的突破口就是钱莱找到的那一幅"亨利无法面世的画作"。亨利是14××年的艺术家，那时候的西方笼罩在神权和宗教的统治下，他的思想觉悟极高。

在那时候就知道要画《蝴蝶破茧》，象征新思想终将破茧化蝶，冲破黑暗。甚至……还画了神明与人类平等对视，神明的手低于人类的手，强调人类应该先顾及自身。

从这些画作上看，他是冲着解放思想去的。但……那个时候的世俗真的认可他的画吗？伟大的艺术和思想全部被埋没，亨利……就真的甘心吗？

虞卿正想着，忽然，窗户响了一下。他宛若惊弓之鸟，整个人狠狠一震，刚抬起眼，就看到一只女怪物趴在窗上，嘴角一咧："嘻嘻……"

他被找到了！

继续躲了两个小时，他没力气了……衬衫被指甲抓碎了好几片，轻浅的伤痕带出鲜血，染过瓷白的肌肤。

虞卿躲在角落，胸膛上下起伏，他想不明白为什么这个副本总是这样，动不动就所有的怪物都要追着他击杀？就像……被谁控制了一样……

谁呢……虞卿额角落汗，思绪不停闪过，还没来得及想出什么，诡异的笑声再度响起。他的心一紧，只能迅速翻身，躲进了满是大海的画里。

他咬着牙，拼命突破海水浮上暗礁，踏上了……梅杜萨之筏。

船上只有十个活人了。

见到他，饥渴难耐的幸存者眼睛一亮，诡异的笑容扬起，一刻不停地对准了他。

正在此时，虞卿肩膀被拍了一下，是个女人的手，温度冰凉。于是他存着一口气，攥紧双手，慢慢转过头……

是苏夏！她什么时候来了这里？

虞卿脊背一直，"唰"地冒出一身冷汗。他咬着牙向后退，面前是虎视眈眈的幸存者和苏夏，身后是一望无际的漆黑海洋。

而现在，他的天赋技能受到限制，无法变成人鱼下海……

不多时，似乎找到了入口，原本守在惊才艺术学院被毒蝎控制的一众怪物接连袭来。

"嘻嘻……嘻嘻……"

冷汗浸透掌心，海水漫上鞋面……他无处可退了！

虞卿看一眼系统面板，距离副本下次循环还有三十分钟！

怪物们齐齐上前一步，虞卿再次后退，半只脚搭在水面上。海浪涌起，打湿他的衣衫，像是要将他卷下去。

怪物们再次上前，无路可逃，无处可退……

虞卿的体力值泛着红色落到了负十三，身体……动不了了……

"啊！不行了，我受不了了，我出去一下，一会儿再来看结果！"

渐渐地，直播间弹幕减少，观众的情绪持续紧张。不多时，一只男怪物猛地扑上前，一把掐住少年细嫩的脖颈！

虞卿瞳孔一缩，整个人倒栽而下，被按进了海水里。气泡虚浮，肺部受压……脑子也开始发涨，不能挣扎了……要……死了……

忽然，不知道怎么，明明四周无风，小木筏却开始晃动。剧烈的海浪冲上礁石，每冲一次，就能拖拽几只怪物下去。紧接着，系统变得猩红，声音颤抖，警报狂响起来！

"各位主播请注意！副本故事发生重大异变！九级 Boss 突破囚笼，即将重新觉醒……"

"咕嘟嘟……"虞卿的脖子被掐着，整个人完全被置于水下。他白发上浮，幽幽地眨了眨眼睛，瞳孔一红，他像是忽然想到了什么，嘴角渐渐弯起。

他明白这个副本的所有秘密了。

暗礁上，海浪依旧不停上涌，怪物们无处可逃，一个接一个地被卷下水面。但凡被卷下去的，没有一个有力气再上来。

周围的海水晕成血色，黑雾蔽天，木筏之上，原本把虞卿当作"食物"的怪物们越来越慌……就好像有什么巨大的压力笼罩着他们，远超之前遇到的所有危机。

几秒后，漆黑的触手探出水面，繁多的触手不断包裹，触上暗礁，连同木筏怪物全部卷在一起，悉数击败。

泡在海里无法再动的少年被司遇托着浮上水面，副本震荡，连道歉的机会都没留，司遇的瞳孔骤然变红。

下一秒，海平面上，所有惊慌失措的怪物全部化作滚滚浓烟，连呼救都来不及，就散入了狂舞的海风中，无影无踪……

"喀，喀喀……"灌入肺部的海水被拍出来，虞卿的呼吸恢复，指节轻抖，眼睛红得更厉害了。

司遇微微拧眉，迈步向前。皮靴侧边银环轻响，周身的黑雾一沉再沉，冷到无以复加。

走出画作后，司遇打起精神，立刻在亨利家找了间无人用过的客房，让虞卿擦干身体。

虞卿的双唇微微分开，好歹有力气说话了。

"体力值：百分之一。"

与此同时，另一边，一片黑漆漆的海水里，没有人注意到，苏夏在沉入海底。不断下落时，身体砰然一撞，她被毫无征兆地锁进了铁笼里，充血的瞳孔闪烁两下，彻底昏厥，又随着铁笼不断下坠。

终于，直到被司遇搅动的海水彻底平息，那铁笼中才"哗啦啦"地探出一条锁链，拉着女孩不停上浮，然后……被一双男人的手仔细抱起，走向了惊才艺术学院教学楼天台。

临近十二点，朗月倾洒，映上白墙边苏夏那张诡异发白的脸。

她被放到了天台中央的小房间外，半边身子倚在墙上，好半晌，指节动了动，一双染血的赤瞳慢慢睁开……察觉到旁边有人，苏夏立刻警觉，还没来得及坐起，就看到一张熟悉的脸："周……"

刚才往海里掉得太深了，苏夏的嗓子被损坏，混着鲜血，声音嘶哑："周哥……"

她仰着头，下意识看向自己面前半蹲着的男人。明明是毒蝎的高级信徒，明明是让许多怪物都闻风丧胆的存在，这个时候她却垂着眼睛，乖巧异常。

"对……对不起。"她望着面前的周呈涛，嘴唇颤抖，半晌，竟有血泪滑下眼角，"我去了……画里，那里……也没有找到你妹妹，对……不起……"

面前，周呈涛缓缓垂下手，轻轻摸了摸苏夏的脑袋，眼神异常温柔。

是的，他是为了找妹妹。

两年前，他去接妹妹放学，和她一起坐上了一辆漆黑的公交车。公交车摇摇晃晃，明明就几站的距离，却一直走到天亮。

他不是故意的，他只是觉得头很晕，就栽到车座上睡着了，醒来就被放到了恐怖游戏里。

妹妹，不见了……

所以，他一路杀出新手村，一路成为八级主播，一路走过无数副本，都找不到他的妹妹。半年前，他无意间进入了这个副本，看到了苏夏。

这小姑娘真温柔啊，也是美术生，梳蝎尾辫、穿白裙的样子和他妹妹很像。

正好，他的身份卡是警察。

他帮助苏夏关起了彼尔德，虽然只有一个循环，但也足够令人欣喜。

小姑娘答应帮他找妹妹，并用高级信徒的身份留下了他，让他可以在这个副本里日复一日地找。

妹妹也是美术生，他以为在这个副本会找到的，活要见人，死要见尸，可现在……

苏夏说她找完了这所学校每一个特征相符的女孩子，却没有找到妹妹。

这一次的寻找……又失败了。

周呈涛眸色微沉，捋一捋苏夏的头发，问："我记得，你喜欢在天台上吹风，靠在这儿，会好受一点吗？"

苏夏捂住胸部，干呕几下吐出了黑红色的血，那代表她已经不是正常人了。

真好啊，她离开家，来到这里上学之后，还没有人这么温柔地跟她说过话。室友都骂她是土包子，说她被彼尔德看上是她的荣幸，她死是她自作自受。只有周呈涛说可以帮他捉住彼尔德，可以为她申冤……

"周……周哥……"苏夏借着男人的手重新靠好，有些羡慕地笑着，"做你妹妹真幸福啊，我要是……也有你这样的哥哥就好了。"

"我……喀喀！我被九级 Boss 打伤，好不了了……不过……"女孩嘴角扬起，弯着眼睛，似乎开心极了，她望向夜空，犹如望向久违的解脱，"我能感受到，这个 Boss 的力量是……温柔的……"

周呈涛不明白："什么？"

苏夏："因他而死，我的灵魂会……得到……转生……"

苏夏没有力气了，声音越来越小，嘴角的笑容却越来越好看："周哥……我又能活了，不知道喝了孟婆汤还能不能……记住你……

"周哥，你可以出去吗？出去之后……会为我……立碑吗？"

"我想，你找到妹妹之后能……咯咯！能跟我说一声，可……"她转头，带有几分抱歉地看向男人，"立碑……会不会太麻烦了？"

她的声音散入了风里。

朗月下，周呈涛的发丝微动，眼眶红红的，其中的情绪层层递进，柔和荡起，一层比一层深："会的。"他将苏夏扶正，温柔的大手捋顺发丝，"会出去，会给你立碑，会告诉你找到了妹妹，会……"

顿了顿，他补充道："会为你，庆祝新生。"

苏夏继续笑着，她的身体渐渐变成半透明，有几缕黑烟漫入空气里，被风吹散。

周呈涛忽然提议道："不如……我给你编个蝎尾辫吧。"

恍然间，苏夏抬头，那双眼睛亮亮的，仿佛在看一道恒久不变的光。

儿时的春风跨越时间，温柔拂来，她撑着一口气，慢慢说："我妈妈……以前也会帮我梳辫子，我已经好久好久没有见过她了……"

湿漉漉的长发被挽起，开始编辫子。

苏夏却像是陷入了回忆，继续呢喃："我妈妈……一个人把我养大……她把家里的猪卖了，卖了好多钱供我上学，我连回去都没来得及。

"小的时候，我最喜欢和妈妈一起去看烟花，五颜六色的，真美啊……"

终于，辫子编好了，苏夏……消失了……

周呈涛望着天，单膝蹲在天台上，良久，打开了身前幽幽悬浮的系统商城。

"道具名称：烟花。

"道具功能：点亮天空，让你的心情变好。

"售价：每支五千积分。"

周呈涛眼眸垂落，看着没剩多少积分的"储存卡"，果断落指点了五支。

绚烂的烟花炸上天际，希望能为小姑娘照亮回家的路。

另一边，亨利的别墅里，司遇垂着脑袋坐在虞卿身边。

虞卿问他："马上就要过十二点了，下一个循环马上开始，你会不会又要回到海里？"

司遇有些可惜地点点头。

白墙上的挂钟一刻不停地走着，距离十二点只剩下十分钟，下一轮副本循环即将开始……

"你呛了好几口水，如果我不出现，会……"司遇坐在他身边，压下眼眸，"会……"

会死吗？司遇不敢问。

可……虞卿似乎看出了他的迟疑，说："不会。"

虞卿："如果你不来，我可以在水下闭气十分钟。十分钟之内体力稍稍恢复一点，我就能再站起来，用炸弹轰开怪物群，继续跑。绕到下一轮循环开始，就安全了。"

距离下一轮循环还有五分钟。

不知道出于什么原因，虞卿又问了一遍："下一轮循环要开始，你要走了吗？"

司遇点了点头。

话音落下，司遇又坐了一会儿，片刻后，系统"嘀嘀嘀"的声音响起。紧接着，机械女声在耳边清晰播报："两天时间已到，副本循环，现在开始！"

下一秒，白光闪过，四周的景物光怪陆离，虞卿的耳膜被刺耳的"嘀"声包围。再睁眼，虞卿依旧立在教学楼楼顶的天台上，这是他刚进副本时被传送来的地方。

微风轻拂，温暖柔和，只是月光似乎……有些暗，还在逐渐变暗……

记起在水底快要窒息时想通的一切，虞卿即刻动身，快步奔向校园中心天才美术馆！

仔细想想，刚进美术馆时，他看到的是苏夏那张狰狞可怖的脸，钱莱看到的是别的。现在想来，美术馆的墙壁里一定还藏着其他画作。他必须亲自去验证一下！

虞卿的脚步一路飞奔，其间顺便打开系统，通知钱莱。

到达美术馆的时候，钱莱、孟毅一行人也跟着赶到。他们商量了一番，一起用道具轰开了美术馆洁白的墙壁。果然，除了表层的这些画，墙壁里还埋着几十幅恐怖的画作。

这些画作全都是油画，内容真实无比。片刻后，画作上那些眼睛开始动了……悄悄地、一眨不眨地转过眼眸，盯紧他们……

"这……"饶是孟毅，一时也有些受不了，冷汗在掌心渗出，"这些画是谁画的？"

"亨利。"一侧，虞卿的声音传来，明晰冷静，"这些全是亨利被困在副本之后画的。因为彼尔德荒谬的心愿，他被创造副本的'高维人'强行拉到了副本里，成了彼尔德可悲的助手，眼看着这个不如自己的废物平步青云，功成名就。于是愤怒之下，亨利放弃了自己原来的创作，画了这些画，以获得别样的成就感，填补内心的空缺。"

成……成就感？

有人不理解："画这些吓人的东西能获得什么成就感？我看到就头皮发麻。"

"对啊。"虞卿看向他，目光笃定，"这就是亨利的成就感。"

微风散入馆内，暗光下，干净的少年目光上抬，一只手渐渐握紧，心脏渐提，像是宣布什么一般，一字一字："人们的欢笑是艺术家的赞诗，痛苦也是，甚至痛苦更能让人产生邪恶的成就感，这就是亨利作画的意义，是他报复的方式！"

所以，被那怪物掐住脖子，溺入海中时，虞卿并没有反抗，反而任由自己向下沉溺，呛了好几口水。

大海好凉啊……呼吸渐渐消失，被无尽的冰冷包围时，虞卿尝试去把自己当成亨利——如果他是亨利，如果他是疯子，明明怀有先进的思想却不被世人所理解，被拉入副本后，还要承受彼尔德的颐指气使。

他会做什么？他要用画笔让世界痛苦，要让这些不理解他的人永远生活在他画作的阴影下，无法解脱。

于是气泡飘起，虞卿想明白了这个副本最后的秘密！

终于，思考结束，少年的掌心渗出汗，他不知道自己想的对不对，如果对，那么……

"叮咚！"系统提示，"恭喜主播虞卿发现究极重要线索'亨利的秘密'，故事探索度百分之百！恭喜您获得一次顶级抽奖机会，奖券已发，可随时兑换！"

但……不等系统播报完，诡异的笑声越积越多……

紧接着，美术馆里仅剩的小灯完全熄灭，月光消失，黑暗侵蚀，散落一地的画作里像是有什么东西正在悄然觉醒。

"副本异变度：百分之百！"

鲜艳的红色顶破阈值，直播大厅里观众们齐齐垂眸，目光落在六级副本展示区"惊才艺术学院"的顶端。

自游戏开服以来，只有一个副本的异变度顶破过一百，然后副本乱套，所有的人都死了，包括开启副本异变度的那个……当时排名第二的主播。

多年难遇的景象！

观众们心中微微激动，摩拳擦掌，期盼涨起，然而……这还不算！

几秒后，大厅四周的警报器忽然一股脑响了起来，失控一般狂震鼓膜，震得观众们心跳骤停，脑袋刺痛！

可……突然一声巨响，所有直播大厅内警报器齐齐炸裂，连带着"惊才艺术学院"副本异变度一起顶破阈值，完全失控！

观众们捂着耳朵，恍然抬眼，看向副本。

这个副本发布弹幕的功能……失效了？

"警报！警报！"副本内，系统疯闪，刺耳的机械女声划破耳膜，给人一种催命的不安感，"副本失控，'惊才艺术学院'究极 Boss 即将重新觉醒！"

"虞卿，我们好久不见。"播报最后一句话的不是系统，是……一个男声。

低哑富有磁性，细听之下，还隐含着不明显的邀约和欣喜。

虞卿觉得这和他的声线很像，却似乎……比他还疯一点。他微热的右手渐渐握紧，指尖藏于掌心。

他想：有人在叫他，而且，对他很熟悉。

周围的"沙沙"声更剧烈了，黑暗弥漫，裹着让人头皮发麻的恶意，几乎要在周围凝成实体。再看看，系统上的弹幕……清零了……

以前从没有过这种情况！

渐渐地，冷汗漫上脖颈，有好几个主播受不住煎熬，想悄悄跑。下一秒，尖叫声起，系统的声音传来："叮咚——最新快报：'惊才艺术学院'副本当前存活人数二十四。距离游戏结束还有五天，请主播们再接再厉哦。"

瘆人的"沙沙"声还在继续，血腥味弥漫，一刻不停地蹿入鼻息，更紧张了……

这一下，剩余的主播们全部屏住呼吸，一动也不敢动。

不多时，周围的夜色更暗了，几乎连系统的光都看不见，有冷汗落在地面，充满恶意的声音一道接着一道，黑暗如牢笼，谁也不知道下一秒会不会直面死亡。

突然，"啊"的一声，众人一震，第二轮系统播报紧跟着开始："叮咚——最新快报：'惊才艺术学院'副本，当前存活人数八。"

"死人了，我老婆死了，她死……"话还没说完，他的嘴被捂上，周围再次恢复安静。

虽然看不清是谁在乱叫，但钱莱觉得，这个副本太危险了，能救一个是一个。

"我……我买到了照明的道具。"一旁，跟着钱莱的小胖子怯怯开口，声音都在抖，却在绝境中带给人们微末的希望，"我们……应该是被怪物围了，一……一会儿我点亮之后，大家有攻击技能和攻击道具的都一起使出来，我们杀出去。"

渐渐地，周围响起小声的应和。

"沙沙"声渐近，虞卿觉得……手腕有些凉。

大概是刚才哪个怪物靠近，碰到了他的手腕吧？这么想着，虞卿也跟着应声，手臂抬起，金针游移，可……那原本被他藏在身体里，可以随时使用的金针没反应了！

以前……从不会这样……

于是虞卿咬住牙，连试了六次，丝毫没有成效。紧绷的神经逐渐挑起，冷汗渗出，攀上脖颈的瞬间，他忽然想起之前一直被他忽略的事。

——苏夏把所有怪物和主播们召集起来，玩的那场"谁是卧底"的游戏，纸牌上印的是他的画像。

可直播弹幕明明说，之前的纸牌上都是苏夏本人。有人正在潜移默化地改变这个副本，将他的样子印上纸牌，甚至直接将自己的声音录入了系统跟他打招呼。

虞卿，好久……不见……

猝不及防间，小胖子手中的照明灯亮起，虞卿手掌一紧，瞳孔骤缩。他看见自己面前正站着那个画作里的男人，近在咫尺，张开血盆大口。

虞卿原本微放松的身体瞬间绷直，没有攻击道具了，于是他迅速低头，取出炸弹，扔出去之后，直接用傀儡丝连上了钱莱。

"跑啊！"

不知是谁喊了一声，紧接着，纷乱的脚步响起，傀儡丝飘荡游动。

果然，跟着钱少爷，总能第一个跑出危险场所。

虞卿不断喘息着，身后，为了活命，主播们技能道具齐放，光晕闪动，爆破连发，不多时就轰塌了整座美术馆。

但这个副本似乎并不在意。

自画中复活的怪物们接连跑出，带着"嘻嘻"的笑意，疯了一般地追上他们，肆意捕杀。

没有了趁手的武器，虞卿立刻从系统商城买了枪，并点出二十枚烈性炸弹，眼看又要扔出去。忽然，系统变红，"嘀嘀"声较之前更大！

周围的一切仿佛定格，怪物不叫了，黑暗不变了，灯光映衬，连细碎的微尘都像是被冻住一般，浮在半空，一动不动。

系统的播报停止了，四周十分安静，连呼吸声都听得清。

几秒后，仿佛天被撕开了一道口子，一缕红光幽幽照下来，映亮了虞卿的脸。紧接着，比血更浓的赤红色强光迅速向四周蔓延，普照大地。

发生了……什么？

虞卿慢慢仰起头，他看见，一片朗月里，那蝎尾辫石像像是被什么控制了一般，飘荡上悬，次第破裂。不一会儿，一个戴着半边面具、银发红眸的少年映在了血月里。

目光下沉，少年手腕的金针逐渐浮出，毫不犹豫地对准了地面认真凝视的他。

虞卿彻底僵住。

那戴半边面具的少年是谁？为什么和他这么像？银发红眸，也有金针，而且……

这一幕感觉好熟悉，血液加速，虞卿觉得……这场景在哪里见过。

那半边面具的少年戴着小金牌？

虞卿赤瞳亮起，视线无限延长。他看见，对方的小金牌上刻着清晰的两个字——苏玺。

苏玺是谁，他见过吗？

正想着，那原本处在血月中心的苏玺忽然闪现到他眼前，笑意疯狂，金针抬起，直刺他的太阳穴！

虞卿的瞳孔逐渐放大，他看见苏玺的金针表面凹凸不平，猩红符文缠绕，丝毫不给他反应的时间。针尖靠近，眼看就要刺破肌肤，下一瞬，金针狠狠划破空气，苏玺面前空无一人。

立在苏玺身后，虞卿也有些蒙。

虞卿力气小，那么近的距离，按理说他根本逃不开，可……

就在刚才，苏玺靠近的一瞬间，他好像忽然想起了什么东西，然后身体变热，直接转到了苏玺身后。

虞卿偏圆的杏眼开合两下，有些懵懂地看向苏玺："我们……认识吗？"

苏玺转过头，虞卿昳丽的容颜跌进他眼眸，苏玺依旧笑着，疯狂又漂亮："认识啊。"金针再次抬起，他说，"不过，看来你确实忘得很干净，父亲给你的惩罚可真大呢。曾经威风凛凛，现在连自己闯个副本都办不到！"

话落，苏玺语气一重，金针再度刺来。

虞卿身体掉转，又一次擦着被刺伤的边缘躲开。可……躲着也终究只是躲，他无法反击，几次试探着调出金针，都没有反应。

迎面的攻击一招接一招袭来，狠绝又致命！

闪避几圈之后，虞卿发现，他好像被苏玺困在了一个类似于结界的地方，猩红的符文组成半圆形的阵法，完完全全罩住他。

钱莱他们立在外面，使尽一切道具和技能都无法打破。

这里变成了他和苏玺两个人的演武场。

片刻后，虞卿体力降低，喘息连连，额角一刻不停地渗出汗。

他明白了，这个副本本身的核心NPC就是彼尔德，是他向"高维人"许愿想要留在惊才艺术学院，想亨利做他的助手。可是，就在不久之前，整个副本异变了。

他想起几天前，直播弹幕说，苏玺是负责整个主系统运转的核心NPC，一定是他借助强势的外力入侵了这个副本。

之后，苏玺为了保证自己在副本的权威，创造出了一个青黑色的毒蝎，不断吞噬克利俄。他扶持了郁郁不得志的亨利，拯救了怨念深重的苏夏，让他们不断削弱彼尔德，削弱克利俄的信徒。

所以，现在，这个副本彻底乱套了。克利俄死了，彼尔德死了，亨利消失了，所有的NPC都死了。

这个副本完全异变，变成了苏玺一个人的游乐场。

击杀虞卿的游乐场！

虞卿脚步后退，扶住结界的边缘，身上被划开了两道口子，鲜血滴落，气喘吁吁。而且，他惊奇地发现，自己的直播弹幕恢复了，观众们不停涌入。

因为苏玺的出现，一片漆黑的直播间又被顶上了"观众观看热度榜"首位！

奖励到账，苏玺的攻击越来越强。

直播间弹幕飘荡——

"啊！苏玺宝贝，好久不见，呜呜，我好想你！"

"抱歉，我有点脸盲，苏玺和虞卿长得好像啊。他要是不戴那个小金牌，不戴半边面具，还真以为他就是虞卿呢。"

"啊！卿卿怎么回事？你不是也有金针吗？抽出来跟他打！"

副本内，虞卿暗暗咬牙，憋了一嘴的脏话。

他的金针调不出来了！

苏玺是控制整个系统的核心NPC，系统商城的所有道具都不足以压制他！

金针再落，虞卿慌忙低头，跟跄间他看到了自己手腕上猩红发光的符文，就在右手手腕？！

细细感受，似乎……有压制的作用。

所以……刚才在美术馆他感觉手腕有些凉，不是因为怪物靠近了他，是因为他被打上了无法召唤金针的封印！

只不过印符现在才展现出来。

苏玺对于击杀他这件事，早有预谋！

想通这一点，虞卿已经被逼到了角落，退无可退，脚步靠近，面前苏玺的攻击不断压制着他。

虞卿目光渐深，被打得节节败退，身上伤口持续增加，指甲破损，被苏玺的金针戳得不停滴血。迤逦的鲜血铺上地面，很快，虞卿体力清零，双膝一弯，狼狈倒地。然后，他的肩膀被苏玺死死按住，没有挣扎的力气了……

紧接着，弹幕定格，观众屏息，就等着苏玺落下金针，完美收官。

可下一瞬，原本被苏玺紧攥在手中的金针像是被什么控制住一般，忽然脱手而出，旋上半空，直接朝着苏玺刺去！

于是苏玺心脏提起，果断躲开。

然而那金针继续不受控，疯了一般四面八方地追着他，甚至比在他手中时还要灵活。

局势……逆转了？

观众都在期盼着苏玺能够绝地反杀，再占上风。可是，三分钟过去了，没有！

苏玺接连闪躲，速度极快，他没办法控制自己的金针了！

直播间弹幕越来越少，观众们眼眸垂落，都在努力寻找原因。

终于，有人注意到："你们快看虞卿的眼睛，好漂亮！"

这一下，终于引起了足够的注意。观众们怀着空落落的心情别过眼去，入目就是瘫倒在地不住喘息的虞卿。

虞卿似乎累极了，身上满是汗，早已清零的体力值根本不足以支撑他坐起来。可……那双赤红的血瞳却幽幽泛着光，仔细看，其中暗红色符文编织成网，和苏玺金针上的纹路……一模一样。

怎么会……

"虞卿他……控制了苏玺的金针？"

弹幕一顿，这才纷纷反应过来，滚动的速度一条比一条快。

"啊，卿卿好帅！他弱不禁风但绝地反杀的样子太酷了！"

"他……他直接用手指甲去接触苏玺的金针，不是因为被打得不能还手，他的指甲很尖，每次接触金针都是在修改上面的符文。所以体力值清零的瞬间，他控制了苏玺的金针？"

终于，金针刺到了苏玺。苏玺避无可避，只能着手继续扩大结界的范围。快跑几步之后，他脚步停顿，锐利的眼睛盯紧不远处体力迟迟无法恢复的虞卿。

苏玺狠狠一咬牙，竟引着那被控制的金针径直朝虞卿冲了过去！

危险持续，与此同时，苏玺手臂里再次探出一根小针，直接朝着虞卿刺去！

一秒后……

"体力值：百分之零。"

两秒，三秒，四秒！

"体力值：百分之零点一。"

忽然，近乎凝固的黑暗中海浪拍打声再次响起，一道比一道急促。不多时，无数条漆黑的触手透过破损的画作强势探出，在虞卿体力积聚，迅速躲开的第一秒，突破了苏玺的结界，将凶戾乖觉的核心NPC狠狠扣在地上！

苏玺闷哼一声，有血淅淅沥沥落下，金针脱手，无法捡起，这压制的力道……好强！

苏玺忍着剧烈的痛意，好半晌，他抬起手，将那被虞卿控制的金针收回体内，浑身冒汗，纤长的白发被染湿，血混着汗渍一起压迫神经。为了缓和情绪，苏玺白皙的手背上青筋暴起，可……他却在笑。

苏玺别过头，依然笑得疯狂："看来，你失忆失得不够彻底啊。"

他的目光微转，俊丽的表情对上虞卿，像是要说什么重要的事。下一秒，系统失联，整个副本完全断绝直播，与外界隔绝。

苏玺薄唇轻分，说："你怎么没忘记司遇呢？"

虞卿眼睫轻闪，被一只小触手扶着站起来。

苏玺又道："哦，看来相处得还不错。那你很快也会想起我的，虞卿，我们……"

苏玺的嗓音轻慢，说话间，他的身体变成半透明的幽蓝色，其中隐藏着无数可以拆分的数据串。身体分解，眼看就要逃离，忽然，苏玺转头，右手被一根晶蓝色的傀儡丝狠狠束上，那丝线穿入他的身体，乍一看，几乎要与他体内的数据串融在一起。

苏玺猛然抬眸，看向那傀儡丝的主人，赤红血瞳与孟毅对峙。

一秒，两秒……紧接着，更多的傀儡丝连上他的身体，束缚他的自由。但苏玺眼睫轻动，并没有多少反应。

"嗯……你是……"

苏玺抬手，散漫的眼皮懒懒抬起，思索一会儿，忽然开口："哦，你是方无的狗。"

孟毅不说话，傀儡丝收得更紧。与此同时，好几个跟随而来的手下也狂奔着上前，道具出手，试图活捉。

苏玺浅薄的嘴角渗出血，凌乱的长发遮盖了半张干净的脸，苏玺继续无所谓地思考着："方无也去直播了，现在他给自己改了个名字叫方如有是吧？他也很漂亮，只不过……"

嘴角一弯，苏玺说："不优秀的孩子，活该被父亲遗弃，但你好像……"

话音戛然而止，苏玺像是想到了什么，忽然莞尔一笑，说："我送你个礼物吧。"

话落，不给任何人反应的时间，响指一打，有什么东西顺着孟毅的傀儡丝，悄无声息地打入孟毅的身体。

"砰"的一小声，不疼，但足以让他头脑眩晕，注意力飘散。

随即，傀儡丝一松，晶蓝色的数据串飞上天际。四周的黑暗逐渐消散，月亮恢复了原本的颜色，苏玺离开了。

一时之间，直播恢复，异变度消失，一切正常，只不过……

"嘀嘀！"

不只是主播，就连围在外面、戴着白色笑脸面具匿名观看的观众们都忍不住睁大了眼睛。

紧接着，系统播报："恭喜主播虞卿确认梦想：拥抱自己的缪斯。梦想改变，实现的难度又加大了呢，距离游戏结束还有五天，虞卿，祝你好运。"

随着播报，虞卿看到自己的系统面板上，苏玺一张脸上扬起微笑，嘴唇开合，说的是："临走之前送你的礼物，不用谢。"

礼物？

虞卿眉心渐拧，不由得想起之前，他拿代码和主系统做交易时，页面里突然蹦出的惊悚小丑。

小丑举着白色小牌，上面写：亲爱的孩子，父亲为你准备了一份大礼。这句话的语气高高在上，像是整个惊悚世界的创建者，在跟他打招呼。

虞卿指尖一攥，忽然反应过来：这个"父亲"就是整个惊悚游戏的创建者！

苏玺身为核心NPC，是他最得力的下属。苏玺说，"父亲"给了他惩罚，所以他失忆了，他忘了很多东西，那是不是……

想到这里，虞卿喉结滚动，手心不受控制地惊出一层冷汗，他第一次被自己的想法吓到。

虞卿想，也许……他曾经和苏玺一样，也是主系统的核心NPC！

虞卿收紧的指节不住地颤抖，指甲微尖，眼看就要刺破掌心，不能停，要抓住所有的线索，继续往下想！

创造整个惊悚世界的是副本里人人敬仰的那个所谓的"高维人"。

"高维人"创造了他，创造了苏玺，还创造了……方如有……

所以，苏玺喊"父亲"，他……也该喊"父亲"。

剧烈的心跳震动胸腔，虞卿双手继续收紧。

四周微风吹动，系统的警报声仍在继续，虞卿的体力值渐渐恢复，颤抖的呼吸却一刻也不曾缓和。

——这是虞卿第一次对自己的身世感到茫然，对未知的未来感到恐惧。

美术馆外仅剩的八个主播聚在一起，除了那个扭捏男人，周呈涛和钱莱等几个都是被孟毅带进来的。

孟毅进入这个副本，就是为了捕捉苏玺。可那是主系统的核心NPC，即便败了，也有脱离的能力。

计划失败了。

失落的氛围悄然弥漫，突然的一声"我天"让众人纷纷一惊，不自觉别过眼。

那个扭捏男人声音尖厉，甚至有几分开心地盯着自己的系统："你们看！我的梦想改变了，帮虞卿完成梦想，我就可以通关了。"

这么一提醒，其他人也都看到自己的梦想变了，都成了"帮助虞卿，完成他的梦想吧"。

把所有人的希望都聚集在他身上吗？

虞卿眼睫轻动，想：人性是最经不起考验的东西，苏玺这么做，无非就是想看他出丑。

不过……除了那个扭捏男人，其他人倒是好说。

钱莱是朋友；周呈涛很温柔；孟毅为人坚韧刚强，不是会怨他的人。

脚步声起，熟悉的力道压上虞卿的肩膀。虞卿转过头，听到钱莱说："我有点好奇你的梦想，呃……拥抱……自己的缪斯？"

以前的梦想是"拥抱缪斯"，这一次加了个……"自己的"。

虞卿捏捏眉心，有些头疼。

要是找缪斯还好说，难的是找到"自己的缪斯"！

每一个艺术家心中都有独属于自己的缪斯，可惜，虞卿不是艺术家。艺术家和程序员是两个完全不同的物种，没办法共通。

不过现在副本的危险值已经清零了，众人可以一起回宿舍休息一番，找找其他的线索。

宿舍大门是锁上的，锁的材质特殊，用所有道具都无法打开。

孟毅跟了方如有许多年，能力强，也习惯打头阵，可……试验几次，都以失败告终。

众人犯了难，眼看无计可施，却听"哗啦"一声，虞卿拿起钥匙，毫不犹豫地打开了宿舍大门。

直播间——

"哈哈！卿卿顺东西的能力是无敌的。"

苏玺走后，虞卿的直播间人数猛然下降，不过再降，也比以前的平均观看人数多出一倍，许多人因为他留了下来。

进入宿舍，奔逃了两天的人们聚集在了一个房间休息。

八人间，八个男人一起休息正好。

第二天，众人是被一阵喧闹的起床铃吵醒的，睁开眼，虞卿看见自己身边留了张小纸条。

歪歪扭扭，是司遇的字迹：我会帮你。

虞卿收起纸条，起床后同众人一起走出门继续探索。

彼尔德死了，副本的内容也跟着发生了变化。

这天不是彼尔德的颁奖典礼，而是惊才艺术学院绘画大赛。

天亮了，校园四处阳光明媚，各处贴满了横幅，虞卿跟着一行人向前，简单看了一眼，发现宣传单上写：本次大赛的主题是手绘自己的缪斯。

评委是亨利？

"如果……"孟毅开口，声音淡淡的，"我是说如果，如果你参赛并获得第一名，大家是不是都能通关？"

"有点道理。"

身后，附和声不断响起，虞卿决定试一试。可……亨利喜欢什么样的画作呢？

一个落魄的天才艺术家，应该……

思索半天，虞卿眸色一顿，终于想到了一个突破口。

他把钱莱拓印下来的亨利画的那幅"神明的手低于人类的手"的画拿出来，慢慢补充。画完之后，神明是一只满身黑雾的触手怪物，人类是……他，整个画面以黑白色调为基础，极具震撼力。

画完最后一笔，虞卿立在画前，站了好久。

他也不知道为什么要这样画，但他总觉得司遇身上有一种若隐若现的神性。

司遇不是怪物，是抬头仰望，黑暗里透出的一丝天光，强大而妖冶。

虞卿完成了这幅画，直播间跟随看去，弹幕一条条飘出。

"不是，主播这画的是什么？怪物？人类在仰望怪物？我不理解！"

"可这种感觉好棒，啊，张力好强！"

"可亨利不喜欢这样的吧？"

比赛开始了，直播间里弹幕冷清，都对这一次的作品不抱希望。

可当作品出现在亨利面前时，男人的眼睛猝然张大，像是看见了什么久违的希望，呼吸急促，浑身颤抖，好半晌，空洞的眼瞳落下血泪。

没有任何犹豫，是第一名！

这幅画降低了神明的姿态，将人们从过度的"神明信仰"中解脱出来，震撼程度是今年当之无愧的第一！

似乎太久没有见到与自己思想契合的画作了，亨利的嘴唇不停颤抖着，犹豫半晌，终于抬起头，试探着问少年："这画是……怎么画的？"

然后，虞卿把他的画作摆了出来，怀有几分恭敬地说："灵感来源于您。"

是的，要用"您"。

亨利在副本中被困了太久，新鲜的思想早已固化，看到这里，才恍然想起，原来自己也曾画出过这样惊世骇俗的作品。

他忽然想起，自己也是十五岁就一战成名的少年画家。他描绘《圣经》里的内容，描绘神明，描绘湖海山川。世人夸他是神童，夸他是艺术界冉冉升起的新星。

可是二十岁的时候，他忽然觉得，画纸上的神明好可怕，眼睛瞪大，俯视世间的时候让人畏惧。

为什么，人类要膜拜神明呢？

为什么，人类不能多看看自己，多把注意力放在自己身上呢？

于是，他创作了神明和人类平等相处的画作，神明主动朝人类伸出了友好之手。

可……在世人看来，他是渎神。他的画作被焚毁，恶意的标签贴在他身上，淹没他的灵魂。他死了，然后来到了这里，给彼尔德那样一个窃取画作的废物打工……

血泪越涌越凶，他想解放大家的思想，他关心整个人类，为什么……自己却成了离经叛道的异类？

亨利不愿被彼尔德压制，不愿迁就愚蠢的世人，所以他重新拿起了画笔，画了苏夏，画了会吃人的自画像，画了一切的一切。

让世界重新匍匐在他的艺术之下，颤抖仰望。

可虞卿不知从哪里拿出了一张……照片，彩色的，是"亨利美术馆"的全貌，是彼尔德在模仿他的画，是几百年后世人对于他思想的认可和敬仰。

然后，亨利消失了，执念消散，这个副本里的最后一个NPC也消失了。

自己的缪斯产生了！拥抱缪斯的任务可以开始，但是，"哗啦"的诡异声起，绝望的尖叫自四面八方响起。众人纷纷瞪大了眼睛，互相搀扶着防止摔倒！

紧接着，一阵剧烈的天旋地转，桌椅翻倒，泥土下坠，整个学校好像倒了过来，想将他们完全埋没！

那扭捏男人快吓哭了，尖叫着狂喊："救命，我不想被活埋！救命啊！"

可副本的颠倒不会因为他的一句话而改变。泥沙迷了眼，主播们个个使出技能，费力抵挡。

虞卿跟在钱莱身后，勉强站稳，眼睛四处观看，大脑飞速思考着。副本是不打算给他拥抱缪斯的机会了吗？

那……

虞卿："大家坚持一会儿，孟哥！"

孟毅回头，听虞卿喊："你先用傀儡丝吊住整个学校，坚持十秒！"

话音落，虞卿跳进了冰冷的海水里，用着所有的力气朝着中心那一处黑色囚笼游去，咸水包裹着他的全身，腐蚀肌肤。

海底……好黑啊。

周围的压强越来越大，然后，他找到了司遇被困的地方。

冷水灌入虞卿的喉咙，撩起他纯白的衬衫，囚笼之外，少年白发随水波漾漾飘散，世界仿佛都陷入安静。

浪花微动，一秒后——

"叮咚！副本任务完成，脱离开始！"

海水之外，其他主播喜极而泣。也就是在这时，孟毅收到了一条虞卿发来的信息，就在系统面板上。

虞卿："孟哥，非常冒昧连上你的系统，请你走的时候把傀儡丝留下，我有用！另外，带着钱莱，不要为难他，你应该听方如有说过，我也是主系统的核心NPC。"

信息看完，其他主播的周围都变成了一片纯白，清晰的恭喜和结算声萦绕耳际。

海底的压强有些大。

虞卿努力憋气的空当，清晰的系统播报声落至耳边，他的主播等级升到了六级！

而后副本结束，限制消失，虞卿的表情在这一刻开始变得从容不迫。他的双足慢慢浮平，随水波轻柔摆动，不一会儿就变成了一条纯白的鱼尾。一切身体机能在这一刻瞬间恢复，呼吸顺畅，体温回升，他好像拥有了新生。

"主播虞卿使用技能'伪装者'。"

播报声落，虞卿摆动鱼尾浮直，连着透明璞的指尖不时滑过系统。而后系统连上了孟毅残留的傀儡丝，直接分解数据，傀儡丝数据串崩断，连带着整个惊才艺术学院没入海底。

可⋯⋯海洋是广大的，整个学校沉没时，犹如一个坠落的小岛，溅起水花。

司遇下意识仰头，看到那漫天的水花透出光亮，真好看啊⋯⋯

他发现，他面前的人鱼虞卿直接挺身，游上海里学院坠落的地方，尾巴摆动，搅起海水。

只是这一幕不只司遇一个人看到，主系统旁，"惊才艺术学院"总直播间内，对着人鱼现在的模样，苏玺果断按下按钮，截了一张图。

不知道用虞卿的脸去做副本新的宣传图，会带来什么后果呢？

真是叫人期待啊。

终于，副本里囚笼破裂，司遇一把拉起虞卿浮上海面。而后，周围气温骤降，霜雪坠落，海面结冰。

司遇拉着虞卿去了自己刚刚用能力建造好的白色小冰房子，告诉他："我们可以待在这里。"

虞卿的长睫闪了闪。

"司遇。"

"嗯。"

虞卿："我刚刚忽然想通一件事。"

司遇："嗯。"

虞卿嘴唇动了好几次，说："我发现，方如有是数据串，苏玺也是数据串，整个惊悚世界由一台巨大的中控主系统控制，很多道具，包括孟毅的傀儡丝，都是数据串，可以用电脑技术分解。"

"这样推算下去，我⋯⋯我大概和苏玺一样。"虞卿的声音越来越小，"我也是⋯⋯一串数据。如果想要我失忆，只需要点一下简单的删除键或者格式化；如果想要我消失，只需要⋯⋯"

"不会的。"司遇打断他。

虞卿抬起头，身侧，司遇正低着头，看着他的小耳坠。

这耳坠原来有五厘米那么长，后来有一大部分缩进了虞卿的身体里，现在，只有差不多两厘米，像耳钉，几乎要完全长进耳朵里。

司遇问："你知道这是什么吗？"

虞卿不知道，他失忆了，一睁眼就在人类世界，一睁眼这耳坠就和他的耳朵长在了一起。

陌生的环境，糟糕的空气，飞驰的汽车，只是脑子里还剩下些莫名其妙的电脑知识。他会饿，为了养活自己，索性就主动出击，去了家互联网公司干活。

司遇看他缄默着，道："你不用知道这是什么，但有它，你就不会消散。"

以我之心，赋予你新的生命，你就不再是数据串了。

虞卿和司遇在这个厚冰筑成的房子里休息。

夜幕很快降临，虞卿不记得自己睡了多久，只是好像做了一个梦。

梦里光线很暗，四周阴冷，各种数据的"嘀嘀"声接连不断，恶意充盈，空气稀薄到要命。他的身体似乎被无数"数据串"强制束缚着，膝盖磨破，肩胛骨被锥穿，就这么被迫跪在地上，拼命盘算着这样浓度的空气够他撑过几个呼吸。

虞卿低着头，已经感受不到自己的心跳，却近乎渴求地计算着，期盼着……

"叮！"忽然响起声音，惊得他微微一颤，忍不住投去目光，看到的是自己腰间和苏玺一样的金链以及……小金牌。

一片漆黑里，明晃晃的小金牌亮得晃眼，上面印刻着清晰的两行字——

"虞卿。

"（最完美的初代 NPC，你是父亲的骄傲）。"

父亲……是谁？

想到这里，虞卿的呼吸不由得颤了颤，尽管已经没有了记忆，但虞卿对"父亲"这种身份天生没有好感。

"嘀嗒"！

忽然，一滴凉凉的东西落在眉心，是血的味道，是司遇的血！

虞卿瞳孔骤缩，忽然觉得害怕，开始挣扎。不多时，握着银纹手杖的男人步步逼近，白皙漂亮的手按上他的脑袋，温柔抚摸："虞卿，你又不听话了，和他混在一起做什么？一个即将被分解的怪物而已，能给你带来什么？你太让父亲失望了。"

司遇的血还在继续往下落······

最可怕的是，这样的事情他每天都要经受一遍，这是"父亲"给他的惩罚！

绝望，慌乱，寻找，却寻不到一线生机，然后"父亲"的手落下，一把将他狠狠按在地上，额头都磕破了。然后，虞卿体力值清零，他连挣扎的力气都没有，只能任由周围的黑暗淹没······直到······世上再无他······

"虞卿，你怎么了？醒醒，快醒醒！我们被追杀了。跑，快跑啊，他们要来了！"

周围······像是有雨点，肩膀被晃动······

"虞卿，虞卿！你听得见我说话吗？"

"丁零零······"

好像是······铜钱挂晃动的声音，是钱莱！

虞卿猛然睁开眼，发现他已经脱离副本回到了乌木小镇，这里是方如有的地盘。而更糟的是，钱莱大喊着："跑，我们快跑！他们要追过来了！"

虞卿的视线恢复，湿漉漉的乌木小镇依旧阴雨连绵，只是他不太明白，疑惑道："跑？"

他挣开钱莱的手，问："为什么要跑？"

然后，着急忙慌的钱莱抬起手，毫不犹豫地对他指了指乌木小镇中心，直播大厅的顶层通知大屏。

整个大屏高约五米，围绕在偌大的直播大厅上方，有大事件正三百六十度循环播放。

虞卿的目光上抬，他看见大屏幕上，苏玺挂出了"惊才艺术学院"副本新的宣传图。

画面里，他变成了一条人鱼浮在海水里，模样张扬分明。

苏玺则立在旁边，半边面具挡住脸，从容不迫地介绍着："各位主播请注意！'惊才艺术学院'副本总体修复已完成，副本难度降低，风景秀丽，更有机会邂逅我们最漂亮的初代核心NPC！

"虞卿是'高维人'迄今为止制作出的最完美程序，他是'高维人'最宠爱的'孩子'。抓住他，可以向主系统提任何条件，满足您的任何愿望！"

说话间，苏玺似乎想到了什么值得兴奋的事，嘴角逐渐上扬，幽幽的声音缓慢脱口："是死，是活，都没关系。"

图书在版编目（CIP）数据

遇卿 / 爱干饭的团子著. -- 广州：广东旅游出版

社，2025. 6. -- ISBN 978-7-5570-3546-4

Ⅰ．I247.5

中国国家版本馆 CIP 数据核字第 20258RC892 号

遇卿

YU QING

出 版 人：刘志松

总 策 划：曾英姿

责任编辑：陈　吉

责任校对：李瑞苑

责任技编：冼志良

广东旅游出版社出版发行

地址：广州市荔湾区沙面北街 71 号首、二层

邮编：510130

电话：020-87347732（总编室）　020-87348887（销售热线）

投稿邮箱：2026542779@qq.com

印刷：湖南天闻新华印务有限公司

（湖南望城湖南出版科技园　电话：0731-88387578）

开本：880 毫米 ×1230 毫米　1/32

字数：383 千字

印张：11

版次：2025 年 6 月第 1 版

印次：2025 年 6 月第 1 次印刷

定价：49.80 元

【版权所有　侵权必究】

本书如有错页倒装等质量问题，请直接与印刷厂联系换书。